RESTE CALME

OUVRAGES ÉCRITS PAR LISA REGAN

En français

Jeunes disparues

La Fille sans nom

La Tombe de sa mère

Ses Ultimes Aveux

Les Ossements qu'elle a enterrés

Son cri silencieux

Reste calme

Retrouvez-la vivante

Sauvez son âme

Ton Dernier Soupir

Chut, ma puce

En anglais

Detective Josie Quinn

Vanishing Girls

The Girl With No Name

Her Mother's Grave

Her Final Confession

The Bones She Buried

Her Silent Cry

Cold Heart Creek

Find Her Alive

Save Her Soul

Breathe Your Last

Hush Little Girl

Her Deadly Touch

The Drowning Girls

Watch Her Disappear

Local Girl Missing

The Innocent Wife

Close Her Eyes

My Child is Missing

Face Her Fear

Her Dying Secret

Remember Her Name

LISA REGAN

RESTE CALME

Traduit par Marion McGuinness

bookouture

Pour Jessie Mae Kanagie
Nous ouvrons de nouveaux chemins au fil de ce voyage au cœur
de la maternité.
Je t'aime.

1

Josie se débattit sous le poids de sa mère, le froid du carrelage s'insinuant à travers sa fine chemise de nuit. Dans leur mobile home, sous la lumière du plafonnier de la cuisine, la lame du couteau que tenait Lila brilla.

La peur figea le cœur de Josie pendant une longue seconde avant de le faire repartir au galop.

— Maman, non ! s'étouffa la fillette.

Une lueur jaillit des yeux bleus de Lila et Josie comprit alors que sa mère avait dépassé le seuil de la raison et que ses cris ne l'atteignaient même plus. Quand sa mère entrait dans une telle rage, rien ne pouvait l'arrêter. Elle devenait une tempête et Josie n'avait nulle part où se cacher.

De sa main libre, Lila plaqua la joue gauche de la petite contre le sol. Le couteau était de plus en plus près.

— Mamaaan, gémit Josie.

Tous ses membres étaient secoués de tremblements. Elle perçut un relâchement dans la partie inférieure de son corps, comme si elle allait se faire pipi dessus.

— La ferme, grogna Lila.

Josie sentit la pointe argentée de la lame lui perforer la peau à la jonction entre l'oreille et la joue. Puis, avec une pression régulière, Lila l'entailla vers le bas. Une douleur fulgurante parcourut la mâchoire de Josie jusqu'à son menton. Elle cligna des yeux, gênée par le sang chaud qui coulait dans son œil droit, et cria :

— Mamaaan, nooon ! Arrête ! Arrête !

Mais Lila ne s'arrêta pas. Elle ne s'arrêtait jamais.

— Ton papa te trouve tellement spéciale, lâcha Lila en retirant le couteau pour admirer son travail, un sourire satisfait aux lèvres. Tu n'es pas du tout spéciale. Tu saignes comme tout le monde. Il croit qu'il peut me quitter comme ça ? Il croit qu'il peut t'emmener avec lui et me larguer ? M'abandonner ? Il croit que tu es plus importante ?

— Maman, s'il te plaît, arrête, geignit Josie. S'il te plaît.

Lila ramena le couteau sous le menton de Josie, là où elle s'était interrompue.

— Je vais lui montrer. On verra bien à quel point il te trouve spéciale une fois que j'aurai bousillé ton joli petit minois.

Une main se referma autour du bras de Josie.

— Josie, l'appela une voix d'homme.

Alors que Lila se remettait à découper sa peau, Josie inspira profondément et poussa un hurlement de douleur. Soudain, Lila disparut et tout devint noir.

Une terreur d'un autre genre s'empara d'elle. Elle cligna des yeux, mais l'obscurité était totale, parfaitement impénétrable. Elle se tortilla et sentit la moquette rêche du sol du placard contre son visage ensanglanté.

— Non ! s'écria-t-elle. Pas le placard. Tu m'as promis, maman ! Pas le placard !

La voix masculine résonna de nouveau.

— Josie !

Elle se leva et tambourina contre la porte du placard.

— Je suis là ! Je suis dedans ! S'il te plaît, laisse-moi sortir !

Mais la porte ne s'ouvrit pas. Elle ne s'ouvrait jamais. Pas avant que Lila ne le décide.

Des larmes salées glissaient sur le visage de Josie, brûlant les cicatrices laissées par Lila.

— S'il te plaît, supplia-t-elle. S'il te plaît, laisse-moi sortir.

— Josie. Josie, réveille-toi !

Elle se redressa brutalement, ses bras et ses jambes battant l'air. La terreur lui déchirait les poumons. Son corps tout entier était trempé de sueur, sa chemise de nuit collée à la peau. À mesure que son environnement se précisait, elle se rendit compte qu'elle n'était pas dans le mobile home. Elle n'avait plus six ans. C'était sa chambre. Elle était une adulte. Lila était en prison, et Noah, le petit ami de Josie, était à côté d'elle dans le lit, une main timidement tendue vers elle.

Josie résista à l'envie de le repousser, tandis que les derniers vestiges du cauchemar la laissaient pantelante. *C'est juste Noah*, se rappela-t-elle. Elle cligna rapidement des yeux et observa la pièce. Noah avait allumé la lampe sur sa table de nuit, et une douce lueur irradiait sur leur immense lit. Les couvertures étaient rabattues tout au bout du matelas. L'oreiller de Josie gisait par terre.

Noah se tenait assis à côté d'elle, torse nu, ses cheveux bruns en bataille et ses yeux noisette assombris par l'inquiétude.

Josie leva la main et traça du doigt la fine cicatrice qui bordait le côté droit de son visage. C'était un cauchemar, mais aussi un souvenir. L'un des pires de son enfance avec Lila Jensen. Elle ferma les yeux, s'efforçant de ralentir sa respiration. Noah lui caressa le dos.

— Qu'est-ce que c'était ? demanda-t-il à voix basse.

Sans ouvrir les yeux, elle secoua la tête. Il connaissait déjà toute l'histoire. Elle n'avait pas envie d'en parler.

— Juste un cauchemar.

Noah rit doucement.

— Oui, j'avais cru comprendre.

Elle rouvrit les yeux et le fixa de nouveau, désarmée par son sourire. *Je suis en sécurité*, se répéta-t-elle. Toute cette horreur appartenait à son passé.

— Qu'est-ce que je peux faire ?

— Rien, répondit Josie. Je vais prendre une douche. Je suis trempée.

Il soupira, croisa les mains derrière sa tête et la reposa sur son oreiller. L'horloge de la table de chevet indiquait 3 h 32. Dans la salle de bains, elle ôta sa chemise de nuit et ses sous-vêtements humides et les déposa dans le panier à linge.

Elle tourna le robinet de la douche et, pendant que l'eau chauffait, elle étudia le reflet de son visage pâle. *Ce n'est pas juste*, pensa-t-elle. Elle avait déjà dû subir les sévices de Lila Jensen une fois ; elle ne devrait pas avoir à les revivre sans cesse. Mais depuis les appels, et l'imminence de la mort de Lila...

— Non, déclara-t-elle à la femme dans le miroir.

Elle n'allait pas replonger là-dedans. Pas maintenant.

Mais son esprit s'y enfonça quand même, parce qu'il suffit d'essayer de ne pas penser à quelque chose pour aussitôt se mettre à y penser. Josie avait besoin d'oublier. De se perdre. De donner à son cerveau un nouveau sujet de préoccupation. Quelque chose qui laisserait peu de place aux mauvais souvenirs et aux soucis à venir.

Dans la chambre, Noah était toujours éveillé, les yeux rivés au plafond. Il se redressa brusquement lorsqu'il la vit debout, nue, dans l'embrasure de la porte.

— En fait, il y a bien un truc que tu peux faire pour moi, lui lança-t-elle.

Il n'hésita pas. En deux enjambées, elle se retrouva dans ses bras, toute pensée consciente étouffée par son baiser intense.

2

Du café dégoulinait du plafond de la cuisine. Josie jura, arracha quelques serviettes en papier du distributeur au-dessus de l'évier et entreprit de nettoyer d'abord le sol, puis les armoires et enfin le comptoir. Elle tira ensuite une chaise et grimpa dessus pour tenter d'atteindre les dernières taches.

La voix de Noah la fit sursauter et elle manqua tomber à la renverse.

— Tu as dit un truc au sujet d'un « foutu minifour gril » ?

Elle lui lança un regard noir.

— Oui, j'ai dit un truc. Je t'ai dit qu'on n'avait pas besoin d'un minifour gril. On a déjà un grille-pain et un four, ça suffit largement.

Il s'avança dans la pièce et elle constata qu'il ne portait qu'un t-shirt et un boxer.

— Tu n'es même pas prêt, remarqua-t-elle.

Il fit un geste vers les taches brunes sur le plafond blanc.

— Qu'est-ce qui s'est passé ?

Josie descendit de la chaise et jeta les serviettes imbibées à la poubelle. Elle baissa les yeux sur sa tenue et décida que ça irait très bien pour la journée. Par chance, les éclaboussures n'avaient atteint que ses chaussures et le bas de son pantalon kaki. De toute manière, personne ne regarderait ses pieds.

— Ce qui s'est passé, lui répondit-elle, c'est que je me suis fait un café, je me suis retournée, mon poignet a heurté ce mini-four inutilement énorme que tu as insisté pour rapporter, ma tasse s'est cassée et le café a giclé partout. Littéralement partout. On va devoir repeindre le plafond.

Elle devina son sourire et tendit un doigt vers lui.

— Ne t'avise pas de rigoler.

Il se couvrit la bouche d'une main. Elle passa devant lui et se dirigea vers l'entrée d'un pas bruyant.

— Je prendrai un café au *Komorrah's* en chemin. Maintenant, va te préparer. Je ne veux pas être en retard au travail le premier jour de notre retour de vacances.

Noah se posta en bas des marches.

— Tu pourrais prendre une douche avec moi pour qu'on rejoue la scène de cette nuit. Tu te sentiras mieux.

Il avait raison, un peu de sexe la mettrait de bonne humeur, mais ils n'avaient pas le temps pour cela.

— Le chef va nous prendre la tête si on n'est pas à l'heure, et je n'ai vraiment pas besoin de ça aujourd'hui.

Ils travaillaient tous les deux au sein du commissariat de la ville de Denton, en Pennsylvanie. Josie avait le grade d'inspectrice et Noah, celui de lieutenant.

Leur modeste équipe couvrait de son mieux les soixante-cinq kilomètres carrés au milieu des montagnes inhospitalières qui sillonnent le cœur de l'État, entre routes sinueuses à une voie, forêts denses et hameaux éparpillés comme autant de confettis jetés à la volée. La population dépassait légèrement les trente mille habitants – et augmentait pendant les périodes scolaires de l'université de Denton –, un chiffre qui suffisait à garder leur service occupé sans répit. Josie et Noah étaient en couple depuis environ un an et demi et n'avaient emménagé ensemble qu'un mois plus tôt. L'adaptation avait été plus ardue que Josie ne l'avait imaginé. Elle avait vécu seule pendant pas mal d'années et, même si elle accueillait régulièrement ses amis et sa famille, la vie en couple avec Noah exigeait davantage de compromis qu'elle n'en avait envisagés.

Dix minutes plus tard, Noah se glissa sur le siège passager à côté de Josie, et la jeune femme se sentit mieux à la vue de ses cheveux bruns encore humides et ébouriffés. Elle se remémora brièvement leurs heures passées au lit pendant les vacances, aussi passionnées que celles de la nuit dernière – elle aurait tant aimé retrouver la plage avec lui. Avec un soupir, elle fit reculer la voiture dans l'allée tandis que Noah boutonnait son polo de la police de Denton.

— Tu sais, un minifour gril offre bien plus de fonctionnalités qu'un simple grille-pain.

Josie grogna.

— Il est trop gros. Il prend toute la place sur le plan de travail.

— Le plan de travail qui te sert à quoi ? À cuisiner tous tes bons petits plats ?

Il était sarcastique, certes, mais pas méchant. Josie lui tapa l'épaule d'un revers de la main droite.

— Touché, admit-elle.

— J'ai perdu la bataille du lit. Tu dois me laisser le minifour gril.

Josie lui décocha un regard en coin, un sourcil arqué.

— Ce n'était pas une bataille. Mon lit était plus grand et plus récent. C'était logique de le conserver et de se débarrasser du tien.

Ils se garèrent devant le *Komorrah's Koffee* et Noah ouvrit sa portière.

— Je vais nous chercher du café. Comme ça, tu seras obligée de me pardonner et d'accepter de garder le minifour gril.

Josie gloussa.

— Prends des croissants aux noix de pécan pour Gretchen

pendant que tu y es, et je réfléchirai à la possibilité de te laisser cet appareil énorme qui ne rentre pas dans ma cuisine.

— *Notre* cuisine, rectifia Noah avant de fermer la portière et de trottiner jusqu'au café.

Dix minutes plus tard, Josie déposait un sachet en papier brun garni de croissants aux noix de pécan devant l'inspectrice Gretchen Palmer, installée à son bureau dans la grande salle au premier étage du commissariat de police de Denton, où les agents traitaient les dossiers, passaient des appels et effectuaient des recherches. Josie, Noah, l'inspectrice Gretchen Palmer et leur nouvel inspecteur, Finn Mettner, disposaient dans cette salle de bureaux attitrés, tandis que le reste des agents se partageaient les autres. Gretchen tenait le combiné du téléphone contre son oreille. Son visage s'éclaira à la vue du sac du *Komorrah's Koffee.*

— Je peux vous faire patienter un instant ? demanda-t-elle à la personne au bout du fil.

Elle pressa le bouton de mise en attente et leva la tête. Josie remarqua aussitôt les cernes profonds sous ses yeux.

— Beaucoup de boulot ?

Gretchen acquiesça.

— Je crois que la chaleur du mois d'août rend tout le monde dingue. Plein d'affaires de violences conjugales, quelques bagarres de bar et une poignée de voitures volées. La situation au téléphone est beaucoup plus délicate. Vous la voulez ?

Noah s'assit à son bureau, en face de celui de Gretchen, en diagonale.

— Qu'est-ce qu'on a ?

— Deux cadavres dans les bois, répondit l'inspectrice.

— On prend, décida Josie.

Noah éclata de rire.

— Pas si vite, Quinn. Je veux en savoir plus d'abord.

— Gretchen a travaillé toute la nuit. Si elle prend ce dossier, elle devra enquiller toute la journée aussi.

— Je sais, la rassura Noah. Je plaisantais. Ressers-toi donc un peu de café et voyons ce qu'il en est.

Gretchen fit un signe de tête vers son téléphone.

— Les gardes-chasses ont arpenté les bois en prévision de la saison de chasse qui débute bientôt.

— La zone de chasse de l'État se trouve au sud de chez nous, intervint Josie. Ça fait partie du comté de Lenore, pas de celui d'Alcott.

— C'est vrai, concéda Gretchen. Au départ, l'agent de protection de la biodiversité pensait que la zone appartenait au comté de Lenore mais, quand il a demandé au bureau du shérif de Lenore de se rendre sur les lieux, ils lui ont affirmé que c'était bien le comté d'Alcott. Le gars dit que les corps se trouvent en fait sur le territoire de Denton.

Josie sentit son téléphone vibrer dans la poche de son jean. Elle l'ignora et laissa la messagerie vocale s'enclencher tandis que Gretchen tournait l'écran de son ordinateur afin que Josie et Noah puissent le voir. Elle leur indiqua un mince ruban de route serpentant à travers des kilomètres de forêt et portant le nom de State Route 9227. Une route plutôt rurale qui longeait les limites de Denton, traversant la ville du nord au sud avant de rejoindre le comté de Lenore.

— Il dit que c'est juste ici, à trois kilomètres environ de l'intersection de cette route avec... expliqua Gretchen avant de chausser ses lunettes de lecture et de se pencher vers l'écran. Otto Road.

— Je ne sais pas exactement quel service est compétent, mais on pourra mieux l'évaluer une fois qu'on aura vu où se trouve la scène de crime, proposa Josie.

— Homicide ? lança Noah.

Gretchen secoua la tête.

— Ils ne savent pas. C'est pour ça qu'ils veulent que quelqu'un aille jeter un coup d'œil. Je suis au téléphone avec l'adjoint du shérif du comté de Lenore. Un certain Josh Moore.

Apparemment, un couple campait dans la forêt et les deux personnes sont décédées. Il dit que la scène est inhabituelle, mais sans plus de détails.

— Hmm, fit Josie en étudiant l'écran tandis que son téléphone se remettait à vibrer dans sa poche.

— Je crois que ton téléphone sonne, lança Noah dans son dos.

Josie sortit son portable juste au moment où l'appel basculait sur messagerie. Son ventre se noua. Elle savait quel numéro apparaîtrait lorsqu'elle afficherait la notification. Deux appels manqués de l'établissement pénitentiaire d'État de Muncy. La prison pour femmes de Pennsylvanie.

— Ça va ? demanda Noah alors que Josie plaquait l'appareil contre sa poitrine pour qu'il ne le voie pas.

— Oui, oui.

Du doigt, elle montra le téléphone sur le bureau de Gretchen, dont l'une des touches clignotait en orange – l'adjoint Moore était toujours en attente.

— Donne-lui mon numéro de portable. Dis-lui qu'on se rejoint à l'intersection entre la State Route 9227 et Otto Road. Il pourra ensuite nous conduire jusqu'à la scène de crime. Noah, prends des GPS portables. On va en avoir besoin pour nous repérer aussi profondément dans les bois.

3

Josie fit le tour du petit campement, Noah sur ses talons. Derrière lui, Josh Moore, l'adjoint du shérif de Lenore, observait la scène. Elle s'arrêta près d'un grand érable rouge et épongea la sueur de son front. Un nuage de moucherons l'encercla et elle les repoussa d'un geste de la main. Elle jeta un coup d'œil à Moore et constata avec surprise qu'il ne transpirait pas autant que Noah et elle. Il devait avoir la quarantaine, devina Josie, était grand et costaud comme un tronc d'arbre, et visiblement en excellente forme physique puisqu'il n'avait pas eu de mal à les guider sur près de trois kilomètres à travers bois jusqu'à ce petit bivouac.

Noah tripota les boutons de son GPS portable pour tenter d'obtenir un zoom arrière. Il fallut plusieurs secondes à l'appareil pour s'allumer et être opérationnel. Noah grogna de frustration avant de demander :

— À quelle distance est-on de la limite du comté ?

Moore haussa les épaules.

— Difficile à dire. Peut-être huit cents mètres. Mais je crois vraiment que le site appartient à Denton.

Le GPS de Josie réagit plus rapidement. Elle observa l'écran et acquiesça.

— C'est bien ça, techniquement. On doit être à quatre cents mètres de la limite du comté. C'est notre secteur. Vous avez eu raison d'appeler.

— Très bien, répondit Moore. Je vais y aller, alors.

— Vous avez des affaires plus urgentes que deux cadavres ? lança Noah.

Moore éclata d'un rire sans humour.

— Ce n'est pas mon secteur.

Noah tendit le doigt vers l'autre extrémité du campement.

— Vous avez entendu l'inspectrice Quinn. À quatre cents mètres dans cette direction, c'est votre secteur.

— Mais les corps sont ici. À Denton.

— Adjoint Moore, intervint Josie, je sais que vous devez retourner à vos fonctions dans le comté de Lenore, mais pourriez-vous rester quelques minutes pour comprendre ce qui s'est passé ici au cas où nous aurions besoin de votre aide ?

Il leva brièvement les yeux au ciel. Noah ouvrit la bouche pour réagir, mais Josie le retint d'un regard.

— Juste quelques minutes, répéta-t-elle à l'intention des deux hommes, avant de se retourner vers la petite clairière.

Dos aux arbres, Josie étudia la scène. Une petite tente bleue avait été montée sur la droite, l'un des pans noué en position ouverte. De là où se trouvait Josie, l'abri semblait vide. À quelques mètres de là, juste devant elle, gisaient les restes d'un feu de camp : un cercle de pierres avec du bois et des cendres fumantes en son centre. Un sac de couchage roulé était adossé à l'un des arbres d'en face. Des affaires, pour la plupart des vêtements, jonchaient le sol tout autour, comme si quelqu'un s'était promené avec son sac à dos ouvert, les répandant au petit bonheur la chance. Dans la poussière, deux corps allongés, un homme et une femme, les pieds près du feu de camp.

Josie fit un pas vers eux, et les battements de son cœur se firent anarchiques. Noah s'approcha d'elle.

— On dirait presque qu'ils dorment, murmura-t-il.

Les corps étaient étendus côte à côte sur le dos, leurs mains jointes. Josie aperçut une grosse alliance en or à l'annulaire de l'homme. Les victimes étaient jeunes, à peine la trentaine sans doute, toutes deux en shorts kaki. L'homme portait un t-shirt bleu orné du logo Nike, et la femme un débardeur ajusté violet. Leurs silhouettes élancées et leurs chaussures de randonnée bien usées laissaient supposer des sorties régulières dans la nature. Leur mort était récente. Au milieu des bois de la Pennsylvanie, sous la chaleur étouffante du mois d'août, les corps auraient dégagé une odeur bien plus prononcée dans le cas contraire.

Josie enfila une paire de gants et s'approcha des dépouilles, s'agenouillant près de la tête de la femme. Elle pointa du doigt la bouche de la victime.

— Il y a des signes de cyanose – leurs lèvres sont bleues – et on dirait de l'écume séchée sur leur menton.

Moore avança d'un pas hésitant vers eux, s'éloignant des arbres pour rejoindre le campement.

— Depuis combien de temps pensez-vous qu'ils sont morts ?

— Pas longtemps. Ils n'ont même pas encore commencé à gonfler. Par cette chaleur, la décomposition serait rapide, expliqua Josie, tout en poussant doucement le bras de la femme, raide et inflexible. Ils sont toujours en état de rigidité cadavérique.

Elle se tourna vers l'homme au sol, et désigna une cloque sur sa joue.

— Peut-être trois à six heures ?

Noah consulta sa montre.

— Il est 8 h 15. Ils sont donc morts très tôt ce matin.

Josie soupira et se releva, balayant de nouveau la clairière du regard.

— Ils ont peut-être ingéré quelque chose. Je ne vois aucun signe de violence. Aucune coupure, égratignure ou ecchymose. Pas de blessures par balle ou par arme blanche. Pas de vêtements déchirés.

Noah tendit la main vers la traînée d'habits et d'accessoires de toilette tout autour.

— Et ça ?

— Pas sûre que ça prouve qu'il y ait eu lutte. L'un d'entre eux cherchait peut-être un truc.

La voix de Moore retentit entre les arbres derrière la tente.

— Je crois qu'on a quelque chose par ici.

Josie et Noah suivirent le son de sa voix et s'enfoncèrent de quelques mètres dans les bois. Moore se couvrait le nez et la bouche d'une main, les yeux rivés sur le sol. L'odeur de vomi parvint aux narines de Josie, et elle repéra plusieurs gros amas de cette substance, disséminés entre les troncs.

— On dirait que ce qu'ils ont ingéré les a rendus sacrément malades avant de les tuer, constata Noah.

Josie se tourna vers Moore.

— Vous pouvez jeter un coup d'œil tout autour du campement, pour voir s'il y a d'autres traces de ce genre ?

Moore haussa un sourcil.

— Je ne devrais même pas être ici. J'ai du travail à faire dans mon propre comté.

Josie esquissa un sourire crispé.

— Et si vous fouilliez au-delà de la limite du comté de Lenore, ça vous conviendrait ?

Avec un lourd soupir, Moore s'enfonça dans les bois. Josie et Noah retournèrent près des deux campeurs.

— S'ils étaient malades, demanda Noah, pourquoi ne sont-ils pas allés chercher de l'aide ?

— Il faut marcher au moins trois kilomètres avant d'atteindre un quelconque signe de civilisation. Peut-être qu'ils étaient en trop mauvais état pour faire ce chemin.

Elle sortit son téléphone portable et tapa son code secret pour déverrouiller l'écran d'accueil, découvrant une autre notification de messagerie vocale. Nul besoin de l'écouter pour savoir que l'appel venait de Muncy. Un bref souvenir de son cauchemar de la nuit passée resurgit. Elle ne se rendit compte qu'elle chancelait que lorsqu'elle entendit la voix de Noah.

— Josie, ça va ?

La jeune femme leva les yeux et croisa son regard inquiet. Elle s'appuya contre un arbre voisin et ordonna à son corps et à son esprit de lui obéir. Elle était au travail. Il fallait qu'elle se concentre.

— Oui, tout va bien, répondit-elle en brandissant son téléphone en l'air. Je n'ai qu'une seule barre. Le réseau n'est pas très bon ici.

— Tu penses qu'ils ont essayé d'appeler à l'aide, mais que leurs téléphones ne fonctionnaient pas ?

Elle acquiesça.

Noah se dirigea vers la tente, se pencha et jeta un coup d'œil à l'intérieur.

— On devrait chercher leurs portables.

— Attends, l'interrompit Josie. Je préfère appeler Hummel et demander à l'équipe d'identification criminelle de venir avant de déplacer quoi que ce soit.

Il se retourna vers elle.

— Tu penses à un homicide ?

— Je pense que c'est suspect.

Noah reporta son regard sur les corps.

— S'ils étaient si malades, ils se seraient réfugiés dans la tente, ils ne se seraient pas allongés sur le sol pour mourir, analysa-t-il avant de désigner l'abri du pouce par-dessus son épaule. J'ai aperçu un de ces ventilateurs nomades là-dedans. Ils y auraient probablement été plus à l'aise, dans un tel état.

— C'est ce que je crois aussi, confirma Josie.

Elle se décolla du tronc, éprouvant sa propre stabilité.

— Peut-être un genre de pacte de suicide, suggéra Noah.

— Peut-être. Ou peut-être que quelqu'un les a empoisonnés et a mis leurs corps en scène comme ça.

Noah fronça les sourcils.

— Je ne suis pas sûr d'être convaincu, mais on n'a pas assez d'éléments pour trancher.

— Exactement.

Son téléphone toujours en main, Josie composa le numéro de portable de Hummel. Il décrocha à la quatrième sonnerie et elle le briefa aussi vite que possible, puis lui indiqua l'emplacement approximatif du campement.

— Noah va aller sur la route et vous attendre. On ne capte pas très bien par ici, alors appelez la légiste avant de partir.

Elle se retourna vers le couple. Noah se tenait à leurs pieds, telle une sentinelle, le visage rougi, la peau couverte de sueur. Josie savait que la météo annonçait plus de trente-deux degrés aujourd'hui. Très bientôt, les corps entreraient en phase de décomposition et ce ne serait pas beau à voir.

— Je veux sortir ces gens de la forêt le plus vite possible, ajouta-t-elle.

4

Il fallut une demi-heure à Hummel et à l'équipe d'identification criminelle pour arriver. Noah fermait la marche. D'après ce que la canopée laissait entrevoir, d'épais nuages s'amoncelaient au-dessus de leurs têtes, mais la chaleur ne faisait qu'augmenter. Tous les intervenants arboraient des taches de sueur sur leurs vêtements.

— J'ai placé un agent près de la route jusqu'à l'arrivée de la docteure Feist. Elle ne va pas tarder, annonça Hummel à Josie. Elle essaie de faire venir deux ambulances pour que les deux corps puissent être sortis des bois en même temps.

Josie jeta un coup d'œil sur le couple mort dont la peau avait commencé à se dilater et à prendre une légère teinte verdâtre. L'odeur de putréfaction grandissait de minute en minute.

— Bonne idée.

Hummel et son équipe se mirent au travail, photographiant et décortiquant la scène tandis que Josie et Noah patientaient au bord de la clairière.

— Moore n'est pas revenu ? lui demanda-t-il.

Elle secoua la tête.

— Tu crois qu'il s'est barré ? Ça prend combien de temps, de chercher du vomi ?

— Apparemment, très longtemps.

— Quel connard, râla Noah.

Josie préféra l'ignorer et balaya de nouveau les lieux du regard.

— C'est un endroit assez reculé dans les bois pour camper, lança-t-elle.

Noah ressortit son GPS.

— C'est vrai. Bizarre qu'ils aient choisi de s'arrêter ici, convint-il en dézoomant l'image depuis le point rouge jusqu'à afficher des kilomètres et des kilomètres de forêt verdoyante tout autour d'eux. Eh bien, s'ils voulaient s'éloigner de toute civilisation, j'imagine que c'est un bon coin.

Hummel émergea de la petite tente, un sac à dos dans chaque main.

— Je crois que j'ai leurs pièces d'identité.

Josie et Noah remirent leurs gants et s'approchèrent. Hummel tendit à Noah l'un des sacs pendant qu'il fouillait dans l'autre, et finit par trouver un portefeuille d'homme qu'il tendit à Josie. Elle l'ouvrit, trouva un permis de conduire à l'intérieur et lut le nom qui figurait dessus.

— Tyler Yates, vingt-sept ans. Vit à Fox Mill.

— Fox Mill ? répéta Noah. C'est près de Philadelphie.

— À au moins deux heures d'ici, acquiesça Josie.

— On est à la limite du comté de Lenore, et il y a beaucoup de zones naturelles par là. Pas mal de gens y font de la randonnée et du camping, souligna Hummel. C'est bien les seuls loisirs que ce comté a à offrir aux touristes.

— C'est vrai, dit Josie.

Elle sortit son téléphone et prit une photo du permis de conduire avant de le ranger dans le portefeuille. Noah fouilla dans l'autre sac et en extirpa un grand portefeuille féminin.

Derrière quelques cartes de crédit, il trouva un autre permis de conduire.

— Valerie Yates, vingt-neuf ans, lut-il. Même adresse. Peut-être un meurtre-suicide ? Le mari a pu empoisonner sa femme puis, après sa mort, s'empoisonner lui-même. Et quand il a été prêt à partir, il s'est allongé à côté d'elle et lui a pris la main ?

— C'est possible, concéda Josie. On va creuser leur passé une fois de retour au poste.

Elle prit également une photo du permis de Valerie avant de le rendre à Noah. Puis elle balaya son écran du doigt, passant d'une photo à l'autre, étudiant leurs visages jeunes, souriants et pleins de vitalité. La tristesse la transperça. Ils n'étaient pas beaucoup plus jeunes qu'elle et Noah. Elle se demanda depuis combien de temps ils avaient été mariés, et si ce bivouac avait été une sorte d'escapade romantique. Le camping n'aurait pas été le premier choix de Josie, mais c'était une activité bon marché et un endroit aussi reculé était idéal pour un couple désirant s'isoler un peu.

— Faites-moi voir ce sac, demanda Josie à Hummel.

Il le lui tendit et elle y jeta un coup d'œil rapide, n'y trouvant rien de plus qu'un short, deux sous-vêtements masculins, du déodorant, un briquet, un téléphone et son chargeur.

— On va avoir besoin de ce téléphone, lança-t-elle avant de rendre le sac à Hummel.

Le sac de Valerie était bien plus rempli : quelques soutiens-gorge de sport, plusieurs shorts, une demi-douzaine de t-shirts, des culottes, des chaussettes, des produits d'hygiène féminine, une brosse, des barrettes, un peu de maquillage, un livre de poche et, comme dans celui de son mari, du déodorant, un téléphone et un chargeur.

— Tu penses à quoi ? demanda Noah.

Josie s'adressa à Hummel avant de lui répondre.

— Comment étaient les sacs quand vous les avez trouvés ? Ouverts ou fermés ?

— Ouverts, répondit Hummel. Comme vous les voyez maintenant.

Elle regarda Noah.

— Peut-être qu'ils ont laissé ces sacs ouverts, mais je me demande si quelqu'un ne les a pas fouillés. Regarde autour de toi. Pas de nourriture. Pas d'eau. Pas de matériel de camping. Pas de lampes de poche, pas de piles, pas de casseroles. Pas de répulsif à moustiques ni de crème solaire. Pas de trousse de premiers secours. Pas de savon, de serviettes ou de gants de toilette – rien pour se laver. On ne part pas camper avec quelques vêtements et du déodorant.

Josie confia le sac à Noah et se tourna pour examiner la traînée d'objets éparpillés autour du campement. Encore des vêtements. Deux brosses à dents. Josie se glissa dans la tente et jeta un coup d'œil autour d'elle. Une petite glacière se trouvait juste à l'entrée. Josie souleva le couvercle, mais elle était vide. En fait, la tente ne contenait rien d'autre que la glacière et deux sacs de couchage côte à côte.

— Merde, lâcha-t-elle en rebroussant chemin et ressortant à l'air libre.

Elle regarda Hummel, puis Noah.

— On a un problème.

Ils la dévisagèrent, perplexes. Elle désigna le sac de couchage roulé au pied de l'arbre.

— Il y a trois sacs de couchage, mais seulement deux cadavres.

5

— Il nous faut des renforts, décida Josie en sortant son portable. Et des chiens de recherche et de sauvetage.

Elle dut s'éloigner jusqu'à la lisière du campement pour qu'une barre s'affiche enfin à l'écran et qu'elle puisse rappeler le central pour réclamer l'envoi d'autres unités de Denton et joindre le bureau du shérif du comté d'Alcott pour demander l'appui de leur brigade canine le plus rapidement possible. Elle rangea ensuite son téléphone et se retourna vers la scène de crime. Le fin duvet de ses bras et de sa nuque se hérissa. Elle se sentait observée, comme si des doigts froids remontaient lentement sa colonne vertébrale. Malgré la chaleur accablante, elle frissonna. S'efforçant de rester aussi immobile que possible, elle tourna imperceptiblement la tête d'un côté et de l'autre pour scruter son environnement. Rien ne laissait soupçonner la présence de quiconque dans les parages, à part celle de son équipe, bien sûr. Rien ne bougea dans les bois.

La voix de Hummel la fit sursauter.

— Patronne ?

Elle se retourna et regagna la petite clairière, secouant la tête comme pour se débarrasser d'un drôle de sentiment. Était-ce le manque de sommeil ? Des vestiges de l'anxiété liée à son cauchemar et aux appels téléphoniques ? Ou bien y avait-il bien quelqu'un quelque part ? Quelqu'un qui les observait ? Ce ne pouvait être Moore. Il était parti dans la direction opposée et avait probablement repris sa voiture pour rentrer au poste de Lenore. Il s'était montré exaspérant, mais elle ne s'était pas sentie menacée en sa présence. Le troisième campeur, peut-être ? Ou pire encore ?

Elle étudia de nouveau les corps. La partie scientifique de son cerveau, guidée uniquement par les preuves visibles, identifiables et quantifiables, lui soufflait que rien ne permettait de conclure à un acte violent. Mais la zone la plus profonde et la plus intuitive de son cerveau lui conseillait de tenir compte de sa propre réaction physique. Elle posa la main sur le Glock qu'elle portait à la hanche, et son poids la rassura. L'équipe découvrirait bien assez tôt s'il y avait un intrus dans la forêt.

— Combien d'hommes avez-vous avec vous ? demanda-t-elle à Hummel.

— Cinq.

— Envoyez-en quatre fouiller les bois, ordonna-t-elle. Pendant ce temps, continuez à travailler ici avec le dernier agent. Ce campeur pourrait être malade et en train de mourir quelque part. Dès que les autres unités seront là, il faudra les envoyer explorer les environs aussi et s'assurer qu'ils ont tous un GPS sur eux. Je veux que tout le monde soit en alerte. On ne sait pas ce qui se passe ici, et je ne veux pas avoir de blessés. Quand la brigade canine arrive, voyez s'ils peuvent se servir du sac de couchage pour retrouver le troisième campeur.

Hummel acquiesça et se mit à aboyer des consignes aux agents de son équipe. Tous, sauf un, s'enfoncèrent dans les bois.

— Vérifiez aussi l'intérieur du sac de couchage pour voir s'il y a quoi que ce soit d'utile pour identifier le campeur manquant, lança Josie.

— Ça marche, patronne, répondit Hummel.

Des perles de sueur roulaient depuis la nuque de Josie jusqu'à sa colonne vertébrale. Son polo lui collait à la peau. La chaleur du mois d'août se faisait plus étouffante de minute en minute. Au-dessus des têtes, les nuages avaient viré au gris acier, ventrus et oppressants. Des orages approchaient – une très mauvaise nouvelle pour leur scène de crime. L'inspectrice sortit de nouveau son téléphone et déambula au-delà de la petite clairière jusqu'à ce que deux barres apparaissent à l'écran. Elle composa le numéro de l'adjoint Moore.

— Où êtes-vous ? s'enquit-elle sans préambule.

Il avait l'air agacé.

— Je suis dans ces foutus bois, à la recherche de vomi, comme vous me l'avez demandé.

Elle avait du mal à le croire, mais aucune importance – ils avaient du pain sur la planche. Elle lui expliqua leurs découvertes, lui indiqua qu'elle avait appelé des renforts et une brigade canine, et l'interrogea :

— Avez-vous été informé d'agissements suspects dans les bois ou dans les environs ce matin ?

— Pas à ma connaissance, mais je peux appeler le central pour savoir s'ils ont eu vent de quelque chose et demander qu'on appelle l'hôpital le plus proche. Mais il est quand même assez loin d'ici.

— Ce serait très utile.

— Je vais retourner à mon véhicule et passer quelques coups de fil.

— Certains de mes hommes vont probablement chercher ce troisième campeur dans le comté de Lenore.

Elle imagina sans mal son haussement d'épaules indifférent.

— Faites ce que vous avez à faire, hein.

Elle raccrocha avant de dire quoi que ce soit de contraire à son éthique professionnelle. Elle appela ensuite le central pour leur demander de vérifier si des comportements suspects avaient été signalés et si un patient avait été admis à l'hôpital pour un empoisonnement du côté du comté d'Alcott. Elle attendit en bordure de la clairière tandis que Hummel et son collègue poursuivaient leur travail. Noah se tenait près d'elle. Les autres unités arrivèrent et Josie les chargea de rechercher le campeur disparu dans une zone plus étendue.

— La brigade canine ne sera pas là avant deux heures au moins, annonça Noah après avoir passé quelques coups de fil de son côté. Mais on attend des orages assez violents et ils ne pourront pas avancer s'il y a de la foudre... Il faudra peut-être attendre jusqu'à demain.

— Merde, lâcha Josie. Évidemment, on ne va pas laisser de collègues dehors sous un orage. Est-ce que la pluie ne risque pas de faire disparaître la piste pour les chiens ?

Noah secoua la tête.

— Non. La dame que j'ai eue pense que les chiens pourront sûrement encore la suivre. Apparemment, l'eau n'élimine pas l'odeur humaine. Elle a aussi dit que le temps n'est pas un facteur non plus. Qu'ils viennent demain ou dans deux mois, les chiens devraient toujours être capables de trouver et de suivre une odeur.

— On n'a pas deux mois. Et si ce troisième campeur était en train de mourir ? se lamenta l'inspectrice.

— J'ai dit deux mois, c'était juste un exemple. Ils seront là dans quelques heures et, tant que la météo le permet, ils chercheront. En attendant, on va faire une battue. On peut faire venir davantage de renforts et même quelques pompiers pour fouiller les bois.

— Ça me paraît bien, acquiesça Josie.

Elle n'ajouta pas que les battues seraient tout aussi impossibles par mauvais temps. Son équipe faisait de son mieux, mais elle préférait vraiment éviter qu'un des participants finisse frappé par la foudre ou écrasé sous une branche d'arbre.

— J'ai trouvé des empreintes, cria Hummel depuis le petit

campement. Je vais essayer de faire des moulages avant que la pluie ne les efface.

— Merci, Hummel, lança Josie.

La légiste du comté d'Alcott, la docteure Anya Feist, arriva à son tour, progressant avec précaution à travers les bois. Elle avait attaché ses cheveux blond argenté en queue-de-cheval. Une fine pellicule de sueur brillait sur sa peau pâle. Derrière elle, quatre ambulanciers étaient chargés de deux brancards qu'ils appuyèrent contre les troncs d'arbres voisins. Ils restèrent en retrait pendant que la docteure Feist se mettait au travail. Josie consulta le GPS qui lui permettait de voir la position des autres membres de la police de Denton à la recherche du troisième campeur. Rien sur les radios – personne n'avait encore trouvé quoi que ce soit. Elle se tourna vers les corps et vit la docteure Feist agenouillée près de celui de Tyler Yates, palpant son bras pour évaluer sa rigidité. L'inspectrice se posta à côté de Valerie Yates, en face de la légiste.

— Qu'en pensez-vous ?

— La mort ne remonte probablement qu'à quelques heures. La cause du décès est certainement l'ingestion d'une substance qui les a rendus malades et les a tués. Peut-être une sorte d'empoisonnement. Hummel m'a montré ce que vous avez trouvé derrière la tente. Ce n'est pas à moi de dire si c'est accidentel ou non. C'est votre boulot.

Josie soupira.

— Oui, j'y travaille.

— J'en saurai plus quand j'aurai pratiqué les autopsies. Mais il y a tout de même ça.

Elle se pencha sur le corps de Tyler et souleva sa large main, dégageant la petite paume de Valerie enserrée à l'intérieur. De sa main libre, la légiste désigna une marque sur le poignet de Valerie.

— C'est une coupure ou une brûlure ? demanda Josie en se baissant.

— Je ne sais pas. Mais c'est tout récent.

— Des marques de ligature ? proposa Josie.

— Impossible de l'affirmer avec certitude. Encore une fois, j'en saurai plus une fois qu'elle sera sur ma table.

Josie s'accroupit pour examiner le poignet droit de Valerie.

— Je ne vois aucune marque de ce côté.

La docteure Feist acquiesça.

— C'est vrai. C'est curieux, mais ce n'est peut-être rien d'important.

— On pourra y revenir une fois l'autopsie terminée, lui dit Josie.

Son portable se mit à sonner. Avec une appréhension croissante, elle le sortit et fixa l'écran, aussitôt soulagée de voir qu'il s'agissait d'un appel de l'adjoint Moore et non de la prison.

— On n'a eu aucun signalement de comportements suspects dans les bois du côté du comté de Lenore, rapporta-t-il. J'ai aussi contacté l'hôpital le plus proche pour savoir si quelqu'un s'était présenté avec des symptômes indiquant une ingestion de produits toxiques, mais rien de ce genre au cours des dernières quarante-huit heures.

— D'accord, merci, répondit-elle avant de raccrocher.

— Peut-être que c'est le troisième campeur qui les a empoisonnés et qui s'est enfui, suggéra Noah en s'approchant d'elle.

— Je n'exclus pas la responsabilité du troisième campeur dans ce qui a pu se passer ici, confirma Josie en repensant au danger qu'elle avait ressenti plus tôt. Mais si j'avais empoisonné deux personnes, je n'aurais pas laissé de preuves de ma présence sur les lieux.

— Bien vu, admit Noah en se tournant vers la légiste. Une idée de ce qu'ils ont pu avaler ?

La docteure Feist se releva et retira ses gants. Elle fit signe aux ambulanciers d'approcher et ils commencèrent à emballer les corps pour les sortir de la forêt. Josie, la légiste et Noah s'écartèrent pour les laisser travailler.

— Le seul moyen de déterminer cela, c'est de faire une analyse toxicologique. Mais comme vous le savez, ça prend des semaines et on ne peut pas déceler la présence de plantes ou de baies sauvages.

— Vous pensez que c'est une substance qu'ils ont trouvée ici ? demanda Noah.

La docteure Feist haussa les épaules.

— C'est l'explication la plus plausible. Hummel dit qu'il n'y a ni médicaments, ni drogue, ni alcool dans leurs effets personnels.

— Il n'y a pas non plus de nourriture ou d'eau, souligna Josie.

— Peut-être que le troisième campeur a pris ce qu'il y avait ici quand il est parti, suggéra Noah. Mais c'est bizarre qu'un couple fasse du camping avec une troisième personne, non ?

Josie acquiesça.

— J'y ai pensé toute la matinée. Noah, tu as peut-être raison. Ça expliquerait pourquoi il manque tant de choses – ou pourquoi les objets qu'on s'attendrait à trouver sur un site de bivouac sont absents – et pourquoi on n'a pas localisé d'autre victime dans les bois à proximité.

La docteure Feist s'éventa.

— Le labo va faire les analyses courantes – alcool, opiacés, amphétamines, barbituriques, marijuana, ce genre de substances –, mais le mieux serait de recueillir un peu de ce vomi et de voir si on y trouve des traces de feuilles, de racines ou de baies inhabituelles, qu'ils auraient pu trouver dans les bois et manger.

— Je crois que c'est une mission pour Hummel, déclara Noah en fronçant le nez.

La voix de l'agent en question leur parvint de quelque part derrière la tente.

— Déjà fait.

— Quelles plantes pourraient provoquer ça ? demanda

Josie. Les vomissements, la cyanose et l'écume à la bouche ? La stramoine ? La fougère-aigle ? La digitale ?

La docteure Feist hocha la tête.

— Oui, par exemple. Et la ciguë, le laurier-rose, la ciguë aquatique. Il y a aussi beaucoup de baies vénéneuses – l'if et le houx peuvent être mortels.

Josie les connaissait aussi. Elle avait grandi dans la forêt de Denton et avait passé la plus grande partie de son enfance à l'explorer et à y jouer. Avant même son sixième anniversaire, son père lui avait appris le nom de la plupart des fleurs sauvages et fait mémoriser les plantes et les baies toxiques pour les humains. Il avait l'habitude de se promener avec elle dans les bois et de mettre ses connaissances à l'épreuve. Plus tard, après son décès, elle aimait interroger son ami d'enfance, Ray, sur les plantes et les baies comestibles et celles qui les rendraient malades ou les tueraient.

— À votre place, lança la légiste, si je voulais vraiment réduire le champ d'investigation, je chercherais dans un rayon d'au moins deux kilomètres toute substance toxique que ce couple aurait pu facilement ajouter à son dîner ou son thé.

Josie acquiesça. Les ambulanciers embarquèrent Tyler et Valerie Yates, et la docteure Feist les suivit.

— Je fais au plus vite pour leurs autopsies et je vous tiens au courant si je trouve quoi que ce soit d'inhabituel.

Hummel sortit de derrière la tente, une grande boîte en carton dans les mains.

— Patronne, dit-il en s'approchant de Josie. Il faut que vous voyiez ça.

6

Hummel fouilla dans le carton jusqu'à en extirper un sachet scellé transparent contenant ce qui ressemblait à une fine chaîne en or. Josie le lui prit des mains pour le regarder de plus près.

— C'est un collier ? demanda Noah.

— Oui. On dirait une chaîne en or avec une breloque en forme de cœur.

Le petit cœur doré était fendu en son milieu et de minuscules diamants scintillaient tout autour.

— Je pense que c'est un bijou de femme. Où l'avez-vous trouvé ? La chaîne est cassée.

— Dans ce sac de couchage enroulé, répondit Hummel.

Josie et Noah se regardèrent.

— Nous avons donc un couple qui campe au milieu de nulle part avec une autre femme, récapitula Noah.

— Les époux sont morts et la femme a disparu, conclut Josie.

— Peut-être qu'il s'agissait de leur fille ? proposa Hummel.

Josie repensa à leurs visages et aux dates de naissance sur leurs permis de conduire.

— J'en doute. À moins que Valerie Yates soit tombée enceinte à l'adolescence, une éventuelle fille serait encore assez petite, et je ne suis pas sûre que des parents laisseraient une enfant dormir dehors. Ils la garderaient plutôt dans la tente avec eux, non ?

— Peut-être une préado, proposa Hummel.

— Elle devrait avoir entre dix et douze ans maximum, reprit Josie. Je ne suis pas sûre que ce soit vraiment un bijou pour quelqu'un de cet âge, ni que, en tant que parent, je laisserais ma fille préadolescente dormir seule dans les bois alors que je serais bien à l'abri dans une tente. Il y a des animaux sauvages dans le coin.

Noah lui prit le sachet des mains et le porta à hauteur de ses yeux.

— Il pourrait appartenir à une préado. Difficile de dire s'il est cher ou non.

— Impossible de savoir si ce sont de véritables diamants ou non, ou si c'est de l'or quatorze carats, renchérit Hummel.

— D'accord, concéda Josie. On ne peut donc pas exclure cette hypothèse.

Son ventre se serra à l'idée d'une jeune fille perdue et malade dans ces bois – ou pire encore. Une fois de plus, pendant un instant, ses poils se hérissèrent. Noah se frappa la nuque d'une main.

— Maudits moustiques, grommela-t-il.

Josie scruta les interstices entre les arbres qui bordaient le campement, à la recherche d'un détail inhabituel, mais en vain. Elle chassa cette étrange sensation. Elle s'accrochait à une pensée pour atténuer son anxiété : des hommes fouillaient déjà la forêt, au moins jusqu'à l'arrivée des orages. Elle espérait que la situation se maintiendrait encore deux ou trois heures – ce qui pourrait être déterminant.

— On en saura plus quand on sera de retour au poste et qu'on aura des infos sur le couple Yates. Pour l'instant, laissons notre équipe poursuivre les recherches. Pourquoi on n'irait pas tous les trois inspecter les environs pour voir s'il y a des plantes vénéneuses ?

Josie commença à s'éloigner. Noah s'attarda derrière, les yeux rivés sur son téléphone.

— Tout va bien ? demanda Josie.

Il leva la tête vers elle et grimaça.

— Je n'ai aucune idée de ce que je dois chercher.

Josie éclata de rire.

— Sérieusement ?

Noah haussa les épaules.

— Je traînais plutôt avec les sportifs.

Josie se tourna vers Hummel. Il essuya la sueur de son front et esquissa un petit sourire.

— Je suis chasseur, alors mon père a veillé très tôt à ce que je sache ce qu'il ne faut pas toucher ni manger. Je vais consigner ces indices et demander à deux gars de m'aider à chercher.

— Merci, Hummel, répondit Josie avant de s'adresser à Noah. Viens avec moi, alors. Je vais te donner un cours intensif.

Ils partirent d'un côté et Hummel de l'autre. Les deux policiers se frayèrent un chemin parmi les arbres, consultant régulièrement leur GPS pour se repérer dans la zone de fouille.

— Depuis notre arrivée, est-ce que tu n'as pas l'impression que...

Elle s'interrompit. Que dire ? L'impression que quelqu'un les observait ? Comme si quelqu'un ou quelque chose de malveillant les guettait, là, à l'abri des regards ?

— Que quoi ? demanda Noah.

Josie agita la main.

— Laisse tomber. Je suis juste fatiguée.

Noah s'immobilisa.

— Dis-moi.

Josie l'imita et posa une main sur sa hanche.

— S'il y avait quelqu'un d'autre ici avec nous, on l'aurait trouvé, tu ne crois pas ?

Noah haussa les épaules.

— On aurait au moins trouvé des preuves de sa présence. Un truc laissé derrière lui ou une trace. Pourquoi ? Tu penses qu'il y a quelqu'un dans les bois ? En dehors de nos agents et de cette troisième campeuse ?

— Je ne sais pas. Non, c'est juste que... C'est sûrement juste une mauvaise journée. Continuons à avancer, d'accord ?

— D'accord, accepta Noah.

Il se remit en route, et Josie lui emboîta le pas. À côté d'elle, il souffla.

— Je pourrais essorer mon t-shirt comme une serpillière.

— Je sais.

Josie lui jeta un coup d'œil et constata un début de boiterie. Il s'était cassé la jambe plusieurs mois auparavant en sautant d'un immeuble en flammes et avait passé deux mois avec un plâtre puis six semaines en rééducation, mais elle savait que cette blessure le gênait encore parfois.

Elle se retint de lui faire remarquer sa claudication, consciente que Noah n'accepterait jamais de retourner attendre à la voiture. Elle devait lui faire confiance pour qu'il admette de lui-même qu'il atteignait ses limites. Dans le cas contraire, il aurait très mal le lendemain.

— Dis-moi ce qu'on cherche, lui lança-t-il.

Elle ralentit pour qu'il puisse la suivre et lui énuméra les plantes toxiques qu'elle était sûre de trouver dans les bois de Denton et susceptibles de provoquer des réactions graves, voire mortelles : la stramoine, le laurier-rose, la digitale, la ciguë, la ciguë aquatique. Elle décrivit chacune de ces espèces en détail afin qu'il sache quoi repérer, puis elle enchaîna sur les baies qui auraient pu rendre les époux Yates malades et les tuer : le bourreau des arbres, le cotonéaster, le houx, le genévrier et le raisin d'Amérique.

Josie tendit le doigt droit devant.

— C'est un ruisseau, là-haut ?

— On dirait bien.

Elle se fraya un chemin au milieu d'une rangée d'arbres, Noah sur les talons, et tomba sur un cours d'eau qui traversait la forêt. Elle sortit son GPS.

— Cold Heart Creek, lut-elle sur l'écran. On est à environ huit cents mètres du campement. Cette zone appartient sans aucun doute au comté de Lenore.

Elle tourna la tête de gauche à droite.

— C'est un peu loin, mais les Yates ont très bien pu venir chercher de l'eau ici. Dans ce cas, ils auraient eu besoin d'un petit filtre à eau portable ou, a minima, d'une casserole pour faire bouillir l'eau. Et d'un récipient pour la boire.

Noah s'essuya le visage avec le bord de son t-shirt.

— Ils ont peut-être bu l'eau sans la filtrer. Mais je ne sais pas si ça aurait pu les tuer si vite.

Ils avancèrent côte à côte jusqu'à la rive, de petits cailloux crissant sous leurs pieds. Josie eut une furieuse envie de sauter dans le ruisseau pour se rafraîchir, même si, de leur position, il ne semblait pas bien profond. Comme s'il avait lu dans ses pensées, Noah s'arrêta, s'accroupit et préleva un peu d'eau dans ses mains pour s'en asperger le visage.

— Tu penses qu'il y avait quelqu'un au campement.

Ce n'était pas une question.

— Oui, répondit Josie. Je pense que quelqu'un a emporté leurs affaires. Est-ce que c'est lié à l'empoisonnement ou est-ce que c'est juste un vol après leur décès... Ça, je ne sais pas.

Elle n'ajouta pas qu'elle croyait que cette personne était encore là. Noah avait raison, ils auraient vu ou entendu quelque chose.

— Les corps ont peut-être été mis en scène, admit Noah. Quelqu'un a pu glisser un poison dans leur nourriture ou leur eau, attendre qu'ils meurent, les allonger l'un à côté de l'autre, main dans la main, et emporter leurs affaires.

Il se releva et se remit en marche. Cold Heart Creek s'étirait plus au sud du campement, plus loin dans le comté de Lenore.

— C'est le scénario qui m'est venu à l'esprit, mais alors pourquoi se donner la peine d'empoisonner des gens juste pour prendre leurs affaires ? N'importe qui aurait pu se servir à sa guise pendant qu'ils dormaient. Et puis pourquoi les laisser ensemble main dans la main ? Ça ressemble à un truc que seule une personne qui les connaissait aurait fait.

— Donc, si c'est un acte criminel, on en revient à cette troisième campeuse qui serait notre suspecte.

Josie soupira.

— On n'a pas encore assez d'infos.

Ils cheminèrent en silence quelques minutes de plus, jusqu'à ce que Josie n'y tienne plus. Elle s'agenouilla sur un gros rocher bordant le ruisseau et se rafraîchit le visage et le cou. L'eau fraîche était un véritable délice. Alors qu'elle se relevait à contrecœur, elle aperçut une grande ciguë de l'autre côté du ruisseau. Elle la montra du doigt.

— Là-bas.

Noah scruta l'endroit qu'elle pointait.

— C'est de la ciguë, c'est ça ?

— Absolument.

Ils observèrent le cours d'eau en amont et en aval. A priori, impossible d'atteindre l'autre rive sans se mouiller.

— On pourrait tout aussi bien traverser à pied, proposa Noah en anticipant la proposition de Josie. On est déjà trempés de sueur. Qu'est-ce que ça changerait ?

Josie prit les devants, avançant à pas lents et prudents sur le lit rocheux du ruisseau. À son point le plus profond, l'eau ne lui arrivait qu'à la taille. Elle dut admettre que cette sensation était agréable, même si elle savait pertinemment qu'elle risquait d'avoir des ampoules aux pieds plus tard, à force de marcher avec des baskets mouillées, et que son pantalon imbibé serait plus lourd à porter. De toute façon, s'ils ne terminaient pas avant que la pluie se mette à tomber, ils seraient trempés.

Lorsqu'ils atteignirent la plante, Noah enfila une paire de gants, puis se tourna vers elle.

— Tu as apporté un sachet scellé ?

Josie sourit et en sortit un.

— J'en ai pris deux à Hummel, oui. Attends un peu, regarde ça.

Elle montra l'une des plus petites branches.

— Il y a une tige cassée ici.

Noah se pencha pour l'examiner.

— Prends des photos. Et pose un repère sur le GPS pour savoir à quelle distance du campement la plante se trouvait.

— D'accord, répondit-elle, manipulant le GPS avant de sortir son téléphone.

Elle prit plusieurs clichés de la ciguë pendant que Noah en prélevait quelques fragments. Josie était en train de ranger son portable lorsque son regard fut attiré par quelque chose derrière la plante.

— Qu'est-ce que c'est ?

Noah rangea le sachet de preuves et retira ses gants.

— Quoi donc ?

Josie fit quelques pas.

— Derrière ces arbres. Il y a un truc qui brille. On dirait une clôture.

— Allons jeter un œil, proposa Noah en ouvrant la marche, guidant Josie à travers l'abondante frondaison sur cette rive du ruisseau.

Josie estima à environ vingt-cinq mètres la distance entre la berge où ils avaient trouvé la ciguë et la clôture grillagée qui s'étendait dans les deux directions aussi loin que leur regard portait. De l'autre côté, toujours plus d'arbres. Josie longea la grille jusqu'à ce qu'elle atteigne un panneau noir avec une inscription en lettres rouges : « Propriété privée. Défense d'entrer. »

— Pourquoi y a-t-il une clôture au beau milieu de cette foutue forêt ? murmura Noah en arrivant à sa hauteur.

— C'est une propriété privée, répondit-elle en montrant l'écriteau. On devrait appeler et demander à Moore ce qu'il en est. Ça vaut peut-être la peine de s'y intéresser.

7

Hummel les attendait au campement, à l'ombre d'un chêne. Les recherches des autres policiers n'ayant rien donné, Noah lui confia la ciguë ensachée et Josie le laissa retourner au poste pour enregistrer les preuves et remettre les échantillons et les moulages des empreintes de pas qu'il avait découvertes au laboratoire de la police d'État. Les autres agents de la police de Denton n'étaient que de minuscules points sur la carte GPS, serpentant à travers la forêt environnante sur plusieurs kilomètres dans toutes les directions. Un officier en uniforme attendait l'arrivée de la brigade canine au bord de la route. Jusqu'à maintenant, personne n'avait trouvé de trace de la troisième campeuse.

Josie et Noah commencèrent à se diriger vers la route où leur véhicule était stationné.

— Il faut qu'on voie ce qu'on peut trouver sur le couple Yates, annonça Josie. Vérifier leurs antécédents, identifier leurs plus proches parents. Essayer de savoir qui voyageait avec eux.

— Tu veux appeler Moore ou je le fais ?

Avec un gros soupir, Josie sortit son téléphone.

— Je m'en occupe.

Il décrocha après six sonneries.

— On voulait vous parler d'une clôture grillagée qu'on a vue dans les bois. Du côté du comté de Lenore, dans votre secteur. C'est une propriété privée. Vous savez à qui elle appartient ?

— À une communauté. Ils possèdent une cinquantaine d'hectares, si je ne dis pas de bêtises. Ils ont tout clôturé.

— Une communauté ? répéta Josie.

— Oui, répondit Moore. Un tas de gens y vit, cultive ses propres aliments, ce genre de trucs. C'est là depuis des années. Ils l'appellent le Sanctuaire.

— C'est un groupe religieux ? Ou une secte ?

— Je ne pourrais pas vous dire. Je n'en sais pas beaucoup plus.

— Comment savez-vous que c'est une communauté ?

— Pourquoi vous voulez savoir tout ça ?

— Parce que ce n'est vraiment pas loin du campement, et que la troisième campeuse a très bien pu se rendre sur cette propriété. Il y a un problème ?

Un court silence, puis un soupir.

— Non, aucun problème. C'est juste quelques personnes qui vivent de leur terre, vous voyez ? On n'a jamais eu de soucis avec eux. Ils paient leurs impôts fonciers, ils restent entre eux.

— Donc ils ne seront pas fâchés si on va leur parler ?

Encore un silence. Pendant un instant, Josie se dit que Moore avait raccroché.

— Vous ne devriez pas les déranger à moins d'y être vraiment obligée.

— Je dois le faire, insista Josie. Ils ont un chef à qui je devrais plutôt m'adresser ?

— C'est une femme âgée qui dirige l'endroit. Charlotte...

Il s'interrompit, et Josie comprit qu'il cherchait le nom de famille dans sa tête.

— Fadden, voilà. Charlotte Fadden.

— Combien de personnes vivent là-bas ?

— Écoutez, je vous ai dit qu'on n'avait pas beaucoup d'infos. La dernière fois que j'ai entendu parler de cette communauté, il y avait entre quinze et vingt personnes qui y vivaient, mais c'était il y a au moins dix ans.

— Vous étiez déjà ici il y a dix ans ? Il y a eu un crime ?

— Non, non. Je vous le répète, ils ne posent aucun problème. J'ai juste discuté avec une des personnes qui vivaient là à l'époque.

Josie n'arrivait pas à saisir ce qu'il cachait et pourquoi il était si méfiant. Avait-il été membre de la communauté à un moment donné ?

— Où se trouve l'entrée ?

Il lui donna l'adresse.

— Vous pensez que vous pouvez nous retrouver là-bas ? Nous présenter, tout ça. Nous sommes dans votre secteur, après tout.

— Vous avez trouvé des trous dans la clôture ? S'il n'y en a pas, je ne vois pas l'intérêt de déranger ces gens.

Noah, qui se tenait à ses côtés, l'oreille tendue vers le téléphone pour écouter la conversation, regarda Josie et leva les yeux au ciel.

— Je vais déranger ces gens, Moore. Maintenant, vous pouvez nous faciliter la tâche – c'est *votre secteur*, je le rappelle – ou je peux tout simplement y aller avec mes hommes. Qu'est-ce que vous préférez ?

Un autre lourd soupir.

— Très bien. On se rejoint là-bas.

Le Sanctuaire n'était rien d'autre qu'une vieille ferme au bardage blanc qui avait viré au gris avec les années et les intempéries. Le toit du porche s'affaissait. Une courte allée menait à de larges marches, une pelouse méticuleusement coupée et de petits parterres de fleurs colorées bordant le périmètre de la grande maison. La bâtisse était vieille, mais bien entretenue. Josie balaya les environs du regard. À l'arrière de la maison, plusieurs voitures assez anciennes étaient garées dans l'herbe, près d'une grange d'un rouge délavé. Derrière celle-ci, elle aperçut la clôture qui s'enfonçait dans les bois. Tout en suivant Moore jusqu'au perron aux côtés de Noah, elle se pencha pour jeter un coup d'œil de l'autre côté de la maison, mais elle ne distingua qu'un vaste champ planté de rangées de légumes. Un homme et une femme y travaillaient, la pelle à la main. Ils portaient des pantalons kaki amples, des débardeurs décolorés et des bandanas sur la tête pour empêcher la sueur de dégouliner sur leur visage. De temps en temps, ils relevaient les yeux vers le ciel de plus en plus sombre.

Moore frappa à la lourde porte en bois et attendit. Josie remarqua que les fenêtres étaient ouvertes, les rideaux à l'intérieur flottant au gré du vent. Il n'y avait pas de climatisation. Josie se demanda s'ils avaient même l'électricité.

— Vous êtes sûr qu'il y a quelqu'un ? lança Noah.

— Bah, sinon, vous pouvez aller parler à ces gens-là, dans le jardin.

Quelques instants plus tard, la porte s'ouvrit dans un grincement en laissant apparaître le visage pâle et fin d'une femme. Elle était jeune, peut-être la trentaine, vêtue d'un short en jean défraîchi et d'un simple t-shirt blanc. Elle jeta un bref coup d'œil aux trois policiers et déclara :

— Je vais chercher Charlotte. Attendez ici.

La porte se referma. Josie glissa un regard vers Noah. Moore se tourna vers eux.

— Ils sont assez isolés ici. Pas beaucoup de visiteurs.

Pendant qu'ils patientaient, Josie trouva un fauteuil à bascule sous le porche, s'assit et sortit son téléphone pour écouter sa boîte vocale. La voix du sergent Dan Lamay l'informa qu'aucune femme errant dans les bois du côté de Denton n'avait été signalée, et que l'hôpital Denton Memorial n'avait traité aucun patient répondant à ces critères. Josie soupira et rangea son portable. Entre la brigade canine qui tardait et la tempête qui s'annonçait, ils trouveraient peut-être plus facilement l'identité de la troisième campeuse en fouillant dans les réseaux sociaux et les téléphones des Yates, et en interrogeant leurs proches.

La porte se rouvrit avec un craquement et Josie sursauta quand apparut une femme d'un certain âge, vêtue d'une ample robe bleue qui lui tombait jusqu'aux chevilles, frôlant une paire de sandales. Ses cheveux blancs ondulaient jusqu'en bas de son dos. Un bracelet de chanvre enserrait l'un de ses minces poignets et elle tendit la main à l'adjoint Moore pour le saluer. Un sourire chaleureux éclairait son visage. Ses joues étaient rebondies et luisantes, sa peau fine comme du crépon étirée sur ses pommettes. Des rides creusaient le coin de ses yeux et encadraient sa bouche mince.

— Bonjour, messieurs-dames, lança-t-elle. Charlotte Fadden.

Elle serra la main de Noah, puis celle de Josie, prenant le temps d'étudier cette dernière avant d'ajouter :

— J'ai soixante-douze ans.

— Je vous demande pardon ?

Charlotte garda la paume de Josie dans la sienne.

— Vous vous demandiez quel âge j'avais. J'ai soixante-douze ans. Comment vous appelez-vous, ma chère ?

Brièvement décontenancée, Josie mit quelques secondes à se ressaisir.

— Inspectrice Josie Quinn, de la police de Denton. Voici mon collègue, le lieutenant Noah Fraley.

Charlotte lui rendit sa main, mais garda le même sourire.

— Denton ? Qu'est-ce qui vous amène par chez moi ?

— Nous venons de retrouver les corps de deux personnes dans les bois, juste à la limite du secteur de Denton. Elles campaient. Le site se trouve à environ un kilomètre de la clôture qui entoure votre terrain. Nous pensons qu'une troisième personne, une femme, se trouvait sur place. Nous aimerions savoir si vous ou quelqu'un d'autre sur votre propriété avez vu ou entendu quelque chose. Est-ce que quelqu'un est venu ici au cours des dernières vingt-quatre heures ?

Charlotte fronça les sourcils.

— Pas à ma connaissance, mais entrez. Je vais en parler à certains de mes proches. Vous souhaitez certainement jeter un coup d'œil.

— Oui, répondit Josie. Ce serait parfait.

— C'est ici que je vous laisse, annonça Moore, en soulevant son chapeau pour saluer Charlotte. Madame Fadden.

Elle jeta un œil à son badge.

— Adjoint Moore.

Ils ne se connaissaient donc pas. *Ou bien jouent-ils la comédie ?* se demanda Josie tandis que Moore retournait à sa voiture de patrouille et qu'ils le regardaient s'éloigner. Noah grommela, suffisamment bas pour que seule Josie l'entende :

— Eh bien, nous n'avions finalement pas besoin d'être présentés.

Josie et Noah suivirent Charlotte à l'intérieur, où il faisait étonnamment frais sans climatisation. Ils traversèrent le vestibule jusqu'à une spacieuse cuisine où deux femmes se tenaient devant une table en bois abîmée, occupées à émincer des légumes.

— Mesdames, leur lança Charlotte. Ces officiers de police ont rencontré des problèmes dans les bois environnants la nuit dernière. Ils sont à la recherche d'une femme disparue. Pouvez-vous rassembler tout le monde près de la grange pour que nous puissions leur parler ?

Les femmes acquiescèrent et sortirent par la porte de derrière. Josie inspecta la pièce, notant la présence d'un réfrigérateur.

— Nous avons l'électricité dans la maison. Vous devez être complètement déshydratés. Est-ce qu'un verre d'eau bien fraîche vous ferait plaisir ?

— Avec joie, répondit Noah.

Charlotte sortit un grand pichet du réfrigérateur et trouva deux verres dans l'un des placards. Ils s'installèrent autour de la table et Charlotte leur versa à chacun un verre d'eau. Josie dut se retenir de le vider d'un trait. La vieille dame sourit de nouveau et posa le pichet au centre de la table.

— Resservez-vous, si vous voulez. Vous avez travaillé dehors toute la matinée ?

— Oui, répondit Noah.

Josie reposa son verre vide sur la table et sortit son téléphone. Sur le chemin entre la scène du crime et le Sanctuaire, elle avait utilisé une application pour recadrer les photos des permis de conduire de Tyler et Valerie Yates et mettre leurs portraits côte à côte. Elle tourna l'écran afin que Charlotte puisse voir les visages souriants des mariés.

— L'une ou l'autre de ces personnes vous semble-t-elle familière ?

Charlotte étudia les clichés quelques instants, son sourire se fana et une petite ligne verticale apparut entre ses sourcils.

— Non, ils ne me disent rien. Je ne crois pas les avoir déjà rencontrés, mais vous devriez montrer ces photos aux autres. Quelqu'un pourrait se souvenir de l'un d'entre eux ou des deux, s'ils sont déjà venus ici. Ma mémoire n'est plus aussi fiable qu'avant.

Josie envoya le montage photo par message à Noah avant de ranger son téléphone dans sa poche.

— L'adjoint Moore nous a dit que vous possédiez une cinquantaine d'hectares.

— En effet, répondit Charlotte. Même si nous n'en utilisons que très peu. Nous avons notre jardin, qui est assez grand, et une bonne partie du terrain est consacrée aux logements.

— Aux logements ? demanda Noah.

Charlotte éclata d'un rire proche du tintement d'un carillon.

— C'est peut-être un bien grand mot. Ici, nous mettons l'accent sur la nature. Nous cultivons notre propre nourriture et nous exploitons la terre pour subvenir à nos besoins. Nous n'avons pas vraiment de bâtiments à proprement parler. Les gens vivent dans des tentes, la plupart du temps.

— Et quand il pleut ? On attend un violent orage, souligna Josie.

— Je demande à tout le monde de se rassembler dans la grange ou dans la maison quand il y a des orages. C'est aussi simple que ça.

— Et en hiver ? insista Josie.

Le sourire de Charlotte ne fléchit pas.

— La maison et la grange sont chauffées. Les gens sont invités à y dormir pendant les mois d'hiver, ou ils peuvent vivre au grand air. On peut camper à l'extérieur par temps froid, vous savez. Nous avons quelques petites cabanes à l'arrière de la propriété, mais je crois qu'elles ne sont pas chauffées et en bien piteux état. Je ne pense pas que quiconque les utilise.

— Vous ne savez pas si quelqu'un y vit ? demanda Josie.

— Non, ma chère, je ne suis la mère de personne. Si les autres veulent les utiliser, ils sont les bienvenus, mais je ne distribue pas les chambres, expliqua-t-elle en riant. Nous sommes tous des adultes ici. Je suis passée dans ce coin de la propriété il y a un mois environ, et il me semble qu'aucune cabane n'était habitée.

Charlotte haussa les épaules avant d'ajouter :

— Je ne sais pas vraiment, pour être honnête.

— Vous ne savez pas vraiment ? répéta Josie, sans parvenir à masquer son incrédulité.

Charlotte s'esclaffa de nouveau.

— Inspectrice Quinn, les gens vont et viennent ici comme

bon leur semble. On appelle ce lieu le Sanctuaire parce qu'on veut que les gens se sentent libres de venir quand ils en ont besoin et de repartir quand ils le souhaitent. Je possède cette propriété depuis des décennies, et jamais je n'ai ressenti le besoin de tenir un registre des allées et venues de chacun.

— Avez-vous une procédure de contrôle des visiteurs ? demanda Josie. Comment vous assurer que vous ne laissez pas entrer des individus dangereux chez vous ?

Charlotte se pencha pour remplir le verre de Josie.

— Les gens qui viennent ici ne sont pas du genre à faire du mal aux autres. Ils viennent ici parce qu'ils cherchent la paix.

— Comment pouvez-vous en être sûre ? renchérit Noah, sa voix trahissant son exaspération.

Charlotte ne se laissa pas impressionner.

— Je fais passer un entretien à tout nouvel arrivant. Il reste avec moi dans la maison pendant quelques jours. Je lui consacre plusieurs séances au cours desquelles nous discutons de ses antécédents et de ses besoins. Ensuite, nous visitons la propriété et je lui montre les conditions de vie. Si cela lui plaît, il reste un peu. Sinon, il part.

— Avez-vous déjà dû refuser quelqu'un ? s'enquit Josie. Ou expulser quelqu'un ?

— Non, pas une fois, depuis toutes ces années. C'est vraiment extraordinaire, non ? Mais je crois que l'énergie que nous envoyons dans le monde nous est rendue à un certain niveau. Je n'ai jamais émis que de l'énergie positive et c'est ce que j'attire dans ma maison.

Josie et Noah échangèrent un regard dubitatif.

— Qu'est-ce que vous offrez aux gens qui viennent jusqu'ici ? demanda Josie.

— Tout ce dont ils ont besoin, répondit Charlotte d'un ton énigmatique.

— De quoi ont besoin la plupart des gens ? relança Noah.

— D'un havre, expliqua Charlotte du tac au tac. D'un

refuge. Le monde n'est pas tendre. Ici, ils trouvent un lieu de paix où ils peuvent avancer à leur propre rythme. Ils ont le gîte et le couvert. Je propose des séances de méditation guidée et de discussion pour ceux qui souffrent de traumatismes psychologiques. Nous n'autorisons pas la consommation de drogues ou d'alcool, il n'y a donc pas d'inquiétude à avoir à ce sujet. La plupart des gens veulent simplement venir ici pour devenir la version la plus authentique d'eux-mêmes, sans être jugés.

— Comment ces gens découvrent-ils cet endroit ? l'interrogea Josie.

— Si vous vous demandez si je vais les chercher, la réponse est non. Je ne l'ai jamais fait. C'est simplement grâce au bouche à oreille.

— Vous avez toujours vécu seule ici ? rebondit Noah.

La peau autour des yeux de Charlotte se tendit.

— Cette terre appartenait à mon mari. Il était plus âgé que moi. J'avais dix-neuf ans quand nous nous sommes mariés et trente-deux quand il est mort d'une crise cardiaque. J'ai alors traversé un processus de deuil assez long qui a impliqué beaucoup d'alcool. Cinq ans plus tard, j'ai rencontré dans un bar une femme qui cherchait à échapper à une situation familiale violente, et je lui ai offert un refuge ici. Elle est restée avec moi pendant de nombreuses années avant de retourner dans le monde extérieur. Au fil des ans, nous avons invité d'autres femmes. Finalement, les gens ont commencé à débarquer sur le pas de ma porte. Et le Sanctuaire a grandi.

— Certains sont là à perpétuité ? demanda Noah.

Charlotte lui lança un regard perplexe.

— « À perpétuité » ? À vous entendre, on croirait que c'est une prison.

Noah s'éclaircit la gorge.

— Je voulais juste parler des personnes qui n'ont aucune intention de partir.

Charlotte hocha la tête.

— Nous avons plusieurs personnes qui semblent très bien installées. Mais comme je l'ai dit avant, je ne garde pas de registre. Je ne pense pas que ce soit nécessaire.

Josie s'approcha de l'une des fenêtres. Plusieurs personnes plutôt dépenaillées s'étaient rassemblées devant les portes de la grange.

— Vous avez soixante-douze ans, déclara Josie. Qu'est-ce qui va arriver à ces gens à votre mort ? Avez-vous des enfants ?

Josie perçut de nouveau la tension derrière son sourire.

— Non, je n'ai pas d'enfants. Quand je mourrai ? Eh bien, je suppose que ce sera la fin, n'est-ce pas ? Rien ne peut durer éternellement.

— Avez-vous rédigé un testament ? lança Noah.

— Dites-moi, cette question ne serait-elle pas un peu éloignée de votre enquête du jour, lieutenant ?

Les mots étaient cinglants, mais le ton de la vieille dame restait égal, calme et aimable. Elle désigna la porte de derrière.

— Allons parler aux habitants. Montrez-leur vos photos et demandez-leur si l'un d'entre eux a vu votre campeuse disparue.

Ils suivirent Charlotte dehors, où une trentaine de personnes étaient maintenant assises ou se tenaient debout dans l'herbe devant la grange. Josie allait demander si tout le monde était bien là, mais elle savait que Charlotte répondrait simplement qu'elle ne savait pas. Tout en marchant, Josie s'adressa à voix basse à Noah.

— Je veux les noms de toutes les personnes présentes, leur date de naissance, depuis combien de temps elles sont ici, et toutes les informations que tu peux leur soutirer.

— Compris, souffla Noah en sortant un petit carnet de notes.

8

Tout en s'éloignant de Noah pour mieux se partager le groupe, Josie remarqua que ces gens étaient presque tous âgés de vingt-cinq à quarante-cinq ans. Seuls quelques-uns semblaient dépasser la cinquantaine. La plupart des membres du Sanctuaire gardaient les yeux rivés sur le sol ou ailleurs que sur les policiers, et les rares regards directs restaient méfiants.

La majorité d'entre eux avaient l'air de zombies, leurs visages étaient inexpressifs, et Josie ne savait pas si c'était à cause de la canicule ou de tout autre chose. Personne ne souriait. Il lui paraissait étrange qu'un sanctuaire, un lieu prétendument de paix et un refuge, soit habité par des personnes à la mine si triste. Elle se demanda même s'ils n'étaient pas tous sous l'emprise de stupéfiants. Des plantes ? Ou peut-être que la seule présence de la police les mettait mal à l'aise.

Elle s'approcha d'un homme très grand, d'une vingtaine d'années, et qui portait serré autour du front un bandana dont s'échappaient quelques mèches blondes. Josie lui tendit la main. D'un geste nerveux, il essuya la sienne sur son jean et la serra mollement.

— Je suis l'inspectrice Josie Quinn, se présenta-t-elle.

Il faisait au moins une tête de plus qu'elle mais, comme il ne la regardait pas, Josie s'approcha et leva les yeux pour croiser son regard.

— Comment vous appelez-vous ?

Il avait les yeux bleus.

— Tru.

Josie sortit son carnet et nota son nom.

— Tru ?

— Truman. Vous savez, comme Truman Capote ou Harry Truman ?

— Je vois. Et votre nom de famille, Tru ?

— Dreyer.

— Quel âge avez-vous ?

— Vingt-six ans.

— Depuis combien de temps vivez-vous au Sanctuaire ?

— Je dirais neuf mois, environ.

Il baissa de nouveau les yeux sur la bande de terre qui les séparait. L'homme lui répondait comme un robot, et Josie se demanda s'il était simplement gauche, ou si on lui avait donné pour instruction d'en dire le moins possible aux forces de l'ordre.

— Où habitiez-vous avant de venir ici, Tru ?

— À Lewisburg.

C'était à près de trois heures de route vers le nord. Josie balaya les environs du regard, et constata que Charlotte les surveillait de près.

— Pourquoi être venu au Sanctuaire ?

— Je voulais me reconnecter à la nature, vous voyez ?

— Et que faisiez-vous avant ? Vous étiez à l'université ?

Il haussa les épaules.

— J'y suis allé quelque temps. Mais ce n'était pas vraiment pour moi. J'aime bien... j'aime bien être ici.

Josie n'en avait pas l'impression. Elle jeta un coup d'œil à

Noah qui conversait avec une jeune femme vêtue d'une chemise rouge défraîchie et d'un pantacourt kaki. Elle se tenait les mains croisées devant elle et, comme Tru, gardait les yeux baissés, donnant des réponses presque monosyllabiques. C'était curieux, car les femmes se montraient généralement réceptives avec Noah, grâce à sa nature affable et douce et à son physique agréable.

— Qu'est-ce que vous faites ici, Tru ? demanda Josie en se retournant vers le jeune homme.

— Je m'occupe de l'entretien extérieur, en gros. Je coupe l'herbe dans les zones communes, ce genre de choses.

— Vous devez avoir besoin d'un tracteur-tondeuse pour cette mission, remarqua Josie.

— Non, non. On a des tondeuses normales.

De sa position, Josie voyait qu'une bonne partie du terrain était soigneusement entretenue. Il faudrait des jours pour tout tondre avec des tondeuses poussées. Mais comme ils n'avaient rien d'autre à faire que de cultiver la terre et d'entretenir la propriété, ils avaient probablement largement le temps pour s'atteler à une tâche pareille.

— Où dormez-vous, Tru ?

Il tendit la main derrière lui, vers un champ qui s'étendait jusqu'à l'orée des arbres. Des tentes de différentes couleurs se détachaient sous les feuillages.

— Dans une tente ? insista Josie.

— Oui.

Elle rangea son carnet.

— Vous avez dormi dans votre tente la nuit dernière ?

Il acquiesça.

— Avez-vous entendu quoi que ce soit au cours de la nuit ?

Il la dévisagea.

— Comme quoi ?

— Quelque chose d'inhabituel ? Quelqu'un dans les bois. Quelqu'un qui vomit. Quelqu'un qui appelle à l'aide.

— Oh, euh, non. Je ne me suis pas réveillé de la nuit.

— À quelle heure vous êtes-vous couché ?

— Oh, je ne sais pas. Il n'y a pas d'horloge ici. On vit au rythme du soleil.

Évidemment.

Josie sortit son téléphone et balaya l'écran du doigt jusqu'à trouver la photo du couple Yates, qu'elle montra à Tru.

— Avez-vous déjà vu l'une ou l'autre de ces personnes ?

Il étudia rapidement les photos et secoua la tête.

— Non. Je ne les ai jamais vues. Je ne les reconnais pas.

Elle rangea son portable dans sa poche et essuya la sueur qui perlait au-dessus de ses yeux.

— Vous quittez souvent le Sanctuaire ? lui demanda-t-elle.

Il reporta aussitôt son regard sur elle.

— Quoi ?

— Vous quittez souvent la propriété ?

Il la fixait, les yeux écarquillés, très sérieux.

— Oh, je ne pars pas. Je n'ai jamais quitté les lieux depuis mon arrivée.

— Pourquoi ?

— Eh bien, je n'ai pas envie de partir.

— Vous êtes déjà allé dans les bois par-delà la clôture ?

— Non. Je n'en vois pas l'intérêt. Charlotte dit que c'est une zone de chasse qui appartient à l'État. On préfère rester à l'écart des chasseurs et tout ça.

Josie le remercia d'avoir répondu à ses questions et passa à la personne suivante, une femme du nom de Jeanne Downey, âgée d'une quarantaine d'années et originaire de Pittsburgh. Ses réponses furent tout aussi brèves que celles de Tru. Elle vivait ici depuis cinq ans, après avoir combattu une dépendance aux opiacés à la suite d'une blessure au dos. Ici, elle participait à la préparation des repas et au raccommodage des vêtements et des tentes. Elle fixa la photo du couple Yates un peu plus longtemps que Tru, puis secoua la tête.

— Je ne les ai jamais vus. On a fini ?

— Pas encore, répondit Josie en prenant le temps de remettre le téléphone dans sa poche. Où dormez-vous, Jeanne ?

— Dans la maison.

— À quelle heure vous êtes-vous couchée hier soir ?

— Je ne sais pas. C'était à la nuit tombée. Après le dîner.

L'inspectrice lui posa les mêmes questions qu'à Tru, mais la femme n'avait rien vu ni entendu d'inhabituel et ne s'était jamais aventurée au-delà de la clôture.

À peine Josie l'avait-elle remerciée de sa disponibilité que Jeanne s'éloignait d'un pas brusque vers la maison. La suivante était Megan Rodriguez, une infirmière de vingt-neuf ans originaire de Hazelton, qui avait souffert de fibromyalgie, de dépression et d'anxiété jusqu'à son arrivée au Sanctuaire.

— Depuis que je suis ici, je n'ai plus mal nulle part.

— À quoi attribuez-vous ce phénomène ? s'enquit Josie.

Megan ébouriffa ses longs cheveux bruns, les souleva de sa nuque avant de les laisser retomber.

— Je pense que c'est grâce au travail que Charlotte fait avec moi.

— Qui consiste en quoi ?

Ses yeux se promenaient partout sauf vers Josie.

— Du yoga. De la méditation. Et puis on mange ce qu'on cultive. Je crois que cette alimentation me fait du bien.

— Depuis combien de temps êtes-vous ici ?

— Un peu plus d'un an, je crois. C'est difficile à dire, mais je suis arrivée au printemps et, là, c'est de nouveau l'été.

Megan était l'infirmière de la communauté. Elle traitait les égratignures et les bleus, évaluait si les membres avaient besoin de davantage de soins qu'elle ne pouvait en prodiguer, les conduisait le cas échéant à l'hôpital ou à la clinique locale, distribuait des médicaments, mais rien de plus fort que de l'ibuprofène ou de l'aspirine. Elle dormait dans l'une des tentes, n'avait jamais quitté le Sanctuaire ni rien entendu d'inhabituel au cours des dernières vingt-quatre heures, et ne reconnut pas non plus le couple Yates.

Josie se tourna de nouveau vers Noah, en plein interrogatoire d'un Afro-Américain à l'air maussade, les bras croisés sur la poitrine, sur la défensive. Noah lui jeta un rapide coup d'œil en retour et secoua la tête presque imperceptiblement, comme pour dire qu'il n'avait rien appris d'utile lui non plus. Du bout de son stylo, il fit un geste en direction des portes de la grange et Josie crut apercevoir un mouvement dans l'obscurité derrière les portes ouvertes. Elle remercia Megan pour le temps qu'elle lui avait consacré et s'approcha du bâtiment d'un pas nonchalant.

Il y faisait à peine plus frais qu'à l'extérieur. Dans les stalles où du bétail aurait normalement été parqué se trouvaient des lits de camp garnis d'oreillers et de couvertures légères soigneusement pliées. Les réserves à foin en mezzanine étaient encombrées de cartons, et une lumière terne coulait d'une ampoule suspendue au milieu du toit du bâtiment. Josie cligna des yeux pour qu'ils s'adaptent à la pénombre. Elle longea lentement la rangée de box. Seul le dernier sur la gauche était occupé.

La femme était jeune, dix-neuf ou vingt ans, estima Josie. Elle était assise au bord du lit de camp, les bras serrés autour d'elle. Dans son dos, un drap froissé. Ses cheveux bruns et sans éclat retombaient en vagues molles sur ses épaules. Sa peau était si pâle qu'elle en était presque translucide.

Elle ne leva pas les yeux lorsque Josie pénétra dans son espace privé. Elle se mit plutôt à se balancer lentement d'avant en arrière, les yeux rivés sur le mur en face d'elle. Une chemise d'homme beige à manches longues cachait le haut de son corps et un pantalon kaki trop grand s'étirait jusqu'à ses chevilles, formant de larges plis autour d'une grosse paire de bottes.

— Je suis l'inspectrice Josie Quinn, annonça-t-elle doucement à la jeune fille.

Celle-ci s'immobilisa. Elle leva les yeux vers Josie. Ils

étaient bleus, et le bas de son visage était constellé de taches de rousseur.

— Charlotte m'a demandé de vous parler, lança-t-elle sans ambages.

Josie fit un autre petit pas en avant.

— Est-ce qu'elle t'a dit ce qu'il fallait me répondre ?

Son regard se fit plus perçant – un glissement microscopique, mais que Josie saisit.

— Qu-quoi ? balbutia-t-elle.

— Comment t'appelles-tu ? demanda Josie.

— Renee.

— Renee comment ?

— Kelly.

— Eh bien, Renee Kelly, je suis ravie de te rencontrer.

La jeune fille détourna le regard et bougea les bras, les décroisant et les recroisant. Josie aperçut ce qui ressemblait à des taches sur la manche de son bras gauche. Des taches sombres. Rouges ou marron.

— Tu t'es fait mal ? demanda Josie.

Un éclair traversa les yeux de Renee.

— Quoi ?

Josie avança encore d'un pas et se plaça juste devant la jeune fille, avant de pointer du doigt le tissu.

— On dirait du sang.

Renee leva le bras, vit les taches – Josie en compta six de tailles différentes – puis plaqua très vite la manche contre son corps, pour les cacher.

— Non, je ne me suis pas fait mal.

— Quelqu'un t'a fait mal ? insista Josie.

Pas de réponse. Josie s'assit doucement à côté de la jeune femme. Elle s'attendit à un mouvement de recul, mais il n'en fut rien. Leurs genoux se touchèrent un instant, Josie souffla et se détendit, s'efforçant de dégager une énergie sereine, comme s'il ne s'agissait que d'une conversation banale entre deux femmes.

Josie regarda autour d'elle.

— Tu dors toujours ici ?

Renee acquiesça.

— Je préfère être ici que dans une tente.

— Qui sont tes colocataires ?

Elle énuméra quelques noms que Josie ne reconnut pas, des hommes et des femmes.

— Ce n'est pas trop bizarre de dormir ici avec des hommes ?

Renee secoua la tête.

— Non, ça va.

— Je suis de Denton, lui confia Josie. Et toi ?

— Cherry Hill, marmonna-t-elle.

— C'est dans le New Jersey ?

Un hochement de tête.

— Quel âge as-tu, Renee ?

— Dix-neuf ans.

Au moins, elle acceptait de parler.

— Tu te plais ici ?

Un autre hochement de tête vigoureux.

— Je comprends que ça puisse te plaire, concéda Josie. C'est beau. C'est calme. On revient aux fondamentaux, à la nature. Mais je pense que je ne pourrais pas empêcher mon esprit de s'emballer. J'ai un vrai problème avec ça.

Josie devina l'esquisse d'un mince sourire au coin des lèvres de Renee.

— Charlotte dit que vous faites beaucoup de méditation ici. Je n'ai jamais essayé. Est-ce que ça fait du bien ?

Renee croisa son regard.

— Je crois, oui. Je préfère les méditations guidées. Si je n'ai pas de guide, mon esprit se remet à tourner en rond.

Josie rit doucement.

— C'est ce qui me conviendrait le mieux aussi. On dirait que tout le monde a un travail ici. Le jardin, la cuisine, l'entretien de la pelouse... Et toi ?

— Oh, j'aide dans le jardin ou dans la serre.

— Qu'est-ce qui t'a amenée ici ?

— J'avais l'impression de ne rien faire de ma vie. Je n'avais pas les moyens de faire des études. Je collectionnais les petits boulots minables et que je détestais pour un salaire dérisoire. J'ai été arrêtée pour conduite en état d'ivresse et une personne de mon groupe de soutien m'a parlé de cet endroit. Ça avait l'air parfait.

— C'est ton avis aussi ? Tu trouves que c'est parfait, ici ?

Ses bras se resserrèrent autour de son corps. Le balancement reprit de plus belle. Lorsque Josie lui toucha l'épaule, la jeune fille tressaillit.

— Renee, dit Josie doucement. S'il se passe quelque chose qui te met mal à l'aise, je peux t'aider. Tu peux partir d'ici avec moi tout de suite.

Aucune réaction.

— Je peux te protéger.

Un murmure s'échappa des lèvres de Renee, à peine audible. Josie n'était pas sûre de ce que la jeune fille avait soufflé, mais elle aurait pu jurer avoir deviné : « Non, tu ne peux pas. »

— On n'est pas obligées de discuter ici, chuchota Josie, en se levant pour regarder par-dessus les parois séparant les stalles afin de s'assurer qu'elles étaient toujours seules.

Elle tendit la main à Renee.

— Viens avec moi. On peut aller se promener ou faire un tour en voiture, si tu veux. Je vois bien que quelque chose te tracasse, Renee. J'aimerais t'aider.

Un long silence retomba entre elles.

— Tu veux me montrer ton bras ? Je peux demander des pansements à Megan.

— Non, non, s'empressa de répondre Renee. Je t'en prie.

Josie attendit encore une minute, mais Renee ne reprit pas la parole. Elle continuait à se balancer sans répit. Finalement,

Josie sortit son téléphone pour afficher la photo de Tyler et Valerie Yates, et tourna l'écran vers Renee.

— Est-ce que tu reconnais l'une de ces personnes ?

Elle examina les visages pendant quelques secondes et secoua la tête.

— Non. Je suis désolée.

— As-tu vu ou entendu quelque chose d'inhabituel hier soir ou ce matin ?

— Non.

Josie désigna du doigt le grenier au-dessus de la stalle de Renee.

— Qu'est-ce qu'il y a là-haut ?

— C'est les réserves. Des médicaments, de vieux vêtements, des lits de camp supplémentaires, des couvertures.

— Ça te dérange si je jette un œil ? demanda Josie en montrant l'échelle.

Renee haussa les épaules. Josie rangea son téléphone au fond de sa poche et grimpa l'échelle en bois. La chaleur sous les combles l'oppressait à mesure qu'elle parcourait prudemment les lieux pour vérifier que personne ne s'y cachait. Elle ouvrit quelques cartons et conclut que Renee avait raison : ce n'était qu'un espace de stockage de matériel.

De retour en bas, Josie observa de nouveau Renee. Elle hésita à lui donner une carte de visite, mais elle craignait que cela ne fasse plus de mal que de bien.

— Renee. Quand vous arrivez ici, que faites-vous de vos téléphones portables ?

— On les détruit.

— Et en cas d'urgence ?

— Il y a quelques membres qui savent conduire et qui peuvent emmener les gens à l'hôpital. Mais c'est rare. Depuis que je suis ici, un seul gars a eu une appendicite. Megan l'a emmené voir un médecin. Il s'en est sorti.

— Et si quelqu'un veut partir ?

— Charlotte ou quelqu'un d'autre emmènerait la personne jusqu'à la ville la plus proche et la déposerait.

— Et toi, tu veux partir ?

Pas de réponse.

Josie sortit quand même une carte et la posa sur les genoux de la jeune fille.

— Mon numéro de portable est dessus. Si tu as des problèmes et que tu peux mettre la main sur un téléphone, appelle-moi. À n'importe quelle heure. De jour comme de nuit.

Renee baissa les yeux sur la carte, son expression passant de l'apathie à la détresse, puis à l'espoir avant de revenir au néant. Josie se retourna pour partir. Alors qu'elle atteignait les portes de la grange, elle crut entendre de nouveau la voix de Renee.

— Me-merci.

9

Dehors, Noah interrogeait toujours les membres du Sanctuaire. Quelqu'un effleura l'épaule de Josie et elle se retourna : Charlotte se tenait juste derrière elle.

— Inspectrice, l'un de mes hommes m'a annoncé qu'il y avait une brèche dans notre clôture. Il l'a découverte la semaine dernière. Voulez-vous la voir ? Je peux vous y accompagner pendant que votre collègue jette un coup d'œil à la propriété ?

Noah n'était plus qu'à quelques mètres et Josie perçut la mise en garde qu'il lui adressa. Mais elle ne ressentait aucune menace en présence de Charlotte. Elle était bizarre, certes, mais Josie ne la voyait pas tenter de lui nuire alors que Noah était sur les lieux, bien que Josie soit certaine que Renee Kelly avait de graves ennuis. Elle ne pouvait pas le prouver mais, même si elle avait raison, elle doutait que celui qui faisait du mal à Renee essaierait de s'en prendre à elle ou à Noah, d'autant plus qu'ils s'étaient présentés pour une affaire officielle. Un coup d'œil vers le ciel la troubla, mais elle n'avait entendu aucun coup de tonnerre ni vu aucun éclair, il lui restait donc encore du temps pour fouiller les lieux.

— Ce serait formidable. Mon collègue va jeter un œil à la serre et aux cabanes que vous avez mentionnées.

— Bien sûr, répondit Charlotte.

Elle tendit un bras vers l'étendue d'herbe de l'autre côté de la grange. Josie se mit à marcher à travers la pelouse. Devant elles, une rangée d'arbres se dessinait. En s'approchant, Josie distingua plusieurs petites tentes dressées à l'ombre des feuillages. Quelques personnes avaient même installé des cordes à linge entre les troncs d'arbres, sur lesquelles étaient suspendus leurs vêtements élimés. Il y avait aussi des chaises de camping et un hamac. Josie compta une quinzaine de tentes en tout.

— Ils ne dorment pas tous sous les tentes, comme je l'ai dit, expliqua Charlotte. Il y a aussi la maison et la grange.

L'espace d'un instant, Josie se demanda si cette femme était médium – ou si elle était juste si transparente pour elle.

— Ça vous tracasse, n'est-ce pas ? demanda Charlotte.

— Quoi donc ? répliqua Josie sans croiser le regard de la vieille dame.

— Je vois vos questions sur votre visage.

Josie réussit à esquisser un sourire crispé.

— Je ne pensais pas être un livre ouvert.

— Je ne crois pas que ce soit le cas. J'ai l'habitude de déchiffrer les pensées des gens. J'espère que vous ne trouvez pas cette pratique trop intrusive.

— Pas de souci.

Alors qu'elles passaient devant les tentes et s'enfonçaient dans les bois, Charlotte reprit :

— Certains résidents partagent des tentes. Je n'encourage pas les relations, mais je ne les décourage pas non plus.

— Il n'y a pas d'enfants ici, si ?

— Ça, en revanche, je le déconseille. Je n'ai aucune expérience avec eux et je ne suis pas sûre que ce soit le meilleur endroit pour eux. Je travaille avec des adultes qui ont de graves problèmes personnels et affectifs. Si quelqu'un est prêt à fonder une famille, sa place n'est plus ici.

— Si l'une des membres tombait enceinte, vous l'obligeriez à partir ? demanda Josie.

— Pas avant qu'elle ait un endroit où aller. Je ne suis pas cruelle. Je travaillerais avec elle dans la mesure du possible pour m'assurer qu'elle ait un endroit sûr où vivre.

— Est-ce que cette situation s'est déjà produite ici ?

— À quelques reprises, au fil des ans. Ça s'est toujours bien passé.

— Pour autant que vous le sachiez.

Elles étaient profondément engagées dans la forêt, et Josie ne voyait plus le ciel par-delà la canopée. Elle se demanda combien de kilomètres elle avait marché depuis le début de la journée. Une centaine, lui semblait-il. Noah et elle avaient encore beaucoup de travail à abattre à leur retour au poste. Dans l'espoir d'accélérer le processus, Josie pressa le pas. Charlotte la suivait facilement et, avec une pointe d'agacement, Josie remarqua que la femme ne transpirait même pas. Quelques minutes plus tard, elles parvinrent à la clôture. Charlotte fit un signe vers la gauche et Josie entreprit de suivre la grille dans cette direction, tout en sortant son GPS pour vérifier la distance qui les séparait du campement – environ six kilomètres.

— Combien de temps encore avant d'arriver à la brèche ?

Charlotte sourit sereinement.

— Pas longtemps. Vous n'êtes pas bien ici ? Vous ne sortiez pas du bois dans votre jeunesse, n'est-ce pas ?

Josie haussa un sourcil.

— Au sens propre ou au sens figuré ?

— Les deux.

— Oui, c'est vrai, admit Josie. Et non, je ne suis pas bien ici. Je n'aime pas cette chaleur, un orage se prépare et j'ai encore beaucoup de travail aujourd'hui.

— C'est tout ?

— Comment ça ?

— Il y a autre chose, non ? Vous êtes... aux prises avec quelque chose.

— Je ne suis pas...

Mais Josie ne termina pas sa phrase, car son cauchemar et les appels manqués de la prison de Muncy lui revinrent en pleine figure.

— Je peux peut-être vous aider, proposa Charlotte. Si vous souhaitez en parler.

Josie fit encore deux pas avant de se rendre compte que la vieille dame s'était arrêtée. Elle se retourna, et constata que les yeux sombres de Charlotte étaient rivés sur elle, si fixement que c'en était perturbant.

— C'est en lien avec cette période sombre de votre enfance, n'est-ce pas ?

Josie sentit un frisson parcourir sa colonne vertébrale et espéra que Charlotte ne le percevrait pas. Elle était de plus en plus désarmée et désarçonnée par cette femme étrange qui souriait comme si elle savait quelque chose que Josie ignorait, qui ne transpirait pas sous une température qui dépassait les trente degrés et qui semblait connaître les pensées de Josie avant que celle-ci ait même le temps de les formuler.

— Écoutez. Je suis ici dans le cadre d'une enquête. Nous avons trouvé deux cadavres et une femme qui pourrait être malade a disparu. Je n'ai pas le temps pour ça.

Charlotte resta là, figée comme une statue.

— Vous n'avez jamais pris le temps pour ça, ne le voyez-vous pas ?

Elle fit un pas vers Josie et effleura sa joue, suivant la longue cicatrice décolorée depuis son oreille jusque sous le menton. Elle voulut reculer, mais ses pieds refusèrent de bouger.

— Les choses touchent à leur fin, n'est-ce pas ? Quoi qu'il en soit, vous n'aurez qu'une seule chance, et vous vous demandez si vous devez la saisir ou non.

Josie se ressaisit et fit un pas en arrière, s'écartant de la femme.

— Madame Fadden, je dois me concentrer sur cette enquête. Montrez-moi juste la brèche dans la clôture, s'il vous plaît.

Charlotte lui offrit un sourire entendu qui ne fit qu'attiser l'irritation qui montait en Josie devant ce comportement trop familier. Elle s'évertua à garder une expression neutre et professionnelle, se contentant d'observer Charlotte. Celle-ci se retourna et ouvrit la marche en silence. Dix minutes plus tard, elles arrivèrent à une section de la clôture pliée et tordue jusqu'à former un V.

— On dirait qu'un arbre est tombé dessus, dit Josie. Quelqu'un est venu enlever une branche ?

— C'est tout à fait possible. Nous utilisons toutes les branches trouvées sur le sol de la forêt comme bois de chauffage. Nous les stockons pour l'hiver.

— Depuis combien de temps est-ce que c'est comme ça ?

— Oh, on ne sait pas. Ça peut faire des semaines, peut-être des mois. Comme je l'ai dit, l'un des nôtres vient de m'en parler, mais il ne savait pas exactement depuis combien de temps c'était comme ça. Il ne l'a remarqué que la semaine dernière.

Josie soupira. La clôture endommagée ne lui semblait pas suspecte, mais elle la photographia quand même avec son portable et plaça un repère sur son GPS, remarquant qu'elle se trouvait à près de six kilomètres du campement.

— Madame Fadden, une brigade canine est en route pour tenter de localiser la femme disparue. Il est possible que le chien et son maître aient besoin d'accéder à votre propriété. Est-ce que vous seriez d'accord ?

— Bien sûr, ma chère, répondit Charlotte avec un sourire. Tout ce dont vous avez besoin.

Un faible grondement de tonnerre résonna au loin. Avant

de reprendre le chemin de la ferme, elle envoya un message à Noah.

On est sur le retour. J'espère que tu es prêt. J'ai besoin de me tirer d'ici au plus vite.

10

Dans la voiture, sur le chemin du retour au commissariat de Denton, Josie poussa la climatisation à fond, orientant la ventilation la plus proche vers elle afin de recevoir l'air glacial directement sur le visage. Elle gémit de plaisir en serpentant sur les routes rurales étroites. Elle laissait derrière elle le comté de Lenore et entrait dans Denton par le sud. Le ciel avait viré au noir et le tonnerre grondait au loin.

Noah parcourut la liste des membres qu'il avait interrogés. Il y en avait vingt-sept, en plus de ceux à qui Josie avait parlé. Ils avaient entre dix-huit et cinquante-trois ans. Tous vivaient au Sanctuaire depuis au moins trois semaines, et jusqu'à sept ans pour les plus anciens. Ils étaient originaires de diverses communes dans l'État et certains venaient du Maryland, du Massachusetts ou de Virginie. Chacun avait choisi de rejoindre le Sanctuaire après une période éprouvante : toxicomanie, violences familiales, sans-abrisme, dépression, ou simplement un sentiment diffus de perte de sens. Tous avaient donné les réponses les plus courtes possible aux questions de Noah. Aucun n'avait reconnu Tyler ou Valerie Yates ni entendu ou vu quoi que ce soit de suspect ou d'inhabituel au cours des dernières vingt-quatre heures.

— Je pense qu'ils ont peut-être reçu des ordres avant notre interrogatoire, déclara Josie. La fille dans la grange, Renee Kelly, je crois que quelqu'un lui fait du mal.

Elle narra sa rencontre à Noah.

— Tu crois que sa situation a quelque chose à voir avec le couple Yates ou notre campeuse disparue ?

Josie soupira.

— Je n'en sais rien. J'ai besoin d'en savoir plus sur elle.

— Tu penses pouvoir la faire parler ?

— Avec assez de temps, loin des autres, oui, je pense que oui.

— Il faudra peut-être qu'on y retourne, alors. En fonction de ce qu'on découvre d'autre.

— Il y a beaucoup d'éléments manquants encore. Il faut vraiment qu'on fouille dans la vie des Yates, qu'on tente de découvrir l'identité de cette troisième campeuse, et je veux faire un point avec la légiste dès qu'elle aura fini les autopsies.

— C'était quoi, son délire, à cette femme ? Fadden ?

— Je ne sais pas, répondit Josie. Elle est très bizarre.

Elle voulut ajouter qu'elle soupçonnait Charlotte d'être une sorte de médium – même si Josie ne croyait pas aux médiums –, mais elle aurait alors été contrainte de lui parler des appels de la prison de Muncy. Elle préféra donc lui demander :

— Tu penses que je suis facile à cerner ? Est-ce que tu peux dire exactement ce que je pense rien qu'en me dévisageant ?

Noah rit.

— Non. Enfin, je peux sûrement y arriver assez souvent parce qu'on passe pas mal de temps ensemble, mais tu n'es pas un livre ouvert. Pourquoi cette question ?

— Oh, comme ça. J'étais juste curieuse. Tu as trouvé quelque chose en fouinant un peu ?

— Rien d'intéressant. Je veux dire, je ne comprends pas

comment ces gens peuvent vivre dans de telles conditions, mais je n'ai rien trouvé en lien avec l'enquête. On devrait quand même faire venir des équipes pour quadriller plus finement l'ensemble du terrain. J'ai demandé à Charlotte et elle a accepté.

Des éclairs fendirent le ciel. Quelques secondes plus tard, un coup de tonnerre retentit.

— Oui, elle a accepté de laisser notre brigade canine fouiller la propriété aussi, ajouta Josie.

— Ils m'ont paru assez ouverts. Coopératifs.

— C'est vrai pour Charlotte, admit Josie. Les autres semblaient... tellement détachés. Soit ça, soit on leur a dit ce qu'ils devaient répondre.

— Eh bien, oui, ça donnait un peu cette impression. Clairement, aucun ne s'est montré très volontaire, mais ils m'ont facilité la tâche. Ils ont répondu à toutes mes questions, nous ont montré tous les endroits qu'on voulait voir. J'ai inspecté la serre. Il n'y avait rien. Les cabanes sont pour ainsi dire en ruine. Rien ne laisse supposer que quiconque y habite. Je ne pense pas que la troisième campeuse ait réussi à entrer dans la communauté.

— Moi non plus. Mais c'est vraiment très proche du campement, et je ne crois pas qu'on puisse l'ignorer.

Des gouttes de pluie tapèrent le pare-brise.

— Bien sûr, approuva Noah. Je vais voir si les unités de recherche déployées autour de la scène de crime peuvent pousser jusqu'à la communauté avant la fin de la journée. J'ai aussi appelé Mett pendant que je t'attendais. Il a trouvé une Jeep Grand Cherokee noire de 2017 enregistrée au nom de Tyler Yates dans le fichier des immatriculations. Moore a dit que son équipe allait tenter de la localiser dans le comté de Lenore. Mett a appelé le central et leur a demandé de faire passer le mot du côté de Denton, qu'ils sachent qu'on recherche ce véhicule.

— Super. Et leurs téléphones ? Hummel a réussi à les débloquer ?

— Non, dit Noah. Ils sont protégés par un mot de passe, mais Mett est en train de rédiger des mandats à envoyer à leurs opérateurs téléphoniques pour voir si on peut accéder à leurs données.

— Le plus proche parent ? poursuivit Josie.

— La docteure Feist est dessus.

La pluie se mit à tomber de plus en plus fort et de plus en plus vite, suffisamment pour que Josie active ses essuie-glaces.

— Est-ce que tu as pu avoir la police de Fox Mill ?

— Pour savoir si Tyler et Valerie Yates étaient portés disparus ? Oui, je les ai eus au téléphone. Tu es restée un bon bout de temps dans les bois avec cette Charlotte.

— Je sais. Et qu'a dit la police de Fox Mill ?

— Aucun des deux n'a été déclaré disparu.

— Rien d'étonnant. Leur périple était probablement planifié. On en saura plus quand on discutera avec leurs proches. Des comptes sur les réseaux sociaux ?

— Je n'ai pas encore pu y jeter un coup d'œil.

Les gouttes s'étaient changées en une pluie battante et continue. Josie augmenta la vitesse de ses essuie-glaces, s'efforçant de rester concentrée sur la route devant eux.

— On le fera dès notre arrivée au poste.

— Après avoir mangé. Je suis affamé.

— On va commander à manger, approuva Josie. Peut-être un truc dans ce...

Elle ne finit pas sa phrase. Les articulations de ses doigts blanchirent soudainement autour du volant et elle fit une embardée pour éviter une femme qui trébuchait au milieu de la chaussée.

— Qu'est-ce que c'est que ce bordel ? lança Noah.

Il plaqua les deux mains sur le tableau de bord lorsque Josie freina brusquement. Elle se rangea sur le bas-côté et coupa le moteur.

— Tu as vu ça ? demanda-t-elle en ouvrant sa portière. Cette femme. Elle est sortie des bois. Viens !

Ils se précipitèrent sous la pluie jusque sur la route, et trouvèrent la femme à genoux sur la double ligne jaune au milieu de la chaussée. Elle était jeune. Ses longs cheveux bruns mouillés étaient emmêlés et parsemés de brindilles et de feuilles. Sa peau était très bronzée et maculée de saleté. La plante de ses pieds était noire de bleus et d'une croûte de sang séché. Pendant un instant, Josie resta interdite. Elle était certaine de ne pas avoir heurté la femme, alors pourquoi celle-ci était-elle tombée ? Avait-elle glissé sous la pluie ? Mais à mesure qu'ils se rapprochaient, Josie vit qu'elle était recroquevillée autour de son ventre distendu, ses deux mains agrippant le tissu de sa robe droite unie, usée jusqu'à la corde. Elle était enceinte. Très enceinte.

— Mademoiselle ? cria Josie en arrivant à sa hauteur, s'efforçant de se faire entendre par-dessus le vacarme régulier de la pluie. Mademoiselle ?

La femme laissa échapper un hurlement si fort et si aigu qu'il fit sursauter Noah et Josie.

— Elle ne peut pas rester sur la chaussée, décida Noah.

Ils se mirent chacun d'un côté de la femme et lui saisirent les bras. Au début, elle se débattit, puis émit un autre cri. Alors qu'ils la traînaient vers le véhicule de Josie, cette dernière remarqua le sang rouge vif qui dégoulinait entre ses jambes.

— Mon Dieu, souffla Noah. Qu'est-ce qui lui est arrivé ? Mademoiselle ? Mademoiselle ? Vous pouvez nous dire votre nom ?

Alors qu'ils atteignaient l'arrière de la voiture, Josie ouvrit le hayon.

— Elle va avoir un bébé, Noah.

Il se figea, abasourdi.

— Maintenant ?

— Tu n'as pas remarqué son ventre ? Aide-moi à la faire monter à l'arrière.

La femme se fit plus lourde à porter tandis qu'une autre contraction la saisissait, et elle tenta de se recroqueviller sur elle-même.

— Eh bien, oui, mais je ne pensais pas... hésita Noah. Elle est en train d'accoucher, là, tout de suite ? Il faut qu'on appelle une ambulance.

— On va le faire, confirma Josie, s'efforçant de soutenir au mieux le poids de la femme. Mais aide-moi à la mettre à l'arrière de la voiture pour que je puisse l'examiner. Noah, s'il te plaît.

Ils la placèrent dos au coffre de la voiture et chacun passa un bras sous une aisselle et un autre sous une cuisse, avant de la hisser rapidement pour qu'elle s'asseye à l'arrière. Le hayon ouvert offrait une protection bienvenue contre les trombes d'eau qui s'abattaient sur eux. Le ciel noir vira au blanc éclatant sous les éclairs et le tonnerre gronda.

— Mademoiselle ! cria Josie par-dessus les gémissements de la femme.

Elle voulait attirer son attention, mais ses yeux s'étaient voilés. Noah était au téléphone avec le central, et il réclamait une ambulance tout en essayant de déterminer leur position exacte.

— On est sur la State Route 9227, lui dit Josie, à environ cinq kilomètres de la limite du comté de Lenore. Pose un repère sur le GPS, comme ça, ils pourront nous trouver.

Elle n'avait pas grand-chose à l'arrière de son véhicule, juste le nécessaire en cas d'urgence : une lampe de poche, un démarreur de batterie portable, des tendeurs, un cric, une pompe à air, une couverture et quelques serviettes en papier. Les seules choses utiles pour le moment étaient les serviettes en papier et la couverture. La femme s'agita tandis que Josie essayait de lui glisser la couverture enroulée derrière la tête.

— Mademoiselle, répéta-t-elle, en criant par-dessus le fracas de la pluie qui s'écrasait sur le toit de la voiture et le hayon ouvert.

Les yeux de la femme se posèrent enfin sur Josie, écarquillés de terreur.

— Aidez-moi.

— On va vous aider, la rassura Josie.

Noah s'avança et se pencha vers elle.

— Mademoiselle. Comment vous appelez-vous ?

Josie brandit les serviettes en papier et désigna l'entrejambe de la femme.

— Il faut que je jette un coup d'œil, d'accord ? Pour vous nettoyer un peu, voir ce qui se passe ?

Mais alors qu'une nouvelle contraction l'assaillait, elle tendit la main et saisit l'épaule de Noah, l'attirant à elle.

— Aidez-moi ! Aidez-moi !

Alarmée par le rythme des contractions, Josie enfila une paire de gants habituellement utilisés sur les scènes de crime et écarta doucement les genoux de la femme. Elle souleva l'ourlet de la robe de la femme et le poussa vers son ventre proéminent. Josie se servit d'une poignée de serviettes en papier pour essuyer une partie du sang et du liquide qui recouvraient l'intérieur de ses cuisses. Elle ne portait pas de sous-vêtements. Josie écarta doucement les jambes de la femme, et poussa un petit cri.

— Qu'est-ce qu'il y a ? demanda Noah.

La femme tenait maintenant fermement le cou de Noah entre ses bras, ce qui le déséquilibrait. Il était blanc comme un linge.

— On n'a pas le temps d'attendre l'ambulance, expliqua Josie.

— Quoi ? Qu'est-ce que tu racontes ?

— On voit la tête.

— Qu'est-ce que tu veux dire par là ?

Josie le fusilla du regard.

— Noah, dit-elle d'un ton sec. Ce bébé arrive. J'ai besoin de ton aide. Lève sa jambe vers sa tête.

Comme il hésitait, Josie lui saisit la main et la glissa derrière le genou de la femme.

— Vas-y, lui intima-t-elle. Remonte sa jambe aussi haut que possible vers sa tête.

— Aidez-moi ! cria encore la femme.

Josie compta dans sa tête – la prochaine contraction n'allait plus tarder. Elle tendit la main et décrocha l'un des bras de la femme du cou de Noah. À quelques centimètres du visage de la future mère, Josie plongea son regard dans le sien.

— La douleur va revenir, expliqua-t-elle. Quand vous la sentez, il faut que vous poussiez. Aussi fort que possible. Vous comprenez ? Poussez.

Une longue seconde s'écoula, puis la femme hocha vigoureusement la tête. Josie releva la deuxième jambe de l'inconnue, repoussa son genou vers sa tête, et prit sa main libre pour la poser derrière sa cuisse.

— Accrochez-vous ici, lui ordonna Josie.

La femme s'exécuta et enfonça les doigts de son autre main dans la nuque de Noah. Il grimaça. Elle ferma les yeux alors qu'une autre contraction déferlait.

— Poussez ! cria Josie. Poussez !

La femme poussa de toutes ses forces, un hurlement accompagnant son effort. La tête du bébé apparut et Josie la guida jusqu'à ce que le crâne entier soit dans sa paume. Elle jeta un coup d'œil à la femme qui l'observait avec un air horrifié.

— Arrêtez de pousser ! Arrêtez ! lui indiqua Josie.

La tension quitta le corps de la femme l'espace d'un instant. Du bout du doigt, Josie retira le liquide de la bouche de l'enfant. Elle n'avait pas de poire, il faudrait s'en contenter. Elle s'évertua à ne pas penser à l'insalubrité de toute cette situation, et sourit à la femme.

— C'est bien, c'est très bien. Préparez-vous, il va falloir recommencer, d'accord ?

La femme acquiesça, puis son regard se porta sur Noah. Sa main glissa jusqu'à son épaule et elle serra la manche de sa chemise. Il lui sourit d'un air rassurant et Josie vit son expression passer d'un calme éphémère à une douleur atroce quand une autre contraction arriva. Josie tapota le mollet de la femme.

— Il est temps de pousser de nouveau. Poussez, poussez, poussez !

La jeune femme poussa encore et, cette fois, les épaules du bébé sortirent.

— Encore une fois, demanda Josie, encore une grande poussée.

Mais la femme ne semblait plus l'entendre. Elle avait les yeux rivés sur Noah.

— Encore, lui dit-il. Vous devez pousser encore.

Elle sembla comprendre, ferma de nouveau les yeux et poussa un grognement, puis un cri. Une seconde plus tard, le corps du bébé glissa dans les mains de Josie, prête à le réceptionner. Elle plaça une paume sous sa nuque et utilisa son autre main pour dégager ses voies respiratoires.

— C'est un garçon, annonça-t-elle.

— Un garçon, répéta Noah, ses yeux passant du bébé au visage de la jeune inconnue. Un garçon. C'est un garçon.

Josie essayait toujours de dégager les voies respiratoires du bébé, mais il ne criait pas. Il ne bougeait pas. Dans sa main, il commençait à prendre une teinte bleutée.

— Oh mon Dieu, Noah, il y a un problème.

Elle allongea le bébé sur le plancher du coffre à côté de sa mère – aussi loin que le cordon ombilical le permettait – et commença un massage cardiaque à l'aide de son index et de son majeur. Elle posa ses lèvres sur les siennes, souffla deux fois, puis reprit les compressions. La jambe de la mère retomba, rebondissant sur le flanc de Josie.

— Noah ! cria-t-elle.

Il tendit la main et saisit l'autre jambe de la femme, la tirant vers lui pour l'empêcher de heurter le bébé ou Josie, qui tentait toujours de ranimer le nourrisson. L'adrénaline affluait dans ses veines, la sueur se mêlait à la pluie et coulait sur son front.

— Allez, mon petit gars, souffla-t-elle au bébé. Respire. Respire pour moi, bébé.

Les membres du bébé se mirent enfin à bouger et à s'agiter. Josie continua à frictionner sa poitrine pour le stimuler davantage. Le soulagement l'envahit lorsque sa bouche s'ouvrit en grand et qu'il aspira tant bien que mal une grande bouffée d'air qu'il laissa ensuite échapper dans un cri assez fort pour rivaliser avec ceux de sa mère. Josie le prit dans ses bras et le serra contre elle.

— Il faut qu'on coupe le cordon ? s'enquit Noah.

— Je ne sais pas, admit Josie en élevant la voix pour se faire entendre par-dessus les pleurs du nouveau-né. Je préfère qu'on attende l'ambulance.

— Bordel, c'est quoi, ce truc ?

Josie regarda ce que Noah pointait de son doigt tendu entre les cuisses de la femme.

— C'est le placenta. Pas d'inquiétude, il est censé sortir.

Elle berçait toujours le bébé, absorbée par son petit visage.

— Tu veux voir ta maman, mon petit gars ? murmura-t-elle.

Elle releva la tête vers la jeune mère, prête à lui confier son fils, mais constata que son visage s'était vidé de toute couleur. Elle tenta de capter le regard de la femme, mais ses yeux se révulsèrent. Elle relâcha son emprise désespérée sur Noah et ses bras s'affalèrent le long de son corps. Du sang commença à couler entre ses jambes. Beaucoup plus de sang que pour un accouchement normal.

— Oh mon Dieu, lâcha Josie en tendant le bébé à Noah. Prends-le.

— Qu'est-ce qui ne va pas ?

Noah saisit le bébé, en prenant soin d'écarter le cordon ombilical pour qu'il ne gêne pas Josie.

— Elle fait une hémorragie.

Elle déchira plusieurs serviettes en papier et les fourra entre les jambes de la femme, mais le sang ne cessait pas de couler. Josie passa une main derrière la tête de la jeune mère et retira la couverture.

— Je ne peux pas arrêter ça. Elle a besoin de médicaments, d'une transfusion, de quelque chose. Bon sang, où est l'ambulance ?

Ses mots furent étouffés par un nouveau coup de tonnerre. Ils devaient vraiment quitter les lieux, mais Josie n'avait qu'une idée en tête : garder cette inconnue en vie. D'une main, elle plaqua la couverture contre l'entrejambe de la femme et, de l'autre, lui tâta la gorge à la recherche d'un pouls. Il était filant, mais toujours présent. Elle tapota légèrement sa joue pour tenter de la réveiller.

— Mademoiselle, appela-t-elle. Mademoiselle !

La panique avait commencé à gagner Josie lorsqu'elle entendit enfin la sirène stridente de l'ambulance. Elle laissa la femme inconsciente à l'arrière du véhicule, Noah juste à côté, le nourrisson hurlant dans ses bras, et avança sur la route, brandissant ses mains gantées et ensanglantées au-dessus de sa tête pour attirer l'attention des secouristes.

Ils s'arrêtèrent et deux ambulanciers sortirent. Josie leur expliqua ce qui venait de se passer pendant qu'ils s'occupaient de la mère et du bébé, les chargeant rapidement dans le camion avant de repartir à toute allure.

Noah se tenait sur le bord de la route, les bras ballants. La pluie tombait à torrents, le trempant des pieds à la tête. Mais il ne bougeait pas, le regard braqué sur l'arrière de l'ambulance qui disparaissait au loin.

Josie referma le hayon, abandonnant le fatras à l'intérieur. Elle était bien incapable de s'en préoccuper pour l'instant.

— Allons-y, dit-elle à Noah.

Il ne bougea pas, ne la regarda même pas.

— Noah, viens. On va les suivre jusqu'à l'hôpital.

Comme il restait toujours immobile, Josie se mit à crier.

— Noah, maintenant !

Il tourna enfin la tête vers elle. Il cligna des yeux et avança lentement vers la portière côté passager. Josie n'attendit pas qu'il boucle sa ceinture pour filer à toute vitesse dans le sillage de l'ambulance.

— Tu viens de mettre au monde un bébé, articula Noah.

— Je sais. On en parlera plus tard.

11

Lorsqu'ils arrivèrent à l'hôpital, Noah avait à peu près retrouvé son calme. Josie trouva une place sur le parking des urgences, ils descendirent et se dirigèrent vers l'entrée où l'ambulance était en train de décharger la mère et le nouveau-né.

— Comment as-tu réussi à faire ça ?

— Faire quoi ? Mettre au monde un bébé ? C'est mon deuxième. Je l'ai fait une fois quand j'étais en patrouille. Ça remonte à des années.

— Vraiment ?

Josie sourit.

— Oui. Ce n'est pas idéal, mais ça arrive.

— Comment as-tu su quoi faire ?

Josie haussa les épaules.

— La première fois, j'étais accompagnée d'un officier plus expérimenté. Il est à la retraite depuis un moment, mais il l'avait fait plusieurs fois. Il m'a expliqué comment m'y prendre. Après coup, il m'a expliqué tout un tas de trucs sur l'accouchement. Et comme il avait lui-même sept enfants et qu'il avait assisté à toutes les naissances, ça a bien aidé.

Ils passèrent les portes de l'hôpital et l'air frais les percuta de plein fouet, comme un mur, les glaçant sur place, maintenant qu'ils étaient trempés jusqu'aux os.

— Tu penses que c'était la troisième campeuse ? demanda Noah.

— Je ne sais pas. Elle était plutôt loin du campement, et je ne suis pas sûre qu'une femme à un stade aussi avancé de sa grossesse irait camper à des kilomètres de toute assistance en cas de début de travail.

— C'est bizarre, non ? On est à la recherche d'une femme qui pourrait errer dans la forêt et voilà que cette femme en sort en titubant...

— En temps normal, je ne crois pas à ce genre de coïncidences. Mais je ne la vois pas s'éloigner autant du bivouac, pieds nus, alors qu'elle est sur le point d'accoucher. Elle a surgi des bois à près de quinze kilomètres du campement des Yates.

Après avoir dépassé le poste de sécurité, ils aperçurent un médecin et une infirmière qui poussaient le bébé dans un couffin au bout du couloir. Noah se précipita vers eux en exhibant son badge. L'infirmière s'arrêta pour fixer l'eau qui ruisselait de ses vêtements et s'accumulait sur le sol, mais il ne sembla pas s'en soucier. Par-dessus son épaule, il lança à Josie :

— Je l'accompagne. Pour m'assurer qu'il va bien.

— Je vais voir comment va la maman, répondit Josie.

En suivant le couloir, elle tomba sur un chariot à linge abandonné. Elle prit quelques instants pour se sécher du mieux qu'elle put avec une serviette propre. Elle repéra un bac à linge sale, y déposa la serviette et repartit. L'inspectrice trouva la mère du bébé dans l'une des salles individuelles des urgences, sous perfusion. Une infirmière suspendait une poche tandis qu'une autre lui posait plusieurs électrodes pour mesurer son rythme cardiaque ainsi qu'un brassard de tension artérielle et un oxymètre de pouls au bout du doigt. Elle avait repris connaissance, mais ses yeux restaient à moitié fermés et peu réactifs. Un médecin intervenait entre ses jambes. Il se tourna vers Josie à son arrivée.

— J'ai entendu dire que vous aviez mis au monde le bébé sur la banquette arrière de votre voiture.

— Dans le coffre, corrigea Josie.

— Elle n'a aucune déchirure. Vous avez fait du bon boulot.

— Je n'ai pas fait grand-chose, ce bébé allait sortir avec ou sans mon aide.

Le médecin rit.

— Vous avez probablement sauvé la vie de cette femme et celle de son bébé. Heureusement que vous étiez là.

Que savez-vous d'elle ?

— Je sais qu'elle vient d'avoir un bébé. C'est tout. On n'a rien pu tirer d'elle là-bas. Comment va-t-elle ?

— Elle a fait une petite hémorragie post-partum. On lui donne des médicaments, on lui fait passer des examens. Elle aura peut-être besoin d'une transfusion, mais on a besoin de plus d'informations pour ça. On va l'admettre dans le service, expliqua-t-il avant de désigner les pieds de la jeune femme. Elle a de vilaines lacérations.

— J'ai vu ça, oui, répondit Josie. Elle ne portait pas de chaussures quand elle a surgi des bois.

— Et elle a des cicatrices aux poignets, ajouta le médecin.

Josie s'approcha de la tête du lit et scruta les poignets de la patiente. De fines cicatrices argentées les ceinturaient.

— Je ne les avais pas remarquées, dit-elle au médecin. Elles ont l'air anciennes.

De l'autre côté du lit, une infirmière serra l'épaule de la jeune femme.

— Mademoiselle, commença-t-elle doucement. Vous pouvez me dire votre nom ? Mademoiselle ?

Pas de réponse, pas même un regard vers l'infirmière. Le médecin remonta le drap jusqu'à la taille de la jeune patiente et récupéra le dossier au bout du lit sans l'ouvrir.

— J'ai besoin d'un nom. Mademoiselle ? Vous pouvez nous donner votre nom ?

Toujours aucune réaction. Ses paupières battirent rapidement. L'infirmière chargée de vérifier ses constantes appuya sur quelques boutons du moniteur situé au-dessus du lit. La femme tourna les yeux vers elle, comme si elle venait juste de la remarquer.

— Aidez-moi, souffla-t-elle d'une voix rauque.

L'infirmière lui tournait le dos, mais lui répondit :

— On vous aide, là, ma petite dame. Vous pouvez nous dire comment vous vous appelez ?

— On devrait peut-être lui faire passer quelques tests neurologiques, suggéra le médecin en fronçant les sourcils.

Josie se rappela alors que la femme avait réagi aux paroles de Noah et aux siennes dans la voiture lors de l'accouchement. Mais seulement lorsqu'ils l'avaient regardée en face.

— Non, intervint Josie. Attendez une minute.

Elle serra la main de la jeune mère et attendit qu'elle tourne la tête dans sa direction. Josie s'assura d'être bien en face de son visage et demanda :

— Est-ce que vous m'entendez ?

La femme secoua lentement la tête.

— Est-ce que vous êtes malentendante ?

Un hochement de tête.

— Oui.

— Mais vous pouvez lire sur les lèvres, comprit Josie.

Un autre signe de tête.

— Mon bébé va bien ?

Josie sourit.

— Oui, il va bien. Ils l'ont emmené en soins intensifs néonatals. Mon collègue est avec lui en ce moment.

— C'est un garçon.

— Oui.

Elle ferma les yeux un instant et Josie patienta pendant

qu'elle prenait plusieurs profondes respirations, en se faisant la remarque que même si elle n'entendait pas bien, sa voix avait un ton et une inflexion ordinaires, et elle se demanda quand et comment la jeune femme avait perdu l'audition. Lorsque celle-ci rouvrit les yeux, ils débordaient de larmes.

— Je m'appelle Josie. Inspectrice Josie Quinn de la police de Denton.

— Denton ?

— Oui, confirma Josie. Pouvez-vous nous dire votre nom ?

— Maya Bestler.

Toujours au pied du lit, le docteur le nota dans le dossier.

— Maya, que faisiez-vous dans les bois ? poursuivit Josie.

Le moniteur émit un petit bip.

— J'ai été enlevée.

— Enlevée ? répéta Josie.

D'autres bips retentirent au-dessus du lit.

— Sa pression artérielle chute, annonça l'infirmière. Son rythme cardiaque aussi.

— Maya, vous pouvez me dire ce qui s'est passé ?

Mais ses yeux se fermèrent, et sa tête se mit à dodeliner. Le médecin avait lâché son dossier et poussait maintenant Josie hors de son chemin.

— Je vais devoir vous demander d'attendre dans le couloir, inspectrice.

Josie ne discuta pas. Elle sortit de la pièce pendant que le praticien aboyait des ordres aux infirmières. Un agent de sécurité passa à côté d'elle, et la dévisagea, les yeux écarquillés. Elle baissa la tête vers ses vêtements et comprit qu'elle devait donner l'impression d'avoir été traînée à l'arrière d'une voiture pendant deux heures. Sa tenue était mouillée, froissée, tachée et maculée de saleté, de sang et de placenta. Sa dispute avec Noah au sujet du minifour remontait-elle vraiment à quelques heures à peine ? Elle traversa le couloir jusqu'à la salle d'attente, mais ne voulut pas s'asseoir sur l'une des chaises. Elle préféra se réfugier dans une petite alcôve près d'un des distributeurs automatiques pour n'effrayer personne et appela le commissariat, demandant à être mise en relation avec l'inspecteur Finn Mettner.

— Mett, le salua-t-elle lorsqu'il décrocha.

— La brigade canine a été rappelée à cause de la tempête. Et je n'ai rien trouvé sur le véhicule des Yates, lança-t-il sans préambule. Vous aurez sûrement plus de chance dans le comté de Lenore. Ils se sont probablement enfoncés dans les bois en partant de là. Ces zones de chasse ont des parkings pour les chasseurs, les randonneurs, les campeurs, etc.

— Je vais voir avec l'adjoint Moore. Mais écoutez, j'ai besoin que vous vérifiiez autre chose pour moi.

— Vous avez trouvé la troisième campeuse ?

— Non, pas exactement.

Elle lui raconta ce qui s'était passé sur le chemin du retour vers Denton. Un long silence suivit son récit.

— Mett ? Vous êtes là ?

— Euh, oui. Je suis là. Désolé, j'ai juste... Elle a accouché dans votre voiture ?

— Ce n'est vraiment pas le plus important, Mett.

— Je sais, je sais. Désolé.

— Vous pouvez faire des recherches sur elle ? Elle doit avoir une vingtaine d'années. Je l'interrogerai plus longuement quand elle aura été stabilisée, mais ça m'aiderait si vous pouviez me donner tous les renseignements disponibles.

— Bien sûr, patronne.

— Appelez-moi juste Josie, le corrigea-t-elle, mais il avait déjà raccroché.

12

Noah se tenait devant la vitre de l'unité de soins intensifs néonatals, perdu dans la contemplation des petits berceaux alignés de l'autre côté. Il avait l'air légèrement en meilleur état que Josie – il n'était pas recouvert d'autant de fluides qu'elle –, mais l'odeur qu'il dégageait suffit à lui donner la nausée. Elle imaginait sans mal à quel point elle devait empester aussi. Ils auraient besoin d'une bonne douche avant de retourner au commissariat. Elle s'approcha de lui et suivit son regard, parcourant les petites étiquettes apposées sur chaque berceau jusqu'à tomber sur celle qui affichait « Bébé X ». Bien sûr, personne ne savait encore que la femme s'appelait Maya Bestler, alors on avait dû l'appeler « Patiente X », et son bébé, « Bébé X ». Le personnel l'avait emmailloté dans un lange d'hôpital blanc. Des fils sortaient par le bas de la fine couverture, reliés à une machine à côté du couffin. Un petit bonnet bleu enserrait sa tête. Seul son visage rose apparaissait, apaisé maintenant qu'il était au chaud et au sec.

— Tu vas bien ? demanda Josie à Noah.

Il se racla la gorge.

— Tu as été incroyable là-bas.

— Merci. Je suis contente qu'on ait été là et qu'on ait pu appeler les secours.

Il lui jeta un rapide coup d'œil et, l'espace d'un instant, elle crut voir des larmes dans ses yeux.

— Je ne savais pas que c'était comme ça.

— Quoi donc ?

— Un accouchement. Je ne savais pas. Quand ma sœur a accouché, on n'était pas là. On est juste allés la voir après.

— Eh bien, je suis presque sûre qu'on n'a pas le droit de se trouver en salle de naissance à moins d'avoir participé activement à la fabrication du bébé, plaisanta Josie.

— Tu vois ce que je veux dire. Je n'ai jamais rien vu de tel. C'était… extraordinaire.

Josie sentit un léger malaise poindre dans sa poitrine.

— Euh, oui, c'est vrai. Comment va-t-il ?

— Ils ont dit qu'il était stable. Peut-être de l'apnée du nourrisson ou de la bradycardie, ou juste un événement ponctuel, sans pathologie sous-jacente. Il est trop tôt pour se prononcer. Ils l'ont mis sous moniteur cardiaque et pulmonaire et ils vont le garder ici, le surveiller, faire des tests.

— C'est super.

— Il est mignon, hein ?

— Oh oui, il l'est. J'ai le nom de la mère, mais pas grand-chose d'autre.

Elle continua à parler pour le tenir au courant, jusqu'à ce qu'elle se rende compte qu'il ne l'écoutait pas. Elle posa une main sur son épaule.

— Noah.

Il se tourna de nouveau vers elle.

— Oui ?

Elle allait recommencer à parler, mais son téléphone sonna. C'était Mettner. Elle décrocha tandis que Noah reprenait sa contemplation du bébé X.

— Qu'est-ce que vous avez trouvé, Mett ?

— Vous n'allez pas le croire, patronne.

— Pas croire quoi ?

— Vous êtes sûre que cette femme a dit qu'elle s'appelait Maya Bestler ? vérifia Mettner.

— Je suis sûre, Mett. Allez, crachez le morceau.

— Maya Bestler est une personne disparue.

Josie se souvint des mots de Maya avant que ses constantes ne chutent : « J'ai été enlevée. »

— Depuis combien de temps est-elle portée disparue ? Où est-ce que ça s'est passé ?

— Elle a disparu dans le comté de Lenore il y a deux ans. Écoutez un peu : elle campait dans une zone de chasse avec son petit ami, Garrett Romney. Il a dit qu'au cours de leur deuxième nuit dans les bois il s'est évanoui. Il s'est réveillé le lendemain matin avec une légère blessure à la tête, et sa petite amie avait disparu. C'est tout ce que j'ai pour l'instant. Je vais continuer à fouiller, mais j'ai pensé que vous voudriez le savoir tout de suite.

— Oui, merci, répondit Josie.

Maya Bestler n'était donc pas la troisième personne du campement des Yates, ce qui signifiait qu'une autre femme était toujours dans la nature, quelque part, en plein milieu d'un orage déchaîné.

— D'où étaient originaires Bestler et Romney ?

— Doylestown.

— C'est à deux heures d'ici, remarqua Josie. Ce n'est pas le même coin que le couple Yates, mais ce n'est pas très loin.

— C'est vrai, acquiesça Mettner. J'ai fait quelques recherches rapides. Je n'ai trouvé aucun lien entre Bestler et le couple Yates. Mais comme je l'ai dit, je vais continuer à creuser.

— Très bien. Voyez si vous pouvez obtenir la photo du permis de conduire de Bestler et envoyez-la-moi sur mon portable, d'accord ?

— Je le fais en ce moment même.

— Et regardez aussi si vous trouvez un point commun entre le lieu de la disparition de Bestler et celui où le couple Yates a été retrouvé, d'accord ?

— Ça marche, patronne.

— Une dernière chose, tenez-moi au courant des progrès de la brigade canine, hein ? Il faut qu'on se décrasse et, ensuite, on se remet au boulot.

— Je m'en occupe, promit Mettner.

Elle raccrocha, et vit que Noah n'avait pas bougé, les yeux toujours rivés sur le bébé inconnu. Le message de Mettner arriva sur son téléphone. Elle consulta le permis de conduire de Maya Bestler. Ses cheveux étaient plus foncés lorsque la photo avait été prise, mais on la reconnaissait parfaitement. La femme qui avait accouché à l'arrière du véhicule de Josie était bien celle qui avait disparu de son campement deux ans plus tôt.

Josie s'approcha de Noah et le prit par la main. Elle entrelaça ses doigts avec les siens et l'entraîna vers la sortie.

— Noah, il faut qu'on y aille. On doit se doucher et manger. Ensuite, on a du pain sur la planche. Viens, je vais te raconter ce que Mettner m'a dit dans la voiture.

13

Jamais une douche chaude ne lui avait fait autant de bien. Josie aurait voulu passer une demi-heure sous l'eau pour se débarrasser de toute la sueur et de tout le sang qui la recouvraient depuis le début de la journée, mais elle savait qu'elle ne devait pas traîner. L'idée même d'une mystérieuse troisième campeuse, égarée dans une contrée inconnue, la tenaillait. La femme était-elle malade ? Morte ? Ou était-elle au contraire une espèce de meurtrière détraquée ?

— À toi, lança Josie à Noah en retournant dans leur chambre.

Sans un mot, il se déshabilla et se dirigea vers la salle de bains. Josie le regarda passer et se demanda s'il était aussi épuisé qu'elle ou s'il pensait encore au bébé X. Mais avant de pouvoir lui poser la question, elle entendit le jet d'eau dans la salle de bains. Elle enfila des vêtements propres et se rendit dans la cuisine, où elle engloutit les restes de la pizza commandée la veille. Elle regarda son téléphone et découvrit un appel manqué de l'adjoint Moore.

— Merde, marmonna-t-elle en appuyant sur le bouton d'appel à côté de son numéro.

— Inspectrice Quinn, répondit-il. Je me suis dit que vous aimeriez savoir que nous avons trouvé le véhicule des Yates ici, dans le comté de Lenore.

Josie sentit une lueur d'espoir poindre en elle. Peut-être le véhicule renfermait-il un indice sur l'identité de la troisième campeuse.

— À quelle distance du campement ?

— Environ cinq kilomètres et demi vers le sud, au bord de la State Route 9227, sur un parking aménagé pour les chasseurs. Impossible de savoir depuis combien de temps il est garé là.

— Fermé à clé ?

— Évidemment. L'orage est encore assez fort, alors on n'a rien touché.

— Pas de souci. J'aimerais envoyer une équipe là-bas pour l'analyser, si ça ne vous dérange pas. Pour relever les empreintes et l'ADN. Comme vous le savez, on essaie toujours de localiser la femme qui était avec eux. Si on trouvait quoi que ce soit, le moindre petit indice sur son identité, ça pourrait être crucial pour la retrouver. Et on ne sait toujours pas ce qui s'est passé sur le site du bivouac. La possibilité qu'une autre personne les ait accompagnés ou rejoints à leur véhicule n'a pas été écartée.

— On va attendre que votre équipe d'identification soit là avant d'ouvrir.

— Merci. J'appelle Hummel tout de suite. Oh, attendez, je voulais vous demander autre chose.

— Allez-y.

— Depuis combien de temps travaillez-vous dans le comté de Lenore ?

— Oh, environ dix ans maintenant. Pourquoi ?

— Vous souvenez-vous d'une disparition il y a environ deux ans ? Une femme nommée Maya Bestler ?

— Oh oui. Une jeune femme brune d'une vingtaine d'années. Elle faisait du camping avec son petit copain. Disparue en pleine nuit. Ils se trouvaient à environ huit kilomètres au sud des Yates, mais les deux affaires ne sont pas liées.

— Comment pouvez-vous en être aussi sûr ?

— Le petit ami de Maya Bestler l'a tuée.

— Je ne pense pas que ce soit ce qui s'est passé. Elle...

Mais il l'interrompit.

— On ne pourra jamais le prouver, mais je vous le dis : ce type-là, Garrett Romney, c'est son nom, sa culpabilité ne fait aucun doute. Toutes les personnes qu'on a interrogées et qui les connaissaient tous les deux ont dit qu'il la frappait. On a contacté la police de Doylestown. Ils avaient reçu quelques appels pour violences conjugales, mais Maya n'avait jamais voulu déposer plainte. Il avait des antécédents de violence envers elle et, au-delà de ça, son histoire n'avait aucun sens. Il a affirmé qu'il se trouvait assis près du feu de camp qu'ils avaient allumé, à boire de la bière avec Maya après une longue journée de randonnée, et que, l'instant d'après, il s'était réveillé dans une flaque de boue avec une entaille à la tête. Il a dit ne se souvenir de rien. Rien du tout. Pas de lutte, pas d'agresseur. Il ne se rappelait pas s'être disputé avec elle. Il a dit que son esprit était vide. La blessure à la tête était superficielle, pas suffisante pour l'assommer. Il n'avait pas de commotion cérébrale.

— Vous avez fait des analyses toxicologiques pour voir s'il avait été drogué ?

Moore éclata de rire.

— Drogué ? Qui l'aurait drogué ?

Comme Josie ne répondait pas, il soupira.

— D'accord, d'accord, bon, on a bien fait une analyse toxicologique, mais elle s'est révélée négative.

— Il a peut-être été drogué au GHB.

— Quoi ? La drogue du viol ?

— Oui. En général, elle devient indétectable dans le sang ou l'urine après douze heures, parfois moins.

Moore poussa un autre gros soupir.

— Écoutez, je vois bien ce que vous essayez de faire. Peut-être que si vous pouviez relier les deux affaires, si quelqu'un dans la forêt enlevait des femmes, vous pourriez l'arrêter. Mais je vous le dis, Garrett Romney n'a pas été drogué. Il a juste menti.

— Mais, Moore, insista Josie, il n'a pas tué Maya Bestler. Je le sais parce qu'elle se trouve hospitalisée en ce moment même au Denton Memorial.

— Quoi ? lâcha-t-il, un ton plus haut.

Elle lui raconta ce qui s'était passé après leur départ du Sanctuaire, sur la route de Denton.

— Et vous êtes certaine que c'est bien la vraie Maya Bestler ? s'enquit-il après son récit.

— J'ai demandé à un collègue de trouver son permis de conduire. La photo lui ressemble. Je n'ai pas encore pu l'interroger ou localiser ses proches, mais je suis presque sûre que c'est elle. Vous pensez que c'est une sorte de canular ?

— Je ne sais plus quoi penser, maintenant. Je vous dis simplement que Garrett Romney est coupable de quelque chose. Ça vous dérange si j'y vais ? Lui parler ? Je peux contacter sa famille. Elle a été enlevée dans mon secteur.

Encore cette histoire de secteur. Josie préféra ignorer sa remarque. Elle accepterait toute l'aide qu'on pourrait lui apporter, même si elle venait d'un homme aussi exaspérant que Moore.

— Bien sûr. Elle est hospitalisée, elle ne va aller nulle part pour l'instant. Noah et moi, on retournera bientôt là-bas pour vérifier son état et voir si elle peut nous donner plus d'informations.

— Parfait, répondit Moore.

— Une dernière chose, ajouta Josie avant de raccrocher. Quand vous avez parlé avec le petit ami et la famille de Maya, ont-ils signalé sa surdité partielle ?

— Quoi ? Non. Ça n'a jamais été évoqué.

14

À leur retour à l'hôpital, Maya avait été transférée dans une chambre particulière au quatrième étage. Son bébé se trouvait toujours en soins intensifs néonatals. Josie et Noah trouvèrent le médecin au bureau des infirmières de l'étage.

— Son état est stable, leur indiqua-t-il. On a réussi à maîtriser l'hémorragie, mais elle est sévèrement déshydratée et a beaucoup de coupures et d'ecchymoses. Heureusement, aucune des lacérations sur ses pieds n'a nécessité de points de suture. Elle a de vieilles cicatrices autour des poignets, comme l'inspectrice Quinn l'a vu tout à l'heure. On a fait des radios. Elle a plusieurs fractures anciennes : côtes, mâchoire, les deux avant-bras et son tibia gauche.

— Elle a été maltraitée ? demanda Noah.

Le médecin se gratta le menton.

— Impossible de l'affirmer avec certitude mais, chez une personne de son âge, quand on voit autant de fractures anciennes, en particulier au visage et aux côtes, on pense à des violences conjugales.

— Les fractures remontent à quand ? s'enquit Josie.

— Difficile à dire aussi, mais en moyenne entre trois et cinq ans, je dirais.

— Ça colle avec ce que Moore m'a dit à propos de son petit ami, glissa Josie à Noah. Et son audition ?

— Eh bien, vous savez déjà qu'elle est défaillante. D'après ce qu'on a pu voir, c'est dû à du tissu cicatriciel.

— Qu'est-ce qui aurait pu causer l'apparition de tissu cicatriciel dans ses oreilles ? l'interrogea Noah.

— Très probablement des otites non traitées, supputa le médecin. Elle entend encore un peu, mais plus beaucoup. À part ça, elle est en bonne santé. Elle ne souffre pas de malnutrition. Elle a un poids correct. Comme elle ne communique pas vraiment, on lui a fait une prise de sang pour les analyses toxicologiques. Il faut qu'on s'assure qu'elle n'a rien dans l'organisme qui pourrait affecter le bébé.

— Comment va-t-il ? demanda Noah. Il se porte bien ?

— Pour autant que je sache, oui. On préfère juste ne rien laisser au hasard.

— Est-ce qu'elle a dit quelque chose ? reprit Josie.

Le médecin secoua la tête.

— Non. On lui a donné un antalgique pour la soulager, et ça la rend un peu somnolente. Elle n'arrête pas de nous réclamer de l'aide. Elle a demandé si son bébé allait bien à quelques reprises. C'est tout. Elle se repose, elle est assez lucide pour que vous puissiez lui poser des questions si vous le souhaitez, mais pas trop longtemps, d'accord ?

En silence, ils se glissèrent dans la chambre de Maya. Les rideaux avaient été tirés, bloquant la vue sur l'averse torrentielle, mais le grondement intermittent du tonnerre résonnait encore. Au-dessus de la tête de Maya, un moniteur mesurait son rythme cardiaque, sa pression artérielle, sa respiration et sa saturation en oxygène. Une perfusion partait du creux de son bras droit jusqu'à une poche de liquide suspendue à côté du lit. Elle avait les yeux ouverts, fixant droit devant elle une télévision éteinte à l'autre bout de la pièce. Josie et Noah se placèrent de part et d'autre du lit, et Maya sursauta lorsqu'elle les vit, portant ses mains à son visage.

— Tout va bien, la rassura Noah.

— Il faut qu'elle te voie parler, lui rappela Josie. Elle lit sur les lèvres, comme ton ex-copine, tu te souviens ?

— Ah, c'est vrai, répondit Noah.

Il se pencha au-dessus du lit, tout en veillant à ce que ses mouvements restent lents et fluides. D'une main hésitante, il lui toucha l'avant-bras. Elle se crispa, puis le baissa. Ses yeux passèrent de Noah à Josie et inversement. Noah positionna son visage de sorte qu'elle puisse voir ses lèvres bouger.

— Tout va bien, lui dit-il. Nous sommes de la police. Il faut qu'on vous pose quelques questions.

Il lui donna leurs noms et tous deux lui montrèrent leur badge. Maya se tourna vers Josie.

— Je vous ai parlé tout à l'heure.

— Oui, vous m'avez dit comment vous vous appeliez, et que vous aviez été enlevée.

La jeune femme fixa Noah.

— Vous avez mis au monde mon bébé.

Il sourit et montra Josie du doigt.

— L'inspectrice Quinn a mis au monde votre bébé.

Elle pencha de nouveau la tête du côté de Josie et lui tendit la main. L'inspectrice la saisit et sentit une légère pression contre sa paume.

— Merci, dit Maya.

Josie profita du fait d'avoir son attention pour la question-ner :

— Maya, je sais que vous êtes épuisée, mais je veux que vous sachiez que vous êtes en sécurité maintenant.

— En sécurité, répéta-t-elle, et une larme coula sur sa joue.

— On aimerait que vous nous disiez ce qui vous est arrivé, dit Josie. Vous pensez pouvoir faire ça ?

— Où suis-je ?

— À Denton, en Pennsylvanie. À environ deux heures à l'ouest de chez vous.

— On est quel jour ? C'est quoi, la date ?

Josie croisa brièvement le regard de Noah, puis répondit. De nouvelles larmes jaillirent de ses yeux. Elle lâcha les doigts de l'inspectrice et se couvrit le visage des deux mains. Des sanglots secouaient son corps. Ils lui laissèrent quelques minutes. Lorsqu'elle jeta un coup d'œil entre ses mains, Josie lui offrit un mouchoir en papier qu'elle prit pour tamponner ses yeux et son nez. Son regard se posa sur Noah.

— Est-ce que Garrett va venir ? Mon petit ami ?

Sur le chemin de l'hôpital, Josie avait raconté à Noah tout ce qu'elle avait appris de l'adjoint Moore.

— Non, il ne vient pas, répondit-il. Il n'a même pas été prévenu que vous avez été… retrouvée.

— Quelqu'un devrait le lui dire, répliqua Maya. Il va être inquiet.

— Vous avez envie de le voir ? demanda Noah.

Elle pressa le mouchoir froissé contre sa bouche et hocha la tête. Josie lui toucha l'avant-bras.

— Garrett a dit à la police que vous étiez tous les deux en train de camper, qu'il a perdu connaissance et que, quand il s'est réveillé, vous n'étiez plus là.

Un autre hochement de tête.

— On a fait un feu de camp. C'était sympa. La nuit était fraîche, le ciel dégagé. On s'amusait… on s'amusait bien pour une fois. On buvait de la bière. Et après, je me suis réveillée attachée à un arbre. Tout avait disparu. Garrett avait disparu.

— Vous ne vous souvenez pas de ce qui s'est passé ? insista Josie.

— Non. J'étais avec Garrett. C'était la nuit. Puis c'était le matin et j'étais attachée. Quelque part dans la forêt. Je ne reconnaissais rien autour de moi.

— Attachée avec quoi ? Une corde ?

— Oui, une grosse corde.

— Qui vous a enlevée ? continua Josie. Qui vous a attachée ?

— Un homme, répondit Maya. Je ne l'avais jamais vu avant. Il ressemblait à... à un monstre. Il était un peu vieux. Il puait et on aurait dit qu'il ne s'était pas lavé ou n'avait pas changé de vêtements depuis des années. Je ne voulais pas qu'il s'approche de moi, mais il était fort. Je n'avais pas le choix.

Le moniteur au-dessus du lit émit un léger bip. Josie y jeta un coup d'œil – le rythme cardiaque et respiratoire de Maya s'accélérait.

— Tout va bien, la rassura Josie. Tout va bien. On n'est pas obligées de parler de ça maintenant. Respirez. Regardez-moi et concentrez-vous sur moi. Respirez. Vous êtes en sécurité maintenant.

Maya plongea ses yeux dans ceux de Josie et les soubresauts de sa poitrine ralentirent. Quand Josie vit les chiffres revenir à la normale, elle lui posa une autre question.

— Où vous a-t-il gardée ?

Maya se lécha les lèvres.

— Dans les bois, pendant longtemps. Il m'attachait les poignets, raconta-t-elle en levant les mains pour les montrer à Josie. Il m'a traînée dans la forêt pendant des jours. La nuit, il me ligotait à un arbre. On changeait d'endroit tous les matins. Puis on est arrivés dans des cavernes.

— Des cavernes ? répéta Noah, mais Maya ne l'entendit pas.

— Quel genre de cavernes ?

— Sous terre, expliqua Maya. Pas comme des grottes. Plus grandes. C'était immense. Il y avait des tunnels et même un ruisseau qui y coulait. C'était sombre. Tellement sombre.

Elle frissonna.

— Il y avait un endroit, un peu comme une vraie pièce. Il y allumait un feu, parfois. C'était si grand, là-dedans, et il faisait si froid. D'autres fois, il avait des lampes de poche. Je ne sais pas où il les trouvait mais, quand les piles étaient usées, c'était fini. Cette pièce était située assez haut dans les cavernes. Elles étaient inondées de temps en temps, et il fallait rester là-haut jusqu'à ce que l'eau reflue.

— Qu'est-ce que vous mangiez ?

— Des plantes. Du poisson. Un ruisseau passait tout près. Il avait un vieux bateau en bois qu'il sortait pour pêcher. Parfois, il piégeait un lapin ou un faisan et les cuisinait. Mais j'étais souvent malade, se souvint-elle en se touchant l'oreille gauche. J'avais mal aux oreilles, des vertiges et des nausées. J'avais l'impression que ça durait des semaines, mais je n'avais aucune notion du temps – j'étais si souvent dans le noir. Finalement, quand j'ai été trop malade pour le combattre, il a commencé à me faire sortir. J'ai essayé de gagner sa confiance pour qu'il me laisse sortir plus souvent sans m'attacher. Pour que je puisse m'enfuir. Je voulais aller mieux pour avoir la force de me sauver. Il préparait des trucs à partir de plantes et d'autres choses qu'il me faisait boire et manger. Il disait que je serais moins malade. Parfois je me sentais mieux, parfois non. Je m'y suis habituée, puis j'ai compris...

Sa voix s'éteignit et d'autres larmes inondèrent son visage. Elle caressa son ventre dégonflé. Elle se racla la gorge et reprit la parole :

— J'ai compris que j'étais enceinte. Je ne savais pas combien de temps il me restait. Je savais juste que je devais m'éloigner de lui avant que le bébé n'arrive. Je n'aurais pas survécu à un accouchement là-bas.

— Comment avez-vous réussi à vous enfuir ? demanda Josie.

— Il faisait toujours du bouillon. C'était tellement infect. Il me frappait si je refusais de le boire. Il prétendait qu'il contenait tout ce dont j'avais besoin pour être en bonne santé, et que je devais être reconnaissante d'avoir quelque chose à manger. J'ai caché de la digitale dans la caverne et, alors qu'il était parti piéger du gibier, je l'ai écrasée et je l'ai ajoutée à son bouillon.

J'ai dû attendre longtemps, mais il a fini par tomber très malade. Ça a duré des heures et il s'est finalement endormi. C'est à ce moment-là que je suis partie.

Josie jeta un coup d'œil à Noah et remarqua son expression curieuse. Il toucha le bras de Maya qui tourna son regard vers lui.

— Comment saviez-vous qu'il fallait utiliser de la digitale ?

— Une des fois où il m'a laissée sortir des cavernes, il était en train de cueillir de quoi manger. J'étais toujours attachée à lui et j'ai vu les fleurs de digitale. Je les ai trouvées tellement jolies. Ça faisait longtemps que je n'avais pas vu quelque chose de joli. J'en ai cueilli quelques-unes et il a paniqué. Il m'a dit qu'elles allaient me rendre très malade. Plus tard, j'en ai vu pousser pas très loin des cavernes, et j'ai su que je devais en prendre sans qu'il me voie si je voulais avoir une chance de lui échapper.

Elle se tourna de nouveau vers Josie.

— Je savais que le bébé allait arriver. Je devais le faire. Je ne pensais pas que ça marcherait vraiment.

— Quand vous vous êtes échappée des cavernes, il faisait jour ou nuit ? demanda l'inspectrice.

— Nuit, répondit Maya. J'ai commencé à marcher. Je n'avais aucune idée d'où j'étais, j'avais juste besoin de m'enfuir. J'ai commencé à avoir des contractions – enfin, je crois que c'était ça – et j'avais de plus en plus de mal à avancer. Puis j'ai vu la route, et j'ai pensé que quelqu'un me trouverait s'il passait par là.

— On a bien failli vous percuter, intervint Noah, même si Maya ne le regardait pas.

— Est-ce qu'il vous a dit son nom ? Quoi que ce soit qui nous permettrait de l'identifier ?

Maya secoua la tête.

— Non, rien. Je ne l'ai jamais appelé par aucun nom. Il ne

parlait pas beaucoup, sauf pour me dire de la fermer ou pour me donner des ordres chaque fois qu'il me forçait à...

Ses épaules se mirent à trembler alors qu'elle était prise de nouveaux sanglots. Josie lui serra encore une fois la main.

— C'est fini. Je pense que ça suffit pour aujourd'hui.

On a juste une dernière question.

Elle sortit la photo de Tyler et Valerie Yates. Comme elle l'avait dit à Noah dans la voiture, il semblait peu probable que les deux affaires soient liées, mais il n'y avait qu'un seul moyen d'en avoir le cœur net. Elle tourna son téléphone pour que Maya puisse voir l'écran. Josie attendit que la jeune femme étudie les deux visages puis relève la tête vers elle.

— Connaissez-vous l'une ou l'autre de ces personnes ?

Maya secoua la tête.

— Je suis désolée, je ne les connais pas.

— C'est ce que je pensais, répondit Josie.

Elle sourit et Maya l'imita.

— Il faut que vous vous reposiez maintenant. Consigne du médecin. On reviendra vous voir plus tard, d'accord ?

15

Noah et Josie longèrent le couloir jusqu'aux ascenseurs. Josie consulta son téléphone, mais aucun membre de son équipe n'avait appelé.

— Allons à la morgue. Voyons si la docteure Feist a réussi à trouver les plus proches parents du couple Yates.

Elle appela l'ascenseur. Noah enfonça ses mains dans ses poches.

— Tu penses qu'elle dit la vérité ?

Josie soupira.

— Elle est manifestement traumatisée. Elle a disparu depuis deux ans, et a accouché de l'enfant d'un inconnu. Mais un homme qui vit dans des cavernes dans les bois ?

— Il y a pas mal de cavernes souterraines en Pennsylvanie. Mais je n'ai jamais entendu parler de quelqu'un qui y vivait.

Les portes de l'ascenseur s'ouvrirent et ils y pénétrèrent. Josie appuya sur le bouton du sous-sol. Noah la contourna et pressa celui du deuxième étage.

— Je vais passer voir comment va le bébé. Je te retrouve en bas, d'accord ?

— Le médecin a dit qu'il était stable.

— Je sais, mais je veux juste voir si la situation a évolué.

Avant que Josie ne puisse réagir, les portes s'ouvrirent sur le deuxième étage et Noah s'y rua. Elle le regarda trottiner dans le couloir jusqu'à ce que les portes se referment et que l'ascenseur continue vers le sous-sol. Elle émergea dans un couloir terne, sans fenêtre, au carrelage jaunâtre. L'odeur de produits chimiques et de décomposition la guida jusqu'à la petite suite de salles sur lesquelles la légiste, la docteure Anya Feist, régnait.

Dans la salle d'examen principale, le corps de Tyler Yates était étendu sur une table, un drap blanc remonté jusqu'au menton. La docteure Feist se tenait près d'un plan de travail en acier inoxydable contre le mur du fond, occupée à noter quelque chose dans un dossier devant elle. Elle sourit d'un air sinistre en apercevant Josie.

— Je suis contente de vous voir. J'ai autopsié le mari.

— Où est Valerie ?

— Ramon l'a emmenée passer une série de radios, expliqua-t-elle en parlant de son assistant. Il sera de retour dans quelques minutes.

— Quelle est la cause de la mort pour Tyler ? Insuffisance respiratoire ?

La docteure Feist haussa un sourcil et se déplaça le long du comptoir où Josie remarqua un échantillon sanguinolent.

— Eh bien, il a une inflammation de la bouche et de la gorge. J'ai noté une quantité excessive de sang dans les vaisseaux autour de l'estomac. Le contenu gastrique est assez modeste, car il semble qu'il en ait vomi la plus grande partie dans les bois. Il a sans aucun doute ingéré une sorte de toxine.

— On a trouvé de la ciguë dans la forêt, à environ huit cents mètres du campement.

— Oui, on me l'a signalé. Cette plante aurait certainement pu causer de graves troubles, mais ce n'est pas ce qui a tué cet homme.

— Ah bon ?

La légiste lui fit signe de se rapprocher pour examiner l'échantillon qu'elle avait remarqué sur le comptoir. De près, Josie vit quelque chose en forme de fer à cheval de deux ou trois centimètres de long. On aurait dit un minuscule os d'oiseau, mais Josie savait qu'il appartenait à Tyler Yates.

— C'est son os hyoïde, c'est ça ? demanda Josie, soudain prise d'un frisson qui remonta le long de sa colonne vertébrale.

La docteure Feist sourit.

— C'est exact.

Josie nota que le petit os était brisé en plusieurs endroits, et que la légiste l'avait reconstitué.

— Il est presque broyé.

— Oui. Comme vous le savez, l'hyoïde se trouve ici, poursuivit-elle en désignant sa propre gorge, juste sous le menton. Un traumatisme de l'hyoïde peut provoquer une asphyxie.

— Quelqu'un l'a étranglé.

— Avec une force impressionnante, oui.

Josie se retourna vers le corps de Tyler.

— Il n'y avait pas d'hématomes autour de son cou.

— Parce qu'il est mort rapidement, expliqua la docteure Feist. Il était probablement très affaibli par son état de santé. Il n'y a aucune blessure défensive. Celui qui l'a étranglé l'a fait très vite, et assez brutalement pour briser l'hyoïde à quatre endroits. Ça demande beaucoup de force.

— Une femme aurait-elle pu le faire ?

— Je ne peux pas l'exclure, mais j'en doute fortement. À mon avis, un homme est plus susceptible d'avoir assez de force dans les mains pour faire une chose pareille.

— La cause de la mort est donc une asphyxie consécutive à une strangulation manuelle et il s'agit donc...

— D'un homicide, termina la docteure Feist d'un air sombre.

— Et Valerie ?

— Comme je l'ai dit, je dois encore l'autopsier, mais si son mari a été assassiné, il ne semble pas farfelu de penser qu'on pourrait bien trouver d'autres preuves d'homicide. J'ai procédé à l'examen externe. Elle avait des ecchymoses à l'intérieur des cuisses, mais aucun signe d'agression sexuelle interne. Ce qui ne veut pas dire qu'elle n'a pas été agressée d'une manière ou d'une autre. Les marques correspondent à ce que j'ai vu dans d'autres affaires d'agressions sexuelles, mais je n'ai pas trouvé d'ecchymoses ou de déchirures internes, ni d'ADN tiers.

Josie sentit de nouveau une peur froide l'envahir.

— Ou peut-être que quelqu'un a essayé de l'agresser, mais n'a pas pu aller au bout ?

— C'est possible. C'est l'explication la plus probable.

— Et la marque sur son poignet ?

— Elle est récente. Ça ressemble à une marque de ligature, mais elle est légère. Si quelqu'un l'a attachée, soit ce n'était pas pour très longtemps, soit elle ne s'est pas débattue.

— Vous êtes certaine qu'il s'agit d'une marque de ligature ? Ou aurait-elle pu se faire cette marque autrement ?

— Impossible d'être sûre à cent pour cent. Pour moi, ça ressemble à une marque de ligature, mais si je devais témoigner au tribunal, je ne pourrais estimer qu'à cinquante pour cent les chances qu'il s'agisse bien d'une marque de ligature.

Les doubles portes de la salle d'examen s'ouvrirent et Ramon entra en poussant une table d'autopsie mobile qu'il plaça à côté de celle de Tyler Yates. Le corps de Valerie était entièrement dissimulé sous un drap. La docteure Feist s'approcha et le replia sous le menton de Valerie. Elle soupira en contemplant le visage de la jeune femme.

— J'aime mon travail mais, en même temps, je le déteste vraiment.

Josie acquiesça et cala une hanche contre le comptoir. Une fois de plus, elle songea à la similitude d'âge entre Tyler et Valerie Yates et Noah et elle. Une vague de tristesse l'envahit. Le couple Yates ne vieillirait jamais ensemble. Ils ne se disputeraient plus comme le font les couples de longue date pour des broutilles – savoir si un minifour gril vaut mieux qu'un simple grille-pain, par exemple.

— Moi aussi, lâcha Josie.

Elles laissèrent passer une minute de silence en l'honneur du jeune couple. Puis Ramon lança :

— Docteure Feist, je pense que vous voudrez voir ça tout de suite.

Il se dirigea vers un ordinateur portable ouvert sur le comptoir à côté du dossier de Tyler Yates et commença à pianoter sur le clavier jusqu'à faire apparaître une série de radiographies. Il s'écarta pour que la légiste puisse les étudier. Josie regarda par-dessus son épaule tandis qu'elle cliquait sur les images, s'arrêtant sur l'une d'entre elles qui montrait les côtes supérieures, les épaules et les vertèbres du cou de Valerie ainsi qu'un objet qui n'était manifestement pas censé se trouver là. L'intrus se détachait en blanc brillant sur les différents degrés de gris, de noir et de blanc brumeux de la radiographie. Il s'agissait d'un élément long et en forme de boucle, comme une sorte de corde. Un autre objet, de forme irrégulière, mais presque ronde, y était relié. Le tout se trouvait au-dessus de la clavicule, au milieu de la gorge. Josie poussa un petit cri étonné.

— Qu'est-ce que c'est ?

La docteure Feist fronça les sourcils. Elle attrapa une paire de gants en latex dans une boîte posée sur le comptoir et s'approcha du corps de Valerie.

— Ramon, j'ai besoin d'une pince. Celle qui...

Il lui en tendait déjà une, et alluma ensuite les plafonniers mobiles qui éclairaient le corps. La docteure Feist pencha légèrement en arrière la tête de Valerie et plaça ses deux mains autour de la mâchoire de la jeune femme pour lui ouvrir la bouche.

— Il me faut ma lampe frontale, Ramon.

Quelques secondes plus tard, elle l'installait sur sa tête et inspectait l'intérieur de la bouche de Valerie.

— Je ne vois rien sous cet angle.

Elle fit le tour de la table, grimpa par le côté et se mit à califourchon sur Valerie. Ramon déplaça les lumières au plafond pour s'adapter à la nouvelle position de la légiste. Celle-ci appuya d'un doigt sur le menton de Valerie, ouvrant la bouche aussi grand que possible. Josie ne put s'empêcher de grimacer en voyant la docteure Feist insérer la pince profondément dans la gorge de la défunte.

— C'est peut-être trop loin, suggéra Ramon. Il faudrait y aller à l'endoscope.

Le visage de la légiste se trouvait à quelques centimètres de la bouche ouverte de Valerie. Elle plissait les yeux, très concentrée, sous ses lunettes de protection, et remuait la pince à l'intérieur de la gorge de Valerie.

— N'importe quoi, marmonna-t-elle. Je vois quelque chose. Si j'arrive juste à attraper un bout... Je l'ai !

Elle resserra la pince et tira doucement sur l'objet coincé. Josie savait qu'elle essayait de ne pas endommager les tissus de la femme en retirant le corps étranger. Il faisait froid dans la morgue, mais la sueur perlait sur la lèvre supérieure de la docteure Feist.

Enfin, l'objet glissa hors de la bouche de Valerie, long et gluant, imbibé de liquide. Ramon tenait un petit plateau en acier inoxydable sur lequel la légiste déposa la trouvaille dans un bruit métallique. Elle descendit de la table d'autopsie et suivit Ramon jusqu'à une table vide où il plaça le plateau. Lorsque Josie les rejoignit, Ramon alluma le plafonnier mobile et l'orienta vers l'objet, qu'ils scrutèrent tous les trois.

— C'est un collier, annonça Josie.

Elle montra la longue boucle, qui ne mesurait que quelques millimètres de large et une trentaine de centimètres de long. Il n'y avait pas de fermoir en métal, les deux extrémités étaient nouées ensemble.

— On dirait du cuir, ajouta-t-elle.

— Je pense aussi, répondit la légiste.

Elle tourna un peu le collier du bout de la pince afin de mieux voir l'objet de la taille d'une pièce de monnaie relié au cuir. Là encore, aucun fermoir ou passant, mais l'une des extrémités de la bande de cuir avait été glissée dans un trou percé dans ce qui ressemblait à un petit élément en bois. La face visible était brune et plate, avec deux trous profonds en son centre, côte à côte, comme deux côtés d'un cœur. Tout autour, de minuscules trous d'épingle irréguliers et des entailles plus profondes et plus longues. Rien dans ce motif n'était homogène. La docteure Feist retourna le cercle de bois, découvrant une face arrière arrondie, striée, noire et rugueuse. On aurait dit une noix de coco miniature carbonisée.

— C'est une noix noire.

— Quoi ? demanda Ramon.

La docteure Feist dévisagea Josie, attendant qu'elle continue.

— C'est une noix noire. On le voit à la teinte à l'arrière. Elle a été coupée en deux. Les noyers noirs poussent partout en Pennsylvanie et donnent des noix enveloppées d'une écale verte. Elles sont très difficiles à ouvrir. J'ai vu des gens utiliser des marteaux pour y arriver. Ça, c'est la coque. Le cerneau a été retiré.

— Quelqu'un a fabriqué un collier avec une moitié de coque de noix noire et l'a enfoncé dans la gorge de cette jeune femme ?

Josie sentit une vague d'anxiété traverser son corps. Elle sortit son téléphone et prit quelques photos.

— Oui.

— Mais pourquoi ? insista la légiste.

Josie recula d'un pas et s'appuya contre le rebord d'un

comptoir. Elle éprouvait un léger vertige. L'épuisement et le manque de sommeil se liguaient pour ralentir son cerveau.

— C'est une signature.

Ce fut au tour de Ramon de lui lancer un regard perplexe.

— Que voulez-vous dire ? demanda la légiste.

— Une signature, répéta Josie. Un geste qu'un tueur fait pour son propre plaisir, qui n'est pas indispensable à la perpétration du crime. En d'autres termes, il ne l'a pas tuée en lui enfonçant le collier dans la gorge. Il l'a inséré là pour des raisons qui lui sont propres. Ça a un sens pour lui.

— Le collier aurait pu la tuer, rétorqua la docteure Feist, vu comme il était profondément logé dans sa gorge.

— C'est vrai. Ça aurait très bien pu la tuer, mais je pense que, lorsque vous ferez l'autopsie, vous découvrirez que son hyoïde a également été brisé. Ou bien qu'elle a succombé à un empoisonnement à la ciguë.

— Celui qui a fait ça voulait la tuer d'une manière ou d'une autre, dit Ramon à voix basse.

Josie acquiesça. Elle ferma les yeux un instant. Elle sentit les doigts de la légiste au creux de son poignet et les rouvrit. La docteure Feist savait qu'il ne fallait pas demander à Josie si elle allait bien.

— Votre cœur s'emballe. Pourquoi est-ce que vous n'iriez pas vous asseoir dans mon bureau ? Ramon peut s'occuper de ranger le corps de M. Yates et préparer Mme Yates pour l'autopsie.

Ramon hocha la tête et s'activa aussitôt. Il avait l'air content de ne plus avoir à parler du collier de noix noire. Le bureau jouxtait la salle d'examen. Malgré des murs en parpaings peints en bleu, l'éclairage plus doux et les peintures abstraites aux tons pastel que la légiste avait accrochés rendaient l'espace presque apaisant. Josie s'installa dans le fauteuil réservé aux visiteurs, devant le bureau.

— Reposez-vous cinq minutes, lui dit la légiste.

Elle quitta la pièce et Josie l'entendit donner des consignes à Ramon. À son retour, Josie avait plus ou moins retrouvé son aplomb. La docteure Feist se percha sur le bord de son bureau.

— Alors, est-ce que le noyer noir a une signification ? La forme de cœur à l'intérieur ?

Josie acquiesça.

— Ça pourrait être ça. Un symbole d'amour, ou plutôt de ce que ce malade estime être de l'amour, répondit-elle en repensant à la scène et aux quelques informations recueillies. Je pense que le tueur les a empoisonnés avec de la ciguë. Peut-être qu'il la voulait, elle, mais qu'il ne pouvait pas l'atteindre sans éliminer Tyler. Comme ils sont tous les deux tombés malades, il a facilement tué Tyler. Alors il aurait eu Valerie pour lui tout seul.

— Mais elle était extrêmement malade, rétorqua la docteure Feist. Comme vous l'avez dit.

— Et il y avait une troisième personne au bivouac, renchérit Josie, mais nous ne savons pas où elle était pendant tout ce temps. Nous supposons qu'il s'agit d'une femme parce que nous avons trouvé un collier en or à l'intérieur du sac de couchage.

— Peut-être qu'il l'a enlevée, suggéra la docteure Feist.

— C'est ce que je crains.

Le silence retomba entre elles pendant qu'elles rassemblaient leurs idées. Finalement, la docteure Feist demanda :

— Que savez-vous d'autre sur les noix noires ?

Josie se frotta les tempes, sentant poindre un mal de tête.

— Je sais que les racines des noyers noirs exsudent une substance appelée « juglone ».

— C'est un herbicide naturel, non ?

— Tout à fait. Il tue tout ce qui l'entoure.

16

Ramon passa la tête par la porte du bureau.

— Valerie Yates est prête, docteure.

La docteure Feist lui sourit.

— Merci, Ramon. J'arrive tout de suite, répondit-elle avant de se tourner vers Josie. Je ne sais pas pour vous mais, moi, je prendrais bien un café avant de me plonger dans la prochaine autopsie. Et si je faisais un saut à la cafétéria ?

— Je dois me remettre au travail.

— Une seule tasse. Noah est venu avec vous ?

— Oui, il est aux soins intensifs néonatals.

La docteure Feist arqua un sourcil. Manifestement, la nouvelle de l'accouchement spectaculaire de la matinée n'avait pas encore atteint les entrailles de l'hôpital. Josie lui résuma les événements.

— Alors, vous avez encore plus besoin de ce café que je ne le pensais. Restez ici. Je vais chercher les boissons et retrouver Noah.

Josie n'eut pas la force de protester. Elle se rappela la raison première de sa visite à la morgue et demanda :

— Vous avez réussi à joindre leurs plus proches parents ?

— J'ai eu un peu d'aide de votre service. L'inspecteur Mettner est très serviable.

— Oui, il est fantastique, approuva Josie tout en consultant discrètement son téléphone. J'attends qu'il me dise s'il a pu ou non accéder aux téléphones des Yates. J'ai essayé de trouver leurs profils sur les réseaux sociaux avec mon portable, mais il y a une douzaine de Tyler Yates et presque autant de Valerie Yates. Et aucune photo de profil qui ressemble à l'un ou l'autre.

La docteure Feist sourit et fit un geste vers le fauteuil trônant devant son ordinateur portable ouvert.

— Asseyez-vous ici. On a retrouvé le plus proche parent de Tyler. Son père s'appelle Wesley Yates et il vit aussi à Fox Mill. J'ai appelé le médecin légiste là-bas, et ils vont lui annoncer le décès dans les prochaines vingt-quatre heures. Vous pouvez avoir son numéro, j'imagine que vous voudrez lui parler.

— Oui, confirma Josie en s'approchant de la chaise de bureau. Ce serait formidable.

La docteure Feist se pencha par-dessus l'épaule de Josie et cliqua plusieurs fois, faisant apparaître un document qui comprenait une photo du permis de conduire de Wesley Yates. Josie sortit son portable et consigna dans ses notes l'adresse du père de Tyler Yates et son numéro de téléphone.

— Pendant que vous y êtes, vous pouvez vous connecter à Facebook si vous voulez. Pour chercher Wesley Yates.

— Je peux le faire depuis mon portable.

— Je sais. Mais j'aime bien avoir de la compagnie.

Et sur ces mots, elle s'éclipsa.

La liste des Wesley Yates sur Facebook était encore plus longue que celle des Tyler et des Valerie. Heureusement pour Josie, le Wesley Yates qu'elle cherchait avait choisi une photo de profil sur laquelle son visage était bien visible. Elle put ainsi facilement la comparer à celle du permis de conduire. Elle passa en revue la liste de ses amis et tomba sur le profil de Tyler. Il avait opté pour une forêt au crépuscule comme photo de profil, mais plusieurs de ses autres photos étaient publiques. Josie les parcourut et trouva plusieurs clichés de lui avec Valerie. Elle parvint à déterminer, d'après les dates de certaines photos, qu'ils s'étaient mariés quatre ans plus tôt. Apparemment, le couple allait camper une ou deux fois par an. Valerie apparaissait sur presque toutes les photos, mais n'était identifiée sur aucune. Elle ne figurait pas non plus dans les listes d'amis de Tyler ou de Wesley : elle n'avait probablement pas de compte Facebook.

Josie jeta un dernier coup d'œil aux photos de Tyler Yates et remarqua que sur plusieurs d'entre elles se trouvait un autre couple du même âge environ, sans aucune identification. Josie fouilla les commentaires, mais personne ne mentionnait d'autres noms que ceux de Tyler et de Valerie. Elle revint en arrière et étudia les photos, et remarqua que les Yates avaient l'air athlétiques, contrairement à leurs amis. Tyler était de taille moyenne et maigre comme un coureur. Sur les photos, il arborait un sourire de travers et des yeux bleus éclatants. Ses cheveux blond doré étaient coupés court, parfois hérissés. L'autre homme était plus grand et avait des cheveux bruns ébouriffés qui lui frôlaient la nuque et ombrageaient ses yeux d'un marron profond. Son sourire était quelque peu crispé, comme s'il serrait les dents. La femme que Josie supposait être sa petite amie ou son épouse était petite et ronde, avec des cheveux blond cendré jusqu'en bas du dos, contrairement à Valerie qui était brune, légèrement plus grande et plus élancée. Sur les premières photos, le large sourire de la mystérieuse femme révélait des dents parfaitement alignées et une fossette sur la joue droite. À un moment, l'homme aux cheveux bruns hirsutes se volatilisait, emportant apparemment le sourire de sa compagne avec lui. Sur les photos les plus récentes, elle se tenait entre Tyler et Valerie Yates, affichant un sourire fermé qui n'exprimait guère la joie.

Josie vérifia la date des premiers clichés – ils remontaient à six ans. Le partenaire masculin du second couple, non identifié, avait disparu des photos deux ans et demi plus tôt. Josie se demanda ce qu'il était devenu. Était-il décédé ? Avaient-ils simplement rompu ou divorcé ?

La légiste revint dans le bureau chargée d'un porte-gobelets contenant trois cafés et un assortiment de sucre, de dosettes de lait et d'agitateurs. Noah la suivait.

— Regardez qui j'ai trouvé en train d'errer dans les couloirs, plaisanta-t-elle.

— Salut, lança Noah. La docteure Feist m'a parlé de l'autopsie. Je viens de jeter un coup d'œil au… collier.

— Assez perturbant, concéda Josie. Comment va le bébé ?

Noah sourit.

— Il va très bien. J'ai aussi vu Moore à l'étage.

— C'est gentil de sa part de sortir de son secteur pour nous.

Noah rit.

— Qu'est-ce que tu as trouvé sur le parent le plus proche ? Un truc intéressant ? Des profils en ligne ?

Josie lui parla de Wesley Yates et lui montra ce qu'elle avait trouvé sur les réseaux sociaux.

— Tu vois cette femme sur ces photos ? Son petit ami ou son mari – ou qui que ce soit d'autre – n'est plus là, et elle est toujours fourrée avec ces deux-là.

— Et alors ? Peut-être qu'il est mort et qu'ils lui remontent le moral, imagina Noah.

Josie consulta de nouveau plusieurs clichés.

— Mais regarde : une photo d'eux trois au cinéma. Et là, tous les trois à un feu d'artifice. Un musée d'art. Un festival gastronomique.

— À quoi penses-tu ?

— Je me demande si cette femme n'est pas la troisième campeuse.

— Parce qu'elle traîne pas mal avec eux ?

— Elle ne fait pas que traîner avec eux. Ils l'emmènent partout avec eux.

— Tu ne vois que les photos qui sont publiques, souligna Noah.

Josie poussa un profond gémissement de frustration.

— Il y a un tueur dans la nature. Il détient peut-être cette femme, pour autant qu'on sache.

— Josie, tu sais qu'on doit procéder correctement. Je suis d'accord pour dire qu'il pourrait avoir emmené la troisième campeuse. Je conçois qu'elle soit en danger, mais il faut prouver que la femme sur ces photos de réseaux sociaux est bien la troisième campeuse avant de s'emballer.

— Il y a suffisamment de photos d'eux trois ensemble pour supposer raisonnablement qu'elle a pu aller camper avec eux. Il faut se contenter de ce qu'on a. Je prends le risque de me tromper sur son identité. Mais si on arrive à découvrir qui est cette femme, on saura vite s'il s'agit bien de la personne qu'on cherche ou pas.

— Wesley Yates aura sûrement la réponse.

— Je ne sais pas si la déclaration de décès a déjà été faite, fit remarquer Josie en montrant du doigt la femme à l'écran, prise en sandwich entre Tyler et Valerie Yates lors d'un match de base-ball des Phillies. Si c'est la campeuse et qu'elle a disparu, il faut qu'on le sache tout de suite.

— Je vais appeler le médecin légiste de Fox Mill pour voir s'ils ont déjà annoncé la nouvelle, déclara la docteure Feist, et sinon, je leur demanderai d'ici combien de temps c'est prévu.

— Merci, répondit Josie. Je vais envoyer le lien de ce profil à Mett et lui dire de commencer à contacter tous les gens de la liste d'amis de Tyler Yates pour voir s'ils la connaissent. Je veux aussi qu'il s'assure que nos hommes sont à pied d'œuvre dans les bois à la recherche de la troisième campeuse à la seconde où l'orage se calmera.

Elle sortit son téléphone mais, avant de pouvoir composer le numéro de Mettner, elle reçut un appel de Moore. Elle montra l'écran à Noah.

— Je m'occupe de Mettner, et toi de celui-là.

— Quinn, annonça Josie en décrochant.

— J'ai contacté M. et Mme Bestler, l'informa Moore. Ils devraient arriver à Denton d'ici une heure. Je suis à Denton Memorial. Vous êtes toujours là ? Vous savez dans quelle chambre se trouve cette femme qui prétend être Maya Bestler ?

— Quatrième étage, chambre 428. On est à la morgue. On se retrouve là-bas.

17

Moore les rejoignit au bureau des infirmières. Il avait dû prendre une douche, lui aussi, songea Josie, car ses cheveux étaient propres et fraîchement peignés, et il portait un uniforme plus décontracté : un polo beige portant l'insigne du shérif du comté de Lenore et un pantalon bleu marine. Il tenait une chemise cartonnée sous le bras. Josie obtint qu'ils puissent utiliser la salle de pause du personnel pendant dix minutes afin d'échanger des informations. La chemise que Moore avait apportée contenait une copie du dossier de l'affaire de la disparition de Maya Bestler.

— Vous pouvez le garder, lança-t-il à Josie qui le feuilletait.

Noah récapitula les premières conclusions de la docteure Feist sur le couple Yates et demanda si Moore pouvait déployer des unités pour fouiller les environs du bivouac, du côté du comté de Lenore, à la recherche de la troisième campeuse. Moore se gratta le menton, l'air pincé.

— Je pense que je peux passer un coup de fil.

Mais il ne fit aucun geste pour sortir son téléphone.

— Oui, vous pouvez passer ce coup de fil maintenant.

Moore leva un doigt vers le plafond.

— Vous n'entendez pas ce bruit ? La pluie est torrentielle. Il y a aussi du tonnerre et des éclairs. Mon patron n'envoie pas d'unités sur le terrain par ce temps.

— Mais des hommes pourraient se tenir prêts à intervenir dès que le ciel se dégagera, suggéra Josie.

Moore resta silencieux et immobile. Josie vit une veine palpiter dans le cou de Noah.

— On va peut-être simplement appeler la police d'État, dit-elle en feignant un ton décontracté et en se replongeant dans le dossier devant elle.

Avec un soupir, Moore sortit son téléphone et quitta la pièce.

— Quel con, se plaignit Noah. C'est quoi, son problème ? Il se fiche complètement qu'une femme soit en danger à l'instant où on parle.

— C'est un abruti, confirma Josie. On devrait le court-circuiter. Faire en sorte que notre chef appelle son chef.

— Oh, ça finirait très bien, cette histoire, c'est sûr, ironisa Noah.

Avant que Josie ne puisse répondre, Moore revint dans la pièce.

— Mon patron met une équipe de recherche en attente. Vous êtes contente ?

— Eh bien, oui, à vrai dire.

Moore lui lança un regard noir. Elle retourna à son dossier pendant que Noah expliquait à Moore ce que Maya Bestler leur avait dit. Moore secoua lentement la tête.

— J'étais persuadé que Garrett Romney avait tué cette femme et caché son corps, expliqua-t-il en désignant le dossier devant Josie. Vous verrez là-dedans que notre enquête était solide.

Si le dossier avait vraiment été solide, Garrett Romney aurait été en train de pourrir en prison, mais Josie se garda bien de le signaler à Moore. Son déplacement à l'hôpital pour apporter le dossier n'était qu'une tentative de prouver que son équipe avait fait tout ce qui était en son pouvoir pour résoudre l'affaire. Quelqu'un dans le comté de Lenore ne voulait pas être accusé d'avoir fait porter le chapeau à Garrett sans chercher plus loin. Si Maya ou sa famille pouvait prouver que le bureau du shérif du comté de Lenore avait été négligent, ils auraient un sacré procès sur les bras.

— Eh bien, dit Noah, je crois qu'on peut raisonnablement affirmer que Romney est hors de cause. Il ne nous reste plus qu'à découvrir qui l'a enlevée.

— Je pensais qu'elle vous l'avait dit, lâcha Moore.

Josie leva les yeux de la documentation.

— Elle dit que c'était un type qui vivait dans des cavernes souterraines dans les bois. Écoutez, je pense que quelqu'un l'a clairement enlevée et l'a séquestrée ces deux dernières années. Elle est manifestement traumatisée. Elle a des cicatrices aux poignets et une perte d'audition consécutive à des otites non soignées. Je ne suis pas sûre...

Elle chercha la bonne formulation. Avant qu'elle ne puisse terminer, Noah ajouta :

— On doit évidemment enquêter sur la base de son témoignage, mais on craint que ce ne soit un peu tiré par les cheveux.

— Elle a disparu dans le comté de Lenore et a été retrouvée à quelques kilomètres au nord de la limite du comté, dans notre secteur. Il y a par là une zone de chasse de l'État, une propriété privée avec des cabanes de chasseurs et des maisons isolées. Elle est certes vaste, mais vraisemblablement pas assez pour qu'un homme y vive pendant des années sans que personne le signale, surtout s'il était aussi débraillé qu'elle le prétend. Elle l'a décrit comme un monstre.

Le visage de Moore se déforma en une grimace. Il se gratta la tempe.

— Quoi ? demanda Josie.

Moore jeta un œil à Josie, puis à Noah, et de nouveau à Josie.

— Eh bien, en fait, on a vraiment un truc comme ça dans le comté de Lenore.

— Un truc comme un monstre dans les bois qui enlève les femmes et les retient dans des cavernes souterraines ? demanda Noah.

Moore acquiesça et laissa échapper un petit rire.

— Pas en ces termes, mais il y a bien quelques cavernes dans le comté de Lenore.

— Il y a beaucoup de cavernes en Pennsylvanie, remarqua Josie. Crystal Cave, Indian Echo Caverns, Lost River Caverns...

— Ce sont des attractions touristiques, protesta Moore. Je parle de cavernes dans la zone de chasse de l'État qui ne sont ni entretenues ni gérées par qui que ce soit. L'entrée est assez difficile à trouver, si je me souviens bien, donc le service de protection de la biodiversité ne s'en occupe pas vraiment.

— Il y a un homme qui vit là-dedans ? lança Noah.

— Eh bien, il y a cinq minutes, j'aurais dit que non, mais après avoir entendu cette histoire, je me dis que c'est possible. Il y a ce type dans le comté de Lenore. Tout le monde l'appelle « l'ermite ». Je ne l'ai jamais vu, mais certaines personnes, si.

— L'ermite ? répéta Josie.

— Oui, c'est un type qui vit dans les bois. Il ne gêne personne. Comme je l'ai dit, très peu de gens l'ont déjà croisé.

— Alors comment savez-vous que ce n'est pas un genre de légende urbaine ? demanda Noah.

— Parce qu'il a quand même été repéré assez de fois au fil des ans pour qu'on soit sûrs de son existence. Mais comme je l'ai dit, il ne dérange personne. Il n'a jamais causé d'ennuis aux chasseurs, aux randonneurs ou à qui que ce soit d'autre. Il trouve probablement refuge dans les cavernes. Ce serait logique, surtout en hiver, et ça expliquerait comment il arrive à rester invisible la plupart du temps.

— Quel âge a-t-il ? s'enquit Josie.

Moore haussa les épaules.

— On ne sait pas trop. Certains pensent qu'il a la cinquantaine.

— Depuis combien de temps vit-il dans les bois ? poursuivit Noah.

— Au moins vingt ans, à notre avis, peut-être plus. Selon la légende populaire dans le comté, il est veuf. On raconte qu'après la mort de sa femme, il est entré dans les bois et n'en est jamais ressorti.

— Qui est-il ? relança Josie. Comment s'appelle-t-il ?

— Aucune idée. Personne ne le sait.

— Alors comment savez-vous que sa femme est morte ? insista Noah, incrédule.

— On n'en sait rien. Comme je l'ai dit, c'est une histoire du coin. Une rumeur.

— Sauriez-vous trouver ces cavernes ? demanda Josie. Et nous y emmener ?

— Probablement, oui. Vous êtes certains que c'est une affaire pour le comté de Lenore ?

— La femme est sortie de la forêt de notre côté de la frontière du comté, répondit Noah. Donc c'est peut-être notre secteur.

— Mais il l'a enlevée, séquestrée et agressée dans le comté de Lenore, souligna Josie.

— Je peux sûrement vous trouver une carte.

— Ou vous pourriez faire votre putain de travail, cracha Noah, incapable de garder son calme plus longtemps.

Aussitôt, Josie se leva et s'interposa entre les deux hommes, faisant face à Moore qui fusillait Noah du regard par-dessus son épaule. Elle claqua des doigts sous son nez, et il baissa les yeux vers elle.

— Si cette affaire concerne le comté de Lenore, votre équipe devra préparer le dossier pour le procès. Votre procureur devra engager des poursuites.

Il croisa les bras sur sa poitrine.

— Et alors ?

— Alors arrêtez d'essayer de vous débiner, dit Noah en cognant son torse contre le dos de Josie.

Celle-ci leva la main, réduisant Noah au silence.

— Alors il faut qu'on bosse ensemble, rectifia Josie. Au cas où vous l'auriez oublié, nous avons maintenant un tueur et une femme disparue dans la forêt. Vous me dites qu'il y a un type qui vit dans les bois et on a une femme qui affirme avoir été kidnappée par quelqu'un qui lui ressemble beaucoup ? Il ne semble pas illogique de soupçonner un lien entre ces deux affaires. Il faut qu'on trouve votre ermite et qu'on s'assure que ce n'est pas lui qui a assassiné le couple Yates et enlevé leur amie. Je ne veux pas avoir un autre homicide sur les bras et, croyez-moi, mon pote, vous non plus.

— Je ne suis pas votre pote, lâcha Moore.

— Ça me va. Pas besoin d'aller boire des bières ensemble après le boulot, emmenez-nous seulement jusqu'aux cavernes.

On frappa brièvement à la porte, et une infirmière passa la tête dans l'entrebâillement.

— Il y a deux personnes ici qui disent chercher Maya Bestler.

— On arrive tout de suite, répondit Moore.

18

Les Bestler se tenaient à quelques pas l'un de l'autre, entre le bureau des infirmières et les ascenseurs. Gus Bestler, ainsi que Moore le présenta, était grand et sec, avec des cheveux gris. Dans un short kaki et une chemise à manches courtes boutonnée, il arpentait l'espace en cadence – trois pas vers les ascenseurs, mains dans les poches, demi-tour, trois pas vers le bureau des infirmières, mains sorties. Pas d'alliance, nota Josie. Mme Bestler n'en portait pas non plus. Elle se demanda s'ils étaient divorcés depuis longtemps ou si la disparition de Maya avait brisé leur mariage.

Sandy Bestler se tenait tranquille, mais Josie devinait qu'elle était aussi nerveuse que Gus. Sa paume était moite lorsqu'elle serra la main de Josie. Elle n'arrêtait pas de fouiller dans son grand sac à main, qu'elle portait en bandoulière, n'en sortait rien, puis levait la main pour lisser sa frange. Ses cheveux étaient coupés court, mais avec élégance, les extrémités ramenées sur son visage fin, adoucissant son menton pointu. Josie n'arrivait pas à décider à qui Maya ressemblait le plus, et conclut que la jeune femme était un mélange assez équilibré de ses deux parents.

Après avoir fait les présentations, Moore leur parla doucement, racontant dans les grandes lignes ce que Maya avait confié à Josie et Noah à propos de son calvaire, y compris la naissance de leur petit-fils. Gus avait l'air bouleversé, mais Sandy restait impassible. Seules ses articulations blanchies autour de la sangle de son sac trahissaient sa détresse.

— C'est vraiment elle ? s'enquit-elle.

Moore jeta un coup d'œil à Josie, juste derrière lui.

— L'inspectrice Quinn a pu comparer avec la photo de son permis de conduire. Nous pensons qu'il s'agit de Maya.

D'une voix tremblante, Gus demanda :

— Où est-elle ? On peut la voir ?

— Bien sûr, confirma Moore.

Josie s'avança et leur parla de ses blessures, notamment sa perte d'audition.

— Il faut la regarder bien en face quand vous vous adressez à elle. Assurez-vous qu'elle vous voit lui parler.

— D'accord, d'accord, dit Gus en piétinant sur place.

Josie et Noah les conduisirent dans la chambre. Maya semblait n'avoir pas bougé depuis leur conversation un peu plus tôt, même si quelqu'un avait pris le temps de lui brosser les cheveux. Elle écarquilla les yeux lorsqu'ils entrèrent tous les cinq dans la pièce. Avant que quiconque ne puisse prononcer le moindre mot, Gus les écarta tous et courut jusqu'au lit.

— Maya ! s'écria-t-il en la prenant dans ses bras.

Alors que le moniteur au-dessus de la tête de Maya protestait, son rythme cardiaque et sa respiration accélérant à toute vitesse, Gus se mit à sangloter, serrant sa fille de toutes ses forces. Lentement, les bras de Maya s'enroulèrent autour de son cou et elle ferma les yeux.

Josie, Noah et Moore restèrent sur le seuil. Sandy se tenait à l'écart, près du pied du lit, regardant la scène se dérouler. Elle passa son sac d'une épaule à l'autre, puis inversement. Au bout d'un moment, elle se tourna vers la porte, comme si elle voulait partir. Lorsqu'elle vit les trois policiers alignés contre le mur, elle reporta rapidement son attention sur sa fille.

Gus relâcha Maya suffisamment longtemps pour la contempler. Il prit ses joues dans ses mains et l'étudia attentivement.

— C'est elle, annonça-t-il, avant de se retourner et de sourire à Moore. C'est vraiment elle.

Puis il embrassa la jeune femme sur le front et l'enlaça de nouveau.

D'un pas hésitant, Sandy avança jusqu'à l'autre côté du lit et prit la main de Maya.

— Attendons dehors, proposa Josie. On pourra parler à M. et Mme Bestler quand ils auront discuté avec leur fille.

Sandy sortit la première, vingt minutes plus tard, toujours aussi nerveuse, passant et repassant ses doigts dans ses cheveux. Elle ne sourit pas en les voyant, mais elle s'approcha quand même.

— Mon... mon petit-fils ?

— Il va bien, dit Noah.

— J'aimerais le voir.

Noah tendit la main vers les ascenseurs.

— Je vous y emmène.

Moore attendit qu'ils soient partis avant de prendre la parole. S'il avait été irrité plus tôt, il semblait désormais profondément perplexe.

— Pourquoi est-ce que ça ne ressemble pas à une fin heureuse ? Ça devrait être une fin heureuse.

Josie soupira.

— Il n'y a jamais de fin heureuse dans ce boulot.

— Plutôt cynique de votre part.

— Qu'est-ce que ça veut dire ?

— Je vous ai vue dans *Dateline*.

Josie gémit. Au cours de sa carrière dans la police de Denton, elle avait été confrontée à certaines des affaires les plus choquantes de l'État, dont quelques-unes si spectaculaires qu'elles avaient attiré l'attention du pays tout entier. Elle avait été impliquée dans la couverture médiatique de ces affaires, principalement parce que sa sœur jumelle était la présentatrice de l'une des émissions matinales les plus célèbres du pays. Trinity n'acceptait que rarement un refus et avait, à trois reprises déjà, réussi à convaincre Josie de participer à des numéros spéciaux de *Dateline*. Cette dernière avait du mal à s'habituer à cette nouvelle notoriété.

— Laquelle avez-vous vue ?

Moore cligna des yeux.

— Comment ça, laquelle ?

— Il y a trois émissions.

— Je ne savais pas. Je n'ai vu que celle où vous retrouvez votre vraie famille. C'est pour ça que j'ai dit que vous aviez l'air cynique. Vous avez été séparée d'eux à l'âge de trois semaines. Ils vous ont crue morte pendant trente ans. Puis vous vous retrouvez. C'est une fin heureuse.

Josie lui décocha un sourire contrarié. C'était une fin heureuse, certes, et pas un jour ne passait sans qu'elle soit reconnaissante d'avoir retrouvé sa vraie famille, mais ce que Moore ne comprenait pas, c'était qu'ils avaient perdu trente ans ; trois décennies de vacances, d'anniversaires, de fêtes de famille, de souvenirs, de blagues juste entre eux. Trente ans de tissage de liens, impossibles à rattraper.

Josie, ses parents biologiques, son frère et sa sœur s'efforçaient de passer le plus de temps possible ensemble, mais rien ne leur rendrait celui qu'ils avaient perdu. Rien ne saurait panser la blessure que ces trente années avaient infligée. Même si Josie savait que sa famille souffrait profondément de l'avoir perdue, sa propre douleur était plus intense et infiniment plus complexe. La femme qui avait enlevé Josie à sa famille et l'avait élevée l'avait horriblement maltraitée et presque anéantie. Josie se débattait encore avec les cicatrices affectives que Lila Jensen lui avait laissées. Elle les garderait toute sa vie. Aucune fin heureuse ne guérirait ce fardeau. Rien ne pourrait le guérir. Rien n'effacerait les cauchemars. Elle songea aux appels de la prison de Muncy. Ils étaient sans importance, décida-t-elle. Rien ne la guérirait.

Josie désigna la porte fermée de la chambre de la jeune patiente.

— C'est une fin heureuse, mais Maya vivra jusqu'à sa mort avec le traumatisme de ce qui lui est arrivé. Elle a un enfant à élever, qu'elle le veuille ou non, et qui lui rappellera constamment ce qu'elle a subi. C'est pour ça que je ne vois pas ça comme une fin heureuse.

Un vague pressentiment lui disait que ce n'était pas la seule raison, qu'il leur manquait un détail important de l'histoire de Maya, mais elle n'arrivait pas à mettre le doigt dessus.

La porte de la chambre s'ouvrit de nouveau et Gus apparut, le visage baigné de larmes, mais avec un sourire aussi radieux que celui d'un père fier de tenir son enfant dans les bras pour la première fois.

— Merci, leur lança-t-il en leur serrant la main, puis en les étreignant avec force et maladresse. Merci beaucoup.

— C'est juste notre travail, monsieur Bestler, répondit Moore.

Gus secoua la tête.

— Je n'arrive pas à y croire. Je pensais vraiment que Garrett l'avait tuée. Tout au fond de moi, je le croyais. On savait qu'il l'avait déjà frappée. Elle ne voulait pas le quitter. Il était logique de croire qu'il lui avait fait du mal. Il était seul avec elle. Son histoire était tellement bidon. Je n'arrive pas à y croire. Je veux dire, je suis content, absolument ravi, qu'il ne l'ait pas tuée. C'est tellement incroyable. C'est un miracle, voilà ce que c'est, un miracle.

Il marqua une pause pour inspirer plusieurs fois profondément. Puis il regarda autour de lui.

— Où est Sandy ?

— Elle est descendue avec le lieutenant Fraley à l'unité de soins intensifs néonatals pour voir votre petit-fils, expliqua Josie.

Son sourire s'élargit.

— Un petit-fils ! Je n'arrive pas à y croire. J'aimerais que les circonstances soient différentes, mais nous aimerons ce petit bébé autant que nous aimons Maya.

Josie pensa à la tension qui irradiait de Sandy depuis son arrivée et douta que cette dernière puisse aimer le bébé autant que Gus, mais elle ne dit rien. Elle se contenta de sourire et de lui toucher le bras.

— Je suis heureuse que Maya et son bébé soient en sécurité et de retour auprès de vous, monsieur Bestler.

— Je vais rester avec elle ce soir. C'est possible, n'est-ce pas ? Je peux rester ?

— Tant que le personnel médical est d'accord, vous pouvez rester, bien sûr, le rassura Moore. On va vous laisser un peu de temps pour vous reposer. Si on a besoin de poser d'autres questions à Maya ou à vous, on passera vous voir, ça vous convient ?

— Oui, répondit Gus. Je vous remercie.

— D'ailleurs, j'aurais juste une question à lui poser, intervint Josie. Et après, on vous laisse tranquilles.

— Bien sûr.

Josie laissa Moore dans le couloir en compagnie du père de Maya et entra dans la chambre pour montrer à cette dernière une photo du collier avec la noix noire. Elle lui demanda si elle avait déjà vu un objet semblable, si l'homme qui l'avait enlevée avait possédé ou fabriqué un tel bijou, mais Maya lui répondit que non.

19

L'heure supposée de la fin de leur service était passée depuis longtemps lorsque Josie et Noah regagnèrent le commissariat, mais elle savait qu'ils n'allaient pas rentrer à la maison de sitôt. Elle voulait examiner d'autres pistes, et la paperasse à remplir après une telle journée leur prendrait des heures. Gretchen arriva quelques minutes après eux, des gouttes d'eau glissant de son imperméable jusqu'au sol tandis qu'elle déposait sur les bureaux de Josie et de Noah des barquettes en plastique – des plats à emporter du restaurant préféré de Josie.

— J'étais en train de parler au sergent Lamay en bas. Il m'a mise au courant de la situation, y compris de l'affaire du collier bizarre. On dirait que vous avez passé une sacrée journée, tous les deux.

Josie ouvrit la boîte et découvrit des pâtes crémeuses parsemées de morceaux de homard et de crevettes. Elle ravala aussitôt la salive qui lui montait à la bouche. Depuis le bureau voisin, Mettner lança :

— Et moi ? Moi aussi, j'ai eu une sacrée journée !

Noah éclata de rire.

— Est-ce que vous avez quitté ne serait-ce qu'une fois le bâtiment aujourd'hui ?

Mettner feignit d'être blessé.

— J'ai beaucoup travaillé.

— Vous avez mis au monde un bébé ? demanda Josie en avalant une bouchée de fettucine.

Mettner baissa les yeux sur son bureau.

— Eh bien, non, mais j'ai coordonné les recherches pour trouver votre campeuse disparue.

— Depuis votre fauteuil, souligna Noah. Et pendant un orage, ce qui implique l'arrêt des recherches. Voilà tout ce que vous avez coordonné.

— J'ai fait bien plus que ça, protesta Mettner.

Noah sourit pour lui signifier qu'il plaisantait et ajouta :

— Vous savez, il a fait plus de trente degrés aujourd'hui. Josie et moi avons dû jeter nos vêtements en rentrant à la maison. Ce genre de taches de sueur ne part pas au lavage.

Gretchen fouilla dans le grand sac en papier kraft qu'elle tenait et en sortit un autre plat qu'elle déposa devant Mettner.

— Voyons, Mett. Vous pensez vraiment que je vous aurais oublié ?

Il esquissa un sourire enfantin en ouvrant la boîte, en extirpa un énorme cheeseburger d'où pendaient des tranches de bacon, et y mordit à pleines dents. Pendant quelques instants, ils mangèrent tous les trois en silence. Les pâtes de Josie disparurent en un temps record.

— C'était délicieux. Tu te rappelles toujours ce que j'aime. Merci.

— Hé, s'offusqua Noah, moi aussi, je me souviens toujours de ce que tu aimes.

Les yeux écarquillés, faussement candide, Josie lui répondit :

— Oui, mais je parie que Gretchen n'a pas de minifour gril.

La fourchette en plastique de Noah heurta son épaule et elle s'esclaffa.

Gretchen suspendit son imperméable sur un dossier libre à proximité et s'assit à son bureau. Elle secoua l'eau de ses cheveux bruns courts et hérissés. Elle n'avait qu'une tasse de café.

— J'ai mangé avant de venir, expliqua-t-elle. Allez, dites-moi tout. Où en est-on avec la campeuse disparue et cette histoire de Maya Bestler ?

— Le père de Tyler, Wesley Yates, a été informé du décès de son fils, commença Noah. Je viens de lui laisser un message.

— La patronne a trouvé des photos d'une femme avec laquelle les Yates passaient beaucoup de temps sur la page Facebook de Tyler, poursuivit Mettner. Elle pense qu'il pourrait s'agir de la troisième campeuse.

— On espère que Wesley Yates pourra nous dire qui est allé camper avec eux ou le nom de la femme sur les photos, ajouta Josie.

— D'ici là, reprit Mettner, je vais parcourir la liste des amis de Tyler pour voir si quelqu'un est disposé à me parler et susceptible de m'apprendre quoi que ce soit sur cette excursion, ou même le nom de la femme.

— On attend aussi le retour de Hummel. Il était dans le comté de Lenore avec son équipe pour s'occuper du véhicule des Yates, précisa Josie. Pour l'instant, je vais appeler Garrett Romney, l'ancien petit ami de Maya Bestler, lui annoncer qu'elle a été retrouvée et lui demander s'il connaissait le couple Yates.

— Pendant ce temps, décida Gretchen, je vais chercher dans la base de données du National Crime Information Center tous les homicides où un collier de noix noire de fabrication artisanale a été trouvé à l'intérieur ou autour du corps.

— Bonne idée, approuva Josie.

Elle décrocha son téléphone et composa le numéro. Après quatre sonneries, une voix masculine retentit.

— Monsieur Romney ? Garrett Romney ?

L'homme sembla soudain suspicieux.

— Qui est-ce ?

— Je m'appelle Josie Quinn. Je suis inspectrice à la police de Denton.

— Denton ? C'est où, ça ?

— Nous sommes à environ deux heures à l'ouest de là où vous vivez. Au nord du comté de Lenore.

Un silence glacial retomba au bout de la ligne.

— Monsieur Romney ?

— Quand est-ce que vous allez me lâcher, bande d'enfoirés ? Je n'ai pas tué ma petite amie. Ça fait deux ans. Il faut laisser tomber, maintenant. J'appelle mon avocat.

— Maya est vivante, lâcha Josie.

Un autre silence. Puis elle entendit deux courts halètements.

— Maya est vivante ?

— Oui. Elle a été retrouvée aujourd'hui. Elle est hospitalisée, mais son état est stable. Elle a pensé que vous voudriez le savoir.

— Je ne... je ne peux pas... bégaya-t-il. Pourquoi vous me dites ça ?

Josie n'était pas sûre de vouloir remettre Maya Bestler en relation avec celui qui l'avait apparemment maltraitée, mais la jeune femme avait demandé que Garrett soit prévenu et, tôt ou tard, il l'aurait découvert.

— En fait, j'ai quelques questions à vous poser sur une affaire qui n'a rien à voir avec...

— Vous essayez de me mettre un autre truc sur le dos, maintenant ? la coupa-t-il. Que vous a dit Maya ? Elle a dit que ce n'était pas moi, pas vrai ? Elle a dit ça, hein ?

— Oui, confirma Josie. D'après elle, vous n'avez rien à voir avec son enlèvement.

— Enlèvement ? répéta-t-il, et cette question étonna Josie.

— Eh bien, son enlèvement. Quelqu'un l'a enlevée et l'a gardée en captivité. Que croyez-vous qu'il lui soit arrivé ?

Il éclata d'un rire cynique.

— Honnêtement ? Je pensais qu'elle s'était enfuie, qu'elle s'était cachée quelque part, qu'elle m'avait laissé porter le chapeau pour toute cette histoire. Je sais qu'elle voulait me quitter.

Et pourtant, Maya n'avait demandé de nouvelles que de lui.

— Elle a été enlevée, assura Josie. Maintenant, elle est en sécurité. Si ça ne vous embête pas, j'aimerais vous poser quelques...

— J'ai dit non.

— Connaissez-vous quelqu'un qui s'appelle Tyler ou Valerie Yates ?

— Je n'ai jamais entendu parler d'eux, répliqua-t-il, l'hostilité dégoulinant de chaque syllabe.

Avant qu'il ne puisse raccrocher, l'inspectrice glissa une autre question.

— Quand vous êtes-vous rendu dans le comté de Lenore pour la dernière fois ?

— Il y a dix-huit mois, et je n'y retournerai pas, alors ne me demandez même pas.

— Aucun besoin que vous y retourniez, poursuivit-elle. Mais vous êtes le bienvenu dans le comté d'Alcott si vous souhaitez rendre visite à Maya.

— Vous pensez vraiment que j'ai envie de rendre visite à cette salope ? Je vais vous dire, vous pouvez lui passer un message de ma part : dites-lui d'aller se faire foutre.

Il raccrocha. Josie éloigna le téléphone de son visage et le fixa comme si la rage de Garrett Romney en irradiait.

— Qu'est-ce qui s'est passé ? demanda Noah.

Josie haussa les épaules.

— Je n'ai pas tout compris.

Elle espérait de tout cœur que Garrett Romney n'irait pas voir Maya.

— Je pense que si ma petite amie avait disparu il y a deux ans au milieu de la nuit pendant une virée camping, et que je savais dur comme fer que je n'avais rien à voir avec sa disparition, je serais heureuse d'apprendre qu'on l'a retrouvée vivante.

— Ce serait une réaction normale, confirma Gretchen.

— Ce type a manifestement des problèmes, ajouta Mettner. Je l'entendais jusqu'ici.

— Tu crois qu'il faut qu'on lui parle en personne ? lança Noah.

— Non, je ne pense pas que ce soit utile. Maya ne l'a pas mis en cause.

— Mais vous pensez qu'il peut être impliqué dans la nouvelle affaire ? demanda Mettner.

— J'en doute fortement, estima Josie. Je pense que le suspect le plus probable dans l'affaire Yates est l'homme qui a enlevé et détenu Maya.

— J'ai lu le dossier que Moore nous a donné, dit Noah. Le campement de Bestler et Romney n'était qu'à huit kilomètres de l'endroit où les Yates ont dormi.

— Tu crois que Romney a menti en disant qu'il ne connaissait pas les Yates ? s'enquit Gretchen.

Josie secoua la tête.

— Non, il n'a pas hésité une seconde. Je ne pense pas qu'il les connaissait. Je n'ai pas vu son nom sur la liste des amis Facebook de Tyler non plus. On pourrait chercher d'autres liens – des lieux de travail, peut-être –, mais je ne suis pas sûre qu'il y en ait. Je ne crois pas qu'il mérite qu'on s'attarde davantage sur son cas pour l'instant.

— Je suis d'accord, approuva Gretchen. Au fait, rien dans la base du National Crime Information Center sur des noix noires ou des colliers de noix noire.

Hummel pénétra dans la grande salle, tenant entre ses mains gantées un sachet de pièces à conviction en papier kraft.

— J'ai quelque chose pour vous, patronne.

Josie fit de la place sur son bureau et Hummel secoua le sac pour en faire tomber le contenu : un livre de poche aux pages cornées, *Strength* de Carrie Butler. Noah s'approcha et le fixa.

— Ça a l'air d'être un super bouquin, lâcha-t-il. Mais je ne suis pas sûr qu'il nous soit d'une grande utilité.

Sur un ton faussement menaçant, Hummel déclara :

— Prenez garde, Fraley, ou la prochaine fois, c'est votre propre vomi que vous mettrez dans un sac.

D'un doigt ganté, il ouvrit le livre. À l'intérieur, en haut à gauche, quelqu'un avait écrit au feutre : « E. Gresham. »

— Où l'avez-vous trouvé ? demanda Josie.

— Sur la banquette arrière de la voiture des Yates, répondit Hummel.

Mettner s'approcha et observa l'objet.

— Pas sûr que ça soit très pertinent. C'est peut-être un livre d'occasion.

— Il est bien usé, fit remarquer Josie. Qui que soit E. Gresham, elle l'a beaucoup lu.

— Comment on peut savoir que c'est une femme ? rétorqua Gretchen.

Noah se pencha sur le roman et déclara :

— C'est une romance paranormale pour adultes, et il y a un homme musclé torse nu sur la couverture. Il y a de fortes chances qu'il appartienne à une femme.

— Peut-être à Valerie Yates, proposa Mettner.

— Non, répondit Josie. Valerie Yates avait un livre de poche dans son sac à dos. Hummel, vous avez une photo de son livre à elle ?

— Je les ai déjà chargées dans le dossier, confirma-t-il en

glissant l'exemplaire de *Strength* dans le sac de preuves avant de retirer ses gants.

Josie fit apparaître les photos de la scène de crime sur l'écran de son ordinateur. Elle cliqua plusieurs fois avant d'arriver à celle du contenu du sac à dos de Valerie Yates.

— Il s'intitule *Too Blessed to Be Stressed: 3-Minute Devotions for Women* de Debora M. Coty, lut Josie.

Elle consulta le descriptif du livre sur Amazon.

— C'est un manuel qui vise à inspirer les femmes chrétiennes et à les aider à renforcer leur foi. Pas le même délire. Je pense qu'on peut raisonnablement supposer que le livre dans la voiture appartient à E. Gresham.

Noah était déjà devant son ordinateur.

— Est-ce qu'il y avait un ou une Gresham dans la liste des amis Facebook de Tyler Yates ?

— Pas dans mon souvenir, répondit Josie.

— Non, aucun Gresham, confirma Mettner.

Noah cliqua plusieurs fois sur sa souris.

— Voyons si je peux trouver des E. Gresham à Fox Mill.

Josie contourna les bureaux pour se placer derrière lui. Elle resta là tandis qu'il entrait le nom de famille dans la base de données TLOxp. Aucun Gresham à Fox Mill. En revanche, il y en avait plusieurs en Pennsylvanie, dont sept avec des prénoms commençant par E. Parmi ces personnes, quatre femmes. Noah commença à afficher les photos des permis de conduire. À la troisième, Josie s'écria :

— C'est celle-là ! C'est bien elle !

Par-dessus l'épaule de Josie, Gretchen lut le prénom.

— Emilia Gresham, vingt-huit ans. Comment sais-tu que c'est elle que nous cherchons ?

— C'est celle qui apparaît sur les photos avec Tyler et Valerie Yates, expliqua l'inspectrice.

— Elle habite à Furlong, à quelques kilomètres des Yates,

reprit Gretchen. Il faut appeler la police là-bas et leur demander d'envoyer une patrouille chez elle.

— Je m'en occupe, répondit Noah en décrochant son téléphone.

Gretchen le poussa du coude, cliqua sur quelques boutons à l'écran et, à l'autre bout de la pièce, l'une des imprimantes se mit à cracher des feuilles de papier.

— Il y a quelques proches parents potentiels, là, je vais fouiller.

— Parfait, dit Josie. Si possible, j'aimerais d'abord confirmer qu'elle était bien avec Tyler et Valerie Yates mais, même sans ça, je pense qu'on devrait appeler WYEP et leur demander de publier sa photo pour signaler sa disparition.

— Ce n'est pas un peu prématuré ? lança Mettner. On n'est pas sûrs à cent pour cent qu'elle était la troisième campeuse.

— C'est vrai, concéda Josie. Mais si j'ai raison, que c'est bien elle et qu'elle est en danger, il faut la retrouver le plus vite possible. Si sa vie est en jeu, je ne veux pas prendre de risques. Avec ce temps, on ne pourra pas faire appel à la brigade canine avant demain... et encore, si le ciel se dégage. Peut-être que Gretchen peut obtenir la confirmation auprès de ses proches qu'elle était bien partie camper. Quoi qu'il en soit, je veux que sa photo soit diffusée au journal télé de 23 heures ce soir. Mieux vaut être trop prudents que pas assez. On pourra toujours se rétracter plus tard si on s'est trompés.

— Je m'en occupe. Et je demande l'accord du chef pour la presse.

— Merci, répondit Josie. Je veux aussi retourner au Sanctuaire et montrer la photo d'Emilia Gresham aux membres.

Mettner se leva d'un bond.

— Je vous accompagne.

Noah éclata de rire.

— Vous vous sentez coupable d'être resté au sec et sous la clim toute la journée, Mett ?

Mettner se raidit.

— J'ai l'impression que ma place est sur le terrain.

— Prenez un poncho et préparez-vous à transpirer, l'avertit Josie. Allons-y.

Gretchen leur fit un signe de la main.

— Je vais voir ce que je peux trouver sur Mme Gresham.

— Je vais me pencher sur les proches connus des Yates, lança Noah.

— Il faut aussi passer en revue la liste des personnes qui vivent actuellement dans la communauté du Sanctuaire et vérifier leurs antécédents, leur rappela Josie.

— On s'en charge, lui assura Gretchen.

20

Josie réussit à éviter Charlotte lors de sa visite au Sanctuaire avec Mettner. Les femmes qu'elle avait vues travailler dans la cuisine plus tôt se souvinrent d'elle et les laissèrent sillonner la propriété pour montrer au plus grand nombre la photo d'Emilia Gresham. Sous leurs ponchos, munis de lampes de poche que Mettner avait sorties de son coffre, ils avancèrent dans l'herbe mouillée jusqu'aux tentes. Il ne restait plus que quelques occupants, parmi lesquels Megan, l'infirmière de la communauté, mais aucun ne reconnut Emilia Gresham. Heureusement, l'orage avait poussé presque tout le monde à se réfugier dans la grange. La plupart des résidents étaient assis, adossés contre les cloisons des stalles, et Josie et Mettner se frayèrent un chemin pour remonter jusqu'au fond de la grange, ne récoltant que des regards vides et des réponses monosyllabiques. Josie gardait un œil sur le dernier box à droite, celui de Renee. Tru se tenait debout à l'entrée, dos à Josie et à Mettner. Sa tête était penchée, comme s'il fixait le sol, ou plus vraisemblablement le lit de Renee. Il parlait tout bas et Josie avait beau s'approcher, elle n'arrivait pas à comprendre ce qu'il racontait. Finalement, en arrivant au fond, Josie entra dans la stalle et trouva Renee recroquevillée sur le lit de camp dans la même chemise à manches longues, le même pantalon et les mêmes bottes que plus tôt. Ses mains étaient repliées en poings sous son menton. Tru dévisagea Josie, les yeux écarquillés.

— Vous êtes revenue. Il s'est passé quelque chose ?

Josie sourit d'un air rassurant.

— Non, on a juste une autre photo à vous montrer.

Elle tendit la photo d'Emilia, mais rien dans son expression ne montra qu'il la reconnaissait.

— Désolé, je ne l'ai jamais vue.

— Merci d'avoir accepté de regarder, répondit Josie en gardant le sourire, cherchant à se montrer agréable, inoffensive. Ça vous dérange si je parle en privé à Renee ?

Le regard de Tru passa de Josie à Renee et inversement.

— Elle a dit qu'elle ne se sentait pas bien.

— Ça ne prendra qu'une minute.

Il regarda par-dessus les stalles, comme s'il cherchait quelqu'un – Charlotte ? Ou une autre personne ? Il finit par abandonner et répondit :

— Euh, bien sûr, pas de problème.

Il sortit du box, mais resta clairement à portée de voix. Josie se demanda s'il avait été chargé de surveiller Renee. Elle sortit son téléphone et envoya un message à Mettner.

Le blond au fond à droite. Distrayez-le.

Elle rangea son portable et s'assit sur le bord du lit.

— Bonsoir, Renee, dit-elle doucement. Je suis de retour. Tru a dit que tu ne te sentais pas bien. Je suis désolée de l'apprendre.

Pas de réponse. Elle tenta de gagner du temps jusqu'à ce que Mettner se débarrasse de Tru et ajouta :

— Je promets de ne pas te prendre trop de temps. C'est juste la photo d'une jeune femme. Laisse-moi la ressortir. Ah mince, où est-ce que je l'ai mise ?

Elle aperçut le sommet de la tête de Mettner tandis qu'il avançait dans l'allée centrale. Lorsqu'il arriva à deux mètres environ de la stalle de Renee, il s'écroula. Elle entendit le bruit sourd de son corps contre le sol, l'entendit marmonner « Merde », et Tru se précipita vers lui.

— Ça va, mec ? demanda Tru avant que sa tête ne disparaisse à son tour derrière les stalles.

Tandis que Mettner faisait tout un plat de son « mauvais genou », accaparant l'attention de Tru, Josie se pencha plus près de Renee. Son rythme cardiaque s'emballa lorsqu'elle remarqua une tache de sang sur le bord extérieur de la main de Renee, à moitié couverte par sa manche. Le sang était frais.

— Renee, chuchota Josie. Il faut que tu sois honnête avec moi. Est-ce que quelqu'un ici te fait du mal ?

La jeune fille ne dit rien, mais ses yeux se remplirent de larmes. Elle les ferma hermétiquement, et tout son corps se crispa.

— Tu n'es pas obligée de rester ici, reprit Josie. Je sais que tu le crois, mais ce n'est pas vrai. Je te promets que rien de mal ne t'arrivera si tu viens avec moi.

— Je ne peux pas, souffla Renee, la voix rauque, les yeux de nouveau ouverts, vitreux et écarquillés.

Josie leva la tête, mais ne vit ni Tru ni Mettner. Elle ne voyait que le haut du crâne de quelques personnes apparemment concentrées sur la fausse chute de Mettner et sur sa blessure au genou.

— D'accord. Dis-moi ce qui se passe. Je peux t'aider.

— Je ne peux pas le dire.

Sa voix était si faible que Josie eut du mal à discerner ses mots.

— Tu peux me le dire.

— Ce n'est pas comme ça que ça marche ici.

Le temps pressait.

— Alors je vais partir, et je vais aller en voiture jusqu'en bas de la route, et je t'attendrai. À minuit...

— Pas d'horloge, murmura Renee.

Mettner était maintenant debout, lourdement appuyé contre Tru, qui n'arrêtait pas de lancer des regards vers le box de Renee.

— D'accord, répondit Josie. Faisons ça. Je vais embarquer mon collègue et partir. On va descendre la route, à droite. Il y a une colline. On attendra en bas pendant deux heures. Dis que tu vas aux toilettes, que tu te promènes, ce que tu veux. Viens nous trouver et on t'emmènera loin d'ici. Tu seras en sécurité, je te le promets.

Elle effleura son épaule et la jeune fille tressaillit.

— Tu peux faire ça pour moi ?

Pas de réponse.

— Tu peux essayer ?

Renee, yeux fermés, fit un petit signe de tête. Alors que Tru traînait Mettner vers le box, Josie pensa à autre chose.

— Est-ce que tu peux quitter cette stalle ? Ou est-ce qu'ils te retiennent ici contre ton gré ?

Avant que Renee ne puisse répondre, Tru et Mettner entrèrent en boitillant.

— Patronne, lâcha Mettner, le visage tordu par une douleur imaginaire. Je crois que je me suis bousillé le genou.

— D'accord, répondit Josie. On va y aller.

Elle baissa les yeux sur son téléphone.

— Voici la photo. Renee ?

La jeune fille ouvrit les yeux et fixa Emilia Gresham.

— Elle n'est pas là.

Josie et Tru prirent la parole en même temps.

— Elle n'est pas là en ce moment. Mais tu l'as vue ? Tu la connais ? demanda Josie.

— Renee a besoin de se reposer, déclara Tru.

Il laissa Mettner appuyé contre la porte et s'approcha pour s'agenouiller entre Josie et Renee. Josie réfléchit rapidement. Si elle insistait maintenant, ils risquaient tous de se fermer davantage. Elle pourrait causer davantage d'ennuis à la jeune fille. Et elle n'obtiendrait rien. Emilia serait toujours portée disparue et Renee serait encore plus en danger. Elle songea à retrouver Charlotte et à la confronter, mais elle ne croyait pas un instant que la vieille femme serait honnête. Elle n'admettrait jamais devant Josie qu'un acte criminel puisse se produire sur sa propriété. Si elle était complice de ce qui arrivait à Renee, une telle conversation ne ferait que lui révéler les soupçons de Josie. Qu'arriverait-il alors à Renee ? Non, Josie devait être très prudente. Elle n'avait d'autre choix que de battre en retraite et d'espérer que Renee accepte de la rejoindre plus tard sur la route.

Josie se leva et tendit le bras à Mettner.

— Je suis désolée, dit-elle à Tru et Renee. Nous allons la laisser se reposer. Allons-y, Mett.

21

Une fois sortis de la grange, ils sillonnèrent le reste de la propriété, les faisceaux de leurs lampes de poche balayant l'herbe devant eux. Mettner feignit une claudication. Ils ne trouvèrent que deux autres membres dans la serre, mais aucun d'eux ne reconnut Emilia Gresham. Même sous la pluie, la chaleur ne faiblissait pas. Après avoir parcouru une grande partie du terrain, ils retournèrent au véhicule de Mettner, trempés de sueur. Mettner poussa la climatisation à fond tandis que Josie bouclait sa ceinture de sécurité.

— Qu'est-ce qui s'est passé ? Avec ce type et la fille malade.

— J'ai parlé avec elle plus tôt dans la journée. Je pense qu'elle est blessée et que quelqu'un ici lui fait du mal. Elle ne l'a pas dit ouvertement, mais tous les signes sont là.

Josie récapitula ses deux rencontres avec Renee Kelly.

— Le grand blond était là pour s'assurer qu'elle ne dise rien à la police, comprit Mettner.

— Au fait, bien joué, la distraction, plaisanta Josie.

— Désolé, je n'ai pas trouvé d'autre idée. Je me suis dit que si je faisais une scène, ça attirerait l'attention de tout le monde sur moi et pas sur vous.

— Bien vu.

Au pied de la colline qui menait au Sanctuaire, Mettner se gara sur le bas-côté et éteignit ses phares.

— Je suppose qu'on va attendre ici pendant deux heures.

— Ça en vaudra la peine si elle vient, promit Josie. Vous avez entendu ce qu'elle a dit quand je lui ai montré la photo d'Emilia.

— Oui : « Elle n'est pas là », se rappela Mettner. Tous les autres ont dit « Je ne l'ai jamais vue » ou « Je ne la reconnais pas ».

— Exactement. « Elle n'est pas là » implique qu'elle a bien été là à un moment donné. Renee sait des choses que les autres ne veulent pas qu'elle raconte.

— Mais je pensais que cette Charlotte était une déesse bio de la nature ou un truc comme ça, qui prône la paix, l'amour et ce genre de choses. C'est comme ça que Fraley l'a décrite.

— Il avait raison. C'est exactement comme ça que Charlotte le présente, mais ces gens cachent quelque chose.

— Toutes les sectes ont quelque chose à cacher, non ?

— Probablement, concéda Josie. Il faut qu'on sache si ce qu'ils cachent est lié aux meurtres de Tyler et Valerie Yates ou avec la disparition de la troisième campeuse.

Elle se cala au fond de son siège et sortit son téléphone, baissant la luminosité au minimum pour voir l'écran sans attirer l'attention avant d'envoyer des textos à Noah et à Gretchen pour les informer de ce qui se passait.

La pluie frappait le toit de la voiture, berçant Josie qui sombrait dans un demi-sommeil. Ses yeux brûlaient de fatigue. Le cauchemar de la nuit précédente et les ébats amoureux avec Noah au petit matin semblaient remonter à une éternité. Ils observaient la route et finirent par échafauder des théories sur l'affaire pour ne pas s'endormir. Une heure passa, puis une autre.

Renee Kelly n'allait pas venir.

— Bon sang, lâcha Josie.

— Qu'est-ce que vous voulez faire ?

Josie enfonça sa tête entre ses mains.

— Elle sait quelque chose, Mett. Elle a des problèmes.

— Vous ne pouvez pas la forcer à partir, patronne, et vous ne pouvez pas prendre d'assaut la propriété pour l'embarquer, ni la faire sortir en douce. Merde, on n'est même pas dans notre propre secteur.

Josie leva les yeux vers le pare-brise trempé par la pluie et jura.

— Vous voulez qu'on attende encore un peu ? proposa Mettner.

— Gretchen est de service toute la nuit, c'est ça ? On va lui demander de venir et d'attendre. Au moins quelque temps.

Mettner sortit son téléphone et appela le commissariat. Vingt minutes plus tard, Gretchen s'arrêta derrière eux. Josie descendit de la voiture de Mettner et courut jusqu'à la fenêtre de Gretchen.

— Merci d'être venue.

— Pas de problème, patronne, répondit Gretchen.

— Noah est toujours au commissariat ?

— Il a dit qu'il allait à l'hôpital pour voir comment allait le bébé.

— Quelqu'un a appelé ? demanda Josie. Le bébé va bien ?

— Personne n'a appelé. Il a fini de vérifier les antécédents des personnes à qui vous avez parlé au Sanctuaire. Aucun élément inquiétant. Rien d'intéressant. Deux d'entre eux ont déjà été interpellés pour conduite en état d'ivresse et d'autres pour excès de vitesse, mais c'est tout. Il a ensuite bossé sur la piste de Tyler Yates et, après, il s'est levé et a annoncé qu'il allait à l'hôpital pour voir comment allait le bébé Bestler.

Josie sentit poindre un soupçon d'anxiété en elle, mais elle l'ignora, et se concentra plutôt sur l'affaire.

— Et il a obtenu des infos sur Tyler Yates ?

— Il a parlé à quelques amis à lui qui ne savaient pas grand-chose. Les amis Facebook avec lesquels il a pu entrer en contact sont des gens avec qui Tyler est allé au lycée ou avec qui il a travaillé dans un fast-food quand il avait seize ans. Ils ne lui ont pas parlé ou ne l'ont pas vu en personne depuis dix ans. Mais Noah a réussi à trouver où Tyler travaillait.

— Ça a l'air prometteur.

— Il était consultant chez Bratina Property Management. Noah les a appelés et ils lui ont confirmé qu'il n'était pas censé reprendre le travail avant une semaine. C'étaient des vacances prévues de longue date.

Josie essuya la pluie qui lui tombait dans les yeux. Elle se rendit compte trop tard qu'elle aurait dû monter à bord du véhicule pour cette conversation.

— Bon, ça ne nous aide pas beaucoup. Et Valerie Yates ?

— Elle était institutrice dans une école primaire à Fox Mill, donc en congés pour tout l'été.

— De la famille ? poursuivit Josie.

— Eh bien, figure-toi qu'elle est originaire d'Australie. Noah a réussi à contacter ses parents, mais ils n'arriveront pas avant quelques jours. Ils n'étaient pas très au fait de qui elle côtoyait. Noah leur a envoyé une photo de Valerie et Tyler avec Emilia Gresham pour voir s'ils la reconnaissent ou s'ils savent quelque chose sur elle. Il attend une réponse.

— Et il attend à l'hôpital, je suppose.

À la faible lumière du tableau de bord, Josie devina le regard interrogateur de Gretchen.

— Il reçoit ses mails sur son portable. Je suis sûre qu'il nous préviendra dès qu'il aura des nouvelles.

Josie se força à sourire.

— Oui, bien sûr. Des infos sur Emilia Gresham ?

— J'ai demandé à la police locale d'envoyer une patrouille chez elle. Personne à son appartement. J'ai trouvé un profil professionnel sur LinkedIn. Elle est directrice du programme d'éveil à la foi de l'Église baptiste Stepping Stones. J'ai eu la confirmation qu'elle venait de prendre deux semaines de congés payés. Même s'il n'y a pas de cours de catéchisme en été, ils organisent des camps de vacances qu'Emilia supervise aussi.

— Elle était probablement en train de camper avec le couple Yates, conclut Josie.

— C'est de plus en plus probable. C'est là que les choses deviennent intéressantes. J'ai demandé qui était la personne à contacter en cas d'urgence et on m'a répondu que c'était son mari, Jack Gresham.

— Il doit s'agir de l'homme sur les clichés de Tyler Yates. Tu as pu obtenir la photo de son permis de conduire ?

— Oui : c'est le même homme. Même adresse postale qu'Emilia. En revanche, sa ligne de portable a été coupée et son permis a expiré l'année dernière et n'a pas été renouvelé.

Josie fronça les sourcils.

— Tu as vérifié s'il y avait un acte de décès ?

— Absolument, confirma Gretchen. Aucun acte ni nécrologie. Le patron d'Emilia semblait penser qu'il était bien vivant. La famille de la jeune femme aussi, d'ailleurs.

— Comment ça ?

— J'ai réussi à joindre une de ses sœurs. Apparemment, Emilia est originaire de Rhode Island et issue d'une fratrie de sept enfants. Sa mère est décédée quand elle était en terminale, et son père se bat contre un cancer de la prostate. Sa sœur dit qu'elle l'appelle une fois par semaine. Ils ont eu de ses nouvelles il y a deux jours, mais elle n'a pas parlé de camping.

— Tu as demandé à la sœur si Emilia avait évoqué son mari ?

Un sentiment d'effroi l'envahit en pensant à Emilia et au fait que son mari, Jack, avait disparu des photos de Tyler Yates deux ans plus tôt.

— Sa sœur a dit qu'Emilia lui avait assuré que Jack allait bien, qu'il travaillait juste beaucoup.

— Vraiment ? Où travaille Jack ?

Gretchen chaussa ses lunettes, saisit son bloc-notes, feuilleta quelques pages, puis le tint sous la lumière du tableau de bord pour relire ses notes.

— Il travaillait au service après-vente de Cloudserv Technologies. Ils louent des photocopieurs et d'autres équipements de bureau.

— Et qu'est-ce qu'ils ont dit quand tu les as appelés ?

— Qu'il a été licencié dans le cadre d'une réduction d'effectifs il y a trois ans et demi.

— Vraiment ?

— Oui, vraiment. Comme je te l'ai dit, j'ai demandé à la police locale de se rendre au domicile des Gresham pour s'assurer qu'Emilia allait bien, mais il n'y avait personne. Ils se sont renseignés sur les époux Gresham. L'un des voisins a dit qu'il n'avait pas vu Jack depuis longtemps, mais il n'a pas pu préciser depuis combien de temps – peut-être des mois, voire des années. Le même voisin a dit qu'Emilia était partie avec des bagages il y a quelques jours.

Josie digéra les informations.

— J'en déduis que Jack Gresham n'a pas été porté disparu.

— Absolument pas.

— Tu as indiqué à la sœur d'Emilia qu'on la pensait disparue ?

— Je lui ai dit qu'on avait découvert les corps des Yates qui étaient décédés alors qu'ils faisaient du camping. Je n'ai pas abordé la question de l'homicide. Elle connaissait leurs noms, elle savait qu'ils étaient amis avec Emilia et Jack depuis de nombreuses années. Elle était vraiment chamboulée. Je lui ai expliqué qu'on pensait qu'Emilia était avec eux, mais elle a dit qu'Emilia n'avait pas parlé d'aller camper lors de leur dernière conversation. Elle m'a demandé si Jack était avec eux parce qu'ils font toujours tout ensemble. Je lui ai répondu qu'apparemment, non. Elle a déclaré qu'elle ne pensait pas qu'Emilia était avec eux. Je lui ai envoyé une photo de la chaîne en or avec la breloque en forme de cœur retrouvée dans le sac de couchage, mais elle ne l'a pas reconnue.

— Elle vit à Rhode Island, donc elle ne voit peut-être pas Emilia assez souvent pour connaître les bijoux qu'elle porte au quotidien, souligna Josie. Tu as demandé ce qu'elle pensait du livre trouvé dans la voiture ?

— Oui, elle voyait de quoi je parlais. Elle a dit que c'était la saga préférée d'Emilia. Elle l'a lue des dizaines de fois.

— Laisse-moi deviner : elle pense que, comme sa sœur passe énormément de temps avec Valerie et Tyler, elle aurait très bien pu laisser le livre dans la voiture.

Gretchen leva un doigt et précisa :

— Comme sa sœur *et Jack* passent énormément de temps avec eux, oui.

— Elle est dans le déni. Moi aussi, je le serais, à sa place, admit Josie. Personne ne veut être confronté à une telle situation. Je veux dire, les meilleurs amis de sa sœur ont été retrouvés morts et elle est peut-être portée disparue ou pire... Et si cette famille doit déjà faire face au diagnostic de cancer de leur père...

— Ce serait terriblement dévastateur, termina Gretchen.

— Où en est-on, maintenant ?

— La sœur va aller à Furlong demain pour discuter avec Jack. Enfin, si elle n'arrive pas à joindre Emilia ce soir. Elle m'a donné le numéro de portable d'Emilia. J'ai déjà obtenu un mandat pour essayer de le localiser puisqu'il n'était pas au campement. Je l'ai envoyé à l'opérateur et j'ai demandé qu'ils se dépêchent.

— Super, conclut Josie. Je suis trempée. Mett et moi, on va retourner au poste. Je te vois demain, à moins que Renee ne se manifeste.

— Ça marche.

Mettner déposa Josie au commissariat pour qu'elle boucle

sa paperasse. Elle tapa ses rapports en récapitulant ce qu'ils savaient. Valerie et Tyler étaient de bons amis d'Emilia et de Jack Gresham. Ils faisaient toutes sortes d'activités ensemble, comme en témoignaient les photos de Tyler Yates sur Facebook. Quatre jeunes gens actifs, deux couples mariés. Puis quelque chose s'était passé. Jack avait été licencié. Il avait disparu des photos. Le voisin du couple ne l'avait plus revu.

Elle appela Gretchen.

— Aucun signe de la fille, dit-elle à Josie.

— Je ne pense pas qu'elle sorte. Écoute, je viens de repenser aux Gresham. On dirait que Jack a disparu depuis un bon moment.

— Si on réunit toutes les pièces du puzzle qu'on a jusqu'à présent, c'est vrai.

— Mais apparemment, Emilia n'en a pas parlé à qui que ce soit. S'il a été licencié il y a trois ans, pourquoi aurait-elle dit à sa sœur qu'il travaillait beaucoup ?

— Peut-être qu'il a trouvé un autre emploi ?

— C'est possible.

— On ne sait rien de sa situation actuelle, reprit Gretchen. Il a peut-être une maîtresse, ou ils sont peut-être séparés... Il a peut-être même viré toxico.

Josie acquiesça à chaque suggestion, même si Gretchen ne pouvait bien sûr pas la voir.

— Quand bien même, il aurait probablement encore un téléphone.

— À moins qu'Emilia ait cessé de payer et qu'il ait un nouveau numéro maintenant.

— Bien vu, approuva Josie, mais son esprit vagabondait déjà dans une autre direction.

Elle repensa aux visages impassibles des personnes qu'ils avaient interrogées au Sanctuaire ce jour-là. Elle ne se souvenait pas d'un homme ressemblant à Jack Gresham, mais les photos qu'elle avait vues de lui dataient de plusieurs années.

Peut-être avait-il changé de coiffure, maigri ou grossi. Ou peut-être s'était-il laissé pousser la barbe.

— Où est la liste des résidents du Sanctuaire ?

— Sur le bureau de Noah, répondit Gretchen. Tu penses que Jack Gresham vit dans cette communauté ?

Josie se dirigea vers le bureau de Noah, récupéra la liste et la parcourut des yeux.

— Je ne sais pas, mais c'est une sacrée coïncidence, tu ne crois pas ? Il a disparu des radars depuis pas mal de temps, sa femme cache son absence, et ensuite elle part camper avec ses deux meilleurs amis à quelques kilomètres seulement de la communauté ?

— Je ne suis pas sûre qu'on ait assez d'infos pour en arriver à une telle conclusion.

— C'est un peu tiré par les cheveux, concéda Josie en finissant d'étudier la liste avant de pousser un long soupir. Et tu as raison, il n'est pas sur cette liste.

Elle jeta la feuille sur le bureau de Noah et se rassit dans son fauteuil. Les premières pulsations d'un mal de tête se firent sentir derrière ses yeux.

— Et les portables des Yates ? On a obtenu quelque chose de leurs opérateurs ?

— Non. On n'aura probablement rien avant demain ou après-demain.

À l'autre bout de la salle, Josie entendit la porte du bureau du chef Bob Chitwood s'ouvrir et sa voix retentit :

— Quinn, où sont les trois autres ?

Josie pivota sur sa chaise, saisie par ce mélange habituel de crainte et d'agacement que Chitwood lui inspirait, comme à peu près tous les autres officiers de son service. Chitwood avait été nommé chef par la maire près d'un an auparavant, après la courte période d'intérim de Josie.

— Je suis au téléphone avec Gretchen, Noah est à l'hôpital

et Mettner a dû rentrer chez lui prendre une douche. Il sera de retour d'une minute à l'autre.

Chitwood s'approcha, et à chaque pas des mèches blanches de cheveux clairsemés voletaient au-dessus de sa tête. Il croisa les bras sur son torse maigrelet et la fixa.

— Mettez Palmer sur haut-parleur, voulez-vous ?

Josie appuya sur une touche de son portable.

— Chef ? demanda Gretchen.

— On a deux cadavres et une femme disparue, lâcha Chitwood. Vous savez ce que je pense des cadavres et des femmes disparues, n'est-ce pas ?

Josie le dévisagea, décontenancée.

— C'est-à-dire, monsieur ?

Il se pencha vers elle, la toisant, et se mit à crier :

— Je n'en veux pas dans ma ville !

— Ben, si ça peut aider, Quinn a *retrouvé* une femme disparue aujourd'hui, fit Gretchen à l'autre bout du fil.

La commissure des lèvres de Chitwood tressaillit pendant un bref instant, comme s'il retenait un sourire. Puis il pointa un long doigt noueux vers le téléphone. Josie avait envie de lui rappeler que Gretchen ne pouvait pas le voir, mais elle ne s'y risqua pas.

— Faites pas la maligne, Palmer, lâcha-t-il avant de se tourner vers Josie. Bon boulot avec ce bébé, Quinn.

Le compliment était à ce point inattendu et incongru de la part de Chitwood que Josie réussit à peine à articuler deux mots.

— Merci, monsieur.

Il poursuivit comme s'il ne l'avait pas entendue.

— Je veux qu'on avance sur ces deux affaires. Je n'ai pas besoin d'un autre scandale médiatique si peu de temps après l'affaire Lucy Ross, pigé ?

Ni l'une ni l'autre ne répondirent.

— Vous devez vous répartir les dossiers. Quinn et Fraley sur l'affaire Bestler. Palmer, vous et Mettner, vous vous occuperez du bourbier Yates-Gresham.

— Quinn et Fraley sont déjà sur l'affaire Yates-Gresham, intervint Gretchen. C'est la leur.

Chitwood leva les yeux au ciel et se pencha pour crier dans le téléphone.

— Vous avez quinze ans d'expérience à la criminelle, et devinez quoi ? Je suis votre patron, alors vous prenez cette affaire. Quinn ne s'est pas mal débrouillée dans les affaires d'enlèvement par le passé, alors elle est sur Bestler. En parlant de vous, Quinn, ajouta-t-il en reportant son attention sur elle, lui donnant envie de disparaître sous son regard acéré. Rentrez chez vous et dormez, voulez-vous ? Je viens de parler au bureau du shérif du comté de Lenore. Vous, Fraley et quelques hommes à eux, vous allez dans les cavernes demain pour tenter de trouver le type qui a enlevé Maya Bestler. Fraley m'a dit que Moore avait traîné la patte aujourd'hui, alors j'ai appelé son chef. Il a envoyé Moore à l'hôpital tout à l'heure pour que Maya Bestler consulte des cartes. Il devait lui demander de dessiner un plan de l'intérieur des cavernes si elle en était capable. Retrouvez-les à la limite du comté sur la State Route 9227 à 8 heures du matin, compris ?

Dans les cavernes.

Elle sentit sa gorge se serrer, un étau de panique autour de son cou.

— Quinn, aboya Chitwood. Vous avez compris ?

Incapable de prononcer le moindre mot, Josie se contenta de hocher la tête.

22

Josie termina son appel avec Gretchen et quitta le commissariat pour rentrer chez elle. Elle songea à faire un crochet par l'hôpital pour discuter avec Noah, mais la panique qui grondait en elle était toujours à son paroxysme. Elle craignait de ne pas réussir à garder son sang-froid dans un lieu public. Et puis, se dit-elle, ils vivaient ensemble maintenant. Il finirait bien par rentrer.

En arrivant à la maison, elle alluma toutes les lampes du rez-de-chaussée. Elle n'arrivait pas à rester concentrée sur la télévision, aussi faisait-elle les cent pas d'une pièce à l'autre, ses nerfs tressautant comme autant de pièces de monnaie dans son cerveau.

Dans les cavernes.

Elle se concentra sur sa respiration. *Inspirer, expirer. Inspirer, expirer.*

Assise à la table de la cuisine, elle sortit son téléphone pour demander à Noah de rentrer, mais les notifications au-dessus de l'icône de la messagerie vocale attirèrent son attention. Sans réfléchir, elle ouvrit l'application et écouta le message. C'était l'assistante sociale de la prison de Muncy.

« Inspectrice Quinn, commençait-elle avant de se présenter. Je vous appelle pour vous informer que la détenue Lila Jensen est très malade. Le dernier cycle de chimiothérapie n'a pas été aussi concluant que les médecins l'espéraient. Elle est en soins palliatifs. C'est une question de jours, d'après ce que j'ai compris. J'ai pensé que vous voudriez être mise au courant. Elle a demandé à vous voir à plusieurs reprises. Appelez-moi pour organiser une visite. »

Écœurée, Josie balança l'appareil à l'autre bout de la pièce. Il rebondit contre la porte du placard sous l'évier et atterrit sur le sol.

— « Organiser une visite », marmonna-t-elle.

Ces mots laissaient entendre que Josie n'avait pas le choix, qu'il était inévitable qu'elle aille au chevet de cette femme mourante.

Ce que Lila avait fait à Josie n'avait-il donc pas d'importance ? Les dernières volontés de Lila l'emportaient-elles sur toutes les souffrances que Lila avait infligées à Josie alors qu'elle n'était qu'une gamine innocente ? Machinalement, Josie avait traversé la pièce et ouvert l'un des placards. Une bouteille de Wild Turkey intacte la dévisageait. Juste une gorgée, et les démons qui tournoyaient autour d'elle se tairaient. Pour un petit moment. Mais cette potion n'avait jamais été qu'une solution à court terme à ses problèmes – et l'alcool ne lui avait jamais bien réussi. Elle avait renoncé à boire plus d'un an auparavant. Puis, cinq mois plus tôt, après le meurtre de la mère de Noah et sa décision de rompre avec elle, elle avait flanché. Elle ne voulait plus jamais revivre ce qui s'était passé cette nuit-là. Elle s'était promis de ne plus jamais recommencer.

Juste un verre, lui souffla une petite voix intérieure.

Elle claqua la porte du placard. Ce n'était jamais qu'un seul verre. D'ici le retour de Noah, elle aurait bu la moitié de la bouteille et tiendrait des propos qu'elle regretterait. Elle poserait des questions dont elle ne voulait pas connaître les réponses

– comme celle de savoir s'il resterait avec elle si, finalement, elle décidait de ne pas avoir d'enfants. Elle comprenait maintenant que c'était une conversation qu'ils auraient dû avoir avant d'emménager ensemble. Lorsqu'elle était mariée à son défunt mari, Ray, ils avaient toujours été sur la même longueur d'onde à ce sujet, car tous deux avaient survécu à d'horribles épreuves dans l'enfance. Ils avaient été maltraités, et ne voulaient pas transmettre ces gènes. Depuis, Josie avait découvert que la femme qu'elle croyait être sa mère ne l'était pas du tout, et qu'elle venait en fait d'une famille bienveillante et aimante. Son ADN n'était donc pas corrompu.

Pour autant, elle doutait énormément de sa capacité à être une bonne mère. Son métier lui plaisait, elle aimait servir son prochain et être utile. Elle craignait que son travail ne l'empêche d'élever convenablement son propre enfant. C'était de la peur, pure et simple. Une peur aujourd'hui exacerbée en voyant Noah incapable de se retenir d'aller voir le bébé Bestler. Il avait une nièce et aidait souvent Josie à garder le fils de son amie Misty, mais il n'avait jamais été aussi entiché de l'un ou l'autre de ces enfants. Elle se demandait si c'était parce qu'il avait vu le bébé venir au monde qu'il ne parvenait pas à s'en détacher. Ou était-il arrivé à un point où il souhaitait avoir des enfants à son tour ?

— Ça ne fait qu'une seule journée, se murmura-t-elle.

Il lui semblait que des semaines s'étaient écoulées depuis qu'elle avait cassé sa tasse de café contre l'encombrant minifour gril. Elle se dirigea vers la table, repoussant toute image de bouteille de bourbon, s'assit et feuilleta le dossier de Maya Bestler que Moore leur avait transmis plus tôt. Tout ce que Moore lui avait déjà dit s'y trouvait, y compris les photos de l'entaille superficielle sur le front de Garrett Romney. Elle était très fine et ne mesurait que cinq centimètres de long, avec peu d'ecchymoses ; Josie voyait bien pourquoi les enquêteurs avaient cru à une blessure auto-infligée. Le visage rond et hargneux en dessous ne dissipait en rien les soupçons de violence qui pesaient sur Romney. Ses yeux marron luisaient comme deux billes remplies de haine et sa fine lèvre supérieure s'ourlait en un rictus mauvais. Les rapports initiaux le décrivaient comme agressif et peu coopératif. Toutefois, ces éléments ne suffisaient pas à le mettre en examen pour meurtre. Des recherches approfondies n'avaient pas permis de retrouver Maya, ce qui semblait curieux compte tenu du récit qu'elle avait fait de son enlèvement. L'ermite l'avait-il emmenée dans les cavernes avant que les policiers ne les rattrapent ? N'avaient-ils pas pensé à fouiller les cavernes ? Josie se nota de poser la question à Moore dans la matinée.

Le dossier était étonnamment épais, compte tenu du peu de preuves que la police avait pu glaner sur le campement et auprès de Garrett Romney. Apparemment, les représentants du ministère public s'étaient efforcés d'accumuler des preuves circonstancielles contre lui, peut-être dans l'espoir d'avancer un jour, même sans cadavre. Des voisins, des amis et des collègues de Maya avaient déclaré qu'elle présentait souvent des ecchymoses et semblait avoir des douleurs. Certains voisins avaient affirmé l'avoir souvent entendue crier derrière leur porte. À quatre reprises, la police de Doylestown avait été appelée au domicile de Maya et Garrett pour des violences conjugales, mais, dans les quatre cas, Maya avait soutenu que Garrett n'avait pas levé la main sur elle. Il y avait également des dossiers médicaux documentant trois de ses fractures et des visites aux urgences. Pour chacun de ces incidents, Maya avait déclaré être tombée. Et pourtant, Garrett avait été la première et la seule personne que Maya avait réclamée après son évasion. Josie n'en était pas très étonnée : les victimes de violences intrafamiliales restaient souvent profondément engluées dans leur relation maltraitante, même contre leur gré. Il n'était guère plus aisé de se séparer de ces hommes émotionnellement que physiquement. S'opposer à leurs agresseurs pouvait entraîner – et entraînait souvent – la mort.

L'image de Renee Kelly, recroquevillée sur son lit de camp, revint à l'esprit de Josie. Était-elle maltraitée par un membre de la communauté ou se tramait-il un drame plus systémique ? Aucun des autres habitants du Sanctuaire ne semblait blessé ou en détresse. Ils obéissaient à des ordres, certes, mais ils n'étaient pas désespérés comme semblait l'être la jeune fille.

Cependant, ce n'était plus son dossier. Chitwood lui avait retiré l'affaire Yates-Gresham et tout ce qui pouvait être lié au Sanctuaire. Elle se serait indignée, mais Chitwood n'avait bien sûr pas eu tort : Gretchen était la meilleure pour ce dossier. Son expérience au sein de la brigade criminelle de Philadelphie lui donnait un avantage sur Josie. Cela ne lui posait pas de souci, la résolution de cette affaire importait plus à Josie que son propre ego.

Elle referma la chemise cartonnée et se frotta les yeux, brûlants de fatigue. La bouteille de Wild Turkey l'appela de nouveau. Elle sentait presque cette chaleur liquide glisser dans sa gorge. Mais non. Elle avait besoin de sommeil, décida-t-elle, pas d'alcool. Elle récupéra son téléphone sur le sol de la cuisine. À l'étage, elle se déshabilla et se glissa dans le lit en t-shirt et culotte. Elle ne savait pas si elle serait encore éveillée lorsque Noah rentrerait, alors elle lui envoya un message pour lui signaler qu'ils avaient rendez-vous avec Moore le lendemain matin pour explorer les cavernes souterraines dans l'espoir de trouver l'ermite. Il répondit presque immédiatement.

J'arrive bientôt.

Mais elle s'était endormie en quelques instants.

Josie sanglota jusqu'à ce que son petit corps de fillette de sept ans soit entièrement vide. Ses larmes imprégnaient la moquette rêche et malodorante du sol du placard.

— Tu as promis, maman, répétait-elle encore et encore. Tu as promis.

Les mots, d'abord criés avec force, s'étaient peu à peu affaiblis et déchiquetés, tombant de ses lèvres, poussés par les tremblements qui secouaient tout son petit être. Lila avait promis à Josie qu'elle ne retournerait pas dans le placard tant qu'elle ne dirait à personne que c'était Lila qui lui avait entaillé le visage. Mais Lila l'avait quand même jetée à l'intérieur.

— Tais-toi ! hurla Lila de l'autre côté de la porte.

L'obscurité était absolue. Josie entendit le raclement d'une chaise que Lila poussait contre la poignée, bloquant le dernier trait de lumière filtrant sous le panneau. Josie roula d'avant en arrière, se heurtant à la porte, puis au mur, à la porte, au mur. Elle poussa des pieds contre la cloison et poussa un cri. Le placard n'était pas assez grand pour qu'elle puisse s'y étendre. Elle se releva en titubant, tendit les mains vers l'avant et, soudain, les murs du placard se volatilisèrent. Elle fit quelques pas, d'abord en marchant, puis en courant, mais l'obscurité ne se dissipait pas. Quelle que soit la direction empruntée, il n'y avait aucune source de lumière. Elle était piégée dans les ténèbres pour toujours. La panique lui écrasa la poitrine, au point d'avoir du mal à respirer.

— Maman, s'il te plaît, pleura-t-elle encore. J'ai peur.

La voix de Lila jaillit de quelque part, mauvaise et cinglante.

— Tu ne sortiras jamais, JoJo. Je t'ai prévenue : si tu disais un seul mot, tu irais dans le placard pour toujours.

— Je n'ai rien dit, maman, insista Josie, tâtonnant dans l'obscurité.

Elle cherchait quelque chose à quoi s'accrocher, quoi que ce soit d'autre que l'implacable noirceur infinie.

Soudain, une main serra le menton de Josie et le bord de sa joue, au niveau de sa cicatrice. Elle agita les bras, mais il n'y avait personne. Puis le visage de Lila apparut, baigné de lumière, à quelques centimètres du sien. Ses lèvres découvrirent ses dents, affûtées et pointues.

— Pas un mot, grogna-t-elle.

Josie la gifla, mais sa main ne rencontra rien d'autre que l'air. Une sensation de chaleur coula entre ses jambes et l'odeur de l'urine lui piqua les narines. Elle essaya de bouger la tête, mais la poigne fantomatique de Lila la maintenait fermement. Josie fixa la bouche de Lila qui s'ouvrait en grand, laissant échapper une noix noire.

Ses cris résonnèrent contre le plafond et les murs de la chambre. Elle suivit la voix de Noah pour fuir le cauchemar.

— Josie, Josie, réveille-toi.

Elle tendit la main dans la pénombre, soulagée de toucher le torse de Noah.

— Les lumières, haleta-t-elle. J'ai besoin des lumières.

Il la serra dans ses bras et roula légèrement pour atteindre la table de nuit. Elle entendit un *clic*, puis une douce clarté inonda la pièce. Sa chambre. Leur chambre. Son immense et magnifique lit *king-size*. L'alignement de fenêtres le long du mur qui laissaient entrer le soleil dès sa percée à l'horizon. Le placard sans porte, les vêtements de Noah et les siens suspendus à la tringle, leurs chaussures alignées sur le sol. Elle s'agrippa à lui, la sensation tangible de son corps entre ses mains la ramenant des frontières de la folie. Doucement, il écarta les cheveux de son visage et lui prit le menton, un geste léger et tendre, loin du souvenir des doigts de Lila s'enfonçant dans sa peau. Elle plongea son regard dans ses yeux noisette. Du pouce, il effleura sa pommette et essuya une larme. Bon sang, elle pleurait. Elle n'était pas du genre à pleurer.

— On peut dormir avec la lumière allumée si tu préfères, proposa-t-il.

Il ne lui posa aucune question sur ses cauchemars, n'insista pas pour qu'elle en parle, ni ne lui demanda pourquoi ils devenaient si fréquents. Devant cette réaction, les larmes de Josie n'en montèrent que plus vite. Elle hocha la tête et appuya son visage contre son torse. Il la serra dans ses bras et se cala contre la tête de lit. Elle jeta un œil sur le réveil – il était 4 h 47. Elle savait qu'elle ne se rendormirait pas. Lorsqu'elle fermait les yeux, le visage de Lila, sa bouche béante et la noix noire lui revenait en mémoire, déclenchant des tremblements dans tout son corps. Chaque fois, les bras de Noah se refermaient sur elle. Il s'assoupit, mais elle resta éveillée, humant son odeur et scrutant ses traits. Des poils courts et sombres parsemaient sa mâchoire. Elle en suivit le contour du bout du doigt et fixa son visage qui, dans le sommeil, était détendu et impassible. Elle se sentit à la fois reconnaissante de sa présence et effrayée à l'idée que ce qu'ils avaient ne suffirait pas à Noah. Serait-il capable de supporter tout ça ? Ses démons ?

Alors que le matin approchait et que la lumière du jour se glissait par les fenêtres, elle mit ces pensées de côté et le réveilla d'un petit coup de coude.

— Hé, il faut qu'on se lève.

Il grogna quelques mots inintelligibles, mais n'ouvrit pas les yeux.

— Noah, réveille-toi.

Elle passa les doigts dans ses épais cheveux bruns jusqu'à ce qu'il ouvre les paupières. Elle ne reparla pas du cauchemar. Elle préféra lui demander :

— Comment allait le bébé ? Tout va bien ?

L'espace d'un instant, il sembla un peu perdu. Puis il cligna des yeux plusieurs fois et se redressa, s'écartant d'elle.

— Oh, oui, il va bien. Il va bien. Tout va bien. Et toi... tu vas bien ?

— Je vais bien.

— Tu as réussi à dormir un peu ?

Josie sourit.

— Oui. Il faut qu'on se prépare et qu'on file si on veut rejoindre Moore et son équipe dans le comté de Lenore à 8 heures.

— Oui, j'ai bien reçu ton message hier soir. Dans les cavernes, hein ?

Il tendit la main pour lui tapoter le bras, mais elle sauta hors du lit avant qu'il puisse la toucher. Elle prit son téléphone sur la table de nuit et y vit un message de Gretchen, envoyé peu de temps auparavant.

Renee Kelly n'est jamais venue. Désolée, patronne.

Elle reposa son téléphone sur son chargeur et se dirigea vers la salle de bains.

— Oui, répondit-elle à Noah. C'est les cavernes aujourd'hui.

— Josie. Regarde-moi.

À contrecœur, elle se tourna vers lui.

— Quoi ?

— On devrait peut-être discuter de ces cauchemars que tu fais depuis quelque temps.

— Oui, bien sûr. Mais une autre fois, d'accord ?

— Josie.

— Il faut qu'on aille bosser, Noah.

Il glissa jusqu'au bord du lit et posa les pieds par terre.

— Tu crois que ça ira dans les cavernes ? On peut peut-être te poster devant et laisser le reste de l'équipe fouiller l'intérieur ?

— Je m'en sortirai très bien, mentit-elle.

24

Toute la matinée, Josie se sentit nerveuse, comme ballottée par des vagues d'anxiété. Ils roulèrent jusqu'au comté de Lenore et y retrouvèrent Moore et un de ses collègues, un certain Nash. Une fois garés sur l'un des parkings publics, ils étudièrent le plan des cavernes que Maya avait dessiné pour eux. Moore se montrait brusque et très professionnel, et Josie se demanda si son supérieur ne l'avait pas recadré après l'appel de Chitwood. Une pluie fine tombait, les nuages au-dessus de leurs têtes toujours noirs et lourds. Josie s'adressa à Moore et Nash.

— Ils annoncent d'autres orages aujourd'hui. Vous êtes tous les deux d'accord pour être ici dans ces conditions ?

Un muscle se contracta dans la mâchoire de Moore, mais il se contenta de répondre :

— À vous de décider.

Il avait donc bien été semoncé et lui en voulait sans doute, ainsi qu'à Noah. Josie jeta un coup d'œil vers son partenaire, qui lui répondit par un signe de tête à peine perceptible. Il s'en remettrait à elle. Ils pouvaient attendre, et rester en sécurité au cas où les orages prévus frappent, mais Josie était toujours persuadée que l'homme qui avait enlevé et séquestré Maya

Bestler était aussi responsable des meurtres des époux Yates et de la disparition d'Emilia Gresham. Elle se trompait peut-être mais, si elle avait raison, le fait d'attendre réduisait leurs chances de sauver Emilia à temps. S'il existait la plus infime possibilité que les deux affaires soient liées et que la découverte du ravisseur de Maya permette de résoudre les affaires Yates et Gresham, alors Josie devait tenter le coup.

— D'accord, alors, allons-y.

Ils pénétrèrent dans la forêt en tenue de pluie, équipés de lampes de poche et de lampes frontales. Cinq heures plus tard, la pluie, bien que légère, n'avait pas cessé. Par deux fois, ils avaient été pris dans un orage, contraints de s'arrêter, de se tenir à quinze mètres les uns des autres et de rester au ras du sol jusqu'à ce que l'intempérie soit passée. Chaque fois, ils avaient envisagé de faire demi-tour, mais ils s'étaient déjà tellement enfoncés dans les bois que les orages seraient terminés le temps qu'ils reviennent aux voitures.

Josie regretta sa décision de poursuivre les recherches sous la pluie lorsqu'ils s'arrêtèrent pour vérifier les unités GPS. Elle était en sueur et affamée, et son cerveau ne s'intéressait plus qu'aux ampoules sur ses pieds.

Noah se tourna vers Moore.

— Je croyais que vous aviez dit que vous saviez où se trouvaient les cavernes.

Moore s'accroupit près d'un gros tronc d'arbre et but ce qui restait de sa bouteille d'eau. Il essuya la pluie qui tombait sur ses yeux avec le pouce et l'index.

— Je n'y suis pas allé depuis vingt ans. Je pensais qu'elles seraient plus faciles à trouver.

Josie leva les yeux de son GPS.

— On a traversé la frontière du comté au moins une demi-douzaine de fois. On est à Denton, là. Vous êtes sûr qu'on ne devrait pas aller plus au sud ?

Moore tira de son sac une vieille carte topographique en

papier. Il l'étala sur le sol, malgré la pluie qui la mouilla aussitôt. Noah s'approcha et s'agenouilla à côté de lui pour l'étudier. Josie se tenait au-dessus d'eux, son GPS brandi devant elle pour comparer son écran à la carte imprimée. Noah et Moore débattirent quelques minutes de la direction à prendre, tandis que Nash se tenait à quelques mètres de là, l'air mécontent. Une fois la décision prise, Moore tenta de reprendre sa carte détrempée, mais Josie posa une botte dessus.

— Attendez.

Elle s'accroupit et pointa du doigt l'endroit où Moore et Noah pensaient que les cavernes se trouvaient, à environ six kilomètres au sud-ouest.

— À quelle distance des cavernes se trouvait le campement où Maya a été enlevée ?

Moore tapota ses lèvres du bout du doigt et scruta la carte.

— Je ne me souviens pas exactement, mais je suis presque sûr que c'est quelque part par ici.

Il pointa une autre section de la carte, bien plus au sud de l'endroit où il croyait désormais trouver l'entrée des cavernes.

— Ça fait combien de kilomètres, ça ? demanda Josie. Entre le camp et les cavernes ?

Il haussa les épaules.

— Peut-être dix-neuf ou vingt.

— Vous avez mené des recherches à grande échelle pour Maya Bestler après sa disparition ? Du côté du comté de Lenore ?

— Bien sûr. Mais manifestement, cela n'a rien donné.

— Vous avez utilisé des chiens ?

Il cessa de tripoter la carte et la dévisagea attentivement.

Josie perçut le regard de Noah, qui semblait lui dire : « Tu vas faire ça maintenant ? »

— Évidemment qu'on a utilisé des chiens, répondit Moore.

— Depuis combien de temps avait-elle disparu quand vous avez lancé les recherches ? insista Josie.

— Eh bien, impossible à dire. On n'avait que le témoignage de Garrett Romney, et on pensait tous qu'il mentait. Il a dit qu'il s'était réveillé désorienté et blessé et qu'il avait marché dans les bois jusqu'à ce que son téléphone capte du réseau. Mais on ne sait pas avec certitude combien de temps s'est écoulé entre le moment où elle a réellement disparu et celui où Garrett a signalé sa disparition. L'ermite a pu prendre pas mal d'avance. Pourquoi ?

— C'était juste une question que je me posais après avoir lu le dossier, mais là, on ne sait même pas à quelle distance les cavernes se trouvent du campement d'origine...

Moore se leva, froissant la carte entre ses mains.

— Je sais où elles sont.

— Alors, allons-y, intervint Noah. Je ne veux pas avoir à traîner ce type hors des bois dans le noir ni me faire surprendre par d'autres orages.

Sur ce, il s'éloigna à grandes enjambées. Nash le suivit. Josie et Moore se regardèrent un long moment.

— Je ne voulais pas insinuer que votre équipe n'avait pas fait un travail minutieux. C'est juste étrange que Maya ait dit que l'ermite l'avait déplacée pendant plusieurs jours avant qu'ils n'arrivent aux cavernes, mais que personne ne l'a retrouvée, même avec les chiens.

Moore acquiesça.

— Vous dites beaucoup de conneries pour quelqu'un qui n'essaie pas d'insinuer que je ne sais pas faire mon boulot.

— Je n'ai jamais rien dit de tel, répliqua Josie. Je note simplement que c'est étrange que même les chiens n'aient pas trouvé Maya Bestler. Les chiens de la brigade canine sont très fiables.

— Sans déconner, répondit Moore. C'est pour ça que tout le monde soupçonnait Garrett Romney de lui avoir fait quelque chose. On a fait venir des chiens spécialisés dans la détection des cadavres, en espérant repérer l'endroit où il avait caché son corps. Comme vous le savez, ça n'a pas donné grand-chose.

Il la laissa là et se mit à marcher à la suite de Noah et de Nash. Josie lui emboîta péniblement le pas. Il leur fallut encore une heure et demie pour atteindre l'entrée des cavernes, qui ne ressemblait pas du tout à une entrée. Ils se trouvaient devant une petite colline en contrebas de laquelle plusieurs grosses pierres semblaient avoir dégringolé, imitées par plusieurs troncs d'arbres. Moore pointa du doigt ce fouillis.

— Je crois que c'est ici.

— Quoi donc ? lança Noah. On dirait un tas de débris.

Moore se détourna des pierres et des troncs amassés et désigna la zone derrière eux.

— Là-bas, à une dizaine de mètres, il y a un petit affluent de Cold Heart Creek.

— Je n'ai vu aucun cours d'eau sur notre route, s'étonna Noah.

— Parce que ce n'en est pas vraiment un. C'est juste un petit filet d'eau qui grossit quand le ruisseau déborde. C'est de l'eau de ruissellement, en fait, mais parfois ça suffit à inonder tout le coin.

Josie balaya les environs du regard, et remarqua les flaques de boue éparses encore mouillées et collantes à cause des récentes pluies.

— On dirait un marécage.

Elle fit quelques pas dans la direction indiquée par Moore jusqu'à ce qu'un éclat coloré attire son attention.

— Par ici !

Les autres la suivirent, se frayant un chemin à travers les arbres jusqu'à arriver à un vieux doris en bois, posé sur des rochers. La coque du bateau était d'une teinte bleu sarcelle délavé. Tous les bancs à l'intérieur, sauf un, étaient cassés et une pagaie fatiguée reposait sur le fond plat. L'arrière de l'embarcation était profondément embourbé et Josie distingua une longue et large ornière dans le tapis de la forêt, là où l'affluent de Cold Heart Creek creusait un sillon durant les périodes les plus pluvieuses de l'année. Le dernier jour de pluie avait déjà commencé à le remplir d'eau vive.

— C'est le bateau dont Maya nous a parlé, expliqua Josie. On est au bon endroit.

Ils remontèrent la colline jusqu'aux pierres effondrées que Moore leur avait désignées et regardèrent tout autour d'eux.

— Maya a dit qu'on ne pouvait pas voir l'entrée à cause des rochers et des arbres effondrés, remarqua Moore.

Il sauta sur un tronc d'arbre et les autres le suivirent. Ils enjambèrent quelques grosses pierres et se rapprochèrent du pied de la petite colline. Un autre tronc leur barrait la route et, juste derrière, un fouillis de mauvaises herbes et de plantes grimpantes pendait d'un amoncellement de cailloux en saillie. *Une sorte de rideau naturel*, songea Josie. Mais personne ne le verrait en passant par hasard, car il était dissimulé par une multitude d'arbres couchés et de roches, comme l'avait raconté Maya. Moore écarta l'épaisse verdure, révélant une fissure dans la terre. La fente était de forme irrégulière, comme un grand hexagone aux côtés inégaux, de la taille d'un humain. Elle mesurait environ soixante centimètres de large, puis se dilatait avant de se resserrer, se dilatait et se resserrait encore, jusqu'à n'atteindre qu'une trentaine de centimètres de large. Accroupie, une personne de taille moyenne pouvait facilement y passer.

Moore ajusta sa lampe frontale, et Nash et Noah l'imitèrent. Josie était incapable de fixer l'ouverture un instant de plus. Sa respiration se faisait de plus en plus rapide. Elle sortit le GPS et le vérifia. Elle cligna des yeux.

— Nous ne sommes pas dans le comté de Lenore, annonça-t-elle.

Noah la regarda.

— Qu'est-ce que tu dis ?

Elle lui tendit l'appareil.

— On est dans le comté d'Alcott. Et même à Denton, précisément.

Moore s'approcha de Noah pour observer la carte à l'écran. — Enfin, à huit cents mètres par là, on repasse du côté de Lenore.

— C'est vrai, mais si les cavernes sont dans notre secteur, ça facilite un peu les choses. Place un repère pour qu'on sache où se trouve l'entrée, d'accord ? demanda Noah à Josie.

Elle enregistra l'entrée des cavernes sur le GPS, en espérant que personne ne voie sa main trembler.

— Si les cavernes sont dans votre secteur, reprit Moore, ça veut dire que vous nous avez traînés jusqu'ici sans raison valable.

Sans attendre de réponse, il se tourna vers la fente et y passa un pied, tout le bas de sa jambe disparaissant dans le noir. Josie aspira une grande bouffée d'air. Son cœur battait la chamade. Le souvenir du cauchemar de la nuit passée lui revint en mémoire – le placard dans lequel elle avait passé tant d'heures dans son enfance se transformant en une obscurité sans fin.

— Une minute, lança Noah à Moore.

Il s'adressa à voix basse à Josie :

— Donne-moi ta lampe frontale.

Elle la lui tendit mollement. Il fit semblant d'en vérifier les piles, et elle sut qu'il cherchait à gagner du temps.

— Tu n'es pas obligée de faire ça, chuchota-t-il. On peut te laisser ici. Tu peux faire le guet au cas où l'ermite ne serait pas là-dedans et entrerait derrière nous.

— Non, s'étrangla Josie. Je dois le faire. C'est mon travail.

Noah croisa son regard. Elle devinait qu'il voulait la toucher. Pour la réconforter, à sa façon, mais pas devant ses collègues. Elle lui en était reconnaissante, même si elle n'avait qu'une envie, à cet instant-là, c'était de le laisser la serrer dans ses bras et lui dire qu'elle devrait plutôt rester dehors. Seul Noah connaissait l'étendue réelle des ravages causés par Lila Jensen sur Josie durant son enfance. Lui seul était au courant des heures interminables passées enfermée dans un placard, l'espace sombre et clos qui l'oppressait jusqu'à ce qu'elle ne puisse plus respirer.

— Personne ne remet en question ta capacité à faire ton travail, Josie, murmura Noah. L'un de nous doit rester ici. Autant que ce soit toi.

Josie regarda par-dessus son épaule. Moore se tenait à l'entrée de la caverne, un pied dedans, un pied dehors, en pleine discussion avec Nash. C'était tentant. Noah avait raison. Ni Moore ni Nash ne trouveraient à redire si elle se proposait de rester à l'extérieur. Mais si elle cédait, Lila Jensen gagnerait. Encore quelque chose que cette femme prendrait à Josie, même après toutes ces années. Josie était policière. Une bonne policière. C'était sa vie. Elle n'avait pas d'enfants. Elle avait son travail. Plutôt mourir que de laisser la diabolique Lila lui prendre tout cela, des années plus tard. Aujourd'hui, ils recherchaient un ravisseur, mais un jour, il pourrait s'agir d'une personne disparue, qui aurait besoin d'aide. Est-ce qu'elle resterait dehors à attendre, là aussi ? Elle repensa au fils de son amie Misty, Harris. À presque trois ans, il était devenu une des personnes les plus importantes de sa vie. Elle aimait tellement ce petit garçon qu'elle prendrait une balle pour lui. Et s'il était coincé dans un endroit sombre et fermé ? Resterait-elle dehors à trembler face aux traumatismes de son passé ?

— C'est mon travail, répéta Josie en levant le menton vers Noah. Je vais le faire.

Il lui sourit et elle fut prise d'un élan d'amour pour lui, car il n'avait pas douté d'elle. Il lui passa la lampe frontale sur les cheveux, l'ajusta et la testa pour s'assurer que la lumière fonctionnait. Il s'écria, à l'intention de Moore et Nash :

— Ah, maintenant, ça marche.

Josie rangea le GPS dans sa poche et sortit sa lampe torche. Elle se dirigea vers Moore.

— Je suis juste derrière vous.

Noah sur ses talons, elle s'enfonça dans l'obscurité.

Josie fut saisie par l'air froid et humide qui s'enroula autour de ses bras nus et de sa nuque à mesure qu'elle s'enfonçait dans les cavernes. Nash resta à l'extérieur. Josie, Noah et Moore avaient des lampes de poche et des lampes frontales, et les faisceaux des six sources lumineuses rebondissaient aléatoirement dans l'espace. L'entrée était un court tunnel, d'un mètre ou deux de long, qui s'élargissait rapidement. Josie sentit l'énergie et l'air changer autour d'eux, alors qu'ils pénétraient dans une grande salle. Elle promena ses lumières tout autour, découvrant des formations rocheuses blanc cassé, jaune et gris qui lui rappelaient de la glace fondue et d'autres qui ressemblaient à des centaines de stalactites suspendues. Au-dessus d'eux, la voûte atteignait près de quatre mètres de haut par endroits, peut-être plus. Au sol, un sentier étroit semblait avoir été tracé par les passages répétés d'une personne. Noah posa une main sur son épaule et elle sursauta.

— C'est juste moi. Tu vas bien ?

Elle l'entendit à peine à cause des battements de son propre cœur, mais elle hocha la tête. Malgré les hauts plafonds irréguliers et leurs lumières bondissantes, elle sentait encore les griffes familières de la panique la rattraper. Elle était redevenue une enfant, enfermée dans le placard, criant et pleurant pour que Lila la laisse sortir. Elle n'avait rien fait de mal. Lila avait promis de ne pas l'obliger à y retourner. Mais l'obscurité et la torture ne s'arrêtaient jamais.

— C'est quoi, ce bruit ? lança Moore en s'arrêtant.

Josie faillit lui foncer dedans.

— Quel bruit ? demanda Noah.

— Un genre de sifflement. C'est l'un d'entre vous ?

C'était elle. Elle commençait à hyperventiler. Elle ouvrit la bouche pour expliquer qu'elle allait bien, mais aucun son ne sortit, à part un chuintement aigu. Noah posa de nouveau une main sur l'épaule de Josie, et la serra pour la rassurer.

— Est-ce qu'elle a de l'asthme ou un truc comme ça ?

Un truc comme ça, oui, songea Josie, mais elle était incapable de prononcer le moindre mot.

— Oui, répondit Noah. Ça va aller. On continue.

Alors que Moore tournait et s'enfonçait plus avant dans les galeries, Josie ferma les yeux une fraction de seconde. Elle les rouvrit et se concentra sur le mouvement de ses pieds. Noah garda une main sur son épaule, la guidant vers l'avant.

— Respire, lui dit-il tout bas. Tout va bien.

Lorsqu'elle était petite, le garçon qui allait devenir son défunt mari, Ray, lui avait donné un sac à dos rempli de provisions, de jouets et de livres à garder dans le placard pour les moments où Lila l'enfermerait dedans. Pour qu'elle ne se sente pas seule. Désormais, se rappela-t-elle, réconfortée par le poids de la main de Noah sur son épaule, elle n'était plus seule.

Ils arrivèrent à un autre tunnel, assez large pour que deux personnes puissent marcher côte à côte, et plus long, peut-être six à neuf mètres, d'après les estimations de Josie. Le schéma de Maya n'était pas tout à fait exact, sans surprise. Son expérience avec l'ermite avait été perturbante et terrifiante, mais, jusqu'à présent, les descriptions qu'elle avait données à Moore étaient globalement justes. Ils débouchèrent sur une autre zone ouverte dans un bruit d'éclaboussures. Elle baissa les yeux, dirigeant sa lampe frontale vers le sol. Il y avait environ cinq centimètres d'eau. Moore avançait plus lentement, pataugeant jusqu'à l'autre côté, vers un autre tunnel, puis une autre caverne, si gigantesque cette fois que la lumière de Josie n'atteignait même pas la voûte au-dessus de leurs têtes.

Elle frissonna et Noah lui étreignit l'épaule. Elle pensa à l'une des dernières phrases que Ray lui avait dites avant de mourir : *Le noir ne peut pas te faire de mal.* Ces mots tournaient en boucle dans son esprit.

Grâce à ce souvenir et à la poigne ferme de Noah, sa respiration commença à ralentir, mais à peine.

Moore s'arrêta et braqua sa lampe de poche au-dessus de lui. Noah et Josie le rejoignirent mais, même en pointant tous leurs faisceaux vers le haut, la lumière ne perçait pas l'obscurité qui régnait partout.

— Vous pensez que c'est ici ? demanda Noah.

Josie essaya de nouveau de parler. Dans son esprit, une partie logique analysait toujours la situation actuelle. Il y avait un autre tunnel, à gauche si la carte de Maya était correcte, puis une autre grande chambre.

— Je ne suis pas sûr, répondit Moore.

D'un coup d'épaule, Josie repoussa la main de Noah et s'avança devant Moore avant de bifurquer vers la gauche. Elle tâta la surface irrégulière des murs d'une main tout en utilisant l'autre pour diriger le faisceau de sa lampe de poche. Les lumières des deux hommes dansaient derrière elle, produisant un étrange effet stroboscopique autour de son corps. Un instant plus tard, elle trouva un petit tunnel sur la gauche. Juste assez grand pour y passer si elle s'accroupissait. Moore et Noah étaient considérablement plus grands qu'elle et auraient donc plus de mal à passer, mais elle les entendit dans son dos. Soudain, le sol disparut, et son pied ne rencontra que l'air. Elle tomba, les mains en avant, voltigeant jusqu'au sol anthracite. Ses genoux heurtèrent la roche et la douleur remonta dans ses poignets jusque dans ses bras. Moore et Noah apparurent à ses côtés et la remirent sur pied.

— Vous avez oublié, chuchota Moore. Maya a dit qu'il y avait une haute marche à l'entrée de cette salle. Mais bon boulot, on est arrivés.

Josie acquiesça, toujours incapable de formuler des phrases. Sa respiration s'était apaisée, mais pas son rythme cardiaque. Tous les trois scrutèrent l'immense espace autour d'eux. Ici aussi, leurs lampes de poche ne parvenaient pas à troubler les ténèbres. L'odeur d'un feu éteint emplit les narines de Josie. Comme s'il lisait dans ses pensées, Noah murmura :

— On est au bon endroit.

Moore lança dans l'obscurité :

— Monsieur ? Bonjour ? C'est la police. Il faut qu'on vous parle.

Le silence engloutit ses mots, mais il persévéra. Il n'eut aucune réponse, et aucun son autre que la voix de Moore ne se fit entendre.

Josie leva les yeux, explorant les environs avec sa lampe frontale jusqu'à apercevoir ce qui ressemblait à un escalier incurvé le long d'un mur. Les marches n'étaient pas façonnées par l'homme, c'étaient simplement des formes naturelles dans la pierre, légèrement aplaties – assez pour accueillir un pied humain. Elle toucha le bras de Noah pour qu'il la regarde, et désigna sa découverte.

— Ça doit être la pièce supérieure, dit-il. Celle que Maya appelle la chambre à coucher. Je vais jeter un œil.

Il attira l'attention de Moore et lui fit signe qu'il s'apprêtait à monter dans la chambre. Moore acquiesça et le suivit. Josie attendit en bas, sondant les environs avec sa lampe de poche et sa lampe frontale, mais ne discerna rien d'autre que de la roche évoquant de la cire fondue. Noah et Moore continuèrent à appeler l'ermite tout en gravissant les marches.

— Police ! Sortez de là pour qu'on puisse vous voir. Il faut qu'on parle.

Sans Noah pour la soutenir, Josie sentit sa respiration s'emballer. Elle fut prise de vertiges. La caverne semblait tournoyer autour d'elle, dans un tourbillon de noirceur. Elle tendit une main, à la recherche d'un mur. Elle trébucha vers l'avant. Elle était de retour dans son cauchemar. *Le noir ne peut pas te faire de mal*, répéta la voix de Ray dans sa tête.

Les lumières de Noah et de Moore chatoyaient au-dessus de sa tête. Son regard se porta vers le haut, dans l'espoir de les apercevoir. Un bruit – à mi-chemin entre le grognement et le cri – retentit quelque part au-dessus d'elle, puis elle entendit un souffle puissant traverser l'air. Chaque poil de son corps se hérissa. Un objet lourd la frappa dans le dos, et Josie fut projetée au sol. Sa lampe de poche valdingua. Elle entendit sa lampe frontale craquer et se briser lorsque son visage s'écrasa sur le sol en pierre froide. La lumière s'éteignit. Son front la brûlait, mais elle comprit que la lampe frontale dépassant de quelques centimètres de son visage l'avait protégée de blessures bien plus graves. Elle essaya de se mettre à genoux, mais un poids énorme pesait sur son dos : quelque chose – non, quelqu'un – était sur elle. Une odeur de mort et de sueur lui donna la nausée. Elle sentit comme des poils durs lui gratter la nuque et ce fut à cet instant que sa gorge s'ouvrit enfin. Un cri s'échappa de ses entrailles, animal et assourdissant. Le nœud de panique qui s'était formé dans sa poitrine explosa, la douleur éclipsant toutes ses autres sensations : la plaie cuisante sur son front, ses genoux meurtris, son cou et ses côtes endoloris. Elle entendit des gens crier – Noah et Moore –, mais son corps était tellement concentré sur sa propre terreur qu'elle ne comprenait rien à leurs paroles. Un homme était sur son dos. Elle était dans le noir, dans un espace clos, et un homme était sur son dos. Il se redressa, son poids se déplaçant légèrement vers ses hanches, soulageant ainsi la pression sur son flanc droit. Elle donna des coups de pied, mais ne rencontra que l'air. Des doigts remontèrent le long de sa nuque et s'enfoncèrent dans ses cheveux. Une haleine nauséabonde lui chatouilla la joue. La bile remonta au fond de sa gorge.

— Dehors, ordonna une voix rauque au creux de son oreille.

Josie replia sa jambe droite pour s'appuyer sur le genou, chaque mouvement lui causant une douleur atroce dans les os et les articulations. Elle posa la paume et son avant-bras droit sur le sol et, de toutes ses forces, repoussa l'homme. Comme son corps roulait contre le sien, elle lui asséna des coups avec son coude droit, encore et encore, jusqu'à ce qu'elle sente un os se briser. Il poussa un grognement. Elle se laissa emporter par son élan jusqu'à se retrouver à califourchon sur lui. À tâtons, elle trouva son torse et sa barbe. Il tendit les mains pour atteindre sa gorge, mais elle les écarta, remontant jusqu'à ce que ses genoux viennent se caler dans le creux des épaules de l'homme.

— Arrêtez, lança-t-elle, à bout de souffle. Arrêtez de bouger.

Enfin, des cercles de lumière se mirent à vaciller autour d'elle. Noah s'agenouilla à côté d'eux, sa lampe frontale illuminant le visage buriné de l'homme aux traits fins, ses longs cheveux gris emmêlés et son abondante barbe poivre et sel en bataille. Ses yeux marron foncé la fixaient, brillants de haine.

— Aidez-moi, dit Josie. Aidez-moi à le mettre à plat ventre pour lui passer les menottes.

Josie tint les lampes de Noah et de Moore tandis qu'ils se postaient de part et d'autre de l'ermite. Les mains de l'homme étaient menottées par-devant et les deux policiers l'encadraient et le traînaient derrière Josie qui ouvrait le chemin du labyrinthe de tunnels et de cavernes.

Tout son corps tremblait, et elle espérait qu'aucun d'entre eux ne le remarquerait. L'ermite ne parlait pas. Moore lui demanda plusieurs fois son nom, en vain. Lorsque Josie aperçut enfin la lumière du jour à l'entrée des cavernes, des larmes de soulagement lui montèrent aux yeux. Elle les chassa d'un clignement lorsqu'ils émergèrent dans la lugubre lumière du jour.

Ils s'arrêtèrent tous pour reprendre leur souffle. Noah et Moore firent asseoir l'ermite sur une grosse roche près de l'entrée, et Nash monta la garde auprès de lui.

La pluie s'abattait sans relâche sur eux, mais l'air frais de la forêt leur procura un soulagement si profond que Josie le ressentit dans toutes les cellules de son corps. À la lumière du jour, Josie constata que la description que Maya avait faite de l'ermite était fidèle : il ressemblait exactement à un homme qui avait vécu des décennies entre les bois et les cavernes souterraines. Ses cheveux sauvages, pareils à de la paille, n'avaient vraisemblablement jamais été peignés. La barbe touffue qui lui arrivait au plexus solaire était envahie de feuilles, de brindilles et de ce qui ressemblait à des résidus de nourriture. Sa peau était pâle, mais usée par le temps. Il portait un vieux t-shirt élimé dont Josie pensa qu'il avait pu être blanc à une époque, par-dessus un jean coupé qui lui tombait sur les hanches. Les deux vêtements étaient humides. Ses bras et ses jambes étaient si secs que les muscles saillaient et ondulaient sous la peau au moindre mouvement.

S'il y avait un point pour lequel Maya ne les avait pas préparés, c'était l'odeur pestilentielle qu'il dégageait. Elle avait certes dit qu'il sentait mauvais, mais c'était bien pire que tout ce qu'ils auraient pu imaginer. Même à l'air libre, il émanait de son corps une puanteur qui leur piquait les narines. Josie remarqua les mines dégoûtées de ses collègues.

— Ce type a besoin d'une douche, marmonna Moore en passant devant elle.

Il brandit son téléphone pour essayer de capter du réseau. Josie sortit son GPS.

— On est du côté de Denton, lui lança-t-elle. Je vais appeler nos hommes.

Noah s'approcha d'elle.

— Il y a pas mal de trucs dans la chambre du haut. On devrait demander à Hummel et à son équipe de venir pour essayer de trouver les empreintes de Maya ou d'autres preuves qui la relient à ce type et à ces cavernes. Ça consolidera le dossier contre lui. Et s'il y a le moindre indice indiquant son implication dans la disparition d'Emilia Gresham, l'équipe d'identification criminelle le trouvera.

Josie sortit son téléphone. Pas de réseau. Elle grimpa sur deux troncs d'arbres, s'éloignant de l'entrée cachée des cavernes en direction du ruisseau, et regarda régulièrement son écran jusqu'à atteindre enfin un endroit où elle captait. Un frisson d'excitation la parcourut lorsqu'elle vit deux barres sur son téléphone. Elle composa le numéro de portable de Hummel et, après une longue discussion et une comparaison des coordonnées GPS, ils convinrent de se retrouver sur la route la plus proche. Josie et son équipe accompagneraient l'ermite jusqu'aux voitures de patrouille, puis l'un d'eux guiderait Hummel et son équipe jusqu'aux cavernes.

Après avoir raccroché, elle se tourna vers les cavernes et vit Noah qui se tenait là, debout et immobile. L'espace d'un instant, dans sa tenue tactique, avec ses cheveux bruns ébouriffés flottant sous la brise et son visage empreint d'inquiétude pour elle, il lui coupa le souffle. Il fit un pas vers elle, tendit la main et écarta quelques mèches de son visage. Il caressa son front du bout des doigts.

— Aïe, dit Josie en reculant.

— Tu as un bon gros bleu. De la forme de ta lampe frontale.

— Il ne m'a pas ratée, répondit Josie.

— Il a sauté depuis la chambre du haut. Il nous a vus, il s'est mis à détaler et il a juste bondi dans les ténèbres.

— Je sais. Il a atterri sur mon dos.

Il l'observa de haut en bas.

— Ça va ?

— À ton avis ?

Il lui décocha un petit sourire en coin.

— Je sais ce que tu réponds à chaque fois, mais là je te pose la question en tant que petit ami : est-ce que ça va ?

Elle leva les yeux vers la cime des arbres, entendit le vent s'y engouffrer, vit les oiseaux virevolter, à la recherche d'un abri pour fuir la pluie, et inspira l'air humide.

— Oui, je crois que oui.

Ils rejoignirent Moore et Nash qui guidaient tant bien que mal l'ermite parmi les rochers et les troncs d'arbres tombés au sol. Il se débattait entre les deux hommes, exigeant de savoir où ils l'emmenaient.

— Vous êtes en état d'arrestation, expliqua Josie. Pour l'enlèvement et l'agression de Maya Bestler.

Il se figea complètement pendant un instant. Une onde explosive le traversa comme une ombre. La rage jaillit dans son regard. Une veine de son front se mit à palpiter. Puis il reprit son attitude tranquille, le visage impassible.

Josie lui lut ses droits.

— Je veux un avocat, dit l'ermite.

Silence. Josie et Noah échangèrent un regard perplexe. Ils ne l'avaient pas encore emmené au poste qu'il demandait déjà un avocat. Ils n'allaient pas arriver à grand-chose avec ce type.

— Comment vous appelez-vous, monsieur ? lui demanda Moore.

— Je veux un avocat, répéta-t-il.

Noah soupira et lança :

— Allons-y.

Moore et son collègue se remirent à le traîner à travers la forêt. Josie les guidait à l'aide de son GPS.

— Je veux un avocat, répéta l'ermite même si personne ne lui avait posé la moindre question.

Deux heures plus tard, Josie se cala au fond de sa chaise et pencha la tête en arrière pour presser une poche de glace sur son front. Elle ferma les yeux, à l'écoute des mouvements de ses collègues dans la pièce. Elle sentait encore l'air frais des cavernes autour d'elle, le vertige et la panique qu'elle avait ressentis quand elle avait levé les yeux vers le plafond et rien vu d'autre que le noir. L'homme qui lui tombait sur le dos, la projetant au sol. Elle rouvrit les yeux et se concentra sur ce qui l'entourait. Les autres bureaux étaient vides. Gretchen et Mettner étaient sortis pour travailler sur l'affaire Yates-Gresham.

Noah apparut à côté d'elle et déposa une bouteille d'eau froide et une tasse de café fumant sur son bureau.

— Il faut que tu t'hydrates, expliqua-t-il. Mais je sais que tu as besoin de café.

Elle lui sourit.

— Tu es génial.

Il lui rendit son sourire en se laissant tomber sur sa propre chaise de bureau, en face d'elle.

— Assez génial pour pouvoir garder mon minifour gril ?

Josie rit, mais ce tressautement lui fit mal au front. Elle reposa la poche de glace sur son bureau.

— N'insiste pas. On en reparlera plus tard.

— On a pris les empreintes de l'ermite. On a demandé à la police d'État d'accélérer leur recherche dans l'AFIS.

— Ça ne nous révélera son identité que s'il est déjà dans le système, remarqua Josie.

Noah haussa les épaules.

— Ça vaut le coup d'essayer. J'ai appelé pour lui obtenir un avocat commis d'office. Le bureau travaille avec un avocat du coin qui prend des affaires bénévolement. Ils vont le contacter et l'envoyer dès que possible.

— Ce qui pourrait prendre des heures, rétorqua Josie en reniflant l'air. J'ai l'impression de toujours le sentir.

— Oh, ce n'est pas une impression. Tout l'étage du dessous a pris son odeur.

— Tout le bâtiment va puer au moins jusqu'à ce que son avocat arrive et qu'on puisse le transférer à Bellewood pour qu'il soit incarcéré. Fabuleux.

— On a du temps, dit Noah. Tu peux rentrer à la maison prendre une douche.

— Et revenir ici pour que l'odeur me colle de nouveau à la peau ? Non, merci. Je vais avancer sur les rapports.

Son téléphone portable vibra sur le bureau. Elle le ramena vers elle et vit les mots « Prison de Muncy » clignoter sur l'écran. Le ventre noué, elle renvoya l'appel vers la boîte vocale.

— Tout va bien ? demanda Noah.

Elle acquiesça.

— C'était qui ?

— Mauvais numéro, marmonna-t-elle.

Elle rapprocha sa chaise du bureau et se redressa, prête à pianoter sur son clavier. Noah ouvrit la bouche pour reprendre la parole, mais la ligne fixe de Josie sonna et elle décrocha aussitôt.

— Quinn.

La voix de Hummel résonna au bout de la ligne.

— Patronne, on a récupéré tout ce qu'on pouvait trouver dans les cavernes. Il y a des choses que vous voudrez voir. Je suis dans la salle de conférences.

— On arrive, lança Josie avant de raccrocher.

Noah la suivit jusqu'au rez-de-chaussée, où la puanteur de l'ermite était encore plus prégnante.

— Heureusement qu'on n'a pas encore mangé, murmura Josie alors qu'ils entraient dans la salle de conférences et refermaient la porte derrière eux.

Hummel se tenait au bout de la longue table devant plusieurs sacs de preuves en papier. Il fit glisser le plus grand vers lui et, de ses mains gantées, en sortit un sac à dos violet. Il le posa sur la table et le tourna de sorte que Josie et Noah puissent voir les bretelles. Le long d'une des sangles, Josie lut au feutre noir : « E. Gresham. »

Les battements de son cœur s'emballèrent.

— Mon Dieu, souffla Noah.

Hummel ouvrit le sac et en sortit son contenu : quelques t-shirts, des soutiens-gorge, des shorts, une brosse à dents, du dentifrice, du déodorant, des tampons, une brosse à cheveux, une boîte d'ibuprofène et un téléphone.

— Il faut qu'on y retourne, décida Josie. Elle pourrait être quelque part dans ces cavernes.

— Elle n'y est pas, assura Hummel. On a fouillé. Elle n'est pas là-dedans. On n'a pas non plus trouvé de sang. J'ai passé du luminol partout, en vain. On a également cherché à l'intérieur et autour des cavernes d'éventuelles tombes récentes. Rien.

— Il a pu l'étrangler. Elle est peut-être encore là-bas. Il nous faut les chiens, insista Josie.

— La brigade canine du shérif du comté d'Alcott est censée retrouver Gretchen près du campement aujourd'hui si la pluie s'arrête. Il nous reste encore quelques heures de jour. Ils ne sortent pas les chiens sous ce genre d'intempéries. Même nous, on n'aurait pas dû sortir.

Hummel rangea les affaires dans le sac à dos et le déposa dans le sac de pièces à conviction. Il sortit ensuite, un par un, les autres objets des différents sacs. Des bouteilles d'eau, des casseroles, des briquets, des t-shirts pour homme, une petite glacière, des trousses de premiers secours, des canifs, une boussole, plusieurs bobines de corde en nylon, des lanternes, des lampes de poche et même une chaise de camping. Aucun de ces objets n'était étiqueté comme le sac à dos – qui semblait indiquer, tout comme le livre, qu'Emilia Gresham avait l'habitude de marquer ses biens de son initiale suivie de son nom de famille.

— Il va falloir enregistrer tout ça, dit Josie. Voyez si vous réussissez à relever les empreintes de Maya Bestler sur quoi que ce soit pour qu'on puisse la relier aux cavernes.

— On a sa déposition, répondit Hummel. Sa carte des cavernes. Bon sang, on a même son bébé.

Josie lui toucha le bras.

— Ce type a réclamé un avocat avant même qu'on atteigne la voiture. Il va se défendre. On doit être infaillibles. Ça facilitera le travail du procureur, alors s'il vous plaît, faites-le.

Hummel soupira et haussa mollement les épaules en rassemblant ses sacs de preuves.

— Très bien. Comme vous voulez, patronne.

— Hummel, ajouta Josie avant qu'il ne parte. Vérifiez la présence d'ADN sur les cordes que vous avez trouvées. Maya avait des cicatrices de ligature aux poignets.

Il acquiesça.

— Au fait, vous avez trouvé des noix noires dans les cavernes ?

— Non, aucune.

Josie et Noah remontèrent vers leurs bureaux.

— Qu'est-ce que tu en penses ? demanda Noah. L'ermite

s'est faufilé dans les bois, a empoisonné les campeurs, les a assassinés, a saccagé le site et a emmené Emilia ?

— Je ne sais pas. Les cavernes sont à presque seize kilomètres du bivouac où Emilia Gresham a disparu. Après, c'est vrai, il aurait pu faire le chemin en bateau en suivant Cold Heart Creek.

— Peut-être. Mais il aurait dû traîner le canot jusqu'au ruisseau principal. L'affluent près de ses cavernes n'était pas assez profond pour naviguer.

— Bien vu, admit Josie. Je pensais qu'on allait retrouver Emilia Gresham, ou des indices incontestables de sa présence... Pas juste un sac à dos, quoi.

— Il l'a emmenée ailleurs, alors, suggéra Noah.

— On doit envoyer des hommes fouiller les cavernes. Dès que la pluie s'arrêtera ou même dès qu'elle ralentit.

Noah passa quelques coups de fil pendant que Josie méditait sur la vue d'ensemble de la situation. Quand il raccrocha, elle lui lança :

— Pourquoi a-t-il pris le sac à dos d'Emilia et pas celui de Valerie ? Leurs contenus sont quasiment similaires.

— Peut-être qu'elle l'a emporté avec elle, suggéra Noah. Il a empoisonné le couple Yates, les a tués, a menacé Emilia, l'a forcée à venir avec lui, et elle a pris son sac avec elle. Elle avait un téléphone. Peut-être qu'elle s'est dit qu'elle pourrait passer un coup de fil à un moment ou à un autre.

— Mais il a fait tellement d'efforts pour cacher Maya Bestler et la séquestrer. Pourquoi prendrait-il le risque de laisser Emilia apporter un téléphone avec elle dans les cavernes ?

— Eh bien, je pense que kidnapper une femme adulte est un peu stressant. Peut-être qu'il n'avait pas les idées très claires et qu'il lui a simplement pris le sac à dos une fois qu'ils étaient arrivés là-bas, proposa Noah.

— Alors pourquoi ne pas l'avoir gardée dans les cavernes ?

Ils connaissaient tous les deux la réponse à cette question, mais aucun ne la formula. Le téléphone de Josie retentit de nouveau. Cette fois, c'était l'agent à l'accueil qui leur annonçait l'arrivée de l'avocat de l'ermite. Josie et Noah redescendirent péniblement les marches jusqu'au rez-de-chaussée. Lorsqu'ils tournèrent dans le couloir en direction de la salle d'interrogatoire, Josie se figea sur place et Noah buta contre elle.

— Qu'est-ce qu'il y a ? demanda-t-il.

Puis il jeta un œil vers le bout du couloir où se tenait Andrew Bowen, le meilleur avocat pénaliste de Denton, vêtu d'un costume impeccable, une mallette à la main.

— Merde, lâcha Noah.

Josie se tourna vers lui.

— Qu'est-ce qui t'inquiète ? Ce n'est pas toi qui as envoyé sa mère en prison à vie.

— Certes, mais je sors avec la personne qui l'a fait.

Lila Jensen s'insinuait soudain dans toutes les sphères de la vie de Josie. D'abord les appels, puis les cauchemars, ensuite l'enceinte enténébrée des cavernes qui lui rappelait les moments où Lila l'enfermait dans un placard, et maintenant le retour d'Andrew Bowen. Un an et demi plus tôt, Lila Jensen était revenue dans la vie de Josie après une absence prolongée et bienvenue, déterrant une affaire de meurtre vieille de plusieurs décennies que Josie avait résolue, envoyant Lila et sa complice – la mère d'Andrew Bowen – en prison. L'affaire avait aussi mis au jour des secrets peu glorieux liés au passé de la famille d'Andrew, et il n'avait pas été ravi de les découvrir. En tant qu'avocat de la défense, il était souvent au poste de police, mais il réservait toujours ses regards les plus méchants et ses remarques les plus acerbes à Josie.

Aujourd'hui ne dérogeait pas à la règle.

Lorsque Josie et Noah le rejoignirent, il ricana.

— J'aurais dû m'en douter. Vous. Quel genre de crimes abracadabrants essayez-vous de mettre sur le dos d'un innocent, maintenant ?

Josie croisa les bras et lui rendit son regard. Elle n'énonça que les faits, rien de plus, passant en revue tout ce qu'ils avaient appris au cours des dernières vingt-quatre heures sur Maya Bestler et désormais sur Emilia Gresham.

Andrew Bowen l'écouta faire son rapport, la bouche serrée en une fine ligne.

— Qui lui a parlé ? lança-t-il finalement.

— Personne, répondit Noah. Il a demandé un avocat tout de suite.

— Aucun d'entre vous ne lui a encore parlé ? insista Bowen, sceptique.

— À part pour lui lire ses droits, non, confirma Josie.

— Vous ne connaissez même pas son nom. Comment pouvez-vous le mettre en examen ?

— Si vous pouvez nous diriger vers un autre homme qui vit dans des cavernes souterraines à Denton, qui a séquestré Maya Bestler et l'a mise enceinte, on se fera un plaisir d'orienter notre enquête vers lui.

Le visage de Bowen tourna à l'écarlate. Il brandit un doigt devant le visage de l'inspectrice.

— Ne croyez pas une seconde que je vais vous laisser vous en tirer avec vos conneries habituelles.

Josie sentit Noah bouger dans son dos, comme pour s'approcher de Bowen, mais elle le retint d'une main.

— Quelles conneries ? Faire mon boulot ?

Bowen agita son doigt en l'air.

— Vous n'allez pas considérer mon client comme responsable de tout ce qui se passe dans cette ville actuellement. Ça, je peux vous l'assurer.

Avant que Josie ne puisse répondre, Noah grogna :

— Ne venez pas dans notre commissariat en pensant que vous allez nous intimider. Les preuves sont les preuves. Faites votre travail, et on fera le nôtre.

Bowen baissa le bras et lissa le devant de sa veste de costume.

— Je vous aurai prévenus, marmonna-t-il.

Noah ouvrit la bouche pour répliquer, mais Josie lui donna un léger coup de coude pour le faire taire. Elle sentait la colère qui irradiait de son corps. Il était inutile de provoquer davantage Bowen.

— J'aimerais parler à mon client, déclara l'avocat.

— Bien sûr, dit Josie.

— Par ici, ajouta Noah en le dépassant pour ouvrir la voie vers la salle où était gardé l'ermite.

Lorsqu'ils atteignirent la porte, Bowen jeta un coup d'œil dans le couloir, retroussa le nez et demanda :

— C'est quoi, cette odeur ?

Noah sourit.

— C'est votre client.

28

Tandis que Bowen discutait avec l'ermite, Josie et Noah se rendirent à l'hôpital. Ils passèrent voir le bébé Bestler dans son minuscule berceau, emmailloté dans une couverture d'hôpital blanche, avec un bonnet bleu en tricot sur sa petite tête. Il dormait paisiblement. Ils le contemplèrent plusieurs minutes avant qu'une infirmière ne sorte pour leur parler. Noah montra son badge.

— Comment va-t-il ?

L'infirmière sourit.

— Il va très bien. Aucun problème.

— Heureux de l'entendre, répondit Noah, son regard se portant de nouveau sur le nouveau-né.

— Est-ce que sa mère est venue le voir ou a demandé à le voir ? demanda Josie.

L'infirmière acquiesça.

— Elle est venue le voir ce matin. Ses parents aussi.

— Est-ce qu'elle l'a pris dans ses bras ?

— Oh, oui. Mais elle semblait très hésitante. Comme si elle avait peur de lui faire du mal. Ses parents ont essayé de la rassurer. C'était une scène adorable, en fait.

— Est-ce qu'elle a choisi un prénom ? relança Noah.

— Non, pas encore. En tout cas, elle ne nous a rien dit.

Pendant un long moment, l'infirmière observa le regard de Noah rivé sur le bébé. Puis Josie et elle se remirent à parler simultanément.

— Voulez-vous le prendre dans vos bras ? proposa l'infirmière.

— Il faut qu'on monte pour parler à Maya, expliqua Josie.

Noah répondit à l'infirmière comme si Josie n'était pas là.

— J'aimerais beaucoup.

Josie n'était pas sûre que ce soit autorisé, mais elle ne dit rien. Noah disparut dans la nurserie accompagné de l'infirmière, et Josie resta plantée là, bouche bée. Elle se ressaisit et se détourna de la fenêtre. La vision de Noah en train de câliner le bébé Bestler lui semblait insoutenable. Elle appuya frénétiquement sur le bouton d'appel de l'ascenseur jusqu'à ce que les portes s'ouvrent, et elle ressentit un profond soulagement. Elle monta au quatrième étage pour voir Maya Bestler. La chambre était de nouveau dans la pénombre. Maya se reposait dans son lit et avait l'air beaucoup plus en forme que la veille. Elle avait manifestement pris une douche. Ses cheveux bruns étaient propres, secs et peignés. Ses joues étaient roses et elle portait maintenant un pyjama, dont Josie n'apercevait que le haut : un t-shirt noir trop grand où était écrit « Laissez-moi dormir » en lettres blanches. Son père somnolait à côté d'elle dans l'un des fauteuils réservés aux visiteurs. Aucun signe de Sandy, sa mère.

Maya vit Josie passer la tête dans l'embrasure de la porte et lui fit signe d'entrer. Josie se dirigea vers le côté du lit opposé à Gus Bestler et s'assura de parler en étant directement dans le champ de vision de Maya.

— Comment allez-vous ?

— Mieux, dit-elle en souriant et en baissant les yeux sur sa tenue. Mon père m'a apporté un pyjama.

— C'est bien mieux que les blouses d'hôpital, confirma Josie en lui rendant son sourire.

Maya acquiesça puis leva un doigt vers le front de Josie.

— Qu'est-ce qui s'est passé ?

Josie effleura l'ecchymose circulaire qui lui faisait toujours mal.

— Je suis tombée alors que je portais une lampe frontale. Je vais bien. J'ai entendu dire que vous aviez vu votre bébé aujourd'hui.

Le sourire de Maya s'élargit.

— Il est magnifique. Merci encore d'avoir aidé à le mettre au monde.

— J'ai simplement fait mon travail, minimisa Josie. D'ailleurs, j'ai des nouvelles pour vous.

Maya se raidit et écarquilla ses yeux bleus.

— Quelles nouvelles ?

Josie fit un geste vers Gus.

— Je pense que votre père voudra aussi les entendre.

Elle attendit que Maya réveille son père d'un petit coup sur le bras. L'enquêtrice se présenta de nouveau. Une fois l'homme alerte et debout à côté de sa fille, sa main dans la sienne, Josie regarda Maya dans les yeux et lui annonça qu'ils avaient arrêté l'homme qui, selon eux, l'avait enlevée et séquestrée.

Un frisson visible parcourut le corps de Maya. Gus leva sa main libre et lui caressa les cheveux.

— Tout va bien, Maya, la rassura-t-il, même si Josie se dit qu'elle ne devait sûrement pas l'entendre. Tu es en sécurité, maintenant.

Il se tourna vers Josie.

— Comment s'appelle-t-il ?

L'inspectrice enfonça les mains dans ses poches de pantalon.

— On ne le sait pas encore. Il refuse de parler. Il a aussitôt demandé un avocat. Mais on est convaincus qu'il donnera son identité à son avocat. On a relevé ses empreintes digitales au cas où il serait dans le système.

— Quel système ? demanda Maya.

— L'AFIS, répondit Josie. Le système automatisé d'identification des empreintes digitales. C'est une base de données utilisée par les forces de l'ordre pour compiler les empreintes digitales de toutes les personnes arrêtées ou condamnées pour un crime.

Maya déglutit.

— Vous pensez... vous pensez qu'il est dans le système ?

— Difficile à dire.

Elle lui raconta alors la rumeur qui courait dans le comté de Lenore et dont l'adjoint Moore leur avait parlé.

— Mais on ne sait jamais. Et, comme je l'ai dit, je pense qu'il devra révéler son identité à son propre avocat.

Maya ferma les yeux mais, après quelques secondes, elle les rouvrit, et des larmes coulèrent le long de ses joues. Elle regarda son père qui lui sourit affectueusement.

— C'est fini, la réconforta-t-il. C'est fini.

Maya se tourna vers Josie.

— Vous avez appelé Garrett ?

Josie ne manqua pas de remarquer le mouvement de crispation dans les épaules de Gus.

— Oui, je l'ai appelé. Il m'a indiqué qu'il ne viendrait pas vous voir.

Les traits de Maya se détendirent, et elle baissa les yeux. Josie n'aurait su dire si c'était de la déception, de la confusion ou les deux. Gus accrocha le regard de sa fille.

— Chérie, tu dois comprendre que la police croyait que Garrett t'avait tuée. C'est ce qu'on pensait tous. Il vaut mieux le laisser continuer sa vie maintenant.

Maya n'avait pas l'air convaincue, mais elle acquiesça. Josie s'avança et regarda de nouveau Maya bien en face.

— Maya, on a besoin de votre permission pour prélever un échantillon d'ADN sur votre fils.

— Qu-quoi ?

— Un échantillon d'ADN, répéta Josie. Ça nous permettra de confirmer la paternité de l'homme qui vous a enlevée, ce qui consolidera le dossier du procureur. Les chances qu'il reste en prison seront bien meilleures si on prouve que son ADN correspond bien à celui du bébé.

Elle hocha la tête, mais ses yeux étaient écarquillés de peur.

— Est-ce que ça va lui faire du mal ? À mon bébé ?

— Oh non, pas du tout, la rassura Josie avec un sourire. On peut le faire en passant simplement un coton-tige à l'intérieur de sa joue.

Maya arborait un air incertain. Elle jeta un coup d'œil vers son père et reporta son regard sur Josie.

— Je ne veux pas qu'il soit traumatisé.

— Bien sûr que non. Si j'ai votre accord, je vous apporterai plus tard des formulaires à signer.

Maya acquiesça. Son père lui serra l'épaule et lui assura qu'elle faisait le bon choix.

— J'ai encore quelques questions, reprit l'inspectrice.

— D'accord, tout ce que vous voulez.

— Quand vous étiez dans les cavernes, est-ce que... commença-t-elle avant de marquer une pause : elle avait failli dire « l'ermite ». Est-ce que l'homme a déjà amené quelqu'un d'autre avec lui ?

Le visage de Maya se relâcha sous l'effet de la surprise.

— Quoi ? Non. Je veux dire, je ne pense pas.

— Vous étiez la seule personne avec lui ?

Elle acquiesça.

— Pour autant que je sache... Mais je restais toujours dans la chambre du haut, sauf quand il me faisait sortir. Il aurait pu y en avoir d'autres. Il aurait pu les garder dans d'autres parties des cavernes. Je n'aurais rien entendu. Mais je n'ai rien fouillé.

Quand j'ai vu une occasion de m'échapper, je n'ai pas exploré. Je me suis juste tirée de là à toute vitesse.

— Y avait-il des objets dans la chambre du haut quand vous y étiez ?

Maya hocha de nouveau la tête.

— Bien sûr. Il rapportait tout le temps des trucs dans les cavernes. Il disait qu'il les avait trouvés, que les randonneurs et les chasseurs laissaient des objets derrière eux dans les bois mais, honnêtement, je me suis toujours demandé s'il ne les volait pas, plutôt. Je me suis même demandé s'il avait déjà, enfin, vous savez, blessé quelqu'un. Il en était bien capable.

— Est-ce que vous vous rappelez certaines choses qu'il a rapportées ?

Maya fixa le plafond tout en réfléchissant.

— Des casseroles, des poêles, parfois des vêtements. Des glacières. Des bouteilles d'eau. À peu près tout ce qu'il pouvait trouver.

— Avant que vous vous échappiez, reprit Josie quand les yeux de Maya se posèrent de nouveau sur elle, vous souvenez-vous qu'il ait apporté un objet particulier dans la chambre ?

— Oh, oui, dit Maya en brandissant un doigt en l'air. Un sac à dos. Je pense que c'était un sac à dos de femme parce qu'il y avait des tampons et d'autres trucs du genre à l'intérieur.

— Vous avez fouillé dedans ?

Des cercles de rose colorèrent ses joues.

— Tout va bien, la rassura Josie. Vous ne risquez rien. À vrai dire, dans de telles circonstances, j'aurais retourné tout ce qu'il apportait là-bas à la recherche de quelque chose que je pourrais utiliser pour me réconforter ou m'aider à fuir.

Maya esquissa un petit sourire.

— C'est pour ça que j'ai fouillé dedans, oui. Il y avait un portable, mais il était protégé par un mot de passe. J'ai essayé d'utiliser la fonction d'appel d'urgence puisqu'on peut le faire sans déverrouiller le téléphone, mais ça ne captait pas dans la caverne. Je voulais le garder sur moi pour essayer dehors, mais je n'avais rien d'autre à porter que cette horrible robe – Dieu sait où il a trouvé cette vieillerie – et je n'avais nulle part où le cacher.

— Pourquoi ne pas l'avoir emporté avec vous quand vous êtes partie ?

— La batterie était morte. Je ne pensais pas qu'il me serait utile dans les bois. Et j'avais tellement peur qu'il me rattrape que je n'avais pas les idées claires. Je me suis juste contentée de courir sans m'arrêter.

Josie lui toucha le bras.

— Vous vous êtes super bien débrouillée, Maya. Je suis heureuse que vous soyez de retour parmi nous. On se reparle bientôt, d'accord ? Je vais laisser ma carte ici si vos parents ou vous-même avez des questions.

29

Noah n'était plus à la nurserie. Josie jeta un dernier coup d'œil au bébé Bestler – il était vraiment adorable – avant de descendre vers le parking. Elle envoya un message à Noah pour lui demander de la rejoindre à la voiture et s'attarda sous l'auvent de l'entrée principale de l'hôpital, regardant la pluie tomber à torrents. Comme elle n'entendit aucun coup de tonnerre ni ne vit aucun éclair après une dizaine de minutes, elle envoya un texto à Mettner pour savoir si la brigade canine attendait toujours la fin des intempéries. Il répondit presque immédiatement, et lui confirma que la situation n'avait pas évolué. Josie s'apprêtait à plonger sous le déluge lorsqu'elle aperçut Sandy Bestler à quelques mètres de la porte, sous le toit en saillie, en train de fumer une cigarette. L'inspectrice s'approcha d'elle et Sandy cacha à demi la cigarette tout en soufflant la fumée vers la pluie, loin de Josie, qui rit.

— Je ne dirai à personne que vous avez fumé. Et je pense que personne ne vous reprocherait une cigarette après les dernières vingt-quatre heures que vous avez vécues.

Les épaules de Sandy s'affaissèrent de soulagement. Elle porta la cigarette à sa bouche et tira une longue bouffée. Tout en exhalant la fumée, elle repoussa de son autre main sa frange blond-gris qui lui tombait dans les yeux.

— Ça a clairement été...

Elle chercha le mot juste, manifestement en vain.

— Choquant ? proposa Josie.

Sandy s'esclaffa, mais son sourire restait crispé.

— Oui, très choquant.

Josie se serait attendue à ce que n'importe quelle mère jubile en répétant à quel point c'était merveilleux de retrouver son enfant, surtout après avoir cru qu'elle avait été assassinée et avoir vécu avec ce deuil pendant deux ans, mais Sandy ne se laissait pas aller à de telles émotions. Enfin, songea Josie, qu'est-ce qu'elle y connaissait aux mères, elle ?

— Je viens de discuter avec Maya et votre mari, reprit Josie.

— Ex-mari, corrigea Sandy. Notre divorce a été prononcé l'année dernière.

— Oh ?

Sandy détourna le regard.

— On a tous les deux réagi différemment au chagrin de la perte de notre fille. Bien sûr, maintenant... dit-elle avant de s'interrompre.

— Eh bien, je viens justement de leur donner des nouvelles de l'avancement de l'enquête.

Josie expliqua à la femme que l'ermite était en garde à vue, qu'il n'avait pas donné son nom et qu'il avait demandé un avocat. Elle ajouta que Maya avait consenti à ce qu'un test ADN soit pratiqué sur son bébé. Sandy hocha la tête.

— C'est une bonne nouvelle, répondit-elle d'un ton plat. Peut-être que Maya pourra tourner la page.

— Je suis sûre qu'elle y arrivera. Elle semble bien entourée.

Sandy lâcha un petit rire dédaigneux.

— Si seulement ça suffisait. Elle pourrait oublier toute cette histoire et foncer dans les bras de Garrett.

— Je ne pense pas que ce soit possible, la rassura Josie.

Garrett n'a pas été très réceptif quand je l'ai appelé. Il n'a aucune envie de voir Maya. Il a été très clair à ce sujet.

Sandy tira une nouvelle bouffée de cigarette et secoua la tête.

— Mais il suffira qu'il change d'avis pour qu'elle reparte. Il pourrait se pointer ici demain, et ma fille serait de nouveau perdue, cette fois avec mon petit-fils.

— J'ai regardé le dossier du comté de Lenore sur la disparition de Maya. Il en ressort que Garrett paraissait la maltraiter, mais elle n'a jamais voulu porter plainte.

Sandy leva les yeux au ciel. Elle jeta son mégot par terre et l'écrasa, puis sortit une autre cigarette qu'elle alluma.

— Elle ne l'aurait jamais quitté, aussi terrible que soit leur relation.

— Elle vous a dit que les choses allaient mal entre eux ? demanda Josie.

— Pas au début, se souvint Sandy en commençant à faire les cent pas. Mais on savait qu'il la frappait. Il y avait trop de bleus inexpliqués et quelques fractures. Au bout du compte, on a réussi à le lui faire avouer. Elle ne voulait pas partir. On lui a assuré qu'elle pouvait revenir à la maison, qu'on la protégerait, qu'on l'emmènerait voir la police, qu'on la soutiendrait. Mais Maya n'a jamais été très douée pour se tirer d'affaire.

Il lui parut étrange d'entendre ces mots au sujet d'une survivante de violences conjugales, et à plus forte raison de sa propre fille, mais Josie n'insista pas. Elle n'avait aucune idée de la véritable dynamique entre Sandy et Maya, mais leur relation ne lui sembla pas des plus plaisantes.

— Elle s'est arrachée des griffes de l'homme qui l'a enlevée, se contenta-t-elle de souligner.

Sandy acquiesça, mais son regard était perdu dans le vide, comme si son esprit était ailleurs. Au bout d'un moment, elle sembla se ressaisir, cligna des yeux et secoua la tête.

— Je dois vous paraître sans cœur. Ma fille a disparu

pendant deux ans, elle était présumée morte. Et je suis là à me plaindre qu'elle ne voulait pas quitter son petit ami violent. Je suis heureuse qu'elle soit de retour, je me sens chanceuse d'avoir un petit-fils – même dans ces circonstances –, mais je suis inquiète pour ma fille et son avenir.

— Je comprends.

— Si elle retourne avec Garrett, je demanderai la garde de ce petit garçon.

Josie attendit qu'elle en dise davantage mais, à ce moment-là, Noah arriva en trottinant depuis le parking, la capuche de son imperméable rabattue sur son visage.

— Madame Bestler, la salua-t-il avant de se tourner vers Josie. Je croyais que tu avais dit que tu me rejoindrais à la voiture.

— Désolée, allons-y. On a encore beaucoup de travail.

Avant de s'éloigner avec Noah, Josie glissa une de ses cartes de visite dans la main de Sandy Bestler.

— Si vous avez besoin de quoi que ce soit.

La pluie avait cessé à leur retour au commissariat. Josie prépara les formulaires de consentement pour Maya afin de leur permettre de prélever un échantillon d'ADN sur son fils pendant que Noah descendait voir comment allait l'ermite. Quelques minutes plus tard, il lui envoya un message disant qu'Andrew Bowen voulait leur parler. Elle se rendit dans la salle de conférences où Noah et Andrew Bowen l'attendaient. L'avocat se tenait à côté de la table. Sa veste de costume était pliée et drapée sur une chaise voisine. Il avait retroussé les manches de sa chemise bleue. Il croisa les bras lorsque Josie entra.

— Vous avez un nom pour nous ? demanda-t-elle sans préambule.

— Mon client s'appelle Michael Donovan, répondit-il avant de donner la date de naissance de l'homme, qui indiquait qu'il avait cinquante-huit ans. Il ne connaît pas Maya Bestler. Il ne l'a jamais rencontrée.

— Maya Bestler ne serait pas du même avis, dit Josie. Lui avez-vous montré une photo de Mme Bestler pour confirmer qu'il ne l'a jamais rencontrée ?

Bowen entrouvrit la bouche, et Josie sut aussitôt qu'il ne l'avait pas fait, il n'avait demandé à personne de photo de la jeune femme. Cela dit, il aurait pu facilement en trouver une en cherchant son nom sur Internet afin de la montrer à Donovan.

— Mon client vit seul dans les bois depuis plusieurs années. Il ne reçoit pas de femmes.

Derrière Josie, Noah rit.

— C'est une façon de présenter les choses, répliqua-t-il.

Bowen lui lança un regard noir.

— Vous trouvez ça drôle, lieutenant ? Les accusations que vous avez portées contre mon client sont sérieuses.

— Un test ADN devrait nous indiquer si Donovan connaissait ou non Maya Bestler. Consentez-vous à ce qu'il fournisse son ADN ?

— Oui, répondit Bowen. Si ça lui permet de sortir rapidement de sa cellule et de rentrer chez lui.

— Vous voulez dire dans les bois, précisa Noah.

— C'est là qu'il vit, oui.

— Il y a toujours la question d'Emilia Gresham, reprit Josie. Son sac à dos a été retrouvé dans sa... maison.

— Mon client ne sait rien de Mme Gresham.

— Alors comment en est-il arrivé à être en possession de son sac à dos ? demanda Noah.

Bowen soupira.

— Mon client fouille fréquemment les bois environnants à la recherche d'objets que les randonneurs et les campeurs auraient laissés derrière eux. Il dit qu'il est tombé sur un campement à plusieurs kilomètres de sa caverne il y a deux jours. Il n'y avait personne. Il y est retourné hier au petit matin – à l'aube, dit-il. Tout ce qu'il a vu, ce sont deux personnes, un homme et une femme, qui dormaient sur le sol près du feu.

Josie plissa les yeux.

— Qui dormaient ? Ce couple a été assassiné, monsieur Bowen.

— Mon client ne les a pas tués. Comme je l'ai dit, il est tombé sur eux, ils dormaient, il ne voulait pas les réveiller, alors il a pris ce qu'il pouvait emporter et il est parti.

Elle repensa à la scène de crime et à ce que ses équipes avaient trouvé dans la caverne de Donovan. Elle pourrait demander à Hummel de relever les empreintes digitales sur tous les objets afin de démontrer que Donovan avait bien pris les affaires des Yates et d'Emilia Gresham. Elle pourrait également demander à Hummel d'analyser ces mêmes objets pour y trouver de l'ADN que Donovan aurait pu laisser derrière lui, mais il avait déjà admis avoir été sur les lieux. Pour sa défense, il dirait que, bien sûr, ses empreintes et son ADN étaient partout sur leurs affaires — il avait pillé le camp après le meurtre. Elle n'avait rien pour prouver qu'il avait assassiné Tyler et Valerie et enlevé Emilia. D'après ce que Maya avait dit, Donovan savait distinguer les plantes comestibles des plantes toxiques dans la forêt. Il aurait pu empoisonner le couple Yates mais, là encore, Josie n'avait aucun moyen de l'affirmer. Tout ce qu'elle avait pour le relier à l'affaire Yates-Gresham était au mieux circonstanciel. Elle ne savait même pas si le procureur irait jusqu'au procès avec si peu de preuves tangibles.

Ils le tenaient déjà pour l'affaire Maya Bestler. Il allait rester à l'ombre pendant un long moment. Mais Emilia Gresham était toujours portée disparue. Les chances de la retrouver vivante s'amenuisaient considérablement plus le temps passait. Josie voulait absolument confronter Michael Donovan, mais c'était impossible. Bowen lui barrait la route et elle savait pertinemment qu'il ne lui serait d'aucune aide. C'était une impasse. Ils le savaient tous.

— Allons-y, dit Josie à Noah. La pluie s'est arrêtée, allons aider l'inspectrice Palmer à retrouver Emilia Gresham.

Elle se tourna pour partir et Noah la suivit.

— Inspectrice, lança Bowen. Si vous avez la possibilité d'accélérer les tests ADN, j'aimerais que mon client puisse reprendre une vie normale dès que possible.

Josie le fixa un long moment, observant un petit sourire se dessiner sur son visage. Sans mot dire, elle quitta la pièce.

31

— Ce type est vraiment un sale con, lâcha Noah une fois hors de portée de voix.

— Clairement.

— Pourquoi accepte-t-il que son client fasse ce test ADN ? reprit Noah comme s'il ne l'avait pas entendue.

— C'est ce que je me demande.

— C'est un risque énorme.

Ils se dirigèrent vers la cage d'escalier pour regagner leurs bureaux. Josie haussa les épaules.

— Mais quel autre choix aurait-il ? On pourrait sûrement obtenir un mandat pour prélever son ADN vu ce qu'on a comme preuves. S'il avait refusé, il n'aurait fait que ralentir le processus et il est clair que son client ne veut pas passer une seconde de plus que nécessaire derrière les barreaux.

— Depuis combien de temps vit-il dans les bois ? demanda Noah. Moore n'a-t-il pas parlé de vingt ou trente ans ? Est-ce que ce type sait au moins ce qu'est l'ADN ?

Josie gloussa.

— Même s'il ne le sait pas, Bowen le sait, lui. Ce n'est pas grave. Quand les résultats reviendront, Bowen voudra négocier un accord. Le procureur s'en occupera. Pour l'instant, il faut qu'on aide Gretchen à trouver Emilia Gresham.

Noah ouvrit la porte et fit signe à Josie de le précéder. Avant qu'elle n'ait pu franchir le seuil, elle vit le sergent Dan Lamay se précipiter vers eux dans le couloir, le visage rouge.

— Patronne ! cria-t-il.

Dan travaillait dans le service depuis plus de quarante-cinq ans. Malgré son âge et un genou en vrac, Josie l'avait gardé comme agent d'accueil pendant son mandat de cheffe, car sa femme se remettait d'un cancer du sein et que sa fille venait d'entrer à l'université. Depuis, il s'était révélé être un atout inestimable pour elle dans les moments les plus critiques.

— Qu'est-ce qui se passe, Dan ?

Il les rattrapa, souffla plusieurs fois avant d'expliquer :

— On vient de recevoir un appel. Un corps dans les bois dans le Sud de Denton.

Elle eut l'impression que tout son sang avait quitté son corps. Elle posa une main sur l'épaule de Noah pour se stabiliser. Un seul mot sortit de sa bouche.

— Non.

— Où, dans le Sud de Denton ? demanda Noah.

— Cold Heart Creek, répondit Lamay. À quelques kilomètres du pont, près de l'endroit où le ruisseau se jette dans le fleuve Susquehanna. C'est une zone assez isolée. Des pêcheurs l'ont découverte.

— Une femme, s'étrangla Josie.

Bien sûr que c'était une femme. Ils ne l'avaient pas retrouvée à temps. Emilia Gresham était morte.

— On a des unités de patrouille sur place, poursuivit Lamay. Hummel est en route. Vous voulez le dossier ou dois-je appeler l'inspecteur Mettner ?

Josie secoua vigoureusement la tête.

— On le prend. Appelez la docteure Feist, d'accord ?

Ils suivirent la rivière, passèrent le pont du Sud de Denton et roulèrent jusqu'à apercevoir les gyrophares de deux voitures de police. Noah se gara sur le bas-côté, derrière l'un des véhicules siglés. Ils sortirent dans une légère brume et se frayèrent un chemin jusqu'à la berge boueuse. L'un des officiers en uniforme les attendait devant un bosquet d'arbres. Il leur indiqua une direction du doigt.

— Continuez par là sur quinze ou vingt mètres et vous tomberez sur Cold Heart Creek. Suivez le ruisseau sur environ huit cents mètres. Vous ne pourrez pas rater la scène de crime.

Ils le remercièrent et s'enfoncèrent dans la forêt, leurs chaussures dérapant dans la boue. Ils entendirent Cold Heart Creek avant de le voir. Le flot était brunâtre, gonflé et agité par les récentes pluies. Ils avancèrent prudemment sur sa rive rocailleuse jusqu'à voir les forces de l'ordre à l'œuvre. L'équipe de Hummel avait déjà bouclé une large zone avec une Rubalise et dressé une tente autour du corps.

Juste devant la tente se tenait l'agente Jenny Chan, membre de l'équipe d'identification criminelle, un bloc-notes à la main. Son uniforme était recouvert d'une combinaison de protection, et elle portait aussi une charlotte et des surchaussures. Derrière elle, les autres membres de l'équipe, parmi lesquels Hummel, travaillaient lentement et méthodiquement sur la rive couverte de boue et de pierres, recueillant toutes les preuves qu'ils trouvaient. Il n'y avait pas un bruit sinon celui du ruisseau qui courait juste à côté du lieu du crime.

— Je ne peux pas encore vous laisser entrer, patronne, lança Chan à Josie.

— Pas de souci. Vous avez des combinaisons pour nous ?

— Bien sûr, répondit Chan en montrant une pile de fournitures à quelques mètres du périmètre de sécurité. Il y a une boîte là-bas.

Noah s'en approcha pour se mettre en tenue. Josie resta là, étirant le cou pour jeter un coup d'œil par-dessus l'épaule de

Chan. De là où elle était, elle ne voyait que la blancheur de la chair nue.

— Mon Dieu, murmura-t-elle.

— Femme d'une vingtaine d'années. Toujours en rigidité cadavérique. Je ne suis pas médecin, mais je dirais qu'elle est morte depuis quatre à six heures.

Josie savait que Chan avait quelques années d'expérience sur les scènes de crime. Avant de travailler à Denton, elle avait fait ses armes dans une grande ville.

— Merci, dit Josie.

— Ça ne devrait plus être très long.

Josie se détourna et se dirigea vers la boîte de matériel. À chaque pas, son cœur se faisait plus lourd dans sa poitrine. Elle prit son temps pour enfiler sa propre combinaison. Une fois en tenue, Noah et elle attendirent côte à côte, adossés à un tronc d'arbre voisin. Ils ne parlaient pas. La docteure Feist arriva un quart d'heure plus tard. Elle les regarda et esquissa un petit sourire de ses lèvres minces, avant de secouer la tête et de s'habiller.

Personne ne prononça le moindre mot, même lorsque Hummel leur donna l'autorisation de pénétrer dans la zone protégée. Ils se dirigèrent vers la tente en file indienne et se placèrent immédiatement autour du corps. La femme était complètement nue, les bras le long du corps, les jambes serrées l'une contre l'autre, bien droites. On aurait dit qu'elle s'était simplement allongée et endormie. À cela près que ses yeux étaient encore ouverts, tout comme sa bouche, sa dernière expression de frayeur gravée à jamais sur sa peau.

Noah se tenait près de sa tête, et observait son visage.

— Putain de merde, lâcha-t-il.

Il fallut une ou deux secondes au cerveau de Josie pour comprendre ce qu'elle voyait. Lorsqu'elle put considérer autre chose que le regard horrifié de la jeune fille, elle remarqua ses cheveux bruns, et se rendit compte que son hypothèse était complètement erronée.

— Josie, dit Noah.

— Je sais.

— Ce n'est pas Emilia Gresham.

Josie s'agenouilla à côté de la tête de la femme.

— Non, murmura-t-elle. C'est Renee Kelly.

— Du Sanctuaire ?

Elle acquiesça. Des larmes brûlaient le fond de ses yeux. Derrière elle, Noah posa une main sur son épaule.

— Tu n'aurais rien pu faire.

— Vraiment ? demanda-t-elle, la voix éraillée. J'aurais pu y retourner. Inventer un truc, peut-être, pour la sortir de là. Dire à Charlotte que je devais l'emmener avec moi.

— Tu sais très bien que si elle n'était pas prête à partir d'elle-même, tout ce que tu aurais tenté n'aurait fait qu'empirer sa situation. Josie, ce n'est pas ta faute.

Elle ne le croyait pas. Elle se pinça les lèvres et s'efforça de rester concentrée. Elle ne pleurerait pas. Elle ne tremblerait pas. Qu'elle soit responsable de la mort de Renee Kelly ou non, tout ce que Josie pouvait faire pour elle maintenant, c'était trouver son assassin.

Hummel contourna le corps et se posta à côté de Josie.

— Patronne, dit-il doucement, la tirant de ses pensées. Je crois qu'elle a été tuée ailleurs et qu'on l'a déplacée ici.

Il pointa du doigt ses pieds et le sol plus loin.

— Vous voyez les traînées dans la boue ?

Deux longues marques de la forme des talons de Renee remontaient jusqu'à ses pieds.

— Vous avez trouvé des empreintes de pas ? demanda Josie.

Hummel secoua la tête.

— C'est bizarre, mais non, on n'en a pas trouvé. Je suppose que le meurtrier a pu marcher sur les pierres, mais ce n'est pas une mince affaire de porter un corps en pleine rigidité, et je m'attendais à trouver des empreintes de chaussures boueuses sur les roches elles-mêmes. Mais il n'y a rien. C'est comme si ce type était un fantôme.

Josie se releva.

— Les empreintes que vous avez trouvées au campement des Yates, ça a donné quelque chose ?

— On en a identifié trois types. Deux d'entre eux correspondent aux chaussures des époux Yates. Pour le troisième, on a réussi à trouver une correspondance de marque et de pointure dans la base de données SICAR.

La SICAR était une base de données que les services de police utilisaient pour identifier quelles chaussures avaient laissé quelles empreintes sur les lieux d'un crime. Elle répertoriait les semelles de milliers de modèles de chaussures différents.

— Alors, quelles sont la marque et la pointure de la troisième paire de chaussures ? demanda Josie.

— Des Keen Terradora, en 37.

— Probablement l'empreinte d'Emilia, soupira Josie.

— L'ermite n'avait pas de chaussures quand on l'a arrêté, dit Noah. Il aurait pu commettre ce crime. Ça expliquerait pourquoi il n'y a pas d'empreintes de chaussures sur les lieux. On sait qu'il était au campement des Yates, mais il n'y avait pas d'autres empreintes là-bas non plus. On l'a arrêté cet après-midi. Il aurait très bien pu enlever cette fille après que Mettner et toi avez quitté le Sanctuaire la nuit dernière, la tuer, se débarrasser du corps, et retourner aux cavernes avant notre arrivée. Il avait un bateau. Il aurait pu l'utiliser pour l'amener ici et repartir ensuite. On est plus près de ses cavernes que du Sanctuaire.

— On a analysé ce bateau lorsqu'on bossait à l'intérieur et autour des cavernes, souligna Hummel. On n'a rien trouvé.

— Ça n'exclut pas nécessairement l'ermite, persista Noah. Il aurait quand même eu le temps de le faire sans prendre son bateau. Il lui suffisait de suivre le courant. Cold Heart Creek passe devant le Sanctuaire, et l'affluent, devant ses cavernes.

Il se décala pour venir se placer près des pieds de Renee, étudiant attentivement la scène.

— Regardez-la. Elle est nue, bien sûr, mais cette mise en scène est presque...

— Pudique, proposa la docteure Feist. Il ne l'a pas laissée les jambes et les bras écartés ou dans une position humiliante. Il l'a laissée ici parce qu'il avait besoin de l'éloigner de l'endroit où il l'a tuée. Pas parce qu'il voulait faire passer un message.

— Voilà, renchérit Noah. Comme le couple Yates. Ils étaient allongés, côte à côte, exactement comme elle, mais en se donnant la main.

— Mais Renee vivait au Sanctuaire. C'est là-bas qu'on lui faisait du mal, dit Josie. Je ne pense pas que l'ermite se soit faufilé dans la communauté pour abuser d'elle. Je ne vois pas Charlotte le permettre.

— Mais tu as dit toi-même que ces gens avaient reçu des instructions quant à ce qu'ils devaient nous dire. Pourquoi faire ça si le Sanctuaire n'avait rien à cacher ? rétorqua Noah.

Frustrée, Josie jeta les mains en l'air.

— Je ne sais pas. Ils cachent quelque chose, c'est sûr. Mais je ne sais pas quoi. Peut-être que ces affaires ne sont pas du tout liées. Mais je crois que Renee a reconnu Emilia Gresham. Quand je lui ai montré la photo, elle n'a pas dit qu'elle ne l'avait jamais vue, elle a juste dit qu'Emilia n'était pas là.

— On sait que c'est au Sanctuaire qu'elle a été vue pour la dernière fois, rappela Noah. Donc soit elle a essayé de s'échapper – peut-être même qu'elle a réussi à quitter la propriété – et quelqu'un l'a enlevée et tuée, soit celui qui lui faisait du mal à l'intérieur du Sanctuaire l'a tuée et l'a déposée ici.

— On peut y aller, mais on ne trouvera pas la scène de crime. Ils l'auront déjà nettoyée, estima Josie.

— Celui qui la maltraitait le faisait depuis un certain temps, intervint la docteure Feist.

Elle s'agenouilla et montra l'un des poignets de Renee. Josie avait été tellement choquée de voir Renee Kelly à la place d'Emilia Gresham qu'elle n'avait pas remarqué ses blessures. Plusieurs marques de ligature entouraient ses deux poignets. Certaines étaient anciennes et avaient pris une teinte argentée, d'autres étaient fraîches, à vif et couvertes de sang séché. Josie étudia le reste de son corps. Sa gorge était ceinte d'ecchymoses.

— Strangulation manuelle, annonça la docteure Feist. Enfin, c'est mon avis. Bien sûr, il faut que je la mette sur ma table et que je procède à l'autopsie.

— Maya n'avait-elle pas des cicatrices sur les poignets parce qu'elle était attachée ? demanda Noah.

— Si, confirma Josie.

— Donc on en revient à l'ermite.

— Mais l'ermite n'a aucun lien avec le Sanctuaire. Ses cavernes ne sont pas du tout dans le même coin, insista Josie.

— À moins que ce ne soit ce qu'ils cachent, là-bas, au Sanctuaire, fit remarquer Noah.

Hummel, qui était resté silencieux pendant qu'ils confrontaient leurs idées, prit la parole :

— Vous voulez que j'appelle Mett ?

— Oui, dit Josie. Demandez-lui de faire quelques recherches pour voir si Charlotte Fadden et Michael Donovan ont un lien quelconque.

— Ça roule, patronne.

— Eh bien, reprit la légiste. C'est le troisième cas de strangulation en deux jours. Il semble bien qu'il y ait un lien quelque part, même si je sais qu'on devra s'appuyer sur des preuves pour pouvoir l'affirmer.

— Valerie et Tyler n'avaient pas d'ecchymoses sur la gorge, répliqua Josie. Pas comme ça.

— Parce qu'ils sont morts rapidement. Trop vite pour qu'il y ait des ecchymoses. Cette fille a probablement été étranglée à plusieurs reprises pendant des heures avant d'être tuée.

Josie fixa la bouche ouverte de Renee.

— Vous pensez que...

— Qu'elle a une noix noire dans la gorge ? termina la docteure Feist. Il n'y a qu'une seule façon de le savoir. Emmenez-la à la morgue et je ferai l'autopsie dans la foulée. Peut-être qu'on aura un peu de chance et qu'on trouvera l'ADN de ce salopard sur son corps.

32

Ils attendirent qu'une ambulance évacue le corps de Renee avant de retourner au véhicule de Noah. La pluie avait recommencé à tomber en brume fine, mais l'air était encore lourd. Noah fit démarrer la voiture, alluma la climatisation, mais ne fit aucun geste pour repartir.

— Je veux aller au Sanctuaire, lui dit Josie.

— Il est tard.

— Je m'en fiche. Je veux y aller.

— Je sais.

Elle fit un geste vers le volant.

— Allons-y.

— J'ai besoin de savoir que tu vas bien.

— Qu'est-ce que ça veut dire ? Bien pour faire quoi ? Pour travailler ? Oui, je vais bien.

Elle tourna la tête vers la vitre, se concentrant sur les feux rouges clignotants de la voiture de Hummel. Les membres de l'équipe d'identification criminelle embarquèrent leur matériel et prirent la route vers le commissariat.

— Tu ne dors pas. Tu manges à peine. Les cauchemars...

— Ils n'ont aucune importance, le coupa Josie. Ils n'ont rien à voir avec le travail.

Elle sentit le regard de Noah se poser sur elle.

— Tu ne vas pas me faire croire que tout ça ne t'affecte pas d'une manière ou d'une autre.

Elle tourna finalement la tête pour le dévisager.

— Cette fille est morte parce que je ne l'ai pas sauvée.

Sur le visage de Noah, la frustration céda la place à un mélange de choc et de compassion.

— Josie, non. Cette fille est morte parce qu'un psychopathe l'a tuée. Tu le sais très bien. Tu n'es pas responsable de son meurtre.

Elle détourna les yeux.

— S'il te plaît, emmène-moi au Sanctuaire.

— Qu'est-ce que tu aurais pu faire ? La forcer à quitter la propriété ? La loi ne marche pas comme ça. On n'a pas le droit de faire ce genre de trucs, et tu le sais très bien. Tu lui as donné une chance de partir. Tu l'as attendue pendant des heures. Et ensuite, Gretchen a attendu pendant des heures.

Les dents serrées, Josie répliqua :

— On doit aller au Sanctuaire.

— Sur combien d'affaires de violences conjugales tu as bossé au cours de ta carrière ? Des dizaines ? Des centaines ? Combien de fois on a dû laisser ces femmes retourner chez elle après les avoir entendues refuser de porter plainte, en sachant très bien qu'elles allaient être battues de nouveau, voire tuées ? Combien ?

— Trop, marmonna Josie.

— Tu ne peux pas tout contrôler. Tu as donné à Renee Kelly l'occasion de s'enfuir, et elle a choisi de ne pas la saisir.

— Ou elle a essayé, et ils l'ont tuée pour ça.

— Tu penses que Charlotte est au courant de ce qui arrivait à Renee ?

— Tu penses qu'elle n'en savait rien ?

Noah enclencha une vitesse.

— Eh bien, allons le découvrir.

Au Sanctuaire, Josie et Noah patientèrent dix minutes sous le porche pendant que les mêmes femmes que la première fois – celles qui travaillaient à la cuisine – allaient chercher Charlotte. La vieille dame sourit en les voyant et les invita à entrer, en glissant un petit commentaire sur l'heure tardive. Josie ne prit pas la peine de s'expliquer ou de faire des politesses. Une fois qu'ils furent entrés dans la maison, elle déclara :

— Il faudra aussi qu'on parle à Megan et à Tru. Demandez à quelqu'un de les faire monter ici.

Charlotte la fixa un bref instant, les yeux empreints d'incertitude. Josie se réjouissait de voir que c'était la vieille dame qui était décontenancée et non elle, pour une fois.

— Bien sûr, répondit Charlotte en leur faisant signe d'entrer dans la cuisine où deux femmes s'affairaient autour d'une pile de vaisselle sale.

L'une lavait, l'autre séchait et rangeait.

— Mesdames, lança Charlotte. Pouvez-vous aller chercher Megan et Tru pour moi ? Et les ramener ici tout de suite ?

Sans un mot, elles quittèrent la pièce. Une fois la porte de derrière refermée, Charlotte croisa les bras et haussa un sourcil en regardant Josie.

— Qu'est-ce qui se passe, ma chère ? Vous semblez plus troublée que d'habitude.

— Connaissez-vous Renee Kelly ?

Charlotte regarda fixement Josie et, lentement, son visage se décomposa. Elle porta une main à sa bouche. Les rides autour de ses yeux se détendirent. Elle semblait sur le point de pleurer.

— Il s'est passé quelque chose.

Josie fit un pas vers elle.

— Savez-vous ce qui est arrivé à Renee ?

Charlotte secoua la tête.

— Charlotte, c'est le moment d'être honnête avec nous. Il est extrêmement important de nous dire la vérité, maintenant.

Charlotte retira sa main de devant sa bouche. Des larmes coulaient sur ses joues.

— Qu'est-ce qui lui est arrivé ? Où est-elle ?

— Elle est morte, lâcha Noah sans ambages. Quelqu'un l'a assassinée et a jeté son corps près du ruisseau la nuit dernière.

— Non !

Les jambes de Charlotte se dérobèrent et elle s'agrippa au bord du comptoir derrière elle avant de tomber.

— Non, répéta-t-elle, elle est ici. Elle est dans la grange. Je l'ai vue hier soir. Elle ne se sentait pas bien, elle...

— Quelqu'un lui faisait du mal, Charlotte, la coupa Josie. Ici. Sur votre propriété. Dans votre « sanctuaire ».

— Non, insista la vieille dame. Ce n'est pas comme ça que ça marche ici.

— Mais c'est ce qui s'est passé, rétorqua Noah. Elle avait des blessures, madame Fadden. Quelqu'un l'a torturée pendant un certain temps.

— Non, ce n'est pas ce qui s'est passé.

— Connaissez-vous un homme nommé Michael Donovan ? reprit Josie.

Charlotte parut déconcertée par ce changement de sujet.

— Quoi ? Je ne sais pas. Je ne crois pas. Qui est-ce ?

La porte de derrière s'ouvrit à la volée, et Megan et Tru entrèrent dans la cuisine. Ils affichèrent une mine étonnée en voyant Charlotte en pleurs.

— Qu'est-ce qui se passe ici ? demanda Tru.

L'homme s'approcha de la vieille dame et passa un bras autour de ses épaules comme pour la protéger.

— C'est Renee, lui répondit Charlotte. Elle a été tuée.

— Quand ? s'enquit Megan. Comment ?

Son regard passa de Josie à Noah.

— Vous vous trompez, reprit-elle. Vous avez vérifié dans la grange ? Elle est dans son box depuis des jours. Elle a mal au ventre. Je lui ai donné un antiacide, mais ça n'a pas servi à grand-chose.

— Elle n'est pas dans la grange, assura Josie. Quand l'avez-vous vue pour la dernière fois ?

— Hier soir, répondit Megan. Après votre départ, à votre collègue et vous.

— À quelle heure ? intervint Noah.

— Oh, je ne saurais vous le dire. On n'a pas d'horloge ici.

Josie fixa Tru.

— Vous étiez avec elle. Combien de temps êtes-vous resté à ses côtés ?

— Je ne sais pas. Quelques heures après votre départ. Je m'inquiétais pour elle. Elle n'avait vraiment pas l'air bien.

— Est-ce que vous couchiez avec elle ? lui demanda Noah.

Tru redressa aussitôt la tête, et Charlotte le dévisagea.

— Tru ?

— Quoi ? Non. On était juste amis. Je veux dire, je l'aimais bien, mais pas comme ça. J'étais juste... J'étais inquiet, et elle m'a demandé si je pouvais dormir à côté de son lit.

Il l'avait donc effectivement veillée, mais pas parce que Charlotte ou quelqu'un d'autre le lui avait ordonné.

— Vous l'avez fait ? demanda Josie. Vous êtes resté dormir à côté de son lit ?

Tru acquiesça.

— A-t-elle quitté la grange à un moment ou à un autre de la nuit ?

— Eh bien, oui. Je me suis réveillé à un moment et elle n'était pas là. J'ai pensé qu'elle était allée aux toilettes ou partie voir Megan.

Noah se tourna vers Megan.

— Est-ce que Renee est venue vous trouver la nuit dernière ?

— Non, affirma Megan. Je me suis assurée qu'elle allait bien avant de retourner à ma tente pour la nuit.

— Où se trouvent les toilettes les plus proches du box de Renee ? demanda Josie.

— Il y a des toilettes extérieures derrière la grange, expliqua Tru.

— Vous êtes allé voir si elle était là-bas ?

— Eh bien, non. Je me suis dit que si elle ne se sentait pas bien, elle ne voudrait pas qu'on frappe à la porte des toilettes. J'ai pensé qu'elle reviendrait quand elle aurait fini. Puis je me suis rendormi.

— Elle n'était pas dans son lit quand vous vous êtes réveillé, n'est-ce pas ? revérifia Josie.

— Non. Je ne sais pas où elle est allée. J'ai demandé autour de moi, mais personne ne l'avait vue. Ensuite, j'ai dû aller travailler dans la serre. Avec toute cette pluie, une partie a été inondée et plusieurs d'entre nous sont allés là-bas pour essayer de la remettre en état. On a besoin de nourriture pour l'hiver.

— Il faut qu'on parle à chaque résident. Encore une fois.

La tête de Charlotte se posa sur l'épaule de Tru.

— Bien sûr, dit-elle.

33

Cette fois, ils s'installèrent dans le salon de la maison et interrogèrent chaque membre du Sanctuaire, un par un, sans personne autour. Deux autres résidents avaient vu Renee quitter son box la nuit précédente, sans toutefois être en mesure de préciser l'heure. Nul n'avait trouvé anormal qu'elle quitte ses quartiers au beau milieu de la nuit. Il n'y avait aucune règle en place concernant les allées et venues, et un grand nombre d'entre eux se rendaient aux toilettes au cours de la nuit.

Quatre autres membres confirmèrent que Tru et Renee étaient devenus amis depuis l'arrivée de Renee, deux mois après Tru. Personne ne semblait penser qu'ils étaient intimes. Aucun ne sut identifier un autre habitant avec qui Renee aurait passé beaucoup de temps – ou peut-être le pouvaient-ils, mais ne voulaient pas le dire à Josie.

Elle eut l'impression que plusieurs d'entre eux mentaient, sans réussir à déterminer à quel sujet précisément. Ils firent entrer Tru en dernier pour l'interroger sans la présence de Charlotte ou de qui que ce soit d'autre, et il semblait sincère en réaffirmant que sa relation avec Renee avait été platonique.

— S'est-elle déjà confiée à vous ? demanda Josie. Au sujet de quelque chose qui se passerait ici, au Sanctuaire ?

— Comme quoi ?

Tru s'était assis dans un vieux fauteuil marron à oreilles. Josie tira le repose-pieds assorti tout proche afin de se caler presque entre les jambes de l'homme, tandis que Noah restait près de la porte pour s'assurer que personne ne rôdait dans le couloir pour écouter la conversation.

— Quelqu'un qui la mettait mal à l'aise ? Peut-être en l'obligeant à faire des choses qu'elle ne voulait pas faire ?

— Non, elle n'a jamais rien raconté de ce genre, insista-t-il.

— Avec qui d'autre était-elle amie ?

Il haussa les épaules.

— Je ne sais pas. Probablement ceux avec qui elle travaillait.

— De quoi discutiez-vous tous les deux ?

— Eh bien, on parlait surtout de la vie en dehors d'ici. Ça nous manquait, je crois. Je veux dire, un peu.

Depuis l'embrasure de la porte, Noah lança :

— Elle avait des cicatrices autour des poignets, Tru. Des anciennes et des récentes. Quelqu'un lui faisait quelque chose.

Tru sembla perplexe.

— Lui faisait quelque chose ? Comme quoi ?

— Quelqu'un l'attachait, répondit Noah.

— Pour quoi faire ? Pourquoi ?

Josie se pencha jusqu'à ce que son visage ne soit plus qu'à quelques centimètres du sien et lui toucha le bras. Sa voix était douce, intime.

— Que pensez-vous que les hommes font aux femmes quand ils les attachent contre leur volonté, Tru ?

— Quoi ? souffla-t-il, la voix tremblante. Non. Qui lui ferait ça ? Renee était une bonne personne.

— Vous n'avez jamais vu ses cicatrices ? reprit Noah. Je pensais que vous étiez amis.

Tru secoua vigoureusement la tête.

— Non, non. Elle portait toujours des vêtements à manches longues et des pantalons longs. Je ne l'ai jamais vue, genre, déshabillée ou quoi que ce soit.

— Il fait plus de trente degrés, répliqua Noah. Depuis des semaines. Vous n'avez pas trouvé bizarre qu'elle s'habille comme ça ?

— Si, bien sûr, mais je me suis dit qu'elle avait ses raisons et je ne voulais pas être indiscret ou, vous savez, la mettre mal à l'aise.

Un violent coup de tonnerre retentit alors, et ils sursautèrent tous les trois. Josie soupira.

— Je présume que la brigade canine ne sera pas déployée avant demain.

Un éclair brilla derrière la fenêtre, suivi d'un nouveau grondement. Noah croisa le regard de Josie, lui signifiant sans un mot qu'ils n'arriveraient à rien.

— Il est tard, annonça-t-il, avant de tendre le doigt vers Tru. On reviendra.

Noah reprit la route du commissariat pour que Josie puisse récupérer son véhicule. La pluie crépitait contre le pare-brise.

— Qu'en penses-tu ? demanda-t-il alors que les vertes collines boisées du comté de Lenore cédaient la place à la limite sud de Denton.

— Je pense que Charlotte ment.

— Tu crois qu'elle savait que Renee avait été assassinée ?

— Non. Je crois qu'aucun d'entre eux ne le savait, mais aussi qu'ils cachent quelque chose.

— Une idée de ce que ce serait ?

Josie leva une main pour presser l'arête de son nez entre le pouce et l'index. Le déficit de sommeil, la fatigue et le stress conspiraient pour lui infliger le pire des maux de tête. Elle ouvrit la boîte à gants, sachant que Noah gardait de l'ibuprofène dedans.

— Je ne sais pas. Je pense toujours qu'il nous manque une pièce du puzzle. Une pièce maîtresse.

Les comprimés tintèrent lorsque sa main se referma sur le flacon en verre. Son téléphone sonna au même moment. Sa gorge se serra d'effroi lorsqu'elle le sortit de sa poche, s'attendant à voir les mots « Prison de Muncy », et elle fut soulagée de lire le nom de la docteure Feist – jusqu'à ce qu'elle se rappelle la raison de cet appel, du moins. Elle décrocha d'un mouvement du pouce sur l'écran.

— Josie, lança la légiste. Votre jeune femme, Renee ? J'avais raison. Elle est morte d'une strangulation manuelle. L'os hyoïde a été écrasé. L'examen interne a révélé qu'elle avait eu un rapport sexuel avec quelqu'un dans un laps de temps compris entre juste avant sa mort et il y a deux jours. Cette fourchette est une certitude d'après ce que j'ai constaté, mais je ne peux pas la restreindre davantage.

— Un rapport sexuel ? répéta Josie. Elle n'a pas été agressée ?

Elle cala le téléphone entre son oreille et son épaule tout en ouvrant le flacon de pilules et en le tapotant pour en faire tomber trois dans sa paume.

— Je ne peux pas me prononcer formellement, mais il n'y a aucune preuve d'une éventuelle agression sexuelle. Aucune ecchymose, aucune abrasion, ni déchirure ni lacération. En gros, rien qui laisse penser que le rapport sexuel n'était pas consenti.

— Elle a laissé quelqu'un l'attacher et avoir des relations sexuelles avec elle ?

Josie remarqua aussitôt le regard que Noah lui jeta alors qu'il l'écoutait parler avec la légiste.

— Je ne sais pas, admit la docteure. Je ne suis pas sûre que les deux événements soient liés. Au vu de ses cicatrices et des marques de ligature récentes, il semble qu'elle ait tenté de se libérer de ses liens. Si elle n'avait pas forcé, ses poignets n'auraient pas été aussi abîmés. Mais je ne peux pas affirmer qu'elle a été agressée sexuellement, et je ne peux pas faire de lien, avec les éléments que j'ai, entre un rapport sexuel et le fait qu'elle ait été attachée aux poignets à plusieurs reprises au cours des derniers mois. La bonne nouvelle, c'est que nous avons recueilli de l'ADN. Je l'ai envoyé au laboratoire et j'ai demandé que l'analyse soit faite en priorité.

— On a donc l'ADN de la personne avec qui elle a eu des rapports sexuels, précisa Josie. Mais on ne sait pas si c'est la même personne qui l'a tuée.

— Non, concéda la docteure Feist. On ne sait pas. Mais si on a un résultat avec l'ADN, ça fait une piste de plus pour l'enquête.

À moins qu'il ne s'agisse d'un membre du Sanctuaire. Celui-ci pourrait simplement dire qu'il avait eu une relation intime avec Renee, mais qu'il ne l'avait pas tuée. L'inspectrice n'aurait aucun moyen de prouver qu'il mentait.

Au fond de son cœur, Josie ne voulait pas poser la question, ne voulait pas connaître la réponse, mais elle savait qu'elle devait le faire.

— Et dans sa gorge ? Vous avez trouvé quelque chose ?

Le silence au bout de la ligne était éloquent. Josie eut la nausée avant même que la légiste ne reprenne la parole. Elle jeta les comprimés dans sa bouche et les goba tandis que son interlocutrice lui annonçait précisément ce qu'elle n'avait pas envie d'entendre.

— Oui. Il y avait une fine lanière de cuir passée dans la moitié d'une noix noire enfoncée profondément dans sa gorge. Exactement comme pour Valerie Yates.

34

Le temps qu'ils arrivent au poste, la légiste avait envoyé à Josie une photo du collier trouvé dans la gorge de Renee. Il était très similaire à celui récupéré dans le corps de Valerie, sans aucun fermoir, les deux extrémités de la lanière de cuir nouées ensemble. L'intérieur de la noix noire dessinait un cœur imparfait. La coque était sombre, striée et rugueuse. Josie observa le cliché pendant plusieurs secondes jusqu'à ce que le chef Chitwood les appelle, elle et Noah, dans son bureau pour un rapport complet.

Il n'aima pas du tout ce qu'ils avaient à lui annoncer.

Il les renvoya chez eux pour qu'ils se reposent, malgré les protestations de Josie. Elle était épuisée, mais l'idée d'une autre nuit peuplée de cauchemars suffisait à susciter une tension dans ses mâchoires. Noah laissa la lumière allumée pour elle dans la chambre et s'endormit en quelques minutes. Josie passa la nuit assise dans le lit, se ressaisissant dès qu'elle commençait à s'assoupir. Ses yeux brûlaient de fatigue lorsqu'ils prirent la route du commissariat pour leur journée de travail le lendemain. Outre les deux tasses de café qu'elle avait déjà avalées, la seule chose qui la réveilla un peu fut un message de Gretchen annonçant qu'il ne pleuvrait pas dans la matinée et que la brigade canine se tenait prête à partir.

Je te rejoins là-bas, lui répondit-elle.

De retour à leurs bureaux, Noah imprima les formulaires de consentement pour Maya Bestler afin de leur permettre de prélever un échantillon d'ADN sur son fils.

— Je vais passer prendre Hummel pour aller à l'hôpital pendant que tu vas voir Gretchen.

Josie le regarda partir, s'efforçant d'ignorer le nœud qui se formait dans son ventre. Tout ce qu'elle voulait, c'était rentrer chez elle, ouvrir sa bouteille de Wild Turkey et boire pendant des jours. Jusqu'à ce que l'oubli prenne le dessus. Plus de cadavres. Plus d'appels de la prison de Muncy. Plus de tueurs en série rôdant dans les bois. Plus de cauchemars.

Mais elle avait du pain sur la planche. Elle consulta son téléphone et vit un nouveau message de Gretchen :

Retrouve-nous à la voiture des Yates.

Josie serpenta le long des routes de campagne qui s'étiraient en fins rubans noirs à travers la forêt jusqu'à la State Route 9227, passa devant un grand drapeau orange sur le bas-côté que Hummel avait planté pour marquer l'endroit où les policiers étaient entrés dans la forêt pour rejoindre le campement à pied. Quelques minutes plus tard, elle trouva le parking et s'y gara. La voiture banalisée de Gretchen était stationnée à côté d'un pick-up dont le plateau arrière était recouvert d'une grande housse. Une immense bâche d'ombrage réfléchissante recouvrait le véhicule. Le hayon était ouvert et, à l'intérieur, Josie aperçut la large tête brune d'un berger allemand, la langue pendante, les yeux brillants et vifs.

Gretchen et l'adjointe maître-chien du shérif du comté d'Alcott se tenaient entre les deux engins, toutes deux vêtues d'un imperméable, même si la pluie ne tombait désormais plus qu'en bruine légère mais persistante.

Lorsque Josie ouvrit sa portière, la chaleur la frappa de plein fouet. Les fortes précipitations n'avaient en rien dissipé la moiteur de l'air. Au contraire, elles l'avaient aggravée. À mesure qu'elle s'approchait des deux femmes, elle remarqua des gouttes de sueur glissant de la racine des cheveux de l'adjointe jusqu'aux côtés de son visage et à la pointe de son nez. Ses cheveux gris-brun étaient lisses, et les mèches qui s'étaient échappées de sa queue-de-cheval collaient à son visage et à son cou. Josie lui donnait une cinquantaine d'années. Lors de leur dernière mission avec la brigade canine du shérif du comté d'Alcott, on leur avait envoyé un maître-chien homme. L'adjointe lui sourit, essuya sa main sur son pantalon et la tendit à Josie pour la saluer.

— Adjointe Maureen Sandoval, se présenta-t-elle avant de désigner l'arrière du pick-up. Et vous avez probablement vu ma Rini là-dedans.

— Merci à vous deux de travailler par cette chaleur. Ça vous dérange si je m'entretiens un instant en privé avec l'inspectrice Palmer avant qu'on ne commence ?

— Pas de problème, répondit Sandoval.

Gretchen, tout aussi échevelée que l'adjointe Sandoval, suivit Josie à quelques mètres de là pour que cette dernière la mette au courant des nombreux développements de la veille. Gretchen griffonna furieusement dans son bloc-notes tandis que Josie parlait, grommelant à l'occasion des « bon Dieu » et des « doux Jésus ». Une fois le rapport terminé, elle pointa du stylo l'ecchymose circulaire violette au milieu du front de Josie.

— Comment va ta tête ?

— Il n'y a pas de commotion, si c'est ce qui t'inquiète.

Gretchen rangea son bloc-notes dans sa poche.

— Ça me va.

Elles retournèrent auprès de l'adjointe Sandoval et Gretchen désigna la Jeep Grand Cherokee à l'autre bout du parking.

— C'est la voiture de Tyler et Valerie Yates. Le comté de Lenore n'a pas eu le temps de la déplacer.

— Ce n'est pas plus mal, déclara Sandoval. Je préfère commencer par le véhicule, surtout dans des cas comme celui-ci.

— Pourquoi ? demanda Josie.

— La plupart du temps, on sait avec certitude que la personne disparue se trouvait dans sa voiture à un moment donné avant d'aller dans les bois. C'est un bon point de départ. Une fois, un chasseur s'était perdu, et on est partis de son mirador. Impossible de le trouver. On est revenus à la voiture, Rini a flairé le véhicule, et elle l'a retrouvé en moins d'une heure.

— Il n'était jamais arrivé à son mirador, comprit Josie.

Sandoval sourit.

— Il s'est perdu avant même d'y arriver. Si on n'était pas retournés à la voiture, on ne l'aurait peut-être pas retrouvé. Donc, même si je sais que vous avez une scène de crime qui donne l'impression que la femme était là-bas, je préférerais quand même commencer ici, à la voiture. Le sac de couchage est dans le véhicule de l'inspectrice Palmer, on va l'utiliser pour mettre Rini sur la piste de Mme Gresham.

— Bien sûr, acquiesça Josie.

— Ça vous dérange si on vous suit ? demanda Gretchen.

— Oh, non, je vous en prie.

Sandoval fouilla dans la cabine de son camion et en sortit une longue laisse noire et un harnais. Dans le grand coffre, Rini commença à gémir et à se tortiller d'excitation.

— Elle aime travailler, expliqua Sandoval.

Pendant qu'elle faisait descendre Rini, lui passait son harnais et y accrochait la laisse, Gretchen se rendit à son véhicule pour en sortir un grand sac en plastique contenant ce qu'elles pensaient être le duvet d'Emilia Gresham.

— Couchée, ordonna Sandoval à Rini.

La chienne obéit et s'allongea sur la terre battue, mais continua à émettre des bruits aigus, comme si elle se plaignait auprès de Sandoval que la préparation de la fouille traîne trop. Une fois que celle-ci lui en donna l'ordre, Rini se leva et se dirigea vers le sac que Gretchen tenait, le reniflant vigoureusement.

— Bien, c'est bien, murmura Sandoval. Maintenant, il est temps de travailler, Rini.

Rini trottina jusqu'au véhicule des Yates. Gretchen jeta le sac de couchage à l'arrière de sa voiture, et Josie et elle suivirent au pas de course la femme maître-chien et sa chienne. Rini renifla encore un peu, puis s'enfonça dans les bois. Josie et Gretchen durent accélérer encore pour ne pas les perdre de vue.

— Elle est sur une piste, cria Sandoval par-dessus son épaule. Essayez de rester près de nous.

Sandoval tenait Rini en longe, une très longue laisse qui traînait loin derrière elles. Josie et Gretchen trébuchèrent plusieurs fois en s'efforçant de l'éviter ou de ne pas marcher dessus. Finalement, elles laissèrent quelques mètres d'avance à Sandoval et sa chienne pour ne pas risquer de les gêner.

Rini travaillait sans relâche, concentrée sur sa mission, la truffe tantôt en l'air, tantôt au ras du sol, se faufilant et zigzaguant à travers la forêt. Josie et Gretchen étaient toutes deux trempées de sueur et à bout de souffle lorsqu'elles atteignirent le campement des Yates, à près de cinq kilomètres de la voiture. Elles n'eurent même pas le temps de discuter de la présence manifeste d'Emilia sur la scène du crime que Rini s'enfonçait déjà dans la forêt, suivie de sa maîtresse, qui l'encourageait tout au long de leur travail d'équipe.

Rini prit la direction du sud depuis le bivouac, progressant avec rapidité et assurance à travers l'épais sous-bois jusqu'à Cold Heart Creek où elle s'attarda, arpentant la rive de long en large, la langue pendante, haletante.

— Attends, ma belle, lui dit Sandoval alors que Josie et Gretchen les rattrapaient.

Gretchen se plia en deux, les paumes sur les cuisses, juste au-dessus des genoux, et respira bruyamment.

— Qu'est-ce qui ne va pas ? demanda Josie à Sandoval en essuyant la sueur qui lui coulait dans les yeux.

— Il faut qu'on traverse ici.

Gretchen se redressa. Elle passa une main dans ses cheveux courts bruns et hérissés.

— Vous pensez que cette femme a traversé le ruisseau ? L'eau ne détruirait-elle pas l'odeur ? demanda Gretchen.

— C'est un mythe, ça, inspectrice, répondit Sandoval. Les humains diffusent leur odeur tout autour d'eux, tout le temps. Imaginez un nuage invisible autour de vous, presque comme une aura. C'est votre odeur. Nous en avons tous une. Cette odeur tombe de vous où que vous alliez. Même dans l'eau, Rini sera toujours capable de la sentir. En fait, l'odeur a besoin d'humidité pour persister. En revanche, le vent, c'est une autre paire de manches.

Il y avait à peine une légère brise. Ou peut-être Josie avait-elle cette impression car la transpiration recouvrait chaque centimètre carré de son corps, et l'air autour d'elles était chargé d'humidité.

Sandoval sortit de la poche de son gilet un petit flacon de talc. Elle le dévissa et le pressa pour faire sortir un peu de poudre. Josie et Gretchen regardèrent la poudre blanche flotter dans l'air, toutes les particules minuscules dérivant dans la même direction – de l'autre côté du cours d'eau. Sandoval croisa le regard de Josie.

— Ce ruisseau n'est pas très profond, si ?

— Non, je l'ai traversé hier, confirma Josie. L'eau ne m'arrivait qu'à la taille. C'est peut-être plus profond aujourd'hui avec toute cette pluie, mais on peut clairement le faire.

Sandoval poussa Rini à avancer.

— Allons-y, ma belle.

Rini s'élança dans l'eau et Sandoval la suivit en laissant du mou sur la longe. Lorsque l'eau devint trop profonde pour qu'elle puisse marcher, la chienne barbota pour atteindre l'autre rive. Josie et Gretchen les suivaient. Une fois sur la terre ferme, la femelle berger allemand se remit à trotter frénétiquement, fouillant l'air du museau, l'odeur d'Emilia Gresham la guidant toujours vers l'avant. Josie avait bien son GPS avec elle, mais elle n'avait même pas le temps de le sortir et de l'étudier. Elle n'était pas sûre de la distance qu'elles avaient parcourue lorsque Rini les mena à la brèche dans la clôture qui séparait la zone de chasse du Sanctuaire de Charlotte Fadden. Sandoval arrêta la chienne avant qu'elle ne saute par-dessus le grillage plié.

— Propriété privée, lança-t-elle.

Essoufflée, Josie secoua la tête.

— On a leur autorisation pour fouiller les lieux.

À quelques mètres derrière, Gretchen tentait de reprendre haleine.

— Je vais retourner à la voiture pour faire le tour et les prévenir qu'on arrive avec le chien.

— Ça va aller ? demanda Sandoval à Gretchen, en haussant les sourcils.

Gretchen lui fit un signe de la main.

— Oui, oui. Allez-y.

Sandoval donna un ordre et Rini sauta gracieusement par-dessus la clôture courbée. Sandoval suivit, Josie sur ses talons. Cette dernière savait qu'elles étaient loin de la maison principale et de la grange. Elle tenta de s'orienter mentalement, mais la chienne avançait trop vite. La respiration saccadée, Josie trottinait derrière la chienne et sa maîtresse à travers l'une des nombreuses zones boisées du Sanctuaire – lesquelles se ressemblaient toutes. Josie était bien contente d'avoir son GPS au fond de la poche. Même si elles s'enfonçaient trop profondément dans la propriété, elle était sûre de pouvoir trouver la sortie. Au bout de ce qui leur parut une éternité, elles débouchèrent sur une clairière. Devant elles, Josie aperçut les cabanes dont Noah lui avait parlé. Il avait raison : elles étaient dans un état de délabrement avancé. Josie en compta cinq, d'un brun délavé, adossées les unes aux autres, et qui semblaient prêtes à s'écrouler si l'une d'entre elles était déplacée. Un des toits était complètement effondré. Les marches étaient pour la plupart pourries et affaissées. Ces maisonnettes avaient une forme étrange et Josie devina qu'elles avaient été construites par d'anciens membres du Sanctuaire avec des matériaux de fortune. Rini se précipita en haut des marches de l'une d'elles, poussa la porte de son long museau et pénétra à l'intérieur. Le rythme cardiaque de Josie s'accéléra. Ils avaient vérifié les cabanes. Ils n'avaient trouvé personne. Elle savait que Noah ne serait pas passé à côté d'un élément aussi crucial.

Mais Rini réapparut alors et se remit à courir, longeant la façade de la cabane, avant de s'enfoncer de nouveau dans les bois. Josie ne disposait que d'un instant pour inspecter l'intérieur de la cabane. Il n'y avait là que quelques planches et aucun meuble hormis des lits superposés en bois sans matelas. Quelque chose sous la couchette inférieure attira son attention. Elle fit un autre pas à l'intérieur, s'accroupit et jeta un coup d'œil. C'était un morceau d'environ cinq centimètres de long de corde épaisse. Elle sortit son téléphone, alluma son flash et éclaira l'objet. Ce qui ressemblait à une sorte de substance brune séchée était incrusté dans ses fibres. Le cœur de Josie accéléra soudain. Elle prit plusieurs photos, puis fouilla ses poches. Elle avait des gants et, par chance, au fond d'une des poches de sa veste de pluie, un unique sac de preuves froissé. Elle poussa un soupir de soulagement, déposa la corde dans le sac et ressortit à toute allure. Avait-elle trouvé un bout de la corde qui avait servi à attacher Renee Kelly ? Quelqu'un l'avait-il emmenée ici et ligotée avant de lui faire subir Dieu sait quoi ? Rini était entrée spécifiquement dans cette cabane, ce qui signifiait qu'Emilia s'était trouvée là à un moment donné. Était-ce là que Renee avait vu Emilia ? Quelqu'un avait-il amené Emilia ici ? Ou bien s'y était-elle réfugiée avant de se retrouver elle-même au beau milieu de l'enfer dans lequel Renee était tombée ?

Josie n'eut pas le temps d'y réfléchir. Sandoval et Rini avaient disparu. L'anxiété la saisit. Elle sprinta dans la direction qu'elles avaient prise, s'enfonçant dans les fourrés et la végétation dense jusqu'à entendre la voix de Sandoval, qui félicitait et encourageait chaleureusement sa chienne. Josie les rattrapa au moment où elles sortaient du couvert des arbres. Devant elles, la maison du Sanctuaire se dressait au sommet d'une petite pente et, à côté, la grange. Rini trottinait à travers champ, zigzaguant de temps en temps. Sandoval suivait sa chienne d'un pas assuré, mais Josie glissa dans l'herbe mouillée et tomba sur les mains. Elle se releva et courut après Sandoval et Rini. Lorsqu'elles atteignirent la maison, plusieurs personnes se tenaient là, obser-vant la femelle berger allemand. Certains des membres du Sanctuaire reculèrent, fuyant Rini, mais comme l'avait dit Sandoval, la chienne suivait une piste. Elle cherchait Emilia Gresham et c'était son seul et unique objectif. Josie était sûre à cent pour cent que même si l'un résidents avait brandi un steak devant la chienne, celle-ci l'aurait complètement ignoré pour trouver sa cible.

Rini renifla autour de la maison pendant que Sandoval ajus-tait la longe. Puis elle bifurqua en direction de la grange. Mais après avoir flairé la porte, Rini abandonna cette piste et s'en-gagea dans l'allée, vers la route. Elle se faufila entre les voitures garées sur le chemin, mais ne s'arrêta pas. En arrivant devant la maison, Josie vit Gretchen debout sous le porche, en pleine conversation avec Charlotte. Les deux femmes s'interrompirent pour observer la chienne et Sandoval. Josie essaya de suivre leur rythme tout en évitant la longue laisse qui reliait la chienne à sa maîtresse.

Emilia avait-elle simplement traversé le Sanctuaire ? Où diable se dirigeait-elle ? Si elle avait eu des ennuis, pourquoi ne pas s'être arrêtée pour demander de l'aide dans la maison ou dans la grange ? Savait-elle pertinemment que personne ne l'aiderait ?

Rini atteignit la chaussée et s'arrêta, piétinant frénétiquement et humant l'air. Finalement, elle s'immobilisa et leva les yeux vers Sandoval. Josie savait que les chiens de recherche et de sauvetage donnaient des signaux clairs lorsqu'ils trouvaient la personne recherchée. D'après ses observations sur les affaires précédentes, c'était généralement un aboiement. Mais Rini n'aboya pas. Sandoval sortit de nouveau son flacon à talc et en pulvérisa un peu en l'air. Elle poussa la chienne dans le sens du vent, l'incitant à descendre la route, mais celle-ci ne manifestait plus le même sentiment d'urgence que quelques minutes plus tôt. Le cœur serré, Josie savait déjà ce que Sandoval allait lui dire avant même qu'elle n'ouvre la bouche.

— Elle est montée dans un véhicule, c'est ça ?

Sandoval fronça les sourcils.

— Vous savez que je ne peux pas me prononcer avec certitude. Tout ce que je peux vous dire, c'est que l'odeur s'arrête ici. Rini ne perd jamais une piste. Du moins, si ça arrive, elle se ressaisit et, habituellement, elle la retrouve. Ce que je peux affirmer, c'est que l'odeur n'est pas là.

Gretchen venait d'arriver à leur hauteur.

— Est-ce que toute la pluie qui est tombée ne l'a pas effacée ?

— J'en doute. Je ne pense pas qu'il y ait assez de ruissellement ici pour que ça soit possible. Même si c'était le cas, Rini serait toujours capable de sentir l'odeur, j'en suis convaincue.

Gretchen soupira et balaya la route du regard. Josie se retourna vers la maison et vit Charlotte qui l'observait, impassible. Doucement, pour que seule Gretchen l'entende, Josie dit :

— Il nous manque un élément.

— Un lien avec l'ermite, répondit Gretchen.

— Voilà.

Le sac à dos d'Emilia Gresham avait été retrouvé dans la caverne de Donovan et, pourtant, Rini n'avait pas reniflé une fois dans cette direction. La chienne suivait l'odeur d'une personne, pas celle d'un sac à dos. Comme l'avait dit l'adjointe Maureen Sandoval, les gens diffusaient leur odeur tout autour d'eux comme une aura, et l'odeur se répandait partout où ils allaient. Le sac à dos d'Emilia Gresham portait bien son odeur, mais il ne la répandait pas à mesure que Michael Donovan le trimballait à travers les bois.

— Emilia Gresham a quitté le campement, traversé le Sanctuaire, est arrivée jusqu'à la route, et on pense maintenant qu'elle est montée dans un véhicule à cet endroit, résuma Josie. Soit elle fuyait quelqu'un, a atteint la route et a fait signe à un véhicule pour s'en sortir, soit quelqu'un l'a enlevée et l'a amenée ici, puis l'a mise dans un véhicule.

— Peut-être un membre du Sanctuaire, suggéra Gretchen. Qui ne serait plus là. Toutes les personnes présentes ici ont été interrogées plus d'une fois, mais peut-être que quelqu'un a pu partir entre la nuit où les Yates ont été assassinés et maintenant.

Josie soupira.

— C'est vrai.

Elle observa la grange et l'allée où se tenaient plusieurs résidents, le regard braqué sur les trois policières et Rini.

— Ils vont tous affirmer que personne n'est parti ou qu'ils ne suivent pas assez attentivement les allées et venues de chacun pour savoir qui aurait pu partir récemment. Ils vont tous mentir.

Gretchen imita sa collègue et baissa la voix.

— Tu veux reparler à Charlotte ?

Josie croisa le regard de l'intéressée et la fixa.

— Non. Pas encore. Il nous faut plus d'informations.

Josie trouva Hummel dans la salle de repos du premier étage. Il était assis à l'une des tables, un gros hamburger entre les mains.

— Patronne, la salua-t-il avant de prendre une grosse bouchée.

Josie s'assit en face de lui en poussant un soupir.

— Hummel, combien de fois vais-je devoir vous le dire ? C'est juste Josie. Je ne suis plus la patronne, vous vous souvenez ?

Hummel déglutit et lui sourit.

— Vous êtes ma patronne.

Josie haussa un sourcil.

— Non, Hummel, pas du tout.

Il poussa sa barquette de frites vers elle en l'invitant à en prendre d'un signe de la main. Elle ne s'était pas rendu compte à quel point elle avait faim jusqu'à ce qu'elle les regarde. Comme s'il avait senti qu'elle était affamée, Hummel dit :

— Vous pouvez finir.

Il termina son hamburger pendant qu'elle mangeait ses

frites. Une fois le repas terminé, il en poussa les reliefs sur le côté puis se pencha vers elle.

— Je me fiche de savoir qui est le chef ici. Pour moi, vous serez toujours la patronne.

Josie secoua la tête, mais un sourire se dessina sur son visage.

— Merci pour les frites.

Elle fouilla dans sa poche et en sortit le sac contenant le bout de corde. Elle expliqua où elle l'avait trouvé. Hummel inspecta l'intérieur du sac.

— Vous pensez qu'il y a assez de sang pour à la fois faire un test sanguin présomptif et prélever de l'ADN ?

Josie savait que le test de Kastle-Meyer était un moyen simple et rapide de déterminer si la substance craquelée sur la corde était ou non du sang. Il suffisait à Hummel de passer un écouvillon sur la tache, de l'humidifier avec un peu d'alcool éthylique, puis d'y appliquer une ou deux gouttes de phénol-phtaléine suivies de la même dose d'une solution de peroxyde d'hydrogène. Si le bout du long coton-tige virait au rose vif dans les six secondes, c'était du sang. Le problème, c'était que la phénolphtaléine utilisée pour effectuer le test détruisait l'ADN. Par conséquent, chaque fois qu'ils travaillaient avec une quantité limitée d'une substance, ils devaient s'assurer qu'il y en ait suffisamment pour tester à la fois la présence de sang et l'ADN. S'il n'y en avait pas assez pour un test sanguin présomptif, elle enverrait le tout au laboratoire d'État pour un test ADN, ce qui pouvait prendre des semaines, voire des mois, à moins de réussir à faire accélérer la procédure, ce qui n'était pas si facile. Mais s'il y en avait assez pour faire le test sanguin présomptif et l'analyse ADN, et que la substance était bien du sang, elle aurait un élément tangible pour déstabiliser Charlotte Fadden et peut-être l'amener à parler de ce qu'elle cachait à la police.

Hummel leva les yeux du sac.

— Laissez-moi voir ce que je peux faire.

Elle ouvrit la bouche pour le remercier, mais Noah apparut dans l'embrasure de la porte.

— J'ai quelque chose pour toi.

— Gresham ? demanda-t-elle, la voix pleine d'espoir.

— Non, Bestler.

Elle se leva péniblement de sa chaise et le suivit à l'étage jusqu'à leurs bureaux.

— Qu'est-ce que tu as à me montrer ?

Noah se pencha et utilisa la souris de son ordinateur pour afficher un document PDF. Josie se rapprocha de l'écran et commença à lire.

— C'est une blague ? demanda-t-elle.

Noah se cala bien au fond de son fauteuil, les mains croisées derrière la tête.

— Non, pas du tout. Notre ermite, Michael Donovan, a tué sa femme il y a trente-trois ans. Il l'a battue à mort dans leur maison et a passé dix ans en prison.

Josie parcourut les détails de l'affaire.

— Il a plaidé l'homicide volontaire sans préméditation. Seulement dix ans pour un meurtre ? C'est hallucinant.

— Complètement, approuva Noah.

— C'est une affaire du comté d'Allegheny, dans la région de Pittsburgh. Alors comment s'est-il retrouvé dans le comté de Lenore ?

— Il a purgé sa peine juste à l'ouest du comté de Lenore. Quand il a été libéré, il n'avait rien. Pas d'argent, pas de maison. Il n'avait pas de quoi retourner chez lui. Je suppose qu'il a traîné un certain temps, raconté à suffisamment de gens que sa femme était morte, puis s'est enfoncé dans les bois et n'en est jamais ressorti. C'est de là que vient la légende. Il a un passé violent, il ne serait pas déraisonnable de penser qu'il a enlevé Maya Bestler et tué une voire plusieurs de nos récentes victimes.

— Non, pas déraisonnable du tout, confirma Josie.

Elle n'était toujours pas convaincue que Donovan ait assassiné Renee Kelly. La coïncidence semblait un peu trop grosse : Renee était maltraitée et terrorisée au Sanctuaire et il l'aurait tuée juste au moment où elle avait décidé de fuir ? Pourtant, elle ne pouvait pas ignorer les colliers de noix noire. Tyler Yates, Valerie Yates et Renee Kelly avaient bel et bien été étranglés par la même personne.

— Mais ça ne nous aide pas à retrouver Emilia Gresham, lança Josie.

— Je sais, concéda Noah. En parlant de ça, où sont Gretchen et Mett ?

— Gretchen est rentrée chez elle pour prendre une douche vite fait. Mett n'est pas encore en poste, mais il devrait bientôt arriver.

Le téléphone de Josie sonna. Elle répondit et, après une brève conversation, raccrocha, un peu moins pessimiste au sujet de l'affaire Yates-Gresham que quelques minutes auparavant.

— C'était qui ? demanda Noah.

— La docteure Feist, répondit Josie. Elle vient de rencontrer Wesley Yates. Il est venu réclamer le corps de son fils. Elle lui a dit qu'on devait lui parler, il sera là dans un quart d'heure.

36

Wesley Yates était un homme grand et large comme un ours aux cheveux blancs attachés en queue-de-cheval et à la moustache et à la barbe bien taillées. Il portait un simple t-shirt noir et un short en jean. Du poignet à l'épaule, ses bras étaient recouverts de tatouages, vieux et décolorés pour la plupart, et tous autour du thème des animaux carnivores, d'après ce que Josie put voir. Malgré sa stature, il entra en traînant les pieds dans la salle de conférences où Josie, Noah et Gretchen, fraîchement douchée, l'attendaient, et lorsqu'il redressa la tête pour les saluer, Josie vit que ses yeux marron étaient rougis par les larmes. Elle se leva et lui serra la main.

— Monsieur Yates, nous vous présentons nos condoléances les plus sincères.

Il acquiesça, manifestement engourdi, tandis que Josie, Noah et Gretchen se présentaient, lui offraient un café et attendaient qu'il soit confortablement installé dans l'une des chaises en face d'eux.

— Je n'arrive pas à croire ce qui est en train de se passer, marmonna-t-il. Ça ne me semble pas réel.

Josie savait d'expérience à quel point il était surréaliste de perdre quelqu'un qu'on aimait de façon soudaine et inattendue. Son cœur se serra à la pensée de ce que traversait cet homme imposant.

— La docteure de la morgue a dit qu'ils avaient été empoisonnés et ensuite... étranglés ?

— Oui, c'est exact. Nous pensons que celui qui les a tués les a empoisonnés avec de la ciguë cueillie dans la forêt et que, lorsqu'ils sont tombés malades, il les a étranglés tous les deux. Je suis vraiment désolée, monsieur Yates.

Il essuya quelques larmes qui débordaient de ses yeux.

— Je n'arrive pas à y croire. Mon fils n'était pas un gringalet. Il aurait pu protéger Val. Je ne comprends pas. Je suppose que s'il était trop malade... C'est tellement difficile à accepter.

— Nous comprenons. Si vous avez besoin de quelques minutes, nous pouvons vous laisser et revenir plus tard.

Wes secoua la tête.

— Non, allons-y.

— Est-ce que Valerie et Tyler allaient souvent camper ? demanda Josie.

— Non, répondit Wesley. Peut-être deux ou trois fois par an. Ils voulaient voyager davantage, faire plus de choses. Peut-être retourner dans son pays à elle, l'Australie. C'est de là qu'elle vient... qu'elle venait. Bon Dieu.

Il détourna le regard, d'autres larmes coulant sur ses joues. Josie se leva et alla chercher une boîte de mouchoirs à l'autre bout de la table, qu'elle lui tendit.

— Monsieur Yates, reprit Gretchen.

— Wes, la coupa-t-il. Appelez-moi Wes.

— Wes, nous pensons que quelqu'un d'autre campait avec Tyler et Valerie. Une femme. Avez-vous une idée de qui cette personne pourrait être ?

— Oui, sûrement Emilia.

— Emilia Gresham ? s'enquit Josie.

— Elle-même. C'est leur meilleure amie. Enfin, c'était la

meilleure amie de Valerie depuis l'université. Emilia était mariée à un type appelé Jack. Tous les quatre faisaient tout ensemble. Ils étaient inséparables. Jusqu'à ce que Jack se mette à partir en vrille.

Josie et Noah échangèrent un regard perplexe, mais Gretchen resta concentrée sur Wes.

— Jusqu'à ce qu'il parte en vrille ? répéta-t-elle pour l'encourager à poursuivre.

Wes croisa ses larges mains devant lui sur la table.

— Oui, il est devenu un peu dingo, si vous voyez ce que je veux dire.

— Dans quel sens ? lança Noah.

— Il refusait de quitter la maison pendant des semaines d'affilée. Emilia pensait qu'il était dépressif. Il ne participait plus à aucune de leurs activités habituelles ensemble. Mon fils m'a dit qu'une fois, il était allé chez eux et que Jack s'était retranché dans leur chambre d'amis. Il ne s'était pas lavé depuis longtemps. Tyler a dit que l'odeur l'avait presque fait tourner de l'œil.

— Ça ressemble assez au comportement d'une personne dépressive, oui, confirma Gretchen.

Josie sentit un frisson froid lui parcourir l'échine. Elle repensa à la disparition de Jack Gresham des photos de Tyler, et espéra qu'il ne s'était pas suicidé.

— Nous avons essayé de localiser Jack, reprit Gretchen. Jusqu'à présent, sans résultat. Nous avons parlé à l'une des sœurs d'Emilia qui n'avait aucune idée que quoi que ce soit n'allait pas. Elle semblait penser qu'il travaillait normalement et qu'il serait chez eux.

— Il n'y vit plus, répondit Wes. Depuis longtemps. Il a rejoint une secte, aux dernières nouvelles.

Josie se redressa sur sa chaise tandis que Gretchen se penchait vers Wes.

— Où se trouvait cette secte ?

— Je ne sais pas. Tyler ne l'a jamais dit.

— A-t-il précisé de quel genre de secte il s'agissait ? tenta Josie.

— Non. Y a-t-il différents types de sectes ? lança Wes avec un demi-sourire. Elles sont toutes mauvaises, non ?

Gretchen sourit.

— C'est probablement un point de vue recevable.

Josie essaya une autre tactique.

— Quand a-t-il rejoint cette secte ? Vous avez une idée ?

Wes se gratta le front.

— Oh, il y a un moment. Deux ans environ ? Peut-être plus. C'était après s'être fait virer de son nouveau boulot.

— Viré pour quel motif ? demanda Noah.

— Je ne sais pas vraiment, mais je sais qu'il a été renvoyé. Tyler me l'a dit.

Gretchen ouvrit son bloc-notes et retourna quelques pages en arrière. Josie la regarda passer un doigt sur les lignes d'écriture jusqu'à ce qu'elle arrive à l'endroit où elle avait écrit le nom de l'employeur de Jack.

— Ce n'était pas à Cloudserv Technologies, si ?

Wes agita une main devant lui.

— Non, non. Ça, c'est la boîte qui l'a licencié quand il y a eu une réduction d'effectifs. C'est ce qu'il a dit à tout le monde, et je n'ai jamais entendu un autre son de cloche. C'est après ça qu'il est devenu vraiment déprimé. Puis il a travaillé quelques mois à un autre endroit. Après qu'il s'est fait virer, Emilia et lui ont eu une grosse dispute. C'est à ce moment-là qu'il est parti. Environ six mois plus tard, il est rentré à la maison et lui a annoncé qu'il partait pour de bon, pour rejoindre une secte. Enfin, je suis sûr qu'il ne l'a pas appelée comme ça, il a probablement dit autre chose. C'est juste comme ça que Tyler me l'a raconté. Il m'a expliqué qu'Emilia n'avait pas cru Jack au début mais, après quelques mois d'absence, elle est allée là-bas pour essayer de le convaincre de revenir à la maison. Il n'a pas voulu en entendre parler. Elle y est allée plusieurs fois, je pense, mais sans jamais réussir à le convaincre. Tyler a dit qu'il y était allé lui-même et qu'il s'y était même installé pour quelques semaines mais, quand les autres se sont rendu compte qu'il n'était là que pour parler à Jack et essayer de le persuader de rentrer chez lui, ils lui ont demandé de partir.

— Tyler est allé dans cette secte et ne vous a pas dit où elle se trouvait ? s'enquit Gretchen.

Wes haussa les épaules.

— Tyler est un adulte. Il...

Il s'interrompit et son visage s'assombrit tandis qu'il prenait une fois de plus conscience de l'horreur de la situation.

— C'était un adulte. Oh mon Dieu, poursuivit-il avant de prendre plusieurs respirations profondes pour se ressaisir. Il ne me l'a dit qu'après coup. C'était terminé et derrière lui. Je me suis dit que c'était fini, qu'ils allaient laisser Jack tranquille.

— Tyler vous a-t-il expliqué pourquoi Emilia n'a parlé à personne d'autre de ce qui se passait ?

— Je suppose qu'elle avait honte. Tyler m'a raconté tout ça, mais il ne voulait pas que je le répète. Il ne voulait même pas qu'Emilia sache qu'il me l'avait dit. Selon lui, elle était sûre de pouvoir faire en sorte que Jack rentre et que tout retourne à la normale, et elle voulait donc que personne d'autre ne soit au courant.

Cela expliquerait pourquoi elle n'avait rien dit à ses parents, à ses voisins ou à toute autre personne avec laquelle ils avaient été en contact dans le cadre de l'enquête pour retrouver la jeune femme.

— Et la famille de Jack ? demanda Gretchen. Ont-ils été impliqués ? Sont-ils au courant de la situation ?

— Jack n'a plus que sa mère. C'était une mère célibataire. Quand il a fini le lycée, elle s'est remariée et a emménagé avec son nouveau mari. Ils vivent en Géorgie, si je me souviens bien.

Elle ne s'est jamais trop préoccupée de lui. Elle est venue à son mariage et voilà, il n'a plus eu de nouvelles depuis.

Josie revint sur la question du lieu de travail.

— Comment s'appelle l'entreprise d'où Jack a été renvoyé ?

— Oh, c'était Lantz Snack Factory. Ils produisent des chips et d'autres trucs. Il travaillait sur les quais de chargement, il mettait les cartons dans les camions.

Gretchen nota le nom de l'entreprise dans son bloc-notes.

— Tyler et Valerie vous ont-ils dit qu'ils allaient camper ? demanda Noah.

Wes haussa les épaules.

— Je savais qu'ils allaient prendre des congés, mais cela faisait quelques semaines que je ne leur avais pas parlé, je n'étais pas trop au courant de ce qu'ils avaient prévu. Ils vivent, enfin, vivaient en appartement, et ils économisaient pour acheter une maison, donc ils préféraient les vacances pas trop chères. Le camping est un choix logique. Je ne m'attendais pas à ce que...

Une fois de plus, les mots lui manquèrent. De nouvelles larmes roulèrent sur son visage. Il prit un mouchoir dans la boîte et s'essuya les joues. Josie se leva et se dirigea vers l'autre côté de la table. Lorsqu'elle toucha son épaule, elle sentit qu'il tremblait. La tristesse la tenailla.

— Wes, vous nous avez beaucoup aidés. Nous n'allons pas vous retenir davantage, conclut-elle en posant sa carte de visite devant lui. Nous allons faire tout ce qui est en notre pouvoir pour trouver la personne qui a tué votre fils et votre belle-fille et la traduire en justice. En attendant, si vous avez besoin de quoi que ce soit, n'hésitez pas à nous appeler.

37

L'épuisement alourdissait les membres de Josie. Difficile de croire que Noah et elle avaient été appelés sur le site du campement des Yates deux jours auparavant seulement. Tant de choses s'étaient passées, tant de pistes avaient été suivies et tant d'informations contradictoires avaient été recueillies qu'elle se sentait dépassée par toute cette histoire. Comme s'il lisait dans ses pensées, Noah lui proposa :

— Parlons-en.

Noah, Josie, Gretchen et Mettner, qui venait d'arriver pour prendre son service, s'installèrent à leurs bureaux.

— On devrait appeler Chitwood. Il voudra être mis au courant.

Un gémissement collectif se fit entendre. Mettner se leva, se dirigea vers le bureau de Chitwood et frappa à la porte. Un brusque « Quoi ? » retentit de l'autre côté. Mettner passa la tête par l'entrebâillement et prononça quelques mots. Puis il referma la porte derrière lui et retourna s'asseoir.

— Il sera là dans quelques minutes.

Près d'une demi-heure plus tard, Chitwood sortit de son bureau. Il se posta près d'eux, les bras croisés sur son torse maigre, et les écouta exposer l'avancement des enquêtes. Lorsqu'ils eurent terminé, il resta silencieux un long moment. Josie commençait à craindre qu'il se soit endormi les yeux ouverts lorsque, finalement, il récapitula :

— Tyler et Valerie Yates sont allés camper avec Emilia Gresham à quelques kilomètres du Sanctuaire parce que le mari d'Emilia, Jack, avait rejoint la secte et qu'elle voulait le récupérer. Tyler et Valerie ont été empoisonnés et étranglés, et notre meurtrier a laissé un joli petit cadeau pour nous dans la gorge de Valerie, au cas où on ne serait pas tout à fait convaincus que c'est un sadique. Emilia est partie ou a été enlevée sur le lieu du bivouac, a traversé la propriété du Sanctuaire et s'est retrouvée sur la route où elle a probablement été embarquée par un véhicule. Mais son sac à dos ainsi que plusieurs autres objets dont vous pensez qu'ils viennent du bivouac des Yates ont été trouvés dans la grotte de Michael Donovan.

— C'est exact, monsieur, répondit Gretchen.

— Pendant que vous interrogiez ces clowns au Sanctuaire, Quinn a parlé à Renee Kelly qui semblait effrayée, laissant entendre que quelqu'un pourrait lui faire du mal.

— Eh bien, elle ne l'a pas vraiment laissé entendre, c'est ce que, moi, j'en ai déduit, précisa Josie.

— D'accord, répondit Chitwood. Quinn lui a dit de quitter la propriété et de la retrouver sur la route. Kelly a quitté le Sanctuaire pendant la nuit, mais n'est jamais arrivée là où Quinn ou Palmer l'attendaient.

— Correct, acquiesça Noah.

— Le lendemain, vous appréhendez Michael Donovan et le mettez en détention. Le corps de Renee Kelly est retrouvé sur la rive de Cold Heart Creek, à plusieurs kilomètres des cavernes et du Sanctuaire, mais plus près des cavernes. Les indices laissent à penser qu'elle a été tuée ailleurs et abandonnée là. Ses poignets portent des marques de ligature anciennes et nouvelles, ce qui indique qu'elle a été attachée par les poignets à plusieurs reprises au cours des semaines ou des mois qui ont précédé sa mort. Comme Valerie Yates, elle a peut-être été agressée sexuellement, mais rien de sûr, elle a été étranglée manuellement, et ce malade a enfoncé un collier de noix noire dans sa gorge.

— Oui, confirma Josie.

— Très bien, poursuivit Chitwood. Qu'est-ce qu'on a d'autre ?

— J'ai trouvé un morceau de corde dans l'une des cabanes du Sanctuaire. Hummel est en train de faire des analyses de sang.

— Michael Donovan a été mis en examen pour l'enlèvement de Maya Bestler ainsi que pour de multiples viols. Vous faites des tests ADN ?

— C'est fait, oui, dit Josie. Maya a consenti à ce que nous prélevions un échantillon sur son fils, et Noah et Hummel s'en sont occupés ce matin. Andrew Bowen, l'avocat de Donovan, a également accepté que son client donne un échantillon. Hummel l'a recueilli.

— Les résultats ne seront pas disponibles avant des semaines. Mais ce n'est pas notre problème, c'est celui du procureur. L'affaire Bestler est bouclée, alors ?

— Oui, mais on ne peut pas exclure le fait que Donovan soit impliqué dans les meurtres des Yates et de Renee Kelly ou dans la disparition d'Emilia Gresham. Comme vous venez de le dire, Donovan avait le sac à dos de Gresham ainsi que plusieurs objets du campement des Yates dans sa caverne.

Chitwood agita une main en l'air.

— Mais il n'y a aucune autre preuve de la présence de Gresham dans les cavernes ou à proximité, pas vrai ? Le chien de la brigade canine n'a pas suivi la piste jusqu'aux cavernes. Donovan dit qu'il a pillé le site après coup. On ne peut pas démontrer qu'il ment. Vous n'avez pas trouvé d'ADN sur les corps des Yates, si ?

— Non, monsieur, concéda Gretchen.

— Mais nous avons de l'ADN sur le corps de Renee Kelly, souligna Josie.

— Et il aurait eu le temps de la tuer et de déplacer son corps avant qu'on vienne l'arrêter, ajouta Noah.

— Mais tant que les résultats ADN ne sont pas revenus, on ne peut pas le mettre en examen, insista Chitwood. Terminez la paperasse sur l'affaire Bestler et envoyez le dossier au procureur. Je serai ravi de m'en débarrasser. La presse va me tomber dessus. Ils n'ont pas encore été mis au courant, mais ce n'est qu'une question de temps avant qu'ils ne découvrent qu'une femme disparue a été retrouvée vivante. Retenue captive par un homme des montagnes sauvage ? C'est de l'or en barre. Concentrons-nous sur Gresham.

— WYEP diffuse toujours sa photo, expliqua Mettner. J'ai appelé sa sœur dès mon arrivée. Elle m'a confirmé qu'il n'y avait aucun signe d'elle ou de Jack dans leur appartement. Bien sûr, on sait maintenant pourquoi.

— Qu'en est-il des mandats pour accéder aux téléphones ? demanda Chitwood. On a trois portables appartenant à Tyler Yates, Valerie Yates et Emilia Gresham.

— On attend toujours, répondit Gretchen. Ça pourrait prendre encore un jour ou plus, mais je ne suis pas sûre que ces téléphones soient d'une quelconque utilité. On sait déjà sur quoi on doit se concentrer maintenant.

— Sur Jack Gresham, qui a disparu lui aussi, pour autant qu'on le sache, et sur le Sanctuaire.

— Vous y êtes allés plusieurs fois au cours des dernières quarante-huit heures, continua Chitwood. Vous leur avez montré des photos d'Emilia. De Jack, aussi ?

— On ne savait même pas qu'il avait un quelconque rôle là-dedans jusqu'à maintenant, alors non, on ne leur a pas montré de photo de lui. Je ne l'ai pas vu non plus. Mais personne n'a avoué avoir vu Emilia ou Tyler, qui étaient pourtant déjà venus pour essayer de faire revenir Jack chez lui, alors ce sont des menteurs. Ils ont manifestement reçu des instructions pour ne rien nous révéler d'utile. Noah et moi avons même mené des entretiens privés sans rien en tirer.

— On a besoin de plus d'informations, déclara Noah.

— Comment est-ce que vous voulez les trouver, au juste ? demanda le chef.

— En interrogeant quelqu'un qui a vécu là-bas. Quelqu'un qui pourrait nous en dire plus sur eux et leur fonctionnement interne.

— Et où on va trouver cette personne, Fraley ?

Noah se passa une main dans les cheveux.

— Je ne sais pas, admit-il.

Entre ses cernes, sa barbe naissante, ses vêtements froissés et ses épaules affaissées, il reflétait la fatigue extrême qu'ils ressentaient tous.

— Tout le monde dit avoir entendu parler de cet endroit par le bouche à oreille, on est d'accord ? demanda Mettner. Il est donc évident que certaines personnes quittent l'endroit et se réinsèrent dans la société. Il faut qu'on trouve l'un de ces anciens membres. J'ai lu les rapports d'hier : une bonne partie des résidents sont des toxicomanes en rémission. Peut-être qu'on pourrait commencer par faire le tour des centres de désintoxication. Voir si l'un des patients connaît le Sanctuaire.

Gretchen gémit.

— Ça va demander beaucoup de travail, mais c'est une bonne idée. Je vais commencer à dresser une liste de ces centres. On pourrait y aller demain matin.

— Moore sait quelque chose, lâcha Josie.

Ils se tournèrent tous vers elle, et Chitwood lança :

— Comment vous le savez ?

— Parce que la première fois qu'on l'a questionné sur le sujet, il s'est tout de suite mis sur la défensive.

— Ce type est un connard sur toute la ligne, remarqua Noah. Ça ne veut pas dire qu'il sait quoi que ce soit.

Josie repensa aux réponses que Moore avait apportées à presque toutes ses questions lorsqu'elle l'avait interrogée sur le Sanctuaire.

— Non, insista-t-elle. Il en sait plus qu'il ne le dit. Je pense qu'il connaît soit quelqu'un qui y vit maintenant, soit quelqu'un qui y a vécu.

— Ou peut-être que lui-même y a vécu à un moment donné, proposa Gretchen.

— Alors qu'est-ce qu'on fait ? s'enquit Noah. On lui pose la question ? C'est un emmerdeur depuis le début, et il est encore plus en colère contre nous depuis que le chef a appelé son patron pour qu'il change d'attitude. Qu'est-ce qui te fait croire qu'il va nous le dire ? Surtout si c'est lui qui vivait là, il ne voudra jamais l'admettre. Pas à nous.

Chitwood s'approcha de Josie et la toisa, les bras toujours croisés.

— Quinn, aboya-t-il. Vous êtes sûre de vous ?

— Oui, Moore sait clairement quelque chose.

Chitwood acquiesça lentement puis se tourna vers Mettner.

— Mettner, appelez l'adjoint Moore. Dites-lui que je dois lui parler.

— Monsieur, je ne...

— Ne discutez pas mes ordres, Mettner. Ce type a un portable, alors appelez-le.

Mettner commença à feuilleter des papiers sur son bureau, à la recherche du numéro de téléphone portable de Moore.

— Je vous l'envoie par SMS, Mett, lança Josie.

Chitwood tendit un doigt vers elle.

— Finissez votre paperasse, et ensuite, Quinn, Palmer et Fraley, rentrez chez vous et reposez-vous. Tout le monde sur le pont demain. Je veux que cette Emilia Gresham soit retrouvée, et que ça saute !

Les formalités administratives les occupèrent encore quelques heures. Josie, Noah et Gretchen sortirent ensuite dîner, discutèrent de l'affaire autour du repas, mais ne parvinrent à aucune conclusion solide. De retour chez eux, Josie et Noah se déshabillèrent et se couchèrent. Noah colla son corps contre celui de Josie, l'entourant de ses bras et lui caressant l'oreille du bout du nez. Elle rit doucement.

— Tu vas t'endormir dans trente secondes.

— C'est sûr, répondit-il, son souffle chaud dans son cou.

— Qu'est-ce que tu crois que Chitwood prépare ?

— Je n'en sais rien. Je suppose qu'il va essayer de découvrir ce que Moore sait à propos du Sanctuaire. J'aimerais bien être là quand il lui parlera. Je l'entends déjà : « Mon petit, je faisais déjà ce boulot alors que vous portiez encore des couches. »

Josie s'esclaffa.

— Si j'avais un dollar pour chaque fois qu'il m'a dit ça, je n'aurais plus besoin de bosser.

— Moi non plus.

Noah embrassa la nuque de Josie, et l'attira encore un peu plus contre lui.

— Tu veux vraiment parler de travail maintenant ?

Josie se tourna vers lui et l'embrassa fougueusement. Malgré la fatigue, ils firent l'amour délibérément lentement. Elle tenta de mémoriser chaque caresse, chaque baiser, souhaitant que ce moment remplace toutes les horreurs des derniers jours dans son cerveau, ne serait-ce que pour un temps. Puis elle s'endormit, réconfortée et comblée. Mais cette satisfaction ne suffit pas à conjurer les cauchemars.

Cette fois, elle courait à travers les bois. La nuit était d'un noir d'encre. De toutes parts, des arbres dégarnis et noueux tendaient vers elles leurs branches. Peu importe la distance parcourue ou la vitesse à laquelle elle allait, il lui était impossible de sortir de la forêt. Lorsqu'elle aperçut un rayon de lune devant elle, ses pieds foulèrent le tapis de feuilles mortes encore plus rapidement. Elle y était presque, sa main s'élança pour saisir la lueur argentée, mais quelque chose lui attrapa la cheville. Elle tomba et se retrouva traînée en arrière dans les ténèbres. Elle était redevenue petite. Six ans. « Tu es une plume ! » lui disait son père avant de la lancer en l'air et de la rattraper. Elle riait si fort. « Encore, papa ! criait-elle. Encore ! » Dans son rêve, elle le réclamait en pleurant, tandis que la chose de la nuit la tirait vers l'arrière, loin de la lumière.

— Papa, à l'aide !

La voix de Lila perça l'obscurité.

— Tu veux ton papa ? grogna-t-elle. Je vais te le montrer, ton papa.

Josie tentait de résister en s'agrippant aux racines des arbres. Elle savait ce qui l'attendait, et chaque cellule de son corps hurlait en signe de protestation. Elle ne voulait pas le voir. Pas après ce que Lila lui avait fait. Alors qu'elle criait le mot « non » plus longtemps et plus fort que jamais, un projecteur se braqua sur elle. Elle n'était plus traînée à travers la forêt par une créature invisible. Elle se tenait à présent au milieu du faisceau lumineux, Lila dans son dos. Celle-ci tendit la main et saisit le menton de Josie, serrant assez fort pour la blesser, et la forçant à regarder. Devant elles, Eli Matson était affalé contre un arbre, le contenu de son crâne éparpillé sur le tronc.

— Tu crois que ton père est si génial ? grogna Lila. Regarde ce qu'il a fait. Il t'a abandonnée.

— Non, s'écria Josie. Tu l'as tué. C'est toi qui as fait ça.

La poigne de Lila se resserra sur la mâchoire de Josie, lui coupant la parole.

— C'est vrai, fillette. Et je vais détruire tout ce que tu aimes. Tu ne dis pas un mot, compris ? Pas un mot.

Le projecteur s'éteignit et Josie se dégagea de l'emprise de Lila, s'enfonçant dans la nuit. Mais partout où elle allait, Lila était là. Chaque fois qu'elle s'échappait, Lila la rattrapait. Il n'y avait ni fin, ni repos, ni paix. La sueur perlait de tous ses pores. Ses poumons réclamaient de l'air. Chacun des muscles de son corps brûlait. Son esprit était embrumé. Elle était épuisée, et le désespoir la fit chuter au sol. Elle n'avait plus l'énergie nécessaire pour se remettre sur pied. Elle dit à son corps de se relever, de continuer à fuir, mais il n'obéissait plus.

Lila était là, elle la retenait, elle la dominait.

— J'ai quelque chose pour toi, JoJo, chantonna-t-elle.

D'une main, elle força Josie à ouvrir la bouche. L'obscurité était absolue dans son rêve ; pourtant, Josie vit distinctement le collier de noix noire qui pendait de l'autre main de Lila, quelques secondes avant qu'elle ne lui enfonce profondément dans la gorge.

39

Josie se réveilla sur le sol de la chambre, donnant des coups de pied dans le vide, ses mains enserrant sa gorge jusqu'à ce qu'un cri déchirant lui échappe. Ils avaient laissé la lampe de chevet de Josie allumée et, à la lueur de celle-ci, elle vit Noah. Il était accroupi à côté d'elle, répétant son prénom, lui caressant les bras et les cheveux, pour essayer de la faire sortir des profondeurs de son cauchemar. Du bout des doigts, elle toucha le visage de Noah et le saisit entre ses mains, son regard désespérément rivé sur le sien, s'efforçant de s'ancrer dans la réalité.

— Tout va bien, la rassura-t-il. Tu es en sécurité. Tout va bien.

Il attendit que sa respiration se calme avant de l'aider à se remettre au lit. Le réveil sur la table de chevet indiquait 3 h 43. Josie savait qu'elle ne se rendormirait pas. Noah s'installa à côté d'elle, la serra dans ses bras et attira doucement sa tête sur son torse. Josie se concentra sur les battements réguliers de son cœur.

— Que se passe-t-il, Josie ?

— Des cauchemars.

Il gloussa.

— Sans blague ?

— De mauvais souvenirs. De mon enfance. Et aussi ces affaires sur lesquelles on travaille. Tout se mélange dans mon esprit. Je n'arrive pas... je n'arrive pas à les faire taire.

— Est-ce que quelque chose à propos de ces affaires te rappelle des souvenirs ?

— Non, enfin je ne sais pas, répondit Josie.

Elle ne voulait pas lui parler des appels de la prison. Elle savait déjà ce qu'il dirait : elle devrait aller voir Lila. Elles avaient des comptes à régler. Mais était-ce vraiment le cas ? Lila avait non seulement détruit une bonne partie de l'enfance de Josie, mais elle avait aussi atteint l'image qu'elle avait d'elle-même et sa capacité à se sentir en sécurité. Lila l'avait torturée et, pour cette raison, Josie la haïssait. C'était la vérité de Josie, pure et simple. Elle n'avait pas besoin de rendre visite à Lila pour le savoir. Et elle n'avait pas à donner à Lila ce dernier petit plaisir en accourant dès qu'elle l'appelait.

— Je suppose que c'est juste le fait de me retrouver dans les bois, mentit Josie. Ma mère avait emmené mon père se promener dans les bois avant de le tuer et de maquiller sa mort en suicide. Elle avait l'habitude de me conduire à l'arbre où elle l'avait fait quand elle se sentait d'humeur particulièrement cruelle.

Les bras de Noah se resserrèrent autour d'elle.

— Je suis désolé.

— Moi aussi, murmura Josie. Moi aussi.

Elle ne se rendormit pas de la nuit. Son esprit était une corde tendue sur le point de rompre. Ses os et ses muscles lui semblaient faibles et lourds. À 6 heures, elle laissa Noah ronfler et descendit se préparer un café. Elle attendit encore une heure avant de le réveiller et essaya de garder le sourire tandis qu'ils se préparaient pour la journée et se rendaient au commissariat.

Mettner avait terminé son service, mais Gretchen était déjà là. Elle se tenait devant la porte de la salle de conférences, ses yeux marron pétillant d'excitation. Lorsqu'elle vit Josie et Noah, elle se mit à trépigner sur place.

— Waouh, lança Noah. Je ne t'ai pas vue aussi enthousiaste depuis que le *Komorrah's* a sorti un frappuccino aux noix de pécan grillées.

Gretchen lui tapa sur l'épaule quand Josie et lui s'arrêtèrent près d'elle.

— C'est encore mieux que ça ! Josie avait raison.

— À propos de Moore ? demanda Josie.

Gretchen acquiesça.

— Il a une petite sœur, Haylie. Il y a dix ans, quand elle avait dix-huit ans et qu'elle sortait du lycée, elle est allée vivre au Sanctuaire.

— Vraiment ? s'exclama Noah, les yeux écarquillés avant de donner un petit coup de coude à Josie. C'est du super boulot. Est-ce que Moore a expliqué pourquoi il n'en avait pas parlé quand on lui a posé des questions sur le Sanctuaire ?

— Je suppose qu'il ne voulait pas qu'elle soit mêlée à cette affaire à cause de lui. Elle n'y a vécu que six mois, mais quand son frère lui a demandé de venir nous rencontrer – à la demande du chef Chitwood – elle a accepté volontiers.

— Elle est là ? demanda Josie, une bouffée d'euphorie perçant le nuage de fatigue qu'elle n'arrivait pas à chasser.

Gretchen hocha la tête.

— Vous êtes prêts à lui parler ?

Haylie Moore avait l'air prête à faire un petit footing, vêtue d'un t-shirt de l'université d'État de Pennsylvanie et d'un short bleu, ses cheveux blonds qui lui arrivaient aux épaules retenus en arrière par un bandeau noir. Lorsqu'ils entrèrent, elle se tenait près de la fenêtre, le regard tourné vers l'extérieur. Le ciel était encore d'un gris bleuâtre. La jeune femme se retourna à leur arrivée. Elle leur adressa un franc sourire et s'approcha pour leur serrer la main à tous les trois. Josie était heureuse de voir que les forces de l'ordre ne l'intimidaient pas.

Gretchen avait apporté plusieurs tasses de café et Haylie en accepta une en la remerciant d'une voix douce. Une fois qu'ils furent installés, elle prit la parole :

— Mon frère m'a dit que vous vouliez en savoir plus sur le Sanctuaire.

— Oui, dit Gretchen en poussant vers elle une corbeille contenant du sucre et des dosettes de lait. Tout ce que vous pourrez nous dire sur son fonctionnement et sur les gens qui y vivent nous sera extrêmement utile.

Haylie mélangea le lait et le sucre dans son café.

— Par où commencer ?

— Comment avez-vous connu cet endroit ? demanda Josie.

— Je travaillais comme serveuse dans un restaurant, le *Dogwood Diner*, et l'une des autres filles m'en a parlé. Enfin, je ne devrais pas dire « fille ». Elle était bien plus âgée que moi. Elle faisait sans cesse des allers-retours en centre de désintoxication, un truc de fou. Elle avait perdu tout contact avec sa famille parce qu'elle n'arrivait pas à arrêter la drogue. Bref, elle reprenait sa vie en main et m'a dit qu'elle devait tout ça au Sanctuaire. Je lui ai demandé ce que c'était, je pensais que c'était un genre de centre de soins, mais elle m'a dit que cet endroit l'avait bien plus aidée que tout autre établissement spécialisé.

— Comment s'appelait cette femme ? s'enquit Noah.

Haylie fronça les sourcils.

— Oh là là, je ne me souviens pas. Theresa, peut-être ? C'était il y a des années. Elle a quitté le restaurant, elle a déménagé pour être plus près de ses enfants. Je n'ai plus eu de ses nouvelles depuis.

— C'est elle qui vous a dit comment vous y rendre ? demanda Gretchen. Avant de déménager ?

— Oui, un soir, après notre service, on est passées devant en voiture. Au début, je me suis dit qu'elle était un peu folle. Mais plus elle en parlait, plus je me disais que je devrais peut-être y jeter un coup d'œil. Pour ne rien arranger, j'avais beaucoup de problèmes. Je bataillais vraiment contre la dépression et l'anxiété. Je ne savais pas ce que je voulais faire de ma vie. Mes parents me poussaient à devenir agricultrice, car c'était leur métier, mais ça ne m'intéressait pas. Je rêvais d'aller à l'université, mais ils répétaient qu'on n'aurait jamais les moyens. On se disputait tout le temps. En plus, je suis lesbienne et à l'époque j'étais dans le déni le plus total. Il était hors de question que je fasse mon coming out auprès d'eux. Je l'ai dit à Josh, et il a bien réagi, mais je savais qu'eux auraient pété les plombs.

— Vous étiez soumise à beaucoup de stress, résuma Gretchen.

— Oui, exactement.

— La femme qui dirige le Sanctuaire dit que les gens viennent pour trouver la paix, reprit Josie. C'est ce que votre amie Theresa vous a promis ? Que vous trouveriez la paix là-bas ?

Haylie sirota son café. Elle se mit à tripoter les emballages vides des sachets de sucre.

— Pas tant que je trouverais la paix, mais plutôt que je pourrais être moi-même là-bas, quoi que ça puisse vouloir dire pour moi. Genre elle, elle y était allée et avait annoncé : « Je suis toxicomane et j'ai tellement gâché ma vie qu'on m'a retiré la garde de mes enfants », et ça n'avait posé de souci à personne. Je pense que c'est l'idée de l'acceptation, plus que tout le reste, qui a éveillé ma curiosité.

— Vous avez donc décidé d'aller essayer, dit Gretchen pour l'encourager à poursuivre.

— Oui, j'ai fini par prendre ma voiture et y aller. Au début, j'ai juste rencontré Charlotte. On a discuté, elle m'a fait visiter les lieux. Elle m'a dit de rentrer chez moi pendant quelques jours et de voir comment je me sentais. Si je voulais toujours venir vivre au Sanctuaire après réflexion, je pouvais revenir. C'est ce que j'ai fait. Vous avez rencontré Charlotte ?

— Oui, répondit Josie. Nous l'avons rencontrée.

Haylie sourit, mais de petites rides de tension se creusèrent aux coins de ses yeux.

— Elle est très... Eh bien, elle a ce truc. Comme si elle lisait dans les pensées. C'est vraiment bizarre au début, puis ça devient réconfortant. J'étais vraiment hypnotisée par elle, je crois.

— Que s'est-il passé quand vous avez rejoint le Sanctuaire ? demanda Gretchen.

— Eh bien, à l'époque, j'ai passé une semaine ou deux dans la maison principale avec Charlotte. C'était comme une thérapie intensive. Je parlais avec elle pendant des heures. Je faisais un peu de cuisine, j'aidais dans le jardin ou je faisais la lessive, mais je parlais surtout avec elle et je méditais. Il y avait une dame qui donnait des cours de yoga dans la maison pour les nouveaux arrivants. Le but, c'était de se détendre et de « se défaire des oripeaux du monde extérieur », comme pour une retraite.

— Il y avait d'autres personnes dans la maison avec vous ? lança Josie.

— Quelques-unes, oui. Des gens à différentes « étapes d'arrivée », expliqua-t-elle en mimant des guillemets en l'air. C'est le terme que Charlotte employait.

— Elle avait donc mis en place une sorte de système ? demanda Noah.

— Oh oui, souffla Haylie en levant les yeux au ciel. Ils ont un système très strict là-bas.

— Vraiment ? s'étonna Josie. Charlotte nous a laissés entendre qu'il n'y avait pas d'organisation du tout. Elle a dit qu'elle ne surveillait même pas les allées et venues ni la durée des séjours.

Haylie saisit son café, mais le reposa sans en prendre une gorgée.

— C'est vrai. Elle ne tenait pas de liste ou de truc du genre. Enfin, pas que je sache, et on pouvait aller et venir à notre guise. J'aurais pu partir à tout moment.

— Quelles étaient les étapes ? reprit Josie.

— Elles étaient surtout liées aux types de corvées à faire et à l'endroit où on avait le droit de dormir. Quand on arrivait et qu'on restait dans la maison, c'était génial. Je veux dire, c'était comme des vacances. Ça ne posait pas de souci d'aider à faire la cuisine, le ménage ou autre chose. J'avais l'impression que quelqu'un me voyait vraiment comme j'étais et m'acceptait pour la première fois de ma vie. Je pense que j'étais dans la maison depuis environ trois semaines, peut-être un mois, quand elle m'a dit que si je voulais rester, je devais vraiment « m'immerger dans le travail », ce qui signifiait en gros trimer toute la journée. Au début, ça ne m'embêtait pas parce que j'étais à fond dedans, et je pensais que j'étais en train de vivre une sorte d'éveil. Mais j'ai vite déchanté.

— C'était quel genre de travail ? demanda Gretchen.

— Du travail au sens propre du terme. Ils vivent de la terre, il y avait toujours quelque chose à faire. Le jardinage, la lessive, la cuisine. Ils sont en grande partie végétariens, donc pas besoin de tuer des animaux, mais certains allaient pêcher et préparaient du poisson.

— On dirait que vous avez été bien occupée, commenta Josie. Que faisiez-vous d'autre là-bas ?

— Pas grand-chose. Il n'y a ni internet ni télévision. Pas de radio. Aucune ouverture sur le monde extérieur. Oh, et les toilettes sont dégoûtantes. On ne peut pas laisser autant de gens aller et venir dans la maison, alors ils ont installé des toilettes extérieures à certains endroits. L'odeur était horrible. Enfin bref, quand on doit tout faire de A à Z, il n'y a pas vraiment de temps mort. Parfois, on récupérait des livres quand quelqu'un allait en mission seconde main.

Devant leurs visages perplexes, Haylie précisa :

— C'est quand on part avec un autre membre et qu'on fait la tournée de tout un tas de magasins de fripes pour acheter des vêtements d'occasion pour tous ceux qui vivent là.

— Où trouvent-ils leur argent ? demanda Gretchen.

— Il faut donner tout ce qu'on peut quand on arrive et ils vivent de ces dons. Ils vendent aussi des produits. Je ne sais pas grand-chose là-dessus. Je n'ai jamais eu trop l'impression que c'était un sujet de conversation. C'est l'un des avantages de la vie là-bas : l'argent n'a jamais été un facteur de stress. Si c'était le cas pour Charlotte, elle ne le montrait jamais.

Cet arrangement semblait bien insuffisant pour loger, habiller et nourrir une trentaine de personnes, mais le fait que Haylie ne connaisse pas en détail la situation financière du Sanctuaire ne signifiait pas qu'il n'y avait pas d'autres sources de revenus. Peut-être que le mari de Charlotte lui avait laissé un joli pécule. Quarante hectares de terre, ce n'était pas rien. Peut-être lui avait-il également laissé d'autres biens qui lui avaient permis de vivre pendant toutes ces décennies. Ou peut-être avait-il souscrit une assurance-vie substantielle.

— Que pouvez-vous nous dire des autres membres ? demanda Gretchen.

Haylie haussa les épaules.

— Ils étaient tous gentils. La plupart d'entre eux étaient aux prises avec une dépendance à la drogue ou à l'alcool, ou fuyaient des relations abusives. Il y en avait un ou deux autres comme moi qui souffraient d'anxiété ou qui ne savaient tout simplement pas ce qu'ils voulaient faire de leur vie.

— Est-ce qu'ils... Est-ce qu'ils étaient...

Noah hésita et Josie comprit qu'il voulait lui poser une question sur le quasi-mutisme des membres. Elle enchaîna donc :

— Nous avons rencontré des gens là-bas l'autre jour. Ils semblaient tous très réservés. Comme si on leur avait recommandé de ne pas parler aux forces de l'ordre. C'était déjà le cas quand vous viviez là-bas ? Est-ce qu'on vous avait déjà expliqué comment aborder les étrangers ?

— Non, on ne m'a rien dit du tout. Je n'ai jamais entendu ce genre de consignes, en revanche, beaucoup de résidents avaient eu de mauvaises expériences avec la justice et ils auraient été effrayés si la police était venue poser des questions. Mais c'était il y a dix ans.

— Y avait-il une sorte de principe directeur au Sanctuaire ? s'enquit Josie.

— Vous voulez savoir s'ils sont religieux ? Eh bien, ce n'était pas de la religion, je peux vous le dire. Charlotte n'est pas comme ça. Je veux dire, elle voulait que les gens méditent tout le temps. Elle croit fermement que la méditation aide les gens à surmonter leurs problèmes et leurs angoisses, mais elle ne croit pas aux religions organisées ni en Dieu. Elle pense qu'on n'a qu'une vie et c'est tout. Pas de vie après la mort, pas de paradis ni d'enfer. Pas de purgatoire. Pas d'au-delà. Juste ça, cette vie. Alors il vaut toujours mieux se concentrer sur son « moi entier et authentique », c'est ce qu'elle disait toujours.

— Qu'est-ce que ça veut dire ? demanda Josie.

Haylie haussa les épaules.

— Honnêtement ? Je ne sais pas. Il arrivait souvent que je ne comprenne pas vraiment ce qu'elle disait. J'étais tellement fatiguée tout le temps que j'ai commencé à me désintéresser de ses propos. En plus, je n'ai jamais atteint l'étape de l'engagement.

— Qu'est-ce que c'est ? l'interrogea Gretchen.

— Alors, on peut aller au Sanctuaire et y rester un peu, comme je vous l'ai dit, pour un genre de retraite loin du monde. Mais après un certain temps, il faut s'engager, ou partir. On peut retourner au Sanctuaire, mais on ne peut pas y rester pour toujours, à moins de s'engager.

— De quoi s'agit-il, exactement ? insista Noah.

Haylie fronça les sourcils.

— Eh bien, je ne sais pas vraiment. Je ne me suis pas lancée là-dedans, alors je ne sais pas ce qui se passe. À part qu'on va vivre dans des cabanes ou un truc du genre.

— Ces cabanes ne sont plus habitées aujourd'hui, précisa Josie. Des gens vivaient là-dedans quand vous y étiez ?

— C'est ce que j'ai entendu dire, mais je ne les ai jamais vues.

— Est-ce que le fait de s'engager impliquait de rester pour toujours au Sanctuaire ? demanda Noah.

— Non, je ne crois pas. Elle disait juste que ça voulait dire de toujours rester loyal. Je n'ai pas vraiment compris, entre nous. Mais c'est le marquage qui m'a vraiment rebutée. Je n'allais pas laisser une personne bizarre apposer une marque permanente sur moi pour un truc que je ne comprenais pas vraiment.

— Le marquage, répéta Josie. Quel genre de marque ?

— Je crois que c'est avec un morceau de métal brûlant ou quelque chose comme ça. Je ne sais pas. Je ne l'ai jamais vu faire. J'en ai juste entendu parler. J'ai vu les marques sur certaines personnes, mais je n'ai jamais posé de questions à ce sujet.

Josie sentit son rythme cardiaque s'accélérer. Elle repensa à tous les gens qu'elle avait vus et avec qui elle avait parlé au Sanctuaire. Elle n'avait remarqué aucune marque étrange mais, en même temps, elle ne les avait pas cherchées. Elle n'avait vu aucune marque sur le corps de Renee Kelly et la docteure Feist non plus, même si après tout Renee ne s'était peut-être pas engagée.

— À quoi ressemble la marque ?

— Comme deux C face à face, sauf que le haut d'un C entre dans l'ouverture de l'autre C. Vous avez une feuille ?

Gretchen arracha une page blanche de son bloc-notes et la tendit à Haylie avec son stylo. Tous les trois l'observèrent dessiner une première lettre : un C. Puis elle dessina un C à l'envers, dont le haut commençait à l'intérieur de l'ouverture du premier C.

— Presque comme un signe infini cassé, murmura Haylie une fois l'esquisse terminée.

— Qu'est-ce que ça veut dire ? demanda Noah.

— Charlotte disait que c'était censé représenter l'obscurité et la lumière connectées, ou un truc bizarre du genre. Elle disait toujours que nous avons tous une part d'ombre et une part de lumière en nous, et que nous ne devrions pas avoir à choisir l'une ou l'autre.

— Est-ce qu'elle vous a donné des exemples ? l'encouragea Gretchen.

Haylie secoua la tête.

— Non, et je n'ai pas posé plus de questions. Honnêtement, plus je restais là-bas, plus c'était bizarre. Ça commençait vraiment à ressembler à une secte.

— Où les gens se font-ils marquer ? s'enquit Josie. Sur quelle partie du corps ?

— Charlotte m'a dit que je pouvais le faire faire où je voulais, mais qu'ils préféraient que ça ne soit pas visible. Il ne fallait pas que ce soit sur le poignet, la cheville ou un endroit comme ça. J'en ai vu sur la nuque, en dessous des cheveux, sur les hanches ou dans le bas du dos.

— Pourquoi ne voulait-elle pas que la marque soit visible ? l'interrogea Gretchen.

— Parce que le Sanctuaire est un lieu qui veut rester assez secret. Si les gens se réinsèrent dans la société et qu'on leur pose des questions sur la marque, il pourrait gagner en notoriété. Charlotte ne voulait pas de ça.

— En dehors de la marque, reprit Josie, avez-vous été témoin ou avez-vous entendu parler d'autres types de violence au Sanctuaire ?

Haylie secoua la tête.

— Non. Tout le monde était très gentil. C'était juste super barbant. Quand j'ai refusé l'engagement et que je suis partie, Charlotte s'est montrée très gentille. Elle m'a dit que je serais toujours la bienvenue.

On frappa à la porte et le sergent Dan Lamay entra dans la pièce.

— Patronne, lança-t-il à Josie. Je peux vous parler une minute, à vous et au lieutenant Fraley ?

Josie et Noah s'excusèrent et tous trois sortirent dans le couloir. Lorsque Josie referma la porte derrière eux, Lamay annonça :

— On vient de recevoir un appel de l'hôpital. Maya Bestler a disparu.

40

Vingt minutes plus tard, Josie et Noah suivaient un vigile jusqu'à la salle de vidéosurveillance du Denton Memorial. La pièce était sombre, équipée d'une rangée d'écrans, chacun divisé en quatre vues différentes, montrant divers endroits dans et autour de l'hôpital. Un ordinateur portable était posé sur une table à proximité. L'homme s'installa et utilisa le logiciel pour faire apparaître le bureau des infirmières au quatrième étage.

— Son bébé va bien, expliqua le vigile. Il était à la nurserie avec sa grand-mère. Le père de Mme Bestler était dans la chambre avec elle. Elle s'est levée et a dit qu'elle allait faire un petit tour dans le service. C'était il y a environ une heure. Elle n'est pas revenue, alors le père a signalé sa disparition.

Sur l'ordinateur portable devant lui, l'homme rembobina les images du quatrième étage jusqu'à ce qu'ils aperçoivent Maya Bestler, en pyjama et pantoufles, passer devant le bureau des infirmières, s'arrêter un instant pour discuter avec l'une d'entre elles avant de poursuivre lentement sa route.

— Pas de perfusion, remarqua Noah.

Josie loucha sur l'écran.

— Elle a toujours le cathéter sur la main.

— On a interrogé les infirmières. Elles ont dit qu'elle était venue leur poser des questions sur le menu du déjeuner, c'est probablement de ça qu'elles parlaient. Elle n'est montée dans aucun des ascenseurs. On a vérifié toutes les chambres du quatrième étage, elle n'est nulle part.

— Et la cage d'escalier ? demanda Josie.

— Eh bien, c'est ce qui est étrange, admit-il en affichant une autre image. Regardez, cette porte y mène.

Ils visionnèrent plusieurs minutes de vidéo avant que Maya n'apparaisse à l'écran. Elle franchit la porte sans la moindre hésitation. Elle ne jeta pas un seul coup d'œil pour s'assurer que personne ne l'avait remarquée ou pour vérifier s'il y avait une caméra. Elle n'ouvrit pas la porte timidement, comme si elle se demandait ce qu'il y avait derrière. Elle savait exactement vers quoi elle se dirigeait. *Mais où allait-elle donc ?* se demanda Josie.

— On doit visionner les images des caméras qui se trouvent devant la cage d'escalier à chaque étage, déclara Josie.

— C'est déjà fait, répondit le garde. Aucune trace d'elle.

— Et les caméras à l'intérieur de cette cage d'escalier ?

Le gardien secoua la tête.

— Il n'y en a pas.

— Comment pouvez-vous ne pas avoir de caméras de sécurité dans les cages d'escalier ? intervint Noah.

Le gardien soupira.

— Le Code de sécurité de la Commission mixte...

— Attendez, quoi ? le coupa Noah.

— La Commission mixte. C'est une organisation qui habilite les établissements de santé, expliqua Josie.

— Voilà, reprit le vigile. Dans son règlement, il est stipulé que les cages d'escalier ne sont là que pour permettre l'évacuation. Nous ne pouvons rien y installer à moins que l'équipement ne serve à ladite cage d'escalier. Ce qui inclut les caméras. Apparemment, il est possible d'installer des caméras dans les cages d'escalier sur demande spéciale, mais nous ne sommes pas un grand hôpital. Nous n'avons pas eu à déplorer de patients fugueurs ou de violences dans les cages d'escalier depuis au moins quinze ans, peut-être plus. La direction a donc décidé de ne pas demander la pose de caméras dans les cages d'escalier. Comme je l'ai dit : elles servent seulement à l'évacuation.

— D'accord, si vous vouliez sortir du bâtiment par cette cage d'escalier, comment feriez-vous ? l'interrogea Josie.

— Par le sous-sol. Et oui, il y a bien une caméra extérieure au-dessus de cette porte. J'ai regardé l'enregistrement : Maya Bestler n'est pas sortie par là.

Josie remercia l'homme, puis lui demanda :

— Ça vous dérange si on jette un coup d'œil ? Peut-être qu'on pourrait vérifier la cage d'escalier nous-mêmes ?

— Je vous en prie. Vous savez où me trouver si vous avez besoin d'autre chose.

Ils s'engouffrèrent dans la cage d'escalier puis descendirent jusqu'à la sortie du sous-sol, où ils inspectèrent le parking du personnel, avant de remonter vers le quatrième étage.

— Où penses-tu qu'elle soit partie ? demanda Noah.

— Mon intuition me dit qu'elle est allée voir l'ex-petit ami violent. Peut-être qu'elle a l'impression que leur histoire n'est pas terminée et qu'elle voulait le revoir. Elle ne doit pas se sentir autorisée à lui parler avec ses parents qui lui collent aux basques, surtout son père.

— Mais pourquoi partir sans un mot ? Elle devait bien se rendre compte que son départ bouleverserait ses parents.

— C'est une adulte. Elle a le droit de faire ce qu'elle veut, en fait.

— Mais elle a laissé son bébé.

Josie se figea, le pied droit sur une marche et le pied gauche toujours sur celle du dessous. Sa main serra fermement la rampe métallique de la cage d'escalier.

— Noah, il ne t'est jamais venu à l'esprit qu'elle ne voulait peut-être pas de ce bébé ?

— Comment pourrait-elle ne pas vouloir de son propre bébé ? lâcha-t-il.

— Noah. Elle n'a pas vraiment choisi d'avoir ce bébé. Bien sûr, il est innocent et beau, mais même si elle l'aime de tout son cœur, elle l'associera toujours à un traumatisme. Deux ans de traumatisme. Elle a peut-être eu peur. Elle se retrouve mère célibataire, sans ressources. Elle vient de perdre deux ans de sa vie et tout ce qu'elle connaissait. Peut-être qu'elle se sent incapable d'élever un enfant.

— Mais ses parents aiment manifestement ce petit, souligna Noah. Ils ne l'ont pas abandonnée, ni elle ni le bébé. Elle aura de l'aide.

— De l'aide, oui, mais au bout du compte, c'est elle, la mère de cet enfant. Il est sous sa responsabilité à elle. Et aucune aide ne changera rien à ça.

— Mais pourquoi juste... partir ? Et sans un mot ?

Josie repensa à ce que Sandy avait dit de sa fille : « Maya n'a jamais été très douée pour se tirer d'affaire. »

— Peut-être que Maya ne pensait pas avoir d'autre choix pour éviter de devoir élever ce bébé.

Ils reprirent leur ascension. Lorsqu'ils ouvrirent la porte du quatrième étage, ils entendirent Sandy Bestler crier contre son mari dans le couloir.

— Je te l'avais dit, Gus, qu'elle préparait un mauvais coup ! Elle a tenu ce petit bébé combien de fois, Gus ? Combien de fois ? Une seule fois ? Elle est partie.

— Elle n'est pas partie, répondit Gus Bestler, la voix chevrotante.

— Reprends-toi, Gus, je t'en prie ! Ta fille n'est pas l'ange parfait que tu crois qu'elle est. Elle vient juste d'abandonner son propre fils. Elle n'a pas disparu. Elle est partie !

Josie referma la porte, étouffant les cris.

— Waouh, souffla Noah.

Josie pointa du doigt le haut de l'escalier.

— Allons jeter un œil aux étages supérieurs.

Sur le palier du sixième étage, Josie s'arrêta à la vue d'un petit bout de tissu noir qui dépassait de derrière un tuyau long et épais courant du sol au plafond. Elle s'agenouilla, sortit un stylo de sa poche arrière et s'en servit pour tirer sur l'étoffe. Noah enfila des gants et s'accroupit à côté d'elle pour attraper et déplier ce qui s'avéra être un t-shirt noir portant l'inscription « Laissez-moi dormir ».

— Merde, jura-t-il.

Derrière le tuyau se trouvaient aussi un pantalon de pyjama et des pantoufles.

— C'est à elle, confirma l'inspectrice.

Noah prit les vêtements tandis qu'elle passait la porte débouchant sur le sixième étage. Ils se rendirent au bureau des infirmières. Josie leur montra une photo de Maya Bestler, mais personne ne la reconnut.

— Y a-t-il un moyen de vérifier auprès de tout le personnel en service actuellement si des effets personnels leur appartenant ou appartenant à leurs patients ont disparu ?

L'une des infirmières commença à passer des appels. Dix minutes plus tard, cela fit mouche : une infirmière du deuxième étage n'avait plus sa tenue de travail de rechange, qu'elle avait laissée la veille dans un sac en tissu derrière le comptoir des infirmières à cet étage. Environ 90 dollars et ses tennis manquaient également à l'appel.

Josie et Noah glissèrent le pyjama de Maya dans un sac prévu pour les affaires des patients fourni par l'une des infirmières. Puis ils reprirent l'ascenseur jusqu'à la salle de surveillance du premier étage. Le vigile qui les avait aidés un peu plus tôt était encore là. Josie lui expliqua ce qu'ils cherchaient et, en quelques minutes, il retrouva Maya Bestler, vêtue d'une blouse d'infirmière et de baskets, les cheveux tirés en queue-de-cheval, marchant nonchalamment de la cage d'escalier du sixième étage jusqu'à l'ascenseur. Puis il la repéra de nouveau, sortant du même ascenseur au premier étage. Elle ne sortit toutefois pas par l'entrée principale, comme Josie l'avait pressenti : elle bifurqua et quitta le bâtiment par le service des urgences, où tout le monde était bien trop occupé pour remarquer une infirmière qui prenait probablement juste une pause cigarette. Ils vérifièrent les caméras extérieures, et la virent sortir du parking pour rejoindre le trottoir, traverser la rue et disparaître du champ.

— Merde, lâcha Noah.

Deux heures plus tard, Josie et Noah étaient de retour à leurs bureaux, Chitwood les surplombant une fois de plus.

— Ce n'est pas bon, les enfants, souffla-t-il.

Ses joues grêlées avaient pris une teinte rosée et quelques mèches de ses cheveux blancs se dressaient sur son cuir chevelu, comme si la colère qui émanait de lui les faisait flotter.

— Bowen exige déjà qu'on relâche son client, expliqua-t-il. Sans le témoignage de Maya Bestler, le dossier contre Michael Donovan s'effondre. Le procureur a dit que même avec l'ADN du bébé, il n'emmènerait pas ce type au procès si la victime et témoin principale s'enfuyait. Le jury risquerait de ne pas voir tout ça d'un bon œil.

— On a fait le tour de l'hôpital, répondit Noah, et vérifié les caméras extérieures d'autres entreprises. Personne ne se souvient de l'avoir vue, et on ne l'a repérée nulle part sur les vidéos. Elle n'a quand même pas pu aller bien loin à pied.

— Peut-être qu'elle n'était pas à pied, répliqua le chef. Peut-être qu'elle est montée dans un véhicule.

— Le véhicule de qui ? insista Noah.

— On n'a quadrillé qu'une petite zone, intervint Josie. Elle a très bien pu en sortir et faire du stop, monter dans la voiture d'un parfait inconnu ou solliciter l'aide de quelqu'un dans la rue. Elle avait 90 dollars. Elle a tout aussi bien pu monter dans un bus ou dans un train. Personne ne sait qui elle est, elle ne serait donc pas reconnue.

— On pourrait contacter la presse, proposa Noah. Faire savoir qu'on a besoin de la retrouver. Publier sa photo.

— Impossible, répondit Josie.

— Et pourquoi ?

— Pour la même raison qui nous empêche de mobiliser des patrouilles pour la rechercher. Ce n'est pas comme si on pouvait l'arrêter, même si on la trouvait. Maya est une adulte, elle a quitté l'hôpital de son plein gré. On n'a aucune preuve que sa vie est en danger, et elle n'a aucune obligation envers qui que ce soit.

— Elle a volé les affaires de l'infirmière, souligna Noah.

— On ne peut pas le prouver, répondit Josie. Elle n'a pas été filmée en flagrant délit.

— Mais le bébé, tenta Noah. C'est un abandon d'enfant.

— Pas selon la loi de protection de l'enfance en Pennsylvanie, corrigea Josie. Elle l'a laissé à l'hôpital, sous la surveillance du personnel médical. L'accusation ne tiendrait jamais.

— Et ça nuirait à son image auprès d'un jury, ajouta Chitwood. Même si elle a été enlevée et violée par ce type, le jury la détestera en apprenant qu'elle a abandonné son fils. Je ne sais pas combien de temps on pourra garder cet ermite.

— Le procureur va libérer Donovan, conclut Josie, abattue.

Sans preuve irréfutable qu'il avait aussi tué le couple Yates et Renee Kelly ou qu'il avait enlevé Emilia Gresham, ils ne pouvaient pas le mettre en examen pour aucun de ces crimes. Chitwood avait raison. Ils ne pourraient pas retenir Donovan beaucoup plus longtemps. S'il était coupable des récents décès, ils laisseraient alors un tueur sadique en liberté.

— Il a volé des objets sur le lieu de camping des Yates,

suggéra Noah. Le procureur ne pourrait-il pas le poursuivre pour ce délit ?

Josie secoua la tête.

— Il n'y a personne pour porter plainte et aucun témoin. Tyler et Valerie Yates sont morts. Emilia Gresham a disparu. Ça ne tiendrait jamais devant un tribunal. Même si le procureur l'accusait de vol pour faire traîner le dossier, il serait libéré avec une simple promesse de comparaître. Le comté ne va pas dépenser de l'argent pour héberger un prisonnier qui aurait commis un délit aussi mineur.

— Merde, murmura Noah avant de se tourner vers Chitwood. Est-ce que vous pouvez nous faire gagner du temps ? Peut-être qu'on peut la trouver et la convaincre de revenir.

— Vous pensez pouvoir faire ça ?

— Ça se tente, admit Josie. Je ne pense pas qu'elle sera d'accord, mais on peut essayer.

— Où pensez-vous qu'elle soit allée ?

— Chez son ex-petit ami. C'est la première personne chez qui j'irais jeter un œil.

Chitwood leva les yeux au ciel et regarda l'horloge au mur.

— Bon sang, ce type vit à quoi, deux heures d'ici ? Qui s'occupe de la secte ?

— Gretchen est sur le coup, répondit Josie. Et Mett sera là cet après-midi. Elle va vérifier les registres de propriété et essayer d'obtenir plus d'informations sur Charlotte Fadden avant qu'on ne retourne la secouer.

— Très bien. Allez voir si vous pouvez remettre la main sur Bestler. Mais vous n'avez qu'une journée. Si elle ne veut pas que ce type soit poursuivi, je ne vais pas continuer à mobiliser autant d'effectifs pour ça. D'autant plus qu'Emilia Gresham n'a toujours pas été retrouvée.

Josie et Noah acquiescèrent. La voix de Chitwood se transforma en cri et, les mains en l'air, il leur fit signe de se lever.

— Qu'est-ce que vous faites encore là ? Allez, oust !

42

Josie emprunta l'autoroute. Heureusement pour eux, la circulation était fluide en ce début d'après-midi. Ils arrivèrent à destination en un peu moins d'une heure et demie. Doylestown était une ville de taille moyenne au nord de Philadelphie. Josie et Noah passèrent d'abord au commissariat municipal pour prévenir de leur présence et du motif de leur visite, qui se résumait à poser quelques questions à Garrett Romney. Avec la bénédiction du chef de la police locale, ils se rendirent à l'adresse qu'ils avaient. Il vivait dans un grand immeuble de quatre étages dont la porte d'entrée n'était pas verrouillée. Ils passèrent devant une rangée de boîtes aux lettres métalliques et tombèrent sur un escalier qui les conduisit au troisième niveau du bâtiment. Derrière la porte de l'appartement 310 résonnait une musique forte. Noah toqua.

— Une minute ! s'écria une voix masculine.

Ils attendirent cinq minutes. La porte ne s'ouvrait toujours pas. Noah frappa de nouveau. Au bout de quelques secondes, la musique se tut et la porte s'ouvrit. Garrett se tenait devant eux. Josie n'avait vu que des photos de lui dans les articles de presse, deux ans auparavant, après la disparition de Maya. Le temps et les soupçons n'avaient pas été tendres avec lui. Sur les clichés de l'époque, il présentait bien. L'homme qui se tenait devant eux avait à présent une barbe ainsi qu'une grosse bedaine. Il portait un t-shirt gris de l'université de Lehigh avec diverses taches de nourriture et un pantalon de survêtement coupé. Ses cheveux bruns étaient gras et mal peignés. Il plissa ses petits yeux sombres en les voyant.

— Qui êtes-vous ?

Josie et Noah brandirent leur badge et se présentèrent. Garrett commença à fermer la porte, mais Josie cala son pied dans l'entrebâillement, l'empêchant de la leur claquer au nez.

— Monsieur Romney, vous n'avez aucun problème. Nous aurions juste quelques questions à vous poser.

Il se renfrogna.

— « Quelques questions. » C'est comme ça que ça commence. Et la seconde d'après, vous essayez de m'accuser de meurtre. Je n'ai rien fait de mal.

Il voulut de nouveau fermer la porte, mais le pied de Josie resta fermement fiché entre le cadre et le battant.

— Monsieur Romney, nous savons que vous n'avez rien fait de mal. Nous ne sommes même pas là pour vous, nous cherchons Maya Bestler.

Il cessa de pousser sur la poignée et son regard passa de Josie à Noah et inversement.

— Quoi ?

— On se demandait si vous aviez vu Maya Bestler aujourd'-hui, explicita Noah.

Il éclata d'un rire nerveux.

— Vous êtes dingues ? Les flics m'ont appelé pour me dire qu'elle avait été retrouvée. C'est un type qui l'a enlevée. Je suis innocent.

— Nous vous croyons, déclara Josie. Les faits le confirment. Nous ne contestons pas votre innocence. Mais le fait est que vous aviez une relation avec Mme Bestler. Elle a demandé à vous voir quand on l'a amenée à l'hôpital. Je lui ai fait comprendre que vous ne vouliez plus la voir.

— Mais aujourd'hui, elle a quitté l'hôpital de son propre chef, expliqua Noah. Comme elle a parlé de vous à plusieurs reprises, on a pensé qu'elle pourrait venir vous voir. On doit encore discuter de certaines choses avec elle à propos de son affaire.

Le rire de Garrett résonna, profond et rauque. Il ouvrit légèrement la porte et se passa une main sur le ventre.

— Vous l'avez perdue !

— Elle n'était pas sous notre surveillance, monsieur Romney. Elle était en convalescence à l'hôpital. Quand elle est partie, elle ne nous a pas prévenus de l'endroit où elle allait.

Garrett porta la main à sa poitrine.

— Et vous croyez qu'elle est venue me voir ? Vous croyez que cette salope aurait le culot de se pointer ici et de me demander de l'aide ?

— Vous l'aideriez ? demanda Josie.

Un instant, Garrett parut stupéfait, mais il se ressaisit rapidement.

— Euh, non. Je ne l'aiderais pas. Elle a gâché ma vie. J'en ai fini avec elle.

— Vous n'auriez même pas envie de la faire payer pour tout le mal qu'elle a fait ? lança Noah sur un ton nonchalant.

Garrett leva un doigt vers le lieutenant. Un sourire ourla ses lèvres.

— Je sais très bien ce que vous faites. Vous essayez de me faire dire des saloperies pour pouvoir m'accuser une deuxième fois de sa disparition. Pas question, mon pote. Ça n'arrivera pas. Vous pensez qu'en vous comportant en ami et en disant des conneries du genre « Oh, vous ne vouliez pas la frapper vu tout ce qu'elle vous a fait subir ? », je vais dire un truc qui va m'incriminer. Je n'ai rien à cacher. Je n'ai rien fait.

— Monsieur Romney, l'interrompit Josie, mais il continua.

— Vous pensiez tous que je l'avais tuée et que j'avais enterré son corps parce que j'avais été un peu dur avec elle quand on sortait ensemble. Vous vous êtes trompés. Vous savez, si vous la connaissiez, vous comprendriez pourquoi c'est arrivé.

— Pourquoi quoi est arrivé ? demanda Josie.

— Pourquoi j'ai dû la frapper. Elle sait vraiment comment provoquer quelqu'un. Vous n'avez aucune idée de ce qu'elle est. Elle m'a poussé à bout. Poussé, poussé, poussé encore, jusqu'à ce que je craque. Mais je n'ai jamais voulu la blesser — je ne l'ai jamais fait. Elle n'était pas réellement blessée. Bordel, jamais de la vie je ne l'aurais tuée et enterrée. Mais aucun d'entre vous ne m'a cru. Maintenant, j'ai prouvé mon innocence. Je veux que cette femme et tout ce qui la concerne disparaissent de ma vie. En fait... ajouta-t-il en ouvrant grand la porte. Fouillez mon domicile tout de suite.

Noah leva une main.

— Monsieur Romney, on est juste venus pour discuter.

Romney leur fit signe d'entrer dans son petit appartement.

— On peut parler à l'intérieur pendant que vous regardez tout ça. Vous verrez que je n'ai rien à cacher.

Josie et Noah pénétrèrent chez lui. Le tour était vite fait. Dans la petite cuisine, une table avec quatre chaises rangées en dessous et une pile de courrier, quelques assiettes non lavées et une cravate éparpillées dessus. Dans le petit salon, un canapé gris sous un tas de vêtements — propres ou sales, Josie n'aurait pas su le dire. Des objets hétéroclites jonchaient la table basse : quelques télécommandes, un téléphone portable, des clés, des magazines et une boîte en carton. Noah passa la tête dans les chambres, la salle de bains et les placards pendant que Josie demandait :

— Alors, vous n'avez eu aucune nouvelle de Maya depuis qu'on l'a trouvée ? Aucun appel téléphonique ? Elle n'est pas venue ici ?

Garrett secoua vigoureusement la tête.

— Rien du tout, assura-t-il en se dirigeant vers la table basse pour y récupérer le carton. En fait, après votre appel, j'ai sorti ça de mon placard. J'allais l'envoyer par la poste aux parents de Maya mais, puisque vous êtes là, je peux vous le confier.

Noah revint dans la pièce et prit la boîte des mains de Garrett.

— Qu'est-ce que c'est ?

— Un tas de trucs qui datent de l'époque où Maya et moi vivions ensemble. On louait une maison à l'autre bout de la ville. Après sa disparition, la police est venue et a tout saccagé. Ils ont pris une grande partie de ses affaires. Puis ses parents sont venus et ont embarqué le reste. Ça, c'est des objets qu'ils ont oubliés. Je ne veux plus les voir chez moi. Je vous l'ai dit, j'en ai fini avec elle.

Noah regarda Josie, un sourcil légèrement arqué. Ce n'était pas vraiment leur travail de jouer les coursiers mais, dans ce cas, ça ne pourrait pas faire de mal. Elle lui fit un signe de tête à peine perceptible et s'adressa à Garrett :

— Nous nous assurerons que Sandy et Gus reçoivent ceci. Ils pourront le donner à Maya quand elle rentrera.

Elle faillit ajouter « si elle rentre », mais se ressaisit avant de prononcer la fin de la phrase.

— Merci de nous avoir parlé, conclut-elle.

Elle posa dans sa paume une carte de visite, qu'il jetterait probablement à la poubelle dès leur départ, et lui demanda de les appeler si Maya se présentait sur le pas de sa porte.

Alors qu'ils regagnaient leur véhicule, Noah lança :

— Tu crois que ce type dit la vérité ?

— Eh bien, en fait, oui.

— Il s'est montré terriblement insistant. Je ne sais pas si j'arrive à faire confiance à un type qui essaie à ce point de me convaincre.

Josie rit.

— Je crois qu'il est juste en colère. Je ne pense pas qu'il en fasse trop.

Ils montèrent dans la voiture et Josie quitta le parking pour s'enfoncer dans les rues de Doylestown.

— Peut-être que nous sommes simplement arrivés trop tôt. Elle n'a que quelques heures d'avance sur nous et elle était à pied.

— Tu crois qu'il nous appellerait si elle se pointait ?

Josie haussa les épaules.

— Probablement pas. Je crois qu'il lui claquerait la porte au nez et que ce serait tout. Mais on peut repasser au commissariat et demander à la police de Doylestown d'aller lui rendre visite au cours des deux prochains jours et de lui redemander si elle est passée. Ça pourrait nous faire gagner du temps avec Bowen, et nous permettre de garder Michael Donovan encore un peu derrière les barreaux.

— Ça marche, alors, dit Noah. Ensuite, on rentre à la maison.

43

Après un crochet au commissariat local, ils reprirent la route vers Denton, mais un accident près de l'autoroute les obligea à faire un détour. Josie avait déjà traversé deux bourgades lorsqu'elle aperçut un bâtiment dont les portes d'entrée affichaient « Lantz Snack Factory » en grandes lettres jaunes lumineuses. Sans crier gare, elle actionna son clignotant et tourna à droite pour entrer dans le parking.

— Qu'est-ce que tu fais ? demanda Noah.

— C'est ici que Jack Gresham travaillait avant de rejoindre la secte. C'est ce que Wes Yates nous a dit.

— On n'a pas de mandat. Au cas où tu penserais obtenir son dossier personnel.

— Pas besoin de mandat pour poser des questions.

Elle se gara et ils descendirent de la voiture. Josie montra du doigt le côté du bâtiment.

— Par là. Je vois les quais de chargement. C'est là que Wes a dit que Jack travaillait. La réception ne nous dira rien sans un mandat, tu as raison, mais ce n'est pas son dossier qui m'intéresse. Je veux savoir ce que les gens pensaient de lui, comment il se comportait quand il bossait ici.

Ils passèrent devant plusieurs semi-remorques garés devant l'énorme quai, toutes portes ouvertes, plus ou moins chargés. Des hommes et une ou deux femmes allaient et venaient à grands pas entre l'entrepôt et le quai. Certains tenaient des blocs-notes, d'autres conduisaient des chariots élévateurs transportant des palettes de cartons, d'autres encore déchargeaient lesdits cartons et les rangeaient à l'arrière des camions. Josie et Noah s'arrêtèrent un moment pour observer. Finalement, Noah désigna un homme en t-shirt noir des Philadelphia Eagles aux manches déchirées, coiffé d'un casque et portant des lunettes de protection. Il se tenait adossé à l'arrière d'un poids lourd pendant qu'un homme beaucoup plus jeune chargeait de la marchandise, et essayait d'engager la conversation avec tous ceux qui passaient à proximité.

— On devrait commencer par lui.

Josie sourit et suivit Noah jusqu'aux marches du quai de chargement. Bien sûr, au moment où ils accédaient au quai, l'homme au casque les interpella.

— Hé, vous n'avez le droit d'être là-haut. Hé !

Josie et Noah avaient préparé leurs badges et les brandirent devant l'homme qui arrivait vers eux en trottinant. Il loucha sur les papiers d'identification qu'ils lui tendaient.

— Denton ? C'est où, ça ?

— À environ une heure et demie à l'ouest d'ici, répondit Noah. Nous sommes désolés de vous déranger, euh… ?

— Tim, compléta l'homme.

— Tim, répéta Noah. Nous travaillons sur une affaire impliquant un homme qui, selon nous, a travaillé ici.

Tim jeta un œil par-dessus son épaule, mais tous ses collègues s'étaient déjà remis au travail. *Probablement plus efficacement maintenant qu'il est distrait*, pensa Josie.

— Eh bien, à l'accueil ils pourraient vous dire…

Il laissa sa phrase en suspens. Josie ne laissa pas le silence s'installer.

— On nous a dit que ce monsieur travaillait ici avec vous. Vous vous souvenez peut-être de lui. Jack Gresham ?

Elle sortit son téléphone et parcourut sa pellicule jusqu'à trouver l'une des photos de Jack qu'elle avait sauvegardées à partir du compte Facebook de Tyler Yates. En la voyant, Tim esquissa un sourire et leva une main pour gratter le dessus de son casque.

— Bien sûr, je me souviens de lui. Pas de son nom, mais de lui, oui. Ce type aurait été incapable de sourire même si on lui avait offert un million de dollars.

— Je suppose qu'il ne s'est pas fait beaucoup d'amis ici, alors ? lança Noah.

Tim secoua lentement la tête, les yeux toujours rivés sur la photo.

— Non, aucun ami ici. Vous savez, on est un groupe assez soudé, mais impossible de créer un lien avec ce type. Il était bizarre.

— On nous a dit qu'il s'était fait virer, dit Josie.

Les yeux de l'homme quittèrent l'écran pour la regarder.

— Ah oui, il y a eu ce problème avec la fille à la réception, se rappela-t-il en laissant échapper un petit rire nerveux. Shana. Elle travaille dans les bureaux depuis environ cinq ans. Une fille sympa.

— Shana est toujours là ? demanda Noah.

— Oh oui, elle est toujours là. Elle vient de se marier. Une gentille fille, comme je l'ai dit. Vous pouvez aller lui parler. Si vous prenez cette porte...

Il désigna une porte voisine et énuméra une longue série de directions qui les conduiraient dans les entrailles du bâtiment, mais Josie ne voulait pas risquer de se faire mettre dehors, faute de mandat.

— Nous ne voulons pas faire revivre toute cette histoire à Shana. Surtout si elle est passée à autre chose, s'est mariée et tout ça.

Josie sentit les yeux de Noah sur elle. Elle lui lança un regard qui disait : « Fais-moi confiance. » Tim avait parlé d'un « problème ». Entre des collègues de sexe différent, il s'agissait probablement de harcèlement. C'était un pari, mais elle avait visé juste. Tim acquiesça vigoureusement.

— Oh oui, vous avez raison. C'est vrai. C'était dur pour elle. C'est courageux de sa part d'en avoir parlé, je l'ai toujours dit.

— Et vous avez absolument raison. Si ça ne vous embête pas, vous pourriez peut-être clarifier certains points pour nous ? Pour qu'on n'ait pas à l'ennuyer avec ça.

— Oh, bien sûr. Comme je l'ai dit, je ne veux pas qu'elle soit de nouveau bouleversée.

Le cerveau de Josie tournait à cent à l'heure, à la recherche de questions qui lui permettraient d'obtenir les informations dont elle avait besoin sans pour autant qu'il se rende compte qu'elle ne savait rien du tout.

— Quand est-ce que ça a commencé ?

Tim se gratta le crâne sous son casque, juste au-dessus de l'oreille.

— Oh, peut-être un mois environ après son embauche. Quelqu'un a dit qu'il l'avait vu la suivre après le travail, jusqu'à sa voiture, et qu'il s'était caché derrière le véhicule de quelqu'un d'autre. Au début, elle n'a pas pris ça au sérieux. Tout le monde pensait qu'il avait juste le béguin pour elle. C'est une jolie fille, Shana.

— Et personne n'en a parlé avec Jack ? Je veux dire, c'est assez effrayant.

— Si, après le troisième ou le quatrième incident, Shana a commencé à demander aux gens de la raccompagner jusqu'à sa voiture. C'est à ce moment-là que quelqu'un l'a convaincue de le signaler aux chefs. Ils ont fait venir Jack et lui ont filé un avertissement.

— C'était parfaitement innocent, selon lui, n'est-ce pas ? poursuivit Josie, espérant qu'elle saisissait bien la situation.

— Évidemment. Il a dit qu'il veillait juste à ce qu'elle rejoigne sa voiture en toute sécurité. Mais ensuite, il lui a offert des fleurs.

— Comment Shana a-t-elle réagi ? Elle aurait pu trouver ça soit inquiétant, soit charmant.

— Eh bien, comme je l'ai dit, Shana est une fille adorable, alors elle a pensé que c'était gentil. Ils ont commencé à discuter un peu. À se dire bonjour, ce genre de trucs. Rien de bien sérieux. Mais il n'arrêtait pas de lui proposer de sortir avec lui après le travail et elle ne voulait pas. Il a insisté, et a recommencé à attendre près de sa voiture la nuit, sans vraiment prendre la peine de se cacher, cette fois.

— Elle a sûrement été obligée de se montrer très ferme avec lui, dit Josie. On dirait qu'il n'a pas tout apprécié qu'elle l'éconduise.

Tim secoua la tête et laissa échapper un petit rire.

— Il ne l'a pas bien pris, c'est certain.

À ce moment, Josie sentit qu'elle devait jouer la carte de la prudence en posant des questions ouvertes.

— On a entendu plusieurs versions différentes sur les motifs de son licenciement.

— Oui, ça arrive dans des boîtes aussi grandes. Beaucoup de rumeurs différentes circulent. Mais deux gars de mon service étaient sur place cette nuit-là quand elle a fini par lui dire qu'il n'y aurait rien entre eux. Ils ont dit qu'il avait pété les plombs, qu'il s'était mis à lui crier dessus, à l'injurier. Puis il a filé un bon coup de pied dans sa voiture. Il a carrément enfoncé sa portière. Les gars sont allés le voir et lui ont dit qu'il devait partir. Ils se sont assurés que Shana rentre bien chez elle et, le lendemain, ils sont tous allés voir les patrons. Ils l'ont appelé chez lui avant qu'il n'arrive au travail et lui ont dit de ne pas remettre les pieds ici.

— On nous a dit que c'était la fin de l'histoire, conclut Josie.

Tim acquiesça.

— Dieu merci, oui, personne ne l'a revu après ça.

Elle lui tendit la main.

— Vous nous avez beaucoup aidés. Merci beaucoup.

— Pas de problème, c'était un plaisir de discuter avec vous.

Josie entendit presque la réponse mentale de Noah : *Sans blague.*

44

De retour au commissariat, ils prirent un café dans la salle de pause puis se réunirent avec Mettner et Gretchen dans la salle de conférences pour s'informer les uns les autres des derniers développements de la journée. Ils s'installèrent autour de la table déjà couverte de documents sur les affaires Bestler, Yates, Gresham et Kelly.

Mettner prit des notes sur son téléphone pendant que Josie et Noah parlaient. Quand ils eurent fini, il leva les yeux.

— Jack était marié et il draguait une autre femme à son nouveau boulot ?

— Il ne la draguait pas, il la harcelait, rectifia Josie.

— Donc il se fait virer pour avoir harcelé cette pauvre collègue et part vivre au Sanctuaire, résuma Gretchen en écrivant quelques mots dans son bloc-notes.

— Il était perturbé depuis longtemps déjà quand il a commencé à travailler dans cette usine, fit remarquer Josie. Tu te souviens que Haylie a raconté que Charlotte lui avait dit de partir puis de revenir ? Je parie qu'il était déjà allé au Sanctuaire. Quand Shana a repoussé ses avances et qu'il a perdu son poste à l'usine de snacks, il a tout laissé tomber. Je pense que c'est à ce moment-là qu'il est retourné dans la communauté et qu'il y est resté.

— Mais il n'est pas resté, répliqua Mettner. Il n'était pas là quand on a interrogé tout le monde. Soit il est parti, soit ils le cachent.

— Comment s'est-il retrouvé dans cet endroit, au départ ? demanda Noah. Mett, vous avez réussi à retrouver les propriétaires des véhicules stationnés au Sanctuaire ?

Mettner tapota et balaya l'écran de son portable jusqu'à trouver ce qu'il cherchait.

— Il y a actuellement trente-deux personnes qui vivent au Sanctuaire, en comptant Charlotte. Cinq d'entre elles, dont Charlotte, ont des véhicules enregistrés à leur nom, tous garés sur la propriété. Jack Gresham n'a pas de véhicule à son nom. Emilia Gresham a une voiture, et elle est devant son appartement.

— Impossible de savoir comment Jack Gresham est arrivé au Sanctuaire, alors, poursuivit Noah. C'est une impasse.

Josie sirota son café.

— On peut faire des recherches sur Charlotte Fadden ? Voir si on tombe sur un truc inhabituel ? Quelque chose qui pourrait nous servir quand on ira lui parler ?

— Déjà fait, intervint Gretchen. Laisse-moi te sortir ça.

Elle se dirigea vers le bout de la table, où Noah avait posé la boîte contenant les affaires de Maya Bestler récupérée chez Garrett Romney, pour y prendre un ordinateur portable. Après quelques clics, elle tourna l'écran pour que tous puissent le voir et commença à leur présenter ses découvertes.

— Elle vit dans le corps de ferme qui est devenu le Sanctuaire depuis ses dix-neuf ans, donc je n'ai pas trouvé beaucoup d'anciennes adresses. Aucun emploi connu. On aurait besoin de son autorisation pour demander son dossier au fisc, mais je n'ai trouvé aucune preuve qu'elle ait jamais travaillé, dans aucune des bases de données que j'ai fouillées. Elle a un véhicule, comme vous le savez, immatriculé à son nom et sur place. Un ancien numéro de téléphone – une ligne fixe. Pas d'adresse mail. Pas de réseaux sociaux. Pas de casier judiciaire. Le mari est mort en 1978. Charlotte avait trente-deux ans.

— Il a dû lui laisser un paquet d'argent pour qu'elle puisse vivre de ce que lui offre le Sanctuaire pendant quarante ans, commenta Josie.

— Il avait cinquante et un ans. Beaucoup plus âgé. Dix-neuf ans de plus qu'elle, compta Mettner.

— Le double de son âge quand ils se sont mariés, ajouta Noah. Tu as trouvé autre chose ? Un truc intéressant ?

— Pas sur elle, reprit Gretchen. Mais un rapport de 1974 déposé au bureau du shérif du comté de Lenore mentionne que Mick Fadden a infligé des blessures à sa femme. J'ai appelé là-bas, j'ai parlé à un autre agent que Moore et je lui ai demandé de consulter le dossier. Tout ce qui date d'avant 2005 a été scanné et chargé dans leur système informatique, le dossier était donc facilement accessible. Je lui ai demandé de me l'envoyer par mail.

Elle cliqua encore plusieurs fois et fit apparaître un rapport de police. Josie se pencha en avant pour le lire.

— Mick Fadden a battu Charlotte assez violemment, d'après ce rapport, expliqua Josie en parcourant les lignes à l'écran. Pourquoi ce policier mentionne-t-il toujours que les coups ont été portés après 22 heures ? L'heure à laquelle ça s'est passé n'a pas d'importance. Des coups sont des coups.

— Apparemment, dans les années 1970, dans le comté de Lenore, il y avait encore une loi qui disait que les maris ne pouvaient pas battre leurs femmes après 22 heures ou le dimanche, précisa Gretchen.

— C'est une blague ? s'exclama Noah. Les maris pouvaient donc battre leurs femmes le reste du temps ?

Gretchen acquiesça solennellement.

— Dans le comté de Lenore, dans les années 1970, oui.

Mettner poussa un petit sifflement.

— Super choquant.

— Je ne sais pas ce qu'il en était dans le reste de l'État, poursuivit Gretchen. Chaque comté a ses propres lois. Quoi qu'il en soit, celle-ci a été abrogée dans les années 1980. Je suppose que le seul moyen qu'avait Charlotte de le faire mettre en examen était d'attendre qu'il la batte après 22 heures ou un dimanche.

Josie tendit la main et cliqua, passa plusieurs pages, jusqu'à trouver des photos d'une Charlotte d'une vingtaine d'années, à peine reconnaissable. Elle prit une grande inspiration.

— Je n'arrive pas à croire qu'elle ait survécu à ça.

Les photos étaient en noir et blanc, mais les traces des coups assénés par Mick à sa jeune femme étaient flagrantes. Une partie de ses cheveux avait été arrachée du cuir chevelu, son front ruisselait de sang et ses yeux n'étaient plus que des fentes englouties par une peau bouffie et noircie. Sa lèvre inférieure était presque coupée en deux. D'autres photos montraient ses bras et ses jambes, également gonflés et couverts d'ecchymoses. Sur certains clichés, on pouvait clairement voir des empreintes de bottes sur ses cuisses, ses fesses et au creux de ses reins.

— 1974, lut Josie. Quatre ans avant sa mort. Il est allé en prison ?

Gretchen secoua la tête.

— Non. Les charges ont été abandonnées.

— Elle y est retournée après ça. Mon Dieu, souffla Josie. Comment le mari est-il mort ?

— Accident de voiture.

Josie referma l'ordinateur portable, parcourue d'un frisson. Elle avait vu beaucoup de choses dans le cadre de son travail, mais peu de cas de violence conjugale aussi graves que celui-ci. Mettner désigna la boîte au bout de la table.

— Qu'est-ce que c'est que ça ?

— Des affaires à déposer à l'hôpital, pour les Bestler.

— Allez, lança Noah. Tu n'es même pas un peu curieuse de savoir ce qu'il y a là-dedans ?

Josie secoua la tête, mais tira le carton jusqu'à elle et l'ouvrit.

— On a eu des nouvelles de Hummel à propos du morceau de corde ? demanda-t-elle à Gretchen.

— Oh oui, s'exclama Mettner, en bondissant sur sa chaise, tout excité. Il a fait le test : c'est bien du sang. Il a envoyé la corde au laboratoire pour un test ADN. Chitwood a demandé qu'ils se dépêchent, mais ça pourrait encore prendre des semaines.

Josie ouvrit la bouche pour parler, mais Gretchen leva une main pour la faire taire.

— Avant que tu ne poses la question, on a déjà obtenu un mandat pour que notre équipe d'identification criminelle passe au peigne fin les cabanes du Sanctuaire, puisque c'est là que tu l'as trouvée. Hummel et ses hommes sont là-bas en ce moment même.

— C'est super, répondit Josie.

Elle commença à sortir de la boîte les objets appartenant à Maya Bestler : un oreiller de voyage, un CD de Chris Stapleton, une paire de lunettes de soleil, un plaid, une bougie, une demi-douzaine de flacons de vernis à ongles, un cordon à passer autour du cou et une tasse de l'Alliance pour l'espoir des survivants du cancer, l'association à but non lucratif pour laquelle Maya avait travaillé. Puis il y avait des objets professionnels divers : un manuel de politiques et de procédures, une carte magnétique et un bulletin d'information de l'entreprise.

— Au fait, ajouta Gretchen, j'ai les relevés téléphoniques de Tyler et Valerie Yates et d'Emilia Gresham, y compris leurs SMS. Ils croyaient dur comme fer que Jack se trouvait au Sanctuaire il y a trois jours, lorsqu'ils sont allés camper. Ils étaient là pour lui. Leur plan visait à se faufiler dans la propriété au milieu de la nuit, à essayer de le trouver et à le convaincre de rentrer à la maison. Apparemment, Emilia pensait que s'ils venaient tous les trois, en bloc, ça ressemblerait plus à une intervention et ils auraient plus de chances de le convaincre.

Tout en écoutant Gretchen, Josie survola des yeux les différentes photos du bulletin de l'Alliance qui datait de presque trois ans auparavant. Il exposait tous les efforts de cette organisation pour collecter des fonds et précisait à quoi servait l'argent, qui semblait aller principalement aux familles du coin qui rencontraient des difficultés financières à la suite d'un diagnostic de cancer.

Un titre attira son attention : « Lantz Snack Factory s'associe à l'Alliance pour l'espoir pour collecter plus de 50 000 dollars pour les survivants de la communauté. » Elle parcourut l'article qui évoquait une collecte de fonds conjointe entre Lantz et l'association, laquelle avait permis de réunir une importante somme d'argent. Elle tourna la page et tomba sur une photo en couleurs prise devant le bâtiment de Lantz. Une trentaine de personnes étaient serrées les unes contre les autres pour entrer dans le cadre. Tout sourires, elles portaient toutes des t-shirts bleu sarcelle avec les mots « Nourrir l'espoir » et le nom de l'association. Le regard de Josie s'attarda sur les visages jusqu'à ce qu'elle reconnaisse Maya. Comme elle avait l'air différente à l'époque. Non seulement plus jeune, mais aussi plus innocente. Son sourire était encore relativement intact malgré les abus subis de la main de Garrett.

— Tyler et Emilia avaient déjà tenté de faire sortir Jack du Sanctuaire à plusieurs reprises, sans succès, précisa Noah.

Josie étudia les autres visages sur la photo.

— C'est vrai, admit Gretchen. Je ne pense pas que Jack serait parti avec eux trois. Je pense qu'il voulait rester là-bas pour de bon.

Le regard de Josie se posa sur un visage familier et elle sursauta.

— Qu'est-ce qu'il y a ? s'enquit Noah.

Elle brandit le bulletin d'information avec la photo.

— Je crois que Jack Gresham et Maya Bestler se connaissaient.

45

Noah, Gretchen et Mettner se levèrent et se pressèrent autour de Josie pour regarder la photo tandis qu'elle montrait Jack, tout à gauche et au dernier rang, puis Maya, au premier rang, au centre. Elle vérifia la date.

— Cette photo a été prise il y a un peu plus de deux ans. Deux ans et quatre mois.

— Je pensais que Maya Bestler et les Gresham vivaient dans des villes différentes, lança Gretchen.

— C'est vrai, confirma Josie. Mais assez proches, quand même. L'association de Maya organisait des événements caritatifs avec des entreprises dans tout le Sud-Est de la Pennsylvanie.

— Ça ne veut pas dire qu'ils se connaissaient, objecta Noah. Juste qu'ils se sont trouvés sur une photo ensemble.

— Je suis d'accord, patronne, renchérit Gretchen. C'était un événement unique. Ils ne sont même pas proches l'un de l'autre sur la photo et il y a au moins trente personnes. On ne sait vraiment pas s'ils se sont rencontrés pour de vrai.

— Mais Jack Gresham avait des antécédents de harcèlement. Il n'aurait pas eu besoin de la rencontrer officiellement pour la voir et faire une fixation sur elle. Et cette photo date de seulement quelques mois avant que Maya ne soit kidnappée.

— Mais nous savons déjà que c'est l'ermite qui a enlevé Maya de son campement, intervint Mettner. C'est ce qu'elle a dit.

— En plus, on a ses empreintes à l'intérieur des cavernes, ajouta Gretchen.

— À quoi tu penses ? demanda Noah.

Josie étudia la photo. Maya et Jack avaient été photographiés ensemble. L'association de Maya avait organisé un événement sur le lieu de travail de Jack pendant qu'il y travaillait. Jack avait rejoint une secte dans le comté de Lenore, à environ treize kilomètres de l'endroit où Maya avait disparu, quelques mois après, alors qu'elle campait avec son petit ami. Deux ans plus tard, la femme de Jack était allée camper près du Sanctuaire et avait disparu. Ses meilleurs amis – qui étaient aussi ceux de Jack – avaient été tués. Renee Kelly, une jeune fille vivant au Sanctuaire, avait été assassinée exactement de la même manière que Valerie Yates. Tous ces faits affichaient une certaine proximité, mais rien n'indiquait pour autant qu'ils étaient tous liés entre eux. En fin de compte, elle devait suivre les preuves. Ses intuitions, ses pressentiments, ses soupçons, c'était très bien, mais elle n'avait aucune preuve concrète de l'implication de Jack Gresham et du Sanctuaire dans l'enlèvement de Maya, et tout laissait à penser que seul l'ermite était coupable des récents meurtres.

Quelles étaient les chances, se demanda-t-elle, qu'une femme disparaisse et qu'une autre soit retrouvée à quelques heures d'intervalle, et qu'elles soient toutes les deux liées au même homme : Jack Gresham ? Même si, effectivement, le lien entre Maya et lui était pour le moins ténu. Josie soupira.

— À rien. C'est juste étrange.

Gretchen et Noah la fixèrent, comme s'ils attendaient

qu'elle en dise plus. Elle remit le bulletin d'information des employés dans la boîte et reprit :

— Je crois qu'on a assez d'éléments pour retourner parler à Charlotte. Demain, on va au Sanctuaire et on verra bien ce qu'on réussira à en tirer. Cette fois, il faut montrer à tout le monde une photo de Jack Gresham. Il y en a bien un qui va le reconnaître, même s'il est parti. Mais je m'attends à ce qu'ils mentent tous. D'ici là, est-ce que l'un de vous peut apporter cette boîte à l'hôpital et la donner à l'un des parents Bestler ? Et leur montrer aussi une photo de Jack Gresham, juste par acquit de conscience.

— Je m'en occupe, répondit Noah.

Il referma la boîte et sortit de la pièce. Josie le suivit des yeux.

Dans sa poche, son téléphone sonna. Elle le sortit et vit que l'écran affichait « Prison de Muncy ». Elle envoya l'appel sur sa boîte vocale.

— Ça va ? lui demanda Gretchen.

Josie réussit à sourire.

— Oui, ça va. Je vais rentrer à la maison, j'ai besoin de me reposer. On ira parler à Charlotte et aux résidents demain à la première heure. On verra bien ce qu'on peut trouver.

— Ça marche, répondit Gretchen.

Josie prit son temps pour rentrer, réticente à l'idée de rester seule avec la bouteille de Wild Turkey dans la cuisine plus long-temps que nécessaire. Heureusement, Noah arriva quelques minutes seulement après elle.

— Tu as montré une photo de Jack Gresham aux Bestler ? lui lança Josie alors qu'ils se dirigeaient vers leur chambre.

— Oui.

— Et ils l'ont reconnu ?

— Non. Pas du tout.

46

Josie laissa la lumière allumée dans leur chambre. Noah était trop fatigué pour s'en apercevoir et dormait déjà profondément quelques minutes après s'être couché. Elle observa ses paupières papillonner tandis que sa tête s'enfonçait dans l'oreiller à côté de lui. Le sommeil l'envahit, enveloppant sa conscience d'un brouillard qui finit par l'emporter. Mais une partie de son cerveau resta en alerte, si bien que lorsqu'elle se retrouva de nouveau plongée dans l'enfance, suppliant Lila de ne pas tenir ses doigts au-dessus de la flamme bleue de leur cuisinière, elle réussit à se réveiller en sursaut. Elle haletait lorsqu'elle se redressa dans le lit. La sueur perlait de son cuir chevelu. Elle n'osa pas se rendormir. Elle ne pouvait pas revivre une nuit de plus les horreurs indicibles que Lila lui avait infligées. Elle se leva et descendit au rez-de-chaussée pour revoir ses notes jusqu'à ce qu'il soit temps de se préparer pour aller travailler.

De lourds nuages gris s'amoncelaient dans le ciel au moment où Josie, Noah, Gretchen, Mettner et deux unités de Denton, ainsi que Moore et son collègue, Nash, se garaient dans l'allée du Sanctuaire. Alors qu'ils sortaient de leurs véhicules,

Charlotte apparut sur le porche de la maison, vêtue d'une robe ample dorée. Elle sembla flotter jusqu'en bas des marches et à travers l'herbe à leur rencontre, et son sourire habituel n'était plus qu'une fine ligne droite. Elle leva une main en arrivant près d'eux.

— Je suis désolée, messieurs-dames, mais le moment est mal choisi.

Moore s'approcha de Josie et présenta le mandat à Charlotte.

— Madame Fadden, il s'agit d'une affaire urgente. Une femme a disparu et nous pensons que son mari réside ici ou qu'il y a résidé. Si l'un de vos membres l'a vu ou sait où il se trouve, nous devons lui parler immédiatement.

Charlotte croisa les bras sur sa poitrine.

— Vos hommes sont restés ici presque tout l'après-midi et toute la soirée d'hier à saccager nos cabanes. Ça fait des jours que vous vous promenez sur notre propriété. L'une des nôtres a été assassinée. Les gens sont bouleversés. Toute cette agitation est extrêmement perturbante. Nous essayons de faire notre deuil en famille et la présence de la police est... J'ai peur que ce soit trop pour l'instant. Je ne peux pas laisser cette pagaille perdurer.

— Nous avons un mandat, madame Fadden, insista Josie. Je comprends qu'avec le meurtre de Renee, les gens soient bouleversés, mais nous ne faisons que notre travail. Maintenant, si vous voulez bien...

Charlotte l'interrompit.

— Vous avez apporté la photo d'une femme disparue l'autre jour. Personne ne l'a vue. Qu'est-ce que son mari a à voir là-dedans ?

— Nous pensons qu'il pourrait se trouver avec elle, expliqua Josie. Nous devons le localiser. Sa dernière adresse connue se trouve ici, sur votre propriété.

Charlotte balaya des yeux le groupe de policiers et demanda :

— Est-ce que vous avez vraiment besoin de tout ce monde ?

— Ça irait beaucoup plus vite si nous travaillions tous ensemble.

Charlotte sembla réticente. Josie voyait son cerveau s'emballer, calculant jusqu'où elle pouvait aller. Finalement, elle esquissa un sourire crispé et fit un signe de la main en direction de la maison.

— Alors, je vous en prie. Mais faites vite.

L'équipe se dispersa, armée de carnets de notes et de photos de Jack Gresham. Josie resta sur place, les mains sur les hanches. Le sourire de Charlotte se détendit un peu et se fit plus sincère.

— Vous voulez me parler.

Josie fouilla dans sa poche arrière et en sortit une photo de Jack Gresham. Elle la montra à Charlotte.

— Je sais qu'il était ici.

Charlotte prit le cliché et l'étudia. Sans regarder Josie, elle répondit :

— Oui, il a vécu ici pendant longtemps. Jack.

— Vous vous souvenez de lui ?

— Oui, il était très perturbé.

— Vous souvenez-vous que sa femme s'est présentée ici, demandant à plusieurs reprises à lui parler ?

Charlotte lui rendit la photo.

— Non, ça ne me dit rien. Mais peut-être que j'étais en train de travailler ailleurs sur la propriété quand elle est passée.

— Son meilleur ami est venu ici et a essayé de rejoindre votre groupe. Tyler Yates. Pourtant, quand je vous ai montré sa photo l'autre jour, à vous et au reste des résidents, personne ne l'a reconnu.

— Il doit donc y avoir une erreur, supposa Charlotte. Ou

peut-être qu'il n'est pas resté ici assez longtemps pour qu'on se souvienne de lui.

— Le père de Tyler nous a dit qu'il avait été expulsé du Sanctuaire quand tout le monde avait compris qu'il essayait juste de ramener Jack chez lui, insista Josie.

Charlotte rit.

— Alors c'est certain, il y a effectivement eu une erreur. Je ne me rappelle rien de tel. La personne qui vous a renseignés s'est tout simplement trompée.

Josie savait que Charlotte mentait, mais la brusquer ne servait à rien. Elle préféra donc passer à un autre sujet.

— Où se trouve Jack maintenant ?

— Je ne sais pas.

— Est-ce qu'il est ici ?

— Je ne crois pas. Vous le sauriez mieux que moi, vous avez discuté avec tout le monde ici ces deux derniers jours.

Josie sortit son téléphone et afficha une photo de Maya Bestler, qu'elle montra à la vieille dame.

— Et cette jeune femme ?

Charlotte soupira.

— Inspectrice Quinn, je vous ai déjà dit que de très nombreuses personnes passaient par ici. Je ne peux tout simplement pas me souvenir de tous les visages.

— Alors elle est peut-être venue ici ?

— Comment s'appelle-t-elle ?

— Maya.

Charlotte secoua la tête.

— Je ne crois pas que nous ayons eu une Maya ici, non.

— Vous avez dit que Jack Gresham était perturbé. Que vouliez-vous dire par là ?

Charlotte fit un signe vers la maison.

— Voulez-vous entrer pour que nous discutions ?

— J'aimerais que vous me disiez ce que vous savez sur Jack Gresham.

Charlotte sourit.

— Marchons, proposa-t-elle en se dirigeant vers la zone située derrière la maison.

Josie la suivit sur plusieurs mètres, de plus en plus agacée. Mais elle savait que c'était une sorte de jeu, pour son interlocutrice, et elle n'allait certainement pas la laisser gagner. Elle attendit que Charlotte reprenne la parole.

— Jack a eu une enfance difficile. Mère célibataire. Pas très attentionnée. Il y avait d'autres problèmes. Il est venu me voir très déprimé et perdu. Je crois pouvoir affirmer qu'il était suicidaire.

Elles passèrent devant le potager où Josie vit plusieurs membres du Sanctuaire rassemblés autour de Mettner, les traits tirés. Une femme pressait un mouchoir sur ses joues, essuyant ses larmes. Manifestement, la mort de Renee avait ébranlé les autres résidents.

— Vous avez pris soin de Jack pour qu'il retrouve une bonne santé mentale ?

Charlotte rit.

— Ce n'est pas ce que nous faisons ici, inspectrice.

— Alors qu'avez-vous fait pour lui ?

— J'ai essayé de l'aider à aligner les ténèbres en lui avec la lumière.

— Qu'est-ce que ça veut dire ?

— Jack avait des démons. Comme nous tous. Comme vous.

— Pourquoi me mêlez-vous à cette histoire ?

Charlotte s'arrêta, et Josie fit quelques pas avant de se rendre compte que la femme ne la suivait plus. Charlotte s'approcha de Josie, si près que son visage n'était plus qu'à quelques centimètres du sien. La seule personne que Josie laissait s'approcher autant était Noah. Elle résista à l'envie de reculer.

— Il y a de la noirceur en vous, inspectrice Quinn.

— Il y a de la noirceur en chacun de nous, madame Fadden.

Ses yeux s'illuminèrent, comme si Josie avait répondu correctement à une question d'examen.

— Vous avez raison ! Il y a de la noirceur en chacun de nous. Certaines personnes viennent au monde en brandissant leurs ténèbres. Ils font des choses terribles qui leur sont faciles. Leur lumière est enfouie si profondément que la plupart d'entre eux ne la trouvent jamais. D'autres, comme moi, comme Jack, comme vous, nous nous trouvons en position de victimes si intensément, si souvent ou si violemment que nos propres ténèbres sont enfouies trop profondément pour nous être accessibles. Nous autres, si nous voulons *devenir* pleinement, nous devons accéder à cette partie de nous-mêmes. C'est ce dont Jack avait besoin.

— Qu'est-ce que ça veut dire, « devenir pleinement » ?

Charlotte recula et Josie essaya de ne pas laisser transparaître son soulagement.

— Cela signifie aligner ses ténèbres avec sa lumière et vice versa. Devenir la version la plus complète et la plus vraie de soi-même que l'on puisse avoir dans cette vie unique qui nous est donnée. S'accepter complètement. Son soi tout entier, et pas seulement les parties de soi que la société juge acceptables.

Elles reprirent leur déambulation, empruntant maintenant un sentier qui, Josie le savait, menait aux cabanes. Une fois de plus, elle se demanda si Charlotte n'était pas un peu médium, car une partie du plan de Josie consistait à interroger Charlotte au sujet du bout de corde ensanglanté trouvé à l'intérieur de l'une d'elles.

— Jack devait-il s'engager pour devenir pleinement ?

Josie perçut une légère crispation dans les épaules de Charlotte mais, lorsque la vieille dame se tourna vers elle, son sourire était toujours bien en place.

— Vous avez bien mené votre enquête. Oui, Jack s'est engagé. Il est resté ici un certain temps, si je me souviens bien. À un moment donné, si je vois qu'une personne est ici depuis longtemps, mais qu'elle ne fait aucun progrès, je lui demande de s'engager.

— S'engager à quoi ?

— À poursuivre son développement personnel, à ne rien laisser rien l'entraver, à protéger le Sanctuaire et ses membres, à vivre une vie authentique. C'est ça, le sens de l'engagement.

— Pourquoi cette pratique du marquage ?

Charlotte baissa la tête pour esquiver une branche basse.

— Le marquage symbolise la douleur du développement personnel, mais c'est aussi un rappel physique de l'évolution d'une personne vers un nouveau niveau d'existence. Ici, nous ne croyons pas en une vie après la mort, alors nous nous efforçons d'atteindre de nouveaux niveaux d'existence et d'illumination dans cette vie-là.

Elle attrapa le poignet de Josie.

— Vous savez, je peux vous aider.

Josie tenta de se dégager, mais la poigne de Charlotte était ferme.

— M'aider à quoi ?

— À évoluer. À accepter vos ténèbres.

Josie retira sa main.

— Accepter mes ténèbres ne m'aidera pas à trouver Jack et Emilia Gresham.

— Et vous noyer dans le travail ne vous aidera pas à éviter ce que vous fuyez.

— J'ai du boulot, répondit Josie en s'éloignant à grands pas.

Les cabanes apparurent alors. Josie s'arrêta devant celle où elle était entrée l'autre jour.

— J'ai trouvé un bout de corde ensanglanté là-dedans, annonça-t-elle à Charlotte.

Cette dernière releva le bas de sa robe, dévoilant une paire de vieilles tongs, et grimpa les marches. Elle fixa longuement l'intérieur de la cabane et Josie se demanda si elle cherchait une excuse à la présence de la corde. Lorsqu'elle se retourna, elle répondit :

— Oui, un de nos membres gardait un chien ici. Je l'ai autorisé jusqu'à ce que le chien le morde. Le sang que vous avez trouvé est sûrement lié à cet accident.

— Renee Kelly avait des marques de ligature sur les poignets. Des anciennes et des plus récentes. Quelqu'un l'attachait. Ici, dans votre Sanctuaire.

Charlotte redescendit les marches.

— Renee n'aurait jamais rien fait qu'elle n'aurait pas voulu faire.

— Qu'est-ce que ça veut dire ? Elle a accepté d'être attachée ? Elle était terrifiée la dernière fois que je l'ai vue. Comment expliquez-vous ça ?

Charlotte s'approcha de nouveau d'elle et, cette fois, elle tendit la main pour effleurer la joue de Josie. La fatigue et le manque de sommeil ralentissaient les réflexes de Josie. Elle ne put s'empêcher de tressaillir.

— Vous n'êtes pas la seule à avoir peur du noir, inspectrice.

47

Josie et son équipe se réunirent de nouveau dans la salle de conférences pour comparer leurs notes. Dehors, la pluie tombait à verse, martelant les fenêtres en un grondement ininterrompu. Elle observa Noah, Gretchen et Mettner, qui avaient tous l'air épuisés. Des boîtes de pizza traînaient au milieu de la table, mais personne n'y touchait. Mettner but une longue gorgée de sa bouteille d'eau et dit :

— J'ai parlé à trois personnes qui ont reconnu Jack. Elles m'ont dit qu'il avait vécu là pendant très longtemps, qu'il avait à l'époque très peu de contacts avec les autres membres et qu'il avait quitté la propriété il y a quelques mois.

Gretchen tourna une page de son bloc-notes.

— Deux personnes m'ont raconté la même chose. Même laps de temps : « Parti il y a deux-trois mois. » Quand je leur ai demandé comment il était parti – en voiture, à pied –, ils m'ont dit ne pas savoir.

— Pareil pour ceux que j'ai interrogés, ajouta Noah. Ils ont dit qu'un jour, ils ne l'avaient plus vu dans le coin. Une personne a dit qu'il ne parlait pas et qu'il n'interagissait pas avec les autres membres. Elle a dit qu'il était parti il y a trois semaines.

— Et qu'a dit Charlotte ?

Josie leur rapporta les propos de la vieille dame au sujet de Jack Gresham et du bout de corde ensanglanté. Elle laissa de côté le passage concernant son désir de l'aider à renouer avec sa part de ténèbres.

— Elle ment, conclut Josie. Je l'ai cuisinée sur cette histoire ridicule de chien et sur le fait que quelqu'un attachait Renee et lui faisait du mal, mais elle n'a pas bronché. Tout ce que j'ai obtenu, ce sont des non-réponses sibyllines. Mais elle sait clairement quelque chose. Ils en savent tous plus qu'ils ne veulent bien le dire.

Elle repensa à ce que Charlotte avait dit à propos de l'engagement. Renee Kelly ne s'était pas engagée à protéger le Sanctuaire. En fait, elle était partie la nuit où Josie lui avait donné une chance de fuir. Elle n'était simplement jamais parvenue jusqu'à la voiture de Josie ou de Gretchen. Mais Jack Gresham, lui, s'était engagé. Il avait juré fidélité au Sanctuaire. Alors pourquoi était-il parti ? Où était-il allé ?

— Quelqu'un a retrouvé la mère de Jack Gresham ?

Mettner leva la main.

— J'ai parlé avec elle au téléphone hier soir après votre départ du commissariat. Elle vit en Californie. Elle m'a confié ne pas l'avoir vu depuis son mariage avec Emilia, et qu'ils ne se parlaient qu'une fois par an, à Noël.

— Une mère attentionnée, remarqua Noah.

Josie réfléchit à ce que Charlotte avait dit. Jack était un homme tourmenté. Il avait été élevé par une mère négligente. Elle avait évoqué d'autres problèmes. Après avoir discuté avec son collègue à Lantz Snack Factory et appris qu'il était un harceleur, elle devinait de quels problèmes il était question. Josie se demanda ce que Charlotte avait fait au juste pour l'aider à renouer avec ses « ténèbres ».

— Je crois que Jack Gresham est toujours là-bas, ou en tout cas dans les parages.

— Au Sanctuaire ? demanda Noah. On a fouillé cet endroit une demi-douzaine de fois maintenant. Où pourraient-ils le cacher ?

— Je ne sais pas, répondit Josie. Mais il ne quitterait pas cet endroit pour longtemps. Ce n'est pas quelque chose qu'il accepterait de faire.

— Pourquoi se cacherait-il ? lança Gretchen.

— Peut-être que c'est lui qui a abusé de Renee Kelly, proposa Josie.

— Vous pensez qu'il l'a tuée ? s'enquit Mettner. S'il l'a tuée, ça veut dire qu'il a aussi tué ses meilleurs amis et qu'il a fait quelque chose à sa femme.

— Ou peut-être, intervint Gretchen, que ses amis ont été tués et que sa femme a disparu lors d'une mission pour le faire partir du Sanctuaire, et il a peur d'être considéré comme suspect.

— C'est possible, acquiesça Josie. Peut-être que Charlotte et lui ont pensé que ce qu'il faisait subir à Renee Kelly allait finir par être découvert par la police et que ça aggraverait la situation pour tout le monde – pour tout le Sanctuaire. Il était peut-être là le jour où on a trouvé Tyler et Valerie. Charlotte pourrait l'avoir éloigné jusqu'à ce que les choses se calment tout en demandant aux membres de mentir sur sa présence.

— Elle a peut-être donné l'ordre à Renee de ne pas dire un mot sur ce qui lui arrivait, compléta Gretchen.

Fugacement, Josie entendit dans sa tête la voix de Lila, celle de ses cauchemars. *Pas un mot.*

— Il a harcelé une collègue, fait une dépression et rejoint une secte. Ça ne veut pas forcément dire qu'il est du genre à torturer des jeunes femmes ou tuer des gens, rétorqua Noah. L'ermite fait toujours un excellent coupable pour ces meurtres.

— Je pense qu'il faut qu'on mette en place une surveillance, dit Josie. Pas besoin d'aller sur les terres du Sanctuaire, on va établir un périmètre et voir si Jack Gresham entre ou sort de la propriété. Si on le voit en sortir, on le suivra et on verra où il va. Ensuite, on lui parlera pour savoir ce qu'il a à dire au sujet de sa femme disparue. Peut-être qu'il sait où elle se trouve ?

— Le Sanctuaire est paumé au milieu de nulle part, répliqua Mettner. On ne peut pas vraiment s'asseoir dans une voiture et rester en planque.

— Alors on va s'asseoir dans les bois. Ça fait déjà trois jours qu'on vit dehors, et maintenant Noah sait quelles plantes il ne faut surtout pas manger.

Mettner rit.

— Vous avez des combinaisons Ghillie ?

— C'est quoi, ça ? demanda Gretchen.

Mettner lança un regard à Josie qui voulait dire : « Elle est sérieuse, là ? »

— Gretchen est une citadine, vous vous souvenez ? fit Josie. Pas très utiles, les combinaisons Ghillie à Philadelphie.

— C'est quoi, alors ? insista Gretchen.

Noah s'esclaffa.

— C'est un vêtement. Un genre de tenue de camouflage qu'on porte quand on va à la chasse pour se fondre dans l'environnement. Ça te fait ressembler à un bosquet sur pattes, ou à un arbre ambulant couvert de plantes grimpantes. Regarde sur Google, tu verras.

Gretchen sortit son téléphone et tapota dessus. Un sourire illumina son visage.

— Oh, j'ai trop envie d'un truc comme ça.

Chitwood approuva la surveillance après avoir contacté les forces de l'ordre du comté de Lenore pour les informer de ce qui se passait. Puisque la plupart des terres entourant le Sanctuaire appartenaient à l'État, aucun mandat ni autorisation des propriétaires ne s'avéra nécessaire pour qu'ils s'installent dans les bois. Mettner et quelques autres officiers de la police de Denton réunirent toutes les tenues de chasse disponibles pour se camoufler, ainsi que des lunettes de vision nocturne. Le soleil se coucha un peu après 20 heures et, une fois la nuit tombée, ils se mirent en route par équipes.

Ils garèrent des voitures de police banalisées à des endroits stratégiques à l'extérieur du périmètre, et Josie demanda aux policiers en uniforme de s'habiller en civil et de patienter dans ces véhicules au cas où ils auraient besoin d'en poursuivre un qui quitterait le Sanctuaire. Les autres équipes se dispersèrent à pied. Mettner et deux autres officiers s'installèrent dans le bois entre le campement des Yates et la clôture du Sanctuaire, se séparant pour couvrir le plus de terrain possible et formant ainsi un cercle lâche autour de cette zone. Noah, Josie et Gretchen prirent position de l'autre côté du Sanctuaire, dans les bois bordant la route face à la ferme. Gretchen se cacha au milieu des arbres, au pied de la colline située au sud du Sanctuaire. Josie se posta juste en face de l'allée qui y menait. Elle trouva un tronc couché à une dizaine de mètres de l'accotement, bien dissimulé par des broussailles et des arbres. Noah remonta plus haut sur la colline, au nord de la propriété. Josie estima à quatre cents mètres la distance qui les séparait. Ce n'était pas énorme mais, dans la forêt sombre et silencieuse, elle avait l'impression que Gretchen et Noah étaient à des années-lumière d'elle. Elle ne cessait de vérifier la poche arrière de son jean pour s'assurer que sa radio s'y trouvait toujours. Les équipes s'étaient mises d'accord pour ne se contacter qu'en cas de mouvement, afin que les radios n'attirent pas l'attention.

Heureusement, il ne pleuvait plus. Même si le soleil s'était couché, la chaleur et l'humidité n'avaient pas faibli. Josie avait refusé de porter une combinaison Ghillie, préférant un jean noir et un imperméable vert olive pour se fondre dans la forêt. Mais même ainsi, la sueur perlait sur sa peau et s'accumulait au creux de ses reins. Elle rêvait d'une légère brise ou même d'une nouvelle averse, mais en vain. À côté d'elle, sur le tronc d'arbre, elle disposa sa Thermos de café et une paire de jumelles pour observer la ferme et la grange. Une faible lueur se dégageait de ces deux bâtiments. Les gens allaient et venaient entre les deux, certains s'en éloignaient pour se rendre dans le champ derrière la maison où les tentes étaient dressées. Une heure passa, puis une autre et encore une autre. Aucun véhicule n'entra ni ne sortit de la propriété. Finalement, les lumières des deux bâtiments s'éteignirent. Une seule ampoule, derrière la grange, éclairait des toilettes extérieures.

À minuit, d'après ce que Josie pouvait voir depuis l'autre côté de la route, tous les membres du Sanctuaire s'étaient retirés dans leurs quartiers. Josie sirota son café en attendant. À deux reprises, elle vit des ombres longer le mur de la grange, puis les silhouettes se dessinèrent dans le cercle de lumière autour du cabanon : c'étaient deux femmes se rendant aux toilettes. Josie consulta son téléphone portable et nota les heures. La première femme sortit à 1 h 15 et passa dix minutes dedans. La deuxième, une minute seulement, à 2 h 43, avant de retourner à la hâte vers l'avant de la grange.

Josie soupira et descendit du tronc d'arbre. D'un côté comme de l'autre, son regard ne rencontrait que divers degrés d'obscurité. C'était une nuit sans lune et la lumière de l'ampoule des toilettes n'atteignait pas la route et les arbres. À tâtons, elle se dirigea vers un endroit situé à quelques mètres de là où elle se soulagea. De retour à son poste, elle secoua sa Thermos, soulagée d'entendre le café résonner à l'intérieur. Elle but lentement tout le reste.

À 3 heures, la température avait enfin légèrement baissé et la brise qu'elle avait tant désirée plus tôt ébouriffait la cime des arbres. Au début, Josie avait craint que l'obscurité tranquille des bois ne l'endorme, d'autant plus qu'elle avait très peu dormi au cours des dernières nuits, mais, à mesure que le Sanctuaire sombrait dans un calme total, son environnement lui rappelait trop ses récents cauchemars pour que son corps puisse se détendre. Le moindre bruit la faisait sursauter : le bruissement du vent dans les feuillages, la stridulation des grillons, le chant des cigales, le hululement étouffé d'un hibou. La sueur refroidissait sur sa peau, la laissant moite. Un frisson la parcourut.

Quelque chose de froid lui caressa le cou. Son corps se détacha soudain du tronc et elle tourna sur elle-même, scrutant l'obscurité. Elle sortit son arme de son étui et la brandit devant elle. Elle aurait juré avoir vu une ombre passer entre deux arbres proches. Ses jambes faiblirent, elle trébucha et sa tête heurta une branche derrière elle. Elle laissa échapper un petit cri. Un bruit à sa gauche la figea sur place. Des pas ? Elle resta silencieuse, aux aguets. L'arme lui parut plus lourde que d'habitude. Son bras tendu tremblait en l'air.

Est-ce que son esprit lui jouait des tours ? Elle cligna des yeux et fit quelques pas en arrière vers le tronc. Soudain, elle eut de nouveau cette sensation – la même qu'au campement des Yates, le premier jour.

Tous les poils de ses bras et de sa nuque se hérissèrent. La tête lui tournait. Était-ce une respiration qu'elle entendait ? Elle baissa son arme et sprinta vers la route – ou vers l'endroit où elle pensait que la route se trouvait –, mais elle était désorientée, son cœur battait la chamade, et plus elle courait, plus elle se perdait. Elle s'arrêta pour reprendre ses esprits, se plaqua contre un tronc et pointa de nouveau l'arme devant elle. Ses yeux balayèrent les environs, mais rien ne bougea. Elle attendit, à l'affût d'autres sons, mais n'en perçut aucun. La sensation finit par disparaître. Elle retira une main de la crosse du pistolet et chercha son téléphone portable dans la poche de sa veste, mais il n'y était pas. Elle toucha son autre poche. Son GPS n'y était plus non plus.

— Eh merde, murmura-t-elle.

Les appareils avaient dû tomber pendant sa course. Ou les

avait-elle laissés sur le tronc d'arbre ? Pourquoi avait-elle les idées si embrouillées ? Elle pointa son arme vers le sol et ferma les yeux, tâchant de retrouver son calme. Elle finit par les rouvrir et cligna des paupières, afin d'ajuster sa vue à l'obscurité, mais rien n'y fit. Elle tenta de fouiller sa poche arrière à la recherche de sa radio portative, mais ses doigts refusèrent de coopérer. Ce simple geste lui donna le vertige.

À la périphérie de son champ de vision, elle aurait juré avoir perçu un mouvement. L'ombre, encore. Le martèlement dans sa poitrine la submergea. Y avait-il vraiment quelqu'un ? Ou bien son cerveau en proie à l'épuisement lui jouait-il des tours ? Devait-elle rester ou fuir ? Elle tenta de ramener son arme devant elle, mais elle était trop lourde. Elle préféra tendre de nouveau les doigts vers l'arrière et essayer de trouver la radio. Soudain, un autre bruit.

Une respiration, pensa-t-elle. La forêt respirait. S'était-elle endormie ? S'agissait-il d'un autre de ses cauchemars ? Lila allait-elle surgir de derrière un arbre, lui attraper le menton et lui ficher une peur bleue ?

Le son flottait tout autour d'elle à présent. Les arbres et les feuilles étaient vivants. Quelque chose d'humide glissa sur sa joue.

Une voix résonna à côté d'elle :

— Tu es là.

Elle ouvrit la bouche pour crier, mais aucun son ne sortit. *Bouge ! Cours !* La fatigue l'envahit si rapidement et si complètement qu'elle pouvait à peine soulever ses membres. Elle eut vaguement conscience que son arme glissait de ses mains molles. Si ce n'était pas un rêve, alors quelque chose ne tournait pas rond. Elle sentit un souffle contre sa joue. Des mains la touchèrent. Elle voulut reculer, mais aucune partie de son corps ne voulait obéir. Un mot occupait tout son esprit : « RADIO. »

Elle s'évertua à faire bouger sa main, la visualisant dans sa tête, voyant ses doigts trouver et saisir la radio, la sortir de sa poche et appuyer sur les boutons. Elle s'imagina ouvrir la bouche pour dire à son équipe qu'elle était en danger.

Des mains la soulevèrent et sa tête bascula. L'allée du Sanctuaire apparut brièvement de l'autre côté de la route, puis disparut. Sa radio tomba dans la boue.

La voix retentit de nouveau.

— Tu n'auras pas besoin de ça là où tu vas.

48

Josie se réveilla en sursaut, s'agitant et tentant de fuir les ombres de son esprit. En scrutant son environnement, elle comprit qu'elle se trouvait dans une chambre à coucher. La pièce était petite, les murs étaient recouverts de lambris, le sol, d'une vieille moquette couleur rouille, et Josie était couchée sur un mince matelas deux places. La lumière du jour filtrait à travers les rideaux vaporeux suspendus à l'unique fenêtre au-dessus du lit. La porte, de l'autre côté de la pièce, était fermée. Josie se leva du lit, les jambes en compote, et tituba jusqu'à la sortie. Elle tourna la poignée, poussa et tira, mais rien ne bougea. Elle retourna sur le matelas, s'agenouilla dessus et écarta les rideaux. Seulement des arbres. Elle se trouvait au deuxième niveau d'un bâtiment mais, au-delà d'une petite bande d'herbe, il n'y avait que la forêt.

Est-ce que je suis encore en train de rêver ? se demanda-t-elle, tandis que des bribes des derniers jours se mêlaient à des extraits de ses cauchemars. Son cerveau essayait de remettre un peu d'ordre dans ses pensées, de se réorienter, mais rien autour d'elle ne lui était familier. Que s'était-il donc passé ?

Elle avait l'impression qu'on lui avait fourré du coton dans la bouche et un mal de tête lancinant semblait poindre, maintenant qu'elle était réveillée depuis quelques minutes. Elle baissa les yeux sur ses vêtements, fouilla ses poches. Tout avait disparu. Son arme, son étui, son portefeuille, sa lampe de poche, sa radio, son téléphone, ses clés, son GPS.

— Merde, marmonna-t-elle.

Elle fut prise de nausée et se rallongea, les yeux rivés sur le plafond blanc maculé de traces d'humidité, jusqu'à ce que le malaise s'estompe. Elle réfléchit à son dernier souvenir. C'était la nuit. Elle s'était postée dans les bois, derrière la route donnant sur le Sanctuaire. Elle avait fini son café. Puis elle avait senti quelque chose lui toucher le cou, avait paniqué et s'était mise à courir, de plus en plus désorientée.

— Oh non.

Elle avait laissé son matériel, y compris sa Thermos, sans surveillance quand elle était allée faire pipi. L'avait-on droguée ou sa propre fatigue extrême l'avait-elle vaincue ? *Probablement un peu des deux*, jugea-t-elle. Mais pourquoi personne dans son équipe ne l'avait remarqué ? Ils avaient des véhicules stationnés aux deux extrémités de la route, si bien que quiconque sortant de la propriété devait passer devant l'un des véhicules de police banalisés, sans parler de Gretchen ou de Noah. Josie comprit qu'il n'y avait qu'une seule explication : celui qui l'avait kidnappée avait dû l'emmener dans les bois derrière elle, à l'opposé du Sanctuaire. L'avait-on transportée sur des kilomètres à travers la forêt ? Cela n'avait plus d'importance. Elle avait été enlevée. Elle était là, dans une pièce étrange d'une maison étrange.

Un frisson la parcourut lorsqu'elle songea à la bouche de l'homme contre sa joue, à son souffle au creux de son oreille, à ses mains sur son corps. L'idée de crier à l'aide lui traversa l'esprit, mais elle avait très peu de chances de se trouver à portée de voix d'une personne susceptible de l'aider.

Noah, pensa-t-elle. Son équipe et lui avaient certainement déjà compris que quelque chose clochait. Ils avaient dû la chercher et se rendre compte qu'elle n'était plus là. Mais ils ne pourraient pas la retrouver avec son téléphone, car elle l'avait perdu dans la forêt avant d'être enlevée. Elle ne pouvait pas rester assise à attendre des secours qui pouvaient aussi bien ne jamais arriver.

Ses jambes lui paraissant un peu moins chancelantes, elle se dirigea vers la porte. Elle tira de toutes ses forces, posant même son pied contre le mur à côté de la poignée pour avoir un point d'appui. Mais au bout de quelques minutes, elle était trempée de sueur, tremblante, et pas plus avancée. La panique gagna sa poitrine tandis qu'elle observait la pièce une fois de plus. Tout ce qui lui venait à l'esprit, c'était que ce n'était qu'un grand placard, comme celui dans lequel Lila Jensen l'avait enfermée tant de fois lorsqu'elle était enfant. À cela près qu'il ne faisait pas nuit noire.

La fenêtre.

Josie essuya ses paumes moites sur son jean, retourna vers la fenêtre et arracha le rideau avant de le jeter au sol. Le cadre de la fenêtre était vieux et en bois, ses mécanismes de fermeture pétrifiés et inébranlables, et la jonction entre la fenêtre et le cadre avait été recouverte d'une épaisse couche de peinture. Elle jura de nouveau et appuya sa tête contre la vitre, essayant de voir si elle pouvait sauter. Une branche d'arbre assez grosse pour qu'elle s'y accroche s'étirait non loin de la fenêtre. Si elle retirait suffisamment de verre et se positionnait correctement, elle pourrait sauter depuis le rebord de la fenêtre et atteindre la branche dans sa chute, ce qui la ralentirait et lui éviterait peut-être de se casser une jambe à l'atterrissage. Mais elle n'aurait qu'une seule chance.

Il n'y avait rien dans la pièce pour briser le verre. Rien à utiliser comme arme. Il y avait un matelas. Et c'était tout. Elle retourna devant la porte et y colla son oreille, tout ouïe. Aucun bruit de l'autre côté. De retour à la fenêtre, elle ramassa les rideaux et les enroula autour de sa botte droite. Puis elle repoussa le matelas contre la porte, afin de pouvoir se tenir fermement, à même le sol, sur son pied gauche et donner un coup dans la fenêtre avec son pied droit.

La fatigue, la faim et la drogue qu'on lui avait administrée à son insu l'affaiblissaient. Il lui fallut une bonne demi-douzaine d'essais pour réussir à casser la vitre. Dès qu'une brèche s'ouvrit au milieu, elle reprit les rideaux enroulés autour de sa botte pour en enrubanner sa main droite et finir de faire tomber les bouts de verre restants sans se blesser. Le craquement d'une lame de parquet retentit derrière elle. Puis quelqu'un grogna. Josie jeta un coup d'œil par-dessus son épaule juste assez longtemps pour discerner un homme qui s'efforçait de pousser le matelas affalé contre la porte. Elle se retourna vers la fenêtre, saisit le cadre d'une main de chaque côté et se prépara à sauter.

Des mains rugueuses la saisirent par la taille et la ramenèrent dans la pièce. Elle laissa son poids retomber sur lui, ce qui le déstabilisa. De la main gauche, elle attrapa un éclat de verre pendant leur chute, et ils atterrirent à moitié sur le matelas, à moitié par terre. Dès qu'ils touchèrent le sol, Josie pivota, fendant l'air avec son arme de circonstance dans l'espoir de toucher quelque chose. Lorsque l'homme prit une grande inspiration, elle comprit qu'elle l'avait atteint. Mais des bras puissants s'enroulèrent autour d'elle, écrasant ses bras pour la maintenir en place. Ses coups devinrent de plus en plus faibles jusqu'à ce qu'il n'y ait plus rien à entailler.

— Arrête, dit l'homme. Lâche ça.

Mais Josie tenait bon, même si elle sentait son propre sang suinter entre ses doigts. Elle se tortilla pour essayer de libérer de son emprise, donna un grand coup de tête, frappant l'arrière de son crâne contre le visage de l'homme. Il desserra son étreinte. Josie planta ses coudes dans son abdomen mou jusqu'à ce qu'il la relâche. Elle se releva pour courir vers la porte, mais il enroula sa main autour de sa cheville, la tirant en arrière.

— Bon sang. Arrête.

Elle se débarrassa de sa main et s'élança vers la porte, traversa un corridor court donnant sur un escalier. Au moment où elle touchait la rampe en bois brut, l'homme la plaqua par-derrière, la faisant tomber à terre. Le poids de l'homme l'écrasa et lui coupa le souffle. Son champ de vision s'obscurcit. Puis les grandes mains saisirent sa gorge, appuyant sur sa carotide, et elle perdit connaissance.

49

Josie sentit la dureté de la chaise sous elle avant même d'ouvrir les yeux. Elle tenta de bouger ses membres, mais ils étaient entravés. Sa paume gauche la brûlait et de l'air chaud lui caressait le visage. Elle crut entendre des oiseaux. Était-elle dehors ? Elle entrouvrit les paupières, clignant des yeux à cause de la lumière. Elle se trouvait dans une autre pièce. De toute évidence, un salon, avec un canapé fatigué au tissu usé jusqu'à la corde et un tapis à motifs floraux bien élimé. D'un côté, une cheminée. De l'autre, deux grandes portes coulissantes en bois, presque entièrement fermées, ne laissant qu'un interstice de quelques centimètres entre elles. Des rideaux vaporeux flottaient devant les fenêtres, et son cœur se serra. Elle était détenue dans un endroit si reculé qu'ils ne craignaient pas de laisser les fenêtres ouvertes. Personne ne l'entendrait crier à l'aide.

Elle se tortilla. Ses poignets étaient solidement attachés aux bras de la chaise, et ses chevilles aux pieds en bois. Du sang coulait de sa main gauche, avec laquelle elle avait saisi le tesson de verre pour se défendre. Elle s'immobilisa lorsqu'elle entendit le bruit d'une porte qui s'ouvrait dans un grincement ailleurs dans la maison. Elle tendit l'oreille. Des voix lui parvinrent, étouffées et indistinctes. Il lui fallut quelques instants pour déterminer qu'il s'agissait d'un homme et d'une femme. La femme était en colère, elle crachait ses mots.

— Qu'est-ce qui t'a pris de l'amener ici ?

La voix de l'homme était si basse que Josie ne put saisir ses paroles.

— C'était une erreur. C'est comme ça que nous sommes arrivés là au début. Tu ne peux pas continuer de faire ça. Ce n'est pas ce que nous sommes. Tu le sais.

L'homme reprit la parole, puis la femme répondit :

— Non, certainement pas. Je vais lui parler.

Josie se crispa lorsque la porte s'ouvrit brusquement et que Charlotte Fadden en franchit le seuil.

— Bonjour, inspectrice, la salua-t-elle en souriant calmement.

Elle tenait une petite trousse de secours noire, et était suivie par un grand homme aux cheveux hirsutes, pieds nus, vêtu d'un short kaki élimé et d'un t-shirt blanc taché. Sur son flanc, le t-shirt était entaillé et Josie aperçut un bandage à travers la fente. Au-dessus de sa barbe, son regard était vide, mais elle le reconnut d'après les photos qu'elle avait vues : c'était Jack Gresham.

Il resta silencieux et immobile près du mur pendant que Charlotte s'agenouillait devant Josie et commençait lentement, doucement, à détacher son bras gauche.

— Je suis vraiment désolée que nous en soyons arrivés là.

— Là, c'est-à-dire ? demanda Josie. À un enlèvement ? Une agression ?

Le sourire de Charlotte ne vacilla pas.

— Jack, va me chercher de l'eau chaude, veux-tu ?

Il quitta la pièce. Charlotte poursuivit :

— Comme je vous l'ai déjà dit, Jack est perturbé. Je ne tolère pas et ne tolérerai jamais ce type de comportement.

Charlotte tourna la paume de Josie vers le ciel, découvrant une accumulation de sang liquide et coagulé à différents stades de dessèchement. Josie s'efforça de ne pas faire le moindre bruit pendant que Charlotte la palpait. Jack revint avec de l'eau, la posa à côté de Charlotte et reprit sa place contre le mur du fond. Charlotte sortit une compresse de la trousse de secours, la mouilla et commença à nettoyer le sang de la plaie au creux de la main de Josie.

— Vous saviez depuis le début où était Jack. Pourquoi ne pas me l'avoir dit ? Pourquoi l'avoir caché ?

— J'essayais de le protéger, ma chère. Il a besoin d'un refuge. C'est ce que le Sanctuaire était pour lui.

— Un refuge pour assouvir ses fantasmes détraqués ? C'est lui qui a blessé Renee Kelly, n'est-ce pas ?

— Renee et lui avaient un accord.

— Un accord ? Quel genre d'accord ?

— Ce n'est pas important pour le moment, ma chère.

Josie tenta une autre approche :

— Je croyais que vous n'approuviez pas la violence.

— Je ne l'approuve pas. Pas en général.

— Pas en général ? Qu'est-ce que ça veut dire ?

Charlotte nettoya les dernières traces de sang et étudia la plaie.

— Je pense que vous n'aurez pas besoin de points de suture, mais il faudra faire attention. Nous allons la bander, mais vous devrez garder la paume immobile si vous voulez qu'elle guérisse.

Josie comprit que Charlotte n'allait pas lui donner de vraies réponses. Pas facilement en tout cas. Elle changea donc une nouvelle fois de tactique.

— Où suis-je ?

Charlotte appliqua de la bacitracine sur sa peau blessée.

— Dans un endroit sûr.

Josie jeta un coup d'œil à Jack par-dessus l'épaule de la vieille dame. Elle en doutait.

— Où est Emilia ? demanda-t-elle en s'adressant à lui.

Une réaction traversa son visage, mais si furtive que Josie ne parvint pas à la déchiffrer. De la stupeur ? Du désarroi ? De la peur ? Des regrets ? L'ermite avait-il dit la vérité sur le pillage du campement après le départ d'Emilia et alors que les Yates étaient déjà morts ? S'étaient-ils complètement trompés à son sujet ? Est-ce que ça voulait dire que Maya avait menti ? Les pensées de Josie tourbillonnaient. Elle était trop exténuée, trop traumatisée pour donner un sens à tout ce qui se passait. Elle n'arrivait plus à penser clairement. Son esprit tenta de s'accrocher à un seul objectif : se tirer d'ici.

Charlotte posa une compresse propre dans la paume de Josie, ouvrit un rouleau de gaze stérile et commença à bander la plaie.

— Vous posez beaucoup de questions.

— C'est mon travail, rétorqua Josie. Mais si vous en avez assez des questions, ceci n'en est pas une : vous êtes tous les deux en train d'enfreindre la loi en me gardant ici contre mon gré. Plus vous me retiendrez, plus vous vous attirerez d'ennuis. Laissez-moi partir maintenant ou apportez-moi un téléphone pour que j'appelle mon équipe, et je vous promets de discuter avec le procureur pour vous obtenir un accord raisonnable.

— Je t'ai dit qu'on ne pouvait pas lui faire confiance, intervint Jack d'une voix basse et rocailleuse.

— Chut, lui lança Charlotte.

Elle colla un bout de sparadrap pour maintenir la bande en place et reposa la main de Josie sur son genou. Elle la regarda dans les yeux et son sourire s'élargit.

— J'ai besoin que vous voyiez au-delà de votre travail pendant un moment. J'ai besoin que vous compreniez ce qui est vraiment important. Je ne suis pas contente de ce que Jack a fait, mais ne voyez-vous pas qu'en vous amenant ici, il vous a fait un cadeau ?

— Vous m'avez filé un truc pour me faire planer, ou vous êtes juste complètement folle ? répliqua Josie.

— C'est une perte de temps, marmonna Jack.

Charlotte s'esclaffa.

— Vos murs sont si hauts. Votre résistance est si féroce ! Mais je vous promets que vous êtes exactement là où vous devez être en ce moment même.

— Dans une prison ?

— Non, ma chère. Vous n'êtes pas prisonnière. Enfin, pas plus que vous ne l'étiez déjà. Mais maintenant, ici, avec nous, vous êtes au bord du gouffre de la véritable liberté. Une liberté que vous n'avez jamais connue. Vous avez été amenée ici précisément au moment où vous avez le plus besoin de vous accepter. Quand vous avez le plus besoin de *devenir* pleinement – la lumière et les ténèbres, mariées, ne faisant qu'un.

Josie se pencha en avant, autant que ses liens le lui permettaient, et fixa Charlotte dans les yeux.

— Laissez-moi partir tout de suite.

Charlotte recula tout en rangeant sa trousse de premiers soins. Josie ressentit une petite satisfaction d'avoir gagné la bataille des regards, mais elle pressentait qu'elle n'était pas près d'être libérée. Elle frappa durement sa main blessée contre sa cuisse et cria :

— Laissez-moi partir !

Charlotte l'ignora, se leva et revint aux côtés de Jack. Ils observèrent les doigts gauches de Josie qui s'acharnaient sur les cordes pour les détacher jusqu'à ce que le sang suinte à travers son récent bandage. Finalement, elle s'arrêta, haletante et épuisée, la sueur coulant sur son visage et lui piquant les yeux.

— Jack, attends ici, ordonna Charlotte. Je vais chercher quelque chose à manger pour l'inspectrice Quinn.

Josie repartit à l'assaut de ses liens, plus lentement, pendant que Jack se tenait au-dessus d'elle. Elle libéra sa main droite et s'attaqua à sa jambe gauche. Il ne fit rien pour l'arrêter. Une petite voix dans sa tête lui criait des avertissements paniqués. Pourquoi la laisseraient-ils se libérer elle-même ? Tout ceci n'avait aucun sens. Pourquoi n'essayait-il pas de l'arrêter ? Que ferait-il si elle se dégageait complètement ? La laisserait-il sortir ? L'étranglerait-il encore jusqu'à ce qu'elle perde connaissance ? L'attacherait-il de nouveau ? À quel foutu jeu jouaient-ils ?

Ses jambes étaient toujours attachées lorsque Charlotte revint avec deux tables d'appoint. Elle les déplia et en plaça une devant Josie.

— Jack. Sois gentil et va chercher le reste à la cuisine, veux-tu ?

Il quitta la pièce et revint une première fois avec une chaise pour Charlotte, puis les bras chargés de deux plateaux-repas. Charlotte s'assit en face de Josie.

— Je vous en prie, vous devez être affamée.

— Laissez-moi partir, répondit Josie.

Elle se pencha en avant pour tenter de glisser le haut de son corps entre la table et la chaise afin de reprendre ses efforts pour dégager ses jambes. Comme elle n'y parvenait pas, elle releva la tête et constata que Charlotte était déjà en train de manger. Devant elle, un bol de soupe aux vermicelles avec des légumes, du pain, une pomme et un grand verre d'eau. Charlotte avala calmement une bouchée et dit :

— Soit vous coopérez avec moi et vous me laissez une chance de vous montrer les avantages de ce que nous faisons au Sanctuaire, soit vous vous enfuyez. Dans les deux cas, vous aurez besoin de toutes vos forces. A minima, vous devez vous hydrater. Vous ne pensez pas ?

Josie ne réagit pas.

Charlotte poussa le verre d'eau vers Josie.

— Ce n'est pas une capitulation, inspectrice. Juste une question de survie. Tout le monde doit manger et boire.

C'est un piège, pensa Josie. Forcément. Il devait y avoir un truc dans la nourriture, dans l'eau. De la ciguë ou autre chose. Une substance qui la laisserait inconsciente le temps qu'ils décident de ce qu'ils allaient faire d'elle.

Charlotte soupira.

— Nous ne vous empoisonnons pas.

Elle se leva et fit signe à Jack. Il souleva le plateau de Josie et Charlotte le sien. Ils les échangèrent afin que Josie récupère celui de Charlotte et inversement. Charlotte se rassit. Elle but un verre de l'eau de Josie et commença à manger sa soupe. Josie attendit plusieurs minutes avant de prendre à contrecœur l'eau de Charlotte et de l'avaler goulûment. Elle mangea ensuite la pomme. Puis le pain. Elle ne voulait pas manger la soupe au cas où elle contiendrait quelque chose, mais elle se rappela que Charlotte y avait goûté avant qu'elles n'échangent leurs plateaux. Et Charlotte allait parfaitement bien. Josie aussi se sentait bien. Lentement, elle commença à déguster la soupe, stupéfaite de sa propre faim. Jack sortit de la pièce et revint avec un pichet d'eau pour remplir leurs deux verres. Elles prirent chacune une gorgée.

— Vous allez me laisser partir ? demanda Josie. Vous n'allez pas essayer de me retenir ?

Charlotte fronça les sourcils avant de lancer un regard appuyé à Jack.

— Non, nous n'allons pas essayer de vous retenir. Mais vous aurez un long voyage à entreprendre. Vous êtes assez loin de la civilisation. Il vaudrait mieux que vous restiez un peu avec nous. Vous pourriez me donner quelques jours pour vous aider.

— La seule aide dont j'ai besoin, c'est pour partir d'ici.

— Je sais que c'est ce que vous croyez, mais vous vous trompez. Vous menez actuellement une bataille intérieure majeure. Une bataille qui pourrait être déterminante pour le reste de votre vie. J'aimerais vous aider.

— Peut-être dans d'autres circonstances mais, là, je dois trouver Emilia Gresham, répondit Josie en fixant Jack. Comme vous le savez, elle a disparu. Je crois qu'elle est en danger. Je n'ai pas le temps pour tout ça. Je dois partir maintenant.

Elle repoussa son plateau et se baissa, ses doigts s'affairant de nouveau sur les liens qui lui enserraient les jambes.

— Et si je vous disais qu'Emilia est en sécurité ?

Josie releva la tête.

— Comment pourrais-je vous croire ?

— Jack.

L'homme s'avança vers elles.

— Ma femme est en sécurité.

Josie dévisagea Charlotte.

— Après ce qu'il m'a fait, vous voudriez que je vous croie ? J'ai besoin de la voir.

— Vous ne pouvez pas la voir, inspectrice, répliqua la vieille dame. Vous devrez vous contenter de ma parole. Pas de celle de Jack. Je comprends que vous ne lui accordiez pas votre confiance. J'espère que vous me croirez, moi. Je ne mentirais pas sur un tel sujet.

— Vous avez menti sur beaucoup de sujets, souligna Josie.

— Mais je vous dis la vérité à propos d'Emilia.

— Est-ce qu'elle est ici ?

Charlotte sourit.

— Tout ce que vous avez besoin de savoir, c'est qu'elle est en parfaite santé et en sécurité.

— Est-elle venue ici de son plein gré ?

Cette fois, la réponse ne fut pas aussi spontanée.

— Elle est venue pour être avec Jack. Maintenant, s'il vous plaît, pourriez-vous me donner un peu de temps pour vous aider ?

Josie regarda Jack.

— Et Maya Bestler ? Vous la connaissez ?

Une lueur fugace éclaira le regard de Jack. Ni colère ni méfiance. De la souffrance, peut-être ? Des regrets ?

— Vous la connaissiez, n'est-ce pas ? poursuivit Josie. Vous l'avez rencontrée à un événement caritatif à l'usine Lantz et vous avez fait une fixation sur elle.

Il resta bouche bée. Charlotte se retourna vers lui, mais Josie ne put saisir le regard qu'ils échangèrent.

— C'était vous ? C'est vous qui l'avez enlevée ? Elle a menti à propos de l'ermite ? Pourquoi ? Elle a peur de vous, n'est-ce pas ?

— Ça suffit pour l'instant, Jack, l'interrompit Charlotte. Tu peux partir.

Josie ouvrit la bouche pour poser d'autres questions, mais elle fut frappée par une soudaine vague de vertige et de fatigue. *Non*, pensa-t-elle. *Non, pas encore.* Elle essaya de se ressaisir, de se raccrocher à sa conscience, à la lumière, mais elle n'y parvenait pas. La lumière s'estompa et l'obscurité l'enveloppa.

50

Elle se réveilla encore une fois dans une autre pièce, allongée sur un matelas posé sur un cadre de lit en métal noir. Ses poignets étaient attachés avec une corde aux montants, et ses pieds ligotés ensemble. Une vague de douleur déferla dans ses épaules lorsqu'elle entreprit de bouger et de tester la solidité de ses liens. Elle ne pouvait s'empêcher de penser à Renee Kelly ; cette corde ressemblait à celle que Josie avait trouvée dans la cabane du Sanctuaire. Qu'est-ce que Jack lui avait fait ? Josie serait-elle la prochaine ? Charlotte semblait avoir un certain ascendant sur lui, mais il avait amené Josie ici contre les ordres de Charlotte. C'était le sujet de leur dispute lorsque Josie les avait entendus derrière la porte de l'autre pièce.

Elle repoussa ce brouhaha de pensées et se concentra sur sa situation actuelle. Cette chambre était presque identique à la précédente, avec ses panneaux de bois hideux et sa moquette couleur rouille. Secouer le cadre de lit ne desserra en rien ses entraves. Elle essaya de crier, mais sa voix était fluette et faiblarde. Sa bouche était sèche comme du carton, mais au moins elle n'avait pas fait de cauchemars. La drogue qu'ils lui administraient était puissante. Si puissante qu'elle l'entraînait de nouveau vers le fond tandis que ses efforts physiques accéléraient sa circulation sanguine. Tout en se débattant contre les cordes qui la retenaient, Josie replongea dans un profond sommeil.

Lorsqu'elle se réveilla de nouveau, Charlotte était là, assise au bord du lit, et elle passait un gant de toilette mouillé sur le visage de Josie. Celle-ci ne voulait pas l'admettre, mais c'était une sensation délicieuse. Charlotte l'aida à se redresser et lui offrit un verre d'eau. Rien ne lui avait jamais semblé aussi séduisant, mais Josie ne se résolut pas à le boire. Elle ne pouvait pas risquer d'être encore une fois droguée.

— Vous avez dit que j'étais en sécurité ici, dit Josie d'une voix rauque. C'est ça, votre idée de la sécurité ? Me garder attachée ?

— Je suis désolée, inspectrice, mais nous avions besoin d'un peu plus de temps avec vous. S'il vous plaît, vous devez boire.

— Non.

Jack entra et lui libéra les pieds. Josie essaya de se lever d'un bond, mais ses jambes étaient si chancelantes qu'elle tomba par terre, maladroitement accrochée au cadre du lit.

— Pas si vite, lui intima Charlotte alors qu'ils la détachaient du lit, en lui laissant les poignets liés ensemble.

Charlotte l'emmena dans la salle de bains voisine et attendit qu'elle se soulage. Josie avait l'esprit embrouillé, mais elle cherchait toujours un moyen de se sortir de cette situation. De toute évidence, ils ne voulaient pas lui faire de mal. Même si elle n'appréciait pas d'être droguée, c'était mieux que d'être battue jusqu'à complète soumission. Elle avait le sentiment que s'il passait un peu de temps seul avec elle, Jack aurait des envies différentes à son égard. Elle devait donc convaincre Charlotte de la laisser partir. Elle savait que son équipe devait travailler dur pour la retrouver en ce moment même, mais elle perdait peu à peu tout espoir qu'ils la retrouvent.

De retour dans la chambre, Josie refusa de boire ou de manger. Charlotte lui promit de repasser plus tard pour réessayer. Les heures passèrent, Charlotte et Jack rôdant autour d'elle, lui offrant de l'eau et de la nourriture, et Josie les repoussant encore et encore. Elle resta attachée au lit, les pieds liés, s'efforçant de ne pas sombrer dans le sommeil, de ne pas perdre le fil de ses pensées. Son corps entier souffrait de cette immobilité.

La lumière du jour qui filtrait par la fenêtre diminua et la nuit s'installa. Josie avait écouté attentivement les bruits du dehors toute la journée, mais n'avait perçu que le vent dans les arbres, le gazouillis des oiseaux et les allées et venues de Charlotte autour de la pièce. Josie entendait rarement Jack. Aussi imposant soit-il, il se déplaçait sans bruit dans la maison. Cette idée était loin d'être rassurante.

Elle n'avait aucun moyen de mesurer le temps, aucun moyen de savoir quelle heure il était lorsqu'elle se rendormit finalement. La drogue administrée par Charlotte et Jack avait dû quitter au moins en partie son organisme car, cette nuit-là, ses cauchemars recommencèrent. Elle était redevenue une enfant, enfermée dans le placard. De l'autre côté de la porte, elle entendait Lila parler avec l'un de ses « amis » – des hommes qui venaient lui vendre de la drogue ou en consommer avec elle. Parfois, Lila n'avait pas assez d'argent, alors elle payait en faisant d'autres choses. Parfois, elle n'avait pas envie de faire ces autres choses et offrait Josie en guise de règlement.

— Maman !

La petite fille que Josie était dans ce rêve se mit à crier alors que les ténèbres se refermaient sur elle. Elle tambourina contre la porte du placard jusqu'à ce que ses mains lui fassent mal.

— S'il te plaît, maman, laisse-moi sortir !

— Tais-toi, sale gosse, cracha Lila.

— Allez, lança une voix d'homme. Ce n'est qu'une enfant.

— À l'aide ! cria-t-elle.

Elle recula, leva une jambe et donna un coup de pied dans la porte. Après trois tentatives, la porte s'ouvrit et Josie tomba au travers. Mais elle n'était pas dans le mobile home de sa mère. Elle était de retour dans la forêt, et il faisait aussi noir que dans le placard. Quelque chose de lourd et de malodorant rampait sur elle. Son souffle chaud et sa bouche humide planaient juste au-dessus de sa tête. Son petit corps à elle était paralysé, les battements de son cœur, assourdissants, résonnaient dans sa poitrine.

—Jo !

La voix venait de l'endroit où elle avait chuté du placard. Une voix familière et rassurante, mais aussi surprenante. La créature qui l'écrasait disparut. Elle se redressa en position assise. Une seule ampoule pendait d'un plafond invisible au-dessus d'elle. Sous celle-ci, son défunt mari, Ray. Il était adulte, vêtu de son uniforme de policier, rasé de près, ses cheveux blonds soigneusement peignés. Josie s'apprêta à parler, mais il leva un doigt et le pressa sur ses lèvres.

Chhhut.

Le son ne sortait pas de sa bouche, mais Josie ne le quitta pas du regard. Il tendit deux doigts, l'index et le majeur, et les leva lentement vers ses propres yeux. « Regarde », essayait-il de lui dire. Ou : « Observe. » Elle n'était pas sûre.

Chhhut.

Le bruit venait d'à côté d'elle. Une brise caressa sa nuque. Le sentiment d'être observée revint. Mais elle n'était plus dans le rêve.

Josie ouvrit les yeux et découvrit une immense ombre qui se profilait au-dessus d'elle, une simple forme noire se détachant dans le clair de lune grisâtre qui inondait la pièce à travers les rideaux vaporeux.

Jack.

Elle ne bougea pas. Elle ne respira même pas. Elle était ligotée et à sa merci. Une seule de ses grandes mains pouvait étouffer ses cris avant que Charlotte ne les entende. Pourtant, hors de question qu'elle lui montre sa peur. Sa voix était bien plus assurée qu'elle-même ne l'était.

— Si tu me touches encore, je te brise tous les doigts.

Il ne réagit pas. Elle ne parvenait pas à bien distinguer ses traits mais, l'espace d'une seconde, elle devina le blanc de ses dents. Est-ce qu'il souriait ?

Elle se déroba lorsqu'il se pencha vers elle, mais il déposa juste quelque chose à côté d'elle sur le lit, se tourna et partit, le tout sans le moindre bruit.

Josie cligna des yeux jusqu'à réussir à discerner le petit objet de la taille d'une pièce de monnaie sur le matelas tout près d'elle. Quand elle comprit enfin, son corps lâcha un cri involontaire que la partie consciente de son cerveau étrangla immédiatement dans sa gorge.

Il lui avait laissé une moitié de noix noire.

51

La lutte contre le sommeil devint alors celle pour sa survie même. Elle ne pouvait pas risquer de s'endormir de nouveau et de se retrouver vulnérable. Dans sa panique, elle avait fait tomber la noix par terre. Avec un peu de chance, elle pourrait la montrer à Charlotte au petit matin, lui dire ce que Jack avait fait, et ensuite...

Quoi ?

Charlotte intimerait à Jack de partir ? Elle libérerait Josie et le livrerait à la police ? L'idée était absurde. Charlotte devait être au courant de toutes les horreurs qu'il avait commises et, pourtant, elle le protégeait. Elle l'avait toujours protégé, même après le meurtre de Renee. Ils gardaient Emilia contre son gré. Charlotte était responsable, et pas seulement complice des actes de Jack. Elle donnait les ordres. Elle croyait pouvoir contrôler Jack jusqu'à un certain point, mais elle ne pouvait pas pour autant l'empêcher de torturer et tuer Josie.

Les membres de Josie se tendaient, tirant sur ses entraves, et la corde s'enfonçait dans ses poignets et ses chevilles. Il avait tué ses amis, Tyler et Valerie. Il avait enlevé Emilia. Puis il avait tué Renee. Il avait vécu au Sanctuaire. Qu'avait dit Charlotte, déjà ? Renee et lui avaient eu un « accord » ? Elle ne savait pas en quoi cet accord consistait, mais elle savait que ce qu'il avait infligé à la jeune fille avait provoqué les cicatrices sur ses poignets et la terreur dans ses yeux avant sa mort. À en juger par la première réaction de Charlotte à l'annonce du meurtre de Renee, Josie était certaine qu'elle n'avait jamais eu l'intention de laisser Jack faire. Mais il l'avait tuée quand même, et elle continuait de le protéger.

Après avoir été droguée deux fois, n'ayant presque rien mangé ni bu, et quasi pas dormi, elle se sentait étourdie et désorientée. Lorsque Charlotte apparut à l'aube, la détacha et lui offrit une pomme, elle accepta. Qu'auraient-ils pu faire à un fruit ? Ensuite, elle accepta du pain. Charlotte l'incita à boire de l'eau, mais elle n'accepta qu'à la condition que ce soit directement au robinet de la salle de bains, en prenant l'eau dans ses mains avant de la porter à sa bouche.

Charlotte la ramena dans la chambre et la ligota de nouveau. À un moment donné, elle s'endormit et se réveilla en sursaut, paniquée, sans savoir combien de temps s'était écoulé. Il faisait encore jour. La pièce était vide. Elle tira sur ses liens. La peau de ses poignets s'était couverte d'ampoules et brûlait chaque fois qu'elle bougeait. Elle se concentra sur la douleur pour se maintenir éveillée, mais la faim et le manque de sommeil l'abrutissaient. Lorsqu'elle tentait de réfléchir – à la manière de s'enfuir, à Noah et à l'équipe, à sa famille –, son esprit n'était plus que néant. Son univers se réduisait à un seul et unique objectif : ne pas finir étranglée avec une noix noire enfoncée dans la gorge.

Lorsque Charlotte revint et la détacha, elle ne put même pas exprimer son soulagement d'être débarrassée de ses liens. Son corps était faible, son esprit encore confus. Charlotte la conduisit au rez-de-chaussée puis dehors. La lumière du soleil lui piqua les yeux et elle les protégea d'une main le temps que sa vision s'adapte. Les deux femmes se trouvaient sous un petit porche. Devant elles, une étendue d'herbe, puis des arbres de toutes parts. Josie regarda derrière elle et vit l'ombre de Jack dans l'embrasure de la porte. Il était toujours là. À l'affût. Elle ressentit une montée de panique, mais l'étouffa.

— Venez, asseyez-vous, lui dit Charlotte.

Josie n'avait même pas remarqué le petit salon de jardin, ni la nourriture et les boissons qui les attendaient. Elle ne protesta pas lorsque Charlotte lui proposa une des chaises devant un repas composé d'une soupe de légumes et de pain. Josie mangea lentement, attentive au moindre signe laissant supposer qu'elle avait encore été droguée. Elle devait se nourrir pour garder un peu de forces, sinon elle ne pourrait jamais s'échapper. Charlotte attendit plusieurs minutes avant de reprendre :

— Quand je vous ai rencontrée, vous luttiez contre quelque chose. Vous luttez toujours contre quelque chose en ce moment même. Je crois que le temps joue un rôle critique dans cette bataille. C'est sur ce point que je pense pouvoir vous aider. Êtes-vous prête à en discuter ?

Josie ne voulait pas parler de Lila Jensen. Elle ne voulait plus jamais penser à elle, mais elle n'avait pas l'énergie mentale pour continuer à mentir.

— Il y a cette femme. Dans mon enfance, elle m'a fait subir des choses terribles. Elle est en train de mourir et elle veut me voir.

— Vous ne voulez pas la voir ? demanda Charlotte.

Josie secoua la tête.

— Non.

— Pourquoi, ma chère ? Croyez-vous qu'en allant la voir, vous la laisserez avoir le dessus ? Même dans la mort ?

Josie promena son regard sur les arbres qui ondulaient sous la brise. Elle écouta le chant des oiseaux. Malgré elle, elle songea à la paix qui régnait ici. Il faisait plus frais. Soit la vague de chaleur du mois d'août était enfin retombée, soit ils se trouvaient en altitude, dans les montagnes.

— Non, répondit Josie. Je ne veux pas la voir parce qu'elle ne mérite pas de me voir. Elle ne mérite pas d'avoir ce qu'elle veut après ce qu'elle a fait, après toutes les vies qu'elle a détruites.

— Il y a une chose que vous ne voulez pas lui donner.

Josie leva la main.

— Ne me parlez pas de pardon. Ça n'arrivera jamais.

Charlotte s'esclaffa, cette fois d'un rire franc et sincère.

— Aucun risque, je ne crois pas au pardon.

— Ne faut-il pas savoir pardonner pour « devenir pleinement » ?

— C'est absurde, répliqua Charlotte.

Josie comprit alors comment les gens pouvaient se laisser entraîner dans le petit monde de cette femme. Elle disait rarement ce à quoi Josie s'attendait. Elle essaya de se rappeler que Charlotte était une menteuse invétérée, mais elle était trop déterminée à rester concentrée sur la conversation pour réfléchir à quoi que ce soit d'autre.

Charlotte se pencha en avant, passa ses doigts dans ses cheveux gris et tâta son cuir chevelu jusqu'à trouver ce qu'elle cherchait. Elle garda sa main droite en place et utilisa sa main gauche pour écarter les cheveux et révéler une vieille bosse de tissu cicatriciel. Josie sentit son estomac se retourner en se rappelant les photos qu'elle avait vues de Charlotte dans le dossier de l'affaire de violences conjugales vieille de plusieurs dizaines d'années.

— Vous pensez vraiment que je pourrais pardonner ça ?

Charlotte se leva et souleva sa robe, montrant les cicatrices sur sa peau fine comme du papier de soie, de ses chevilles jusqu'à ses côtes.

— Pensez-vous que je puisse pardonner ceci ? Mon époux – mon cher époux – m'a fait ça. Et ce ne sont que les cicatrices apparentes. Je ne lui ai pas pardonné de son vivant, et je n'ai pas ressenti le besoin de le faire après sa mort.

— Si ce n'est pas le pardon, alors quoi ?

Charlotte réajusta sa robe et se rassit. Elle but une longue gorgée d'eau tandis que ses yeux parcouraient le jardin.

— Quand une personne fait de vous une victime, elle vous rabaisse. Elle vous diminue.

— Vous êtes en train de me dire que je devrais juste me considérer au-dessus de tout ça ? demanda Josie.

Charlotte la dévisagea, les yeux brillants.

— Non, je vous dis que vous devez redevenir entière. Il n'y a qu'une seule façon d'y parvenir.

— C'est-à-dire ?

— Vous devez accueillir vos propres ténèbres. Vos pulsions. Comme cette femme dont vous me parlez. Je parie qu'elle accueillait ses désirs les plus sombres tous les jours.

Josie acquiesça. Elle agrippa son verre d'eau, et ses articulations blêmirent. Elle avait tellement envie de boire, mais ne pouvait pas prendre le risque. Charlotte poursuivit.

— Elle connaissait son côté sombre et l'embrassait sans peur, avec insouciance même. Elle en tirait son pouvoir. Un pouvoir sur vous, et sur beaucoup de gens, j'imagine.

— Vous voulez que je devienne une salope diabolique ?

Charlotte rit de nouveau.

— Je vous aime bien, inspectrice. Je vous aime beaucoup. Non, vous n'avez pas besoin de devenir une salope diabolique. Ce n'est pas ça, *devenir* pleinement. Ça, ce serait seulement vivre dans l'ombre d'une partie de soi. Une moitié du tout. Vous devez être capable d'accéder aux deux. Je crois que vous avez accédé depuis longtemps à votre lumière. Vous vous battez pour les gens, pour les protéger, pour les aider. Je le vois en vous. Ce que je ne vois pas, c'est votre capacité à puiser dans vos propres ténèbres et à les manier. Les sévices que vous avez subis de la part de cette femme ont duré très longtemps, n'est-ce pas ?

Josie hocha la tête.

— Les victimes chroniques ne peuvent redevenir entières,

puissantes, que si elles sont capables de puiser dans leur côté obscur. Dites-moi, s'il n'y avait aucune règle dans ce monde, que feriez-vous à cette femme ?

Josie avait eu toute sa vie pour fantasmer sur ce qu'elle ferait à Lila si l'occasion se présentait. Si elle avait carte blanche. Sans conséquences. La réponse semblait si évidente : elle la torturerait comme elle avait été torturée dans son enfance, ou elle la tuerait. Quoi d'autre ? Mais ç'aurait été dérisoire. Josie avait vu assez de morts et de désespoir au fil de sa carrière. Si elle blessait Lila Jensen, est-ce qu'elle récupérerait ce que celle-ci lui avait volé ? En toute logique, Josie savait que non. La vie ne fonctionnait pas ainsi. La seule et unique chose qui lui avait apporté un peu de paix au cours des dix-huit derniers mois, pendant que Lila pourrissait en prison, était de savoir qu'elle ne pouvait plus faire de mal à quiconque.

Alors pourquoi ces appels de la prison de Muncy la dérangeaient-ils autant ? Pourquoi les cauchemars étaient-ils si fréquents et si intenses ?

— Fermez les yeux, demanda Charlotte. Je veux que vous imaginiez une scène. Allez-y.

Josie ne voulait pas fermer les yeux. La soupe et le pain l'avaient déjà rassasiée et elle se sentait somnolente. Elle ne voulait pas risquer de s'endormir à table. Mais Charlotte était juste en face d'elle. Jack ne tenterait sûrement rien sous les yeux de la vieille dame. À contrecœur, Josie posa ses mains sur ses genoux et ferma les yeux, laissant la légère brise d'été lui caresser les bras et le visage.

— Vous êtes avec cette femme, commença Charlotte d'une voix douce. Elle est allongée dans son lit, en train de mourir. Vous êtes seule avec elle. Peut-être est-elle encore lucide. Peut-être est-elle si proche de la mort qu'elle n'est déjà plus là. Quoi qu'il en soit, vous vous asseyez à côté d'elle. Vous regardez son visage et vous ressentez toutes les horreurs qu'elle vous a infligées. Vous vous sentez faible et vous redevenez une victime.

Mais vous n'avez pas à ressentir ça. Plus jamais. Vous avez le pouvoir en vous si vous osez le saisir. Tout ce que vous devez faire, c'est tendre les bras vers elle, enrouler vos mains autour de sa gorge et serrer. Sentez sa panique monter à mesure qu'elle comprend ce que vous êtes en train de faire. Ses yeux sont écarquillés et vous voyez la peur, la terreur dans ses yeux. Les mêmes sentiments qu'elle vous a toujours infligés. Mais, maintenant, les rôles sont inversés.

Josie enfonça le bout de ses doigts dans ses cuisses, et la vision de Lila que Charlotte avait créée disparut, remplacée par l'image de Renee Kelly sur la table d'autopsie. Les dents serrées, elle demanda :

— C'est ce que vous faites au Sanctuaire ? Vous vous blessez les uns les autres ? Vous vous maltraitez, vous vous entretuez même, pour vous sentir puissants ?

Josie ouvrit les yeux et constata que la flamme dans le regard de Charlotte brûlait intensément.

— Bien sûr que non. Nous nous *aidons* les uns les autres.

— En vous faisant du mal ?

— Si c'est nécessaire.

— Je ne comprends pas.

Charlotte remua sur son siège.

— Nos membres, une fois qu'ils se sont engagés, concluent des pactes les uns avec les autres. Ces pactes leur permettent de faire ressortir pleinement le pouvoir des autres membres et d'entrer en relation avec leur côté obscur.

— Je ne comprends pas comment cette pratique peut rendre quelqu'un entier, peina à répondre Josie.

Elle avait pensé qu'elle se sentirait mieux après avoir mangé, mais son esprit s'embrouillait. Elle avait désespérément besoin de dormir.

— Il n'y a pas de lumière sans ténèbres.

Josie s'efforça de suivre sa logique.

— Chacun trouve les ténèbres dans l'autre.

— Nous aidons les gens à faire ressortir leurs ténèbres pour qu'elles puissent trouver leur place à côté de la lumière et occuper une part égale en chaque être. Je sais que c'est difficile à comprendre mais, au Sanctuaire, nous nous débarrassons des normes et des attentes de la société. C'est la première étape. Vous ne pouvez pas penser au travers du filtre que vous avez utilisé toute votre vie. Prenons l'exemple de Jack. Toute sa vie, il a été horriblement maltraité par de nombreuses personnes – généralement les petits amis de sa mère. Pourtant, c'était un homme bon, il s'accrochait à sa lumière intérieure et essayait de faire ce qu'il croyait juste dans sa vie. Mais il était terriblement déprimé et incomplet. Presque au point d'être suicidaire. Il est arrivé chez moi dans cet état. Je l'ai aidé à accéder à cette autre facette de lui-même et, ainsi, il est devenu une personne plus complète.

Une partie de son cerveau voulait faire remarquer à Charlotte qu'elle avait tout bonnement créé un tueur, mais Josie avait encore du mal à comprendre le cadre que Charlotte essayait de lui présenter, à savoir les principes directeurs du Sanctuaire. Elle préféra donc demander :

— Qu'est-ce que cela implique exactement, d'aider une personne à accéder à l'autre facette d'elle-même ?

— Eh bien, c'est différent pour chaque membre.

— Qu'est-ce que c'était pour Jack ?

— Pour chaque membre, y compris pour Jack, c'est une décision personnelle. Même si certains de nos autres membres étaient prêts à l'aider.

— Comme Renee ? S'était-elle engagée ? Elle ne portait pas la marque.

— Elle s'évanouissait chaque fois que nous tentions de procéder à la cérémonie de marquage. Il faut être éveillé, conscient de ce que l'on reçoit. Mais elle était engagée. Elle aurait fini par y arriver.

— Jack lui a fait du mal, n'est-ce pas ? À elle et aux « autres membres » dont vous parlez.

— Ce n'est pas leur faire du mal s'ils sont consentants.

— Le mal reste le mal, Charlotte. Un meurtre est un meurtre. Ce à quoi vous faites allusion ressemble à un crime.

Charlotte détourna le regard un instant, et elle rougit.

— Il n'était pas censé tuer qui que ce soit.

— Mais il l'a fait.

— Vous pensez trop comme une policière, inspectrice.

— C'est ce que je suis, Charlotte. Qui étaient les autres membres ? Que leur est-il arrivé ?

Charlotte croisa de nouveau son regard.

— Ils sont tous vivants, si c'est ce que vous voulez savoir.

— Où sont-ils ? Toujours au Sanctuaire ? Leur avez-vous dit de nous mentir ? Les avez-vous contraints à le faire ?

Charlotte soupira. Ses doigts lissèrent la serviette en tissu à côté de son bol de soupe.

— Il y avait une membre qui essayait de l'aider, mais il était... Il ne pouvait pas... Il n'avait pas encore canalisé ses pulsions. Elle est partie il y a plus d'un an.

— Qui d'autre ? insista Josie.

Elle regarda son verre d'eau, avec une envie folle de le vider jusqu'à la dernière goutte. Ou mieux encore, une tasse entière de café. Le café lui manquait terriblement.

— Elle est partie, répondit Charlotte. Personne ne sait où elle est allée.

— Comment puis-je être sûre que ces femmes sont encore en vie ?

— Vous avez rencontré l'une d'entre elles.

Le cerveau embrouillé de Josie travailla plusieurs secondes pour assembler les pièces du puzzle. Finalement, elle demanda :

— Maya Bestler ? Elle a rejoint le Sanctuaire ?

— Elle n'a pas rejoint le Sanctuaire, murmura Charlotte. C'était une erreur.

Josie entendit Jack faire deux pas vers la porte, mais il n'apparut pas immédiatement sur le seuil. La fatigue qui avait menacé de l'envahir quelques instants plus tôt s'était envolée.

— Qu'est-ce qui s'est passé ?

Charlotte ne la regardait plus.

— Je n'étais pas au courant pour elle. Pas au début. Je ne l'ai découvert qu'après. Vous voyez, Jack nourrissait depuis longtemps le fantasme de kidnapper une femme, de l'attacher et... de lui faire des choses. Ce sont ses pulsions les plus obscures. Manifestement, le fait que d'autres membres acceptent d'assouvir ses fantasmes ne le comblait pas. Il a amené Maya sur la propriété à mon insu. Quand je l'ai découvert, je l'ai obligé à la relâcher. Elle a promis de ne rien dire de ce qui s'était passé.

— Vous l'avez crue ?

Charlotte remua de nouveau sur sa chaise.

— Elle avait tellement peur de Jack que oui, j'ai cru qu'elle ne dirait rien. J'ai demandé à Jack de l'emmener en dehors de la propriété et de la relâcher.

— Où ? Où l'a-t-il relâchée ?

— Honnêtement, je ne sais pas. Un jour, il est parti dans les bois avec elle et il est revenu sans elle. Je n'ai posé aucune question. La police n'est jamais venue.

Jack l'avait-il livrée à l'ermite ou l'ermite l'avait-il trouvée en train d'errer dans les bois et avait décidé de l'emmener à son tour ? Pourquoi Maya ne leur avait-elle pas dit ce qui s'était réellement passé ? Était-elle à ce point terrifiée par Jack ?

Bien sûr que oui. Josie elle-même n'avait-elle pas passé des heures, voire des jours, à rester éveillée pour se protéger de lui ? Depuis combien de temps était-elle ici ? Un jour ? Deux ?

— Que dites-vous, ma chère ?

Charlotte se pencha en avant et scruta le visage de Josie, les sourcils froncés sous le coup de la perplexité.

— Est-ce que vous... comptez ?

Avait-elle parlé à haute voix ? Josie secoua la tête, tâchant de se concentrer. Était-ce à cause de Jack que Maya s'était enfuie ? Non parce qu'elle ne voulait pas être mère, mais parce qu'elle avait peur qu'il vienne la chercher ? Il avait manifestement affiné son art de la traque. Ses efforts avec Shana à Lantz Snack Factory lui avaient appris de précieuses leçons, Josie pouvait en témoigner.

Elle baissa les yeux sur ses genoux et s'efforça de se recentrer sur la conversation. Devenir. Être un. La lumière et les ténèbres. Entrer en relation avec ses pulsions les plus sombres. Les victimes chroniques qui redeviennent entières, qui reprennent le pouvoir.

— Vous avez dit que « devenir » prend une forme différente pour chacun. Vous croyez que je dois tuer la femme qui m'a fait du mal pour y parvenir ?

— Je vous l'ai dit, ma chère, je ne cautionne pas la violence. Mais je peux vous aider dans votre quête. Je peux vous aider à *devenir*.

52

— Comment ? demanda Josie. Comment puis-je devenir ?

Charlotte lui adressa un grand sourire.

— Ça ne se fait pas du jour au lendemain. C'est un processus. Il faut du temps.

Josie pensa à tous les appels de la prison.

— Je n'en ai pas. Cette femme dont je vous ai parlé est peut-être déjà morte. Il faut que j'y retourne.

— Fadaises, ma chère. Je vais vous aider. Je vais faire un pacte avec vous : vous pourrez ainsi donner libre cours à vos pulsions sur moi.

Josie la dévisagea, incrédule.

— Vous voulez que je... que je vous tue ?

Charlotte s'esclaffa, d'un rire léger et musical cette fois.

— Bien sûr que non. Jack va nous aider. Je crois qu'il a une dette envers vous, car il vous a amenée ici avant que vous ne soyez prête.

Le corps de Josie s'élança vers l'avant. Elle plaqua une main sur l'un des avant-bras de Charlotte.

— Je ne veux pas travailler avec Jack. Seulement avec vous.

Charlotte baissa les yeux sur les doigts de Josie qui s'enfonçaient dans sa peau.

— Je ne le laisserai pas vous faire du mal. Vous avez ma parole.

Josie faillit souligner que la parole de Charlotte n'avait aucune valeur, mais elle n'avait pas le courage de repartir pour un tour de manège conversationnel avec cette femme. Elle préféra donc retirer sa main et demander :

— Comment ? Comment Jack va-t-il nous aider ?

Charlotte se renfonça dans son siège et prit un morceau de pain qu'elle grignota.

— Il s'assurera que vous ne me tuiez pas. Vous pouvez m'étouffer jusqu'à ce que je perde connaissance, mais pas me tuer.

Josie repensa à la scène que Charlotte venait de lui demander de visualiser alors qu'elle avait les yeux fermés.

— Et vous pensez que cet exercice va m'aider à surmonter mes sentiments contradictoires à propos de sa mort ?

— Vous seriez surprise de voir à quel point puiser dans ses propres ténèbres peut être utile. Croyez-moi, vous vous sentirez libérée.

— Mais vous n'êtes pas elle.

Charlotte se leva et tendit la main à Josie.

— Venez avec moi, ma chère.

Lentement, Josie se mit debout. Elle refusa de prendre la main de Charlotte, mais la suivit. Elles descendirent du porche et firent le tour de la maison. De l'extérieur, Josie constata qu'il s'agissait d'une petite maison sur deux niveaux qui avait probablement servi de cabane de chasse à une époque. Son bardage était en bois bleu délavé, et la peinture s'écaillait à de nombreux endroits. Même les cadres des fenêtres s'affaissaient tels des yeux fatigués. L'arrière de la bâtisse était percé de deux fenêtres au ras de l'herbe – il y avait donc un sous-sol. Les vitres étaient sales et la vue était obstruée par ce qui ressemblait à du carton à l'intérieur. Josie se demanda si c'était là qu'ils gardaient Emilia. De toute évidence, ce n'était pas au Sanctuaire. Ce qui expliquait pourquoi Rini, la chienne de la brigade canine, avait perdu sa trace sur la route juste devant la propriété. Si Jack l'avait emmenée là-bas, et si Charlotte l'y avait autorisé, ils l'auraient déplacée immédiatement et l'auraient amenée ici. Josie s'en voulait de ne pas avoir vérifié les registres de propriété de Lenore et des comtés environnants. Toutefois, les recherches de Gretchen au sujet de Charlotte auraient dû permettre de trouver les autres domaines qu'elle possédait n'importe où dans le pays. Alors pourquoi celui-ci ne figurait-il pas dans le dossier ?

Charlotte s'était arrêtée de marcher et fixait Josie d'un air perplexe.

— Vous allez bien, ma chère ?

— Oui, oui, s'empressa de répondre Josie. Je profite juste du grand air. J'ai l'impression que ça fait une éternité que je ne suis pas allée dehors.

Charlotte retrouva son sourire.

— Ça fait le plus grand bien, n'est-ce pas ?

Josie acquiesça et Charlotte reprit sa marche. Elle attendit que la femme soit quelques pas devant elle, puis elle étudia les alentours à la recherche d'un indice sur la présence d'Emilia et d'un itinéraire de fuite. Mais il ne semblait y avoir aucun des deux, même pas d'allée ou de voiture garée à proximité. Josie en déduisit que l'allée ou l'entrée des véhicules devait se trouver quelque part derrière les arbres, mais dans quelle direction, impossible de le dire.

Charlotte la conduisit jusqu'à un rocher plat sous un grand saule pleureur.

— Asseyez-vous.

Les branches de l'arbre tombaient presque jusqu'au sol, cachant le soleil et la vue sur la maison. Le rocher à côté du tronc semblait avoir été traîné jusqu'ici pour faire office de banc naturel. En s'approchant, Josie aperçut, par une trouée dans le feuillage de l'arbre, un vague sentier qui s'enfonçait dans les bois.

Elle avait du mal à contenir son excitation quand elle s'assit sagement sur le rocher. Lorsque Charlotte lui demanda de fermer les yeux, elle se sentit soulagée. Elle ne voulait pas que la femme y voie la joie qu'elle éprouvait d'avoir trouvé une éventuelle porte de sortie. Elle essaya de se détendre tandis que Charlotte parlait de plonger dans ses ténèbres. Cette femme voulait lui faire revivre les nombreux épisodes de maltraitance subis aux mains de Lila, mais Josie ne voulait pas s'aventurer sur ce terrain. Elle avait passé sa vie entière à lutter pour se libérer du souvenir de ces heures effroyables.

— Je vous en prie, arrêtez, dit-elle.

Elle sentit les mains de Charlotte entre les siennes.

— Très bien, alors, ma chère. Nous n'avons pas besoin de revenir en arrière. Nous allons plutôt aller de l'avant.

Elle saisit les doigts de Josie et les enroula autour de sa propre gorge. La jeune femme ouvrit brusquement les yeux. Elle tenta de retirer ses mains, mais Charlotte les maintint fermement sur sa peau fine comme du papier. Josie n'exerçait aucune pression, et la vieille dame parlait donc facilement.

— Vous avez le contrôle maintenant. Vous avez le pouvoir. Dites-moi ce que vous lui diriez. Imaginez son visage. Imaginez la faire payer pour tout ce qu'elle vous a fait, pour toutes les souffrances qu'elle vous a infligées. Toutes les souffrances qu'elle vous inflige encore aujourd'hui, même si le mal a été fait il y a longtemps.

Josie essaya de retirer ses doigts, mais Charlotte resserra sa prise.

— Ne luttez pas. Qu'est-ce qu'elle vous a fait, Josie ? Qu'est-ce qu'elle vous a fait ? Elle vous a fait cette cicatrice sur le visage, n'est-ce pas ? Elle a lacéré votre peau. Elle a essayé de vous tuer.

Josie ferma les yeux, les souvenirs lui revenant en rafale. La lumière sur la lame du couteau. La mare de sang sur le sol de la cuisine, là où elle avait laissé tomber son chien en peluche, Wolfie. La sensation des doigts de Lila sur son menton. Les points de suture. La peur. La rage. Le sentiment de trahison qui avait duré toute sa vie jusqu'à maintenant.

— Qu'est-ce qu'elle vous disait ? « Pas un mot. »

L'esprit de Josie se vida complètement. Charlotte disparut. Il n'y avait plus rien devant elle. Rien n'existait. Ni lumière, ni ténèbres, ni rien du tout. Puis le monde entier s'effondra autour d'elle. Charlotte essayait de retirer les doigts de Josie de sa gorge, le visage congestionné. Josie la repoussa et se leva du banc avant de reculer.

Charlotte se plia en deux, prise d'une quinte de toux. Elle leva une main en direction de Josie. Quand elle put enfin parler, elle bafouilla :

— Ça va aller, ma chère. Je vais bien. Je vais bien.

Tout le corps de Josie tremblait.

— Je veux retourner à l'intérieur, dit-elle.

Après avoir repris sa respiration, Charlotte se redressa.

— Bien sûr, ma chère. Vous vous êtes si bien débrouillée. C'est une véritable avancée. Venez, vous pouvez vous reposer.

Les jambes tremblantes, Josie suivit Charlotte jusqu'à la maison. Alors qu'elles marchaient, l'inspectrice remarqua un mouvement au niveau de l'une des fenêtres du sous-sol. Elle regarda le dos de Charlotte, qui ne se retourna pas.

Un coin du carton se décolla légèrement. Josie aurait juré avoir vu un doigt tirer sur le coin, pour dégager la vitre.

Son cœur battait à tout rompre. Charlotte ne se retournait toujours pas. Josie ralentit.

Deux doigts, puis trois, apparurent dans l'angle de la fenêtre. Des doigts longs et délicats. Un petit diamant étincelait sur l'un d'eux. Emilia. Josie faillit laisser échapper une exclamation.

— Nous réessaierons demain, lança Charlotte par-dessus son épaule.

Soudain, les doigts disparurent. Jack était-il avec elle ? L'empêchait-il de s'échapper ? Josie se tourna vers Charlotte au moment où elles tournaient au coin de la maison pour rejoindre le porche.

— Oui, répondit Josie. Demain.

Mais elle savait déjà que la seule chose qu'elle ferait le lendemain serait quitter cet endroit. Elle savait maintenant où trouver le sentier qui menait hors de la propriété et où était Emilia. Il ne lui restait plus qu'à attendre que Charlotte et Jack la lâchent d'une semelle pour s'enfuir.

53

Chaque muscle du corps de Josie semblait continuellement tendu. Cette nuit-là, elle n'eut aucun mal à rester éveillée. Charlotte l'avait laissée détachée et ses jambes tressautaient sur le fin matelas chaque fois que Jack passait dans le couloir. Elle le devinait non pas au craquement du plancher du couloir – il ne faisait pas de bruit, jamais –, mais à l'ombre qui se profilait par la fente au bas de la porte. Elle se demanda s'il lui arrivait de dormir. Le plus gros défi serait de réussir à l'éviter, comprit-elle. Si elle en venait à devoir se battre, elle pourrait maîtriser Charlotte, mais Jack était grand, fort et, semblait-il, dépourvu de toute humanité. Josie savait, d'après la noix noire qu'il lui avait laissée, que très peu de choses s'interposaient entre elle et l'envie de Jack de réaliser les fantasmes malsains qu'il nourrissait à son égard. Elle savait qu'il avait envie d'enfreindre toutes les règles de Charlotte.

Elle pensa à son équipe et se demanda s'ils étaient près de la retrouver. Elle était certaine que Noah ne fermerait pas l'œil tant qu'elle ne serait pas en sécurité. Les imaginer en train de la chercher la réconfortait, mais elle croyait, au fond d'elle-même, que c'était à elle de sauver Emilia et de s'enfuir. Si elle parvenait à sortir de la maison, elle pourrait facilement briser la vitre du sous-sol à coups de pied – elle portait encore ses bottes –, mais ce geste risquait de faire trop de bruit. Peut-être n'aurait-elle pas le choix. Depuis son arrivée dans la maison, elle n'avait pas remarqué de porte d'accès à la cave.

Après le deuxième passage de l'ombre de Jack devant sa porte, elle attendit aussi longtemps qu'elle put le supporter. Elle n'avait aucune idée de l'heure qu'il était, mais elle savait que la nuit était déjà bien avancée. Il devait sûrement dormir maintenant. Quand son cœur se mit à cogner si fort dans sa poitrine qu'elle eut l'impression qu'il allait exploser et traverser ses côtes et sa peau, elle décida de se lancer.

Parcourir le couloir de l'étage, descendre les marches et atteindre le vestibule n'apaisa pas son rythme cardiaque. Alors que ses doigts tremblaient sur le verrou de la porte d'entrée, son cœur sauta deux battements, puis repartit en accéléré tandis que ses mains tentaient lentement et méthodiquement de dégager la moustiquaire. Elle la franchit, fit trois pas et sauta du porche. Ses pieds atterrirent sans bruit dans l'herbe. La nuit était claire. La lune brillait au-dessus de sa tête, baignant son environnement dans une lueur argentée. La maison était silencieuse et sombre. Aucun mouvement n'attira son attention.

L'adrénaline avait momentanément dissipé sa faiblesse, ses vertiges et son épuisement. D'un pas rapide, elle se dirigea vers l'arrière de la maison et repéra les deux fenêtres du sous-sol. Josie s'approcha de celle où elle avait vu les doigts essayer d'arracher le carton. Quelqu'un l'avait remis en place. Elle tâta le cadre de la fenêtre, essayant de déterminer si elle pouvait la pousser ou la tirer vers elle. Elle n'était apparemment pas censée s'ouvrir du tout. Ce n'était qu'une longue vitre dans un châssis en bois recouvert d'une épaisse couche de peinture bleue. Toutefois, ce cadre, comme tous les autres à l'extérieur de la maison, paraissait à moitié pourri, humide et friable.

Elle s'agenouilla dans l'herbe mouillée. Elle se doutait que

Jack se réveillerait au moindre bruit. Mais elle n'avait pas le choix. Josie s'assit, puis se pencha en arrière, appuyant ses mains contre le sol. Elle leva les deux pieds, visa la petite vitre, prit une grande inspiration et frappa aussi fort que possible.

La fenêtre entière céda avec un bruit sourd. Elle se remit à genoux et se servit de sa main bandée pour dégager le plus de débris de verre et de bois possible. Une partie tomba dans l'obscurité de la cave, et elle jeta le reste au loin. Elle passa la tête à l'intérieur, mais il y faisait noir comme dans un four.

— Emilia, murmura-t-elle aussi fort qu'elle l'osa.

Rien.

Elle enfonça ses épaules dans l'ouverture.

— Emilia, répéta-t-elle en haussant un peu plus la voix.

Un gémissement jaillit.

— Emilia, vous m'entendez ?

Un autre gémissement. Jack ne l'aurait pas laissée sans entraves après avoir découvert qu'elle avait tenté de décoller le carton qui recouvrait la fenêtre, comprit Josie, prise de nausée. Elle allait devoir pénétrer dans la pièce. Rien ne permettait d'évaluer la hauteur de la chute, ni le volume de l'espace intérieur. Aucune importance, finalement : si Josie voulait emmener Emilia avec elle, elle allait devoir se faufiler par le minuscule trou dans le noir complet et aller la chercher.

La terreur la tenaillait, sa respiration se fit laborieuse tandis qu'elle se mettait à plat ventre et glissait au cœur de son pire cauchemar. Dans son passé. Dans son enfer personnel. La voix de Ray, son défunt mari, lui revint à l'esprit : *Le noir ne peut pas te faire de mal.*

Il avait raison. Le noir ne lui avait jamais fait de mal. Au contraire, les monstres étaient toujours dans la lumière, et elle entendait bien ne pas se laisser surprendre par celui qui dormait deux étages plus haut. Elle fit passer le haut de son corps dans l'ouverture et tomba, les mains devant, sur un sol en terre battue. Une vibration fulgurante se propagea de ses poignets à ses épaules. Elle se retourna prestement sur le dos et fut soulagée de voir qu'un rayon de lune éclairait le petit rectangle qui menait à l'extérieur, vers la liberté.

À quatre pattes, elle fit le tour de la pièce en appelant Emilia à voix basse. À chaque fois, elle était récompensée par un petit gémissement, et elle changeait alors de direction jusqu'à ce que ses mains butent contre quelque chose qui tremblait à son contact. C'était elle. Elle se tortillait frénétiquement sous les mains de Josie.

— Emilia, je m'appelle Josie Quinn. Je suis inspectrice à la police de Denton. Je suis venue vous aider. Je vais vous sortir de là, mais nous devons être très discrètes.

Emilia se calma. Josie tâta le membre le plus proche de ses deux mains jusqu'à ce qu'elle comprenne qu'elle touchait la cuisse d'Emilia. Elle remonta jusqu'à atteindre son visage. Un tissu était noué autour de sa tête, recouvrant sa bouche. Josie tira dessus jusqu'à ce qu'elle entende la femme prendre une profonde respiration saccadée.

— Mes mains, la pressa Emilia. Détachez mes mains pour que je vous aide avec les liens à mes pieds.

Josie fut soulagée. Emilia était disposée à sortir de là. Des doigts se tendirent vers le cou de Josie, qui tendit la main pour saisir les poignets liés d'Emilia, tâtonnant autour de l'épaisse corde jusqu'à trouver le nœud. De la sueur dégoulinait de son cuir chevelu et de son visage tandis qu'elle essayait de desserrer la corde. La coupure sur sa propre paume la brûlait. Ses poignets lui faisaient mal. Enfin, après ce qui lui sembla une éternité, elle libéra les mains de la captive. Leurs têtes s'entrechoquèrent quand Emilia se redressa brusquement. Le choc provoqua un éclair de lumière derrière les paupières de Josie. Elle tomba en arrière en se tenant la tête.

— Je suis vraiment désolée, murmura Emilia. Est-ce que ça va ? Dites-moi que ça va.

— Je vais bien, répondit Josie d'une voix rauque, momentanément désorientée. Pouvez-vous détacher vos jambes ? Il faut qu'on sorte d'ici.

Un bruissement résonna tandis qu'Emilia essayait de délier les cordes à ses chevilles.

— Où est Jack ? demanda-t-elle.

— Il dort, j'espère.

— Il dort assez profondément, lui apprit Emilia. Mais seulement quelques heures d'affilée.

Josie entendit la corde tomber sur le sol, puis Emilia dit :

— Allons-y.

Elles se prirent la main et se levèrent.

— Par là, lança Josie en montrant la fenêtre défoncée. Vous sortez, et vous courez en ligne droite, compris ? Jusqu'aux arbres. Attendez-moi là-bas, à couvert. Si quoi que ce soit se produit, si vous voyez Jack ou Charlotte ou si vous entendez le moindre bruit, courez. Ne vous arrêtez pas. En aucun cas. Vous comprenez ?

Emilia lui serra la main et Josie prit ce geste pour un oui. Tandis qu'Emilia se hissait et passait par l'ouverture, haletant lorsqu'elle s'érafla sur des éclats de verre, Josie resta debout dans la cave, poussant ses cuisses et ses fesses vers le haut. Une fois la jeune femme à l'extérieur, Josie écouta les bruits de pas dans l'herbe et sursauta en entendant le crépitement des brindilles qui indiquait qu'Emilia avait bien atteint la lisière du bois.

Josie se hissa à son tour, sentant ce qui restait de la vitre entailler son pantalon et entendant le verre craquer sous son corps alors qu'elle se glissait à travers l'ouverture. L'air de la nuit était épais et humide mais, après l'étroitesse de la cave, il lui semblait divin. Josie se leva, vacillant de fatigue, les nerfs à vif. Emilia l'appela, et Josie suivit le son de sa voix jusqu'à ce que ses propres pieds fassent crisser les débris du sol de la forêt. Elles se cramponnèrent l'une à l'autre. Là, alors que ses yeux s'ajustaient de nouveau, Josie vit enfin le visage de l'autre femme, couvert de saleté. Emilia lui sourit, puis lui tendit la main.

— Merci d'être venue.

Josie acquiesça.

— Il faut qu'on déguerpisse. Aussi vite que possible. Il y a un sentier, expliqua-t-elle en tirant Emilia par la main. Par ici.

Josie n'entendait plus que le rugissement intérieur de son esprit, qui couvrait presque totalement le bruit de leurs respirations laborieuses. Elles trouvèrent le saule, puis le sentier derrière lui, et le remontèrent aussi vite que possible. Il lui sembla parcourir des kilomètres. Josie n'avait aucun moyen de deviner où le chemin débouchait, mais elle savait qu'elle n'avait pas le temps de s'arrêter et d'interroger Emilia pour découvrir ce qu'elle connaissait de l'endroit où elles se trouvaient.

Les poumons de Josie brûlaient sous l'effort de cette course effrénée et prolongée, après avoir été si longtemps retenue prisonnière. Emilia ralentissait progressivement et Josie l'encourageait à continuer, poussée par le désespoir.

C'est alors que quelque chose de dur frappa Josie directement dans la poitrine, la projetant en arrière. La force du coup arracha sa main de celle d'Emilia et un hurlement déchira la nuit. Sa tête heurta le tronc d'un arbre. Josie cligna des yeux et comprit qu'elle était sur le dos. La sinistre lumière morne de la lune filtrait à travers le feuillage des arbres. Elle chercha à savoir où était Emilia, les oreilles tendues pour percevoir ses pleurs ou sa respiration – n'importe quoi.

C'est alors qu'une longue ombre vint cacher le peu de lumière de la lune qu'il restait.

— Où tu crois aller comment ça ? dit Jack.

54

Un cri primal jaillit des profondeurs du diaphragme de Josie, rebondissant et se répercutant autour d'eux. Toute douleur physique oubliée, elle se leva et fonça sur Jack, lui percutant la hanche de son épaule. Lorsque son corps entra en contact avec le sien, il flancha, mais ne chuta pas. Lorsqu'elle se rendit compte qu'il ne tomberait pas, Josie lui asséna des coups de coude au niveau de l'abdomen. Il était une muraille impénétrable. Jack lui donna un coup de tête qui l'atteignit à la tempe et la précipita au sol. Alors qu'une de ses mains se refermait sur le haut de son bras, un autre hurlement retentit au milieu des arbres environnants. L'ombre noire d'Emilia traversa les airs pour atterrir sur le dos de Jack. Celui-ci se retourna, les mains vers l'arrière pour tenter de l'attraper.

Au sol, Josie tâtonna autour d'elle jusqu'à ce que sa main se referme sur une grosse branche, un peu plus longue qu'une batte de base-ball et assez épaisse pour faire des dégâts. Elle espérait que cette arme improvisée leur permette de s'enfuir. Jack se débattait avec Emilia agrippée à son dos, ses bras fins enroulés autour de sa gorge épaisse. Il essaya de les écarter de son cou, mais elle s'accrochait fermement. Josie se rua sur lui, prit de l'élan et le frappa de toutes ses forces avec la branche. Elle le toucha au ventre, mais il ne sembla rien remarquer. Il fit volte-face et plaqua Emilia contre un arbre voisin. Elle poussa un cri étouffé, glissa de son dos et s'affaissa sur le sol, immobile. La peur transperça le cœur de Josie. L'avait-il tuée ? S'étaient-elles échappées toutes les deux et avaient-elles fait tout ce chemin juste pour qu'Emilia meure ainsi ?

Josie le frappa de nouveau alors qu'il se tournait vers elle, cette fois dans les reins. Il grogna, mais continua à avancer. Elle visa ensuite son genou et le toucha de plein fouet, ce qui le fit trébucher. Mais il était trop fort, trop débordant d'énergie. Elle se rendit compte qu'il aimait ça. C'étaient ses ténèbres. Pas seulement le harcèlement ou la séquestration. Non, c'était la violence de la traque qui le faisait se sentir vivant. Il se releva et s'approcha d'elle. Elle recula et donna un nouveau coup de branche, mais le manqua et perdit l'équilibre. Alors qu'elle tombait en avant, il l'attrapa. Il la souleva comme si elle ne pesait rien, la plaqua contre l'arbre le plus proche et la maintint ainsi, une main bloquant son sternum et l'autre se refermant sur sa gorge. Elle lui griffa les yeux, mais il se contenta de tendre les bras pour qu'elle ne puisse pas atteindre son visage. Elle enfonça ses ongles sur ses bras, descendit vers ses poignets, à la recherche de l'auriculaire de chacune de ses mains. Si elle parvenait à écarter un seul doigt, elle pourrait le briser comme une brindille et la douleur étourdirait sans doute l'homme suffi-samment longtemps pour qu'elle puisse s'enfuir.

Ses doigts ne bougeaient pas. Josie sentit qu'elle perdait conscience, qu'elle flottait dans les profondeurs noires de l'oubli. *Non*, cria une voix dans sa tête. *Pas comme ça. Pas maintenant.* Alors même qu'elle encourageait son corps à continuer la lutte, ses bras se dérobèrent, lâches et inutiles.

Puis la pression disparut. Le haut du corps de Josie se replia sur lui-même. Elle appuya les mains sur ses genoux, cherchant à rester debout. Quelque part sur sa gauche, elle entendit des grognements et des craquements d'os, ainsi que le bruissement du sous-bois que l'on remuait. Josie cligna des yeux plusieurs fois pour tenter de distinguer les silhouettes. Deux corps sur le sol. Jack et quelqu'un d'autre. Bien trop grand pour que ce soit Emilia. Josie jeta un coup d'œil dans l'autre direction et vit celle-ci, toujours immobile sur le sol.

Elle se retourna et vit qu'un des hommes avait pris le dessus. En s'approchant, elle constata que c'était Jack qui était plaqué au sol, sur le dos. L'autre homme lui assénait une pluie de coups au visage. Elle entendit un craquement. Un os, sans aucun doute. Une substance humide gifla sa joue. Elle tendit la main et la toucha. L'odeur cuivrée lui confirma que c'était du sang. Elle s'avança de nouveau et empoigna l'épaule de l'agresseur.

— Arrêtez ! Arrêtez.

L'homme suspendit ses coups de poing. Le souffle court, il se dégagea du corps immobile de Jack et se leva. Quand il se retourna, elle aperçut son visage au clair de lune et trébucha en arrière.

— Donovan ?

L'ermite se tenait devant elle, ses yeux sombres et vifs luisant dans la nuit. Pendant un instant, Josie se demanda si elle n'était pas en train d'halluciner.

— Qu'est-ce que vous faites ici ? lança-t-elle, comprenant alors qu'elle avait dû séjourner assez longtemps dans la cachette de Charlotte et Jack pour qu'Andrew Bowen ait réussi à faire sortir Michael Donovan de prison.

— Venez, ordonna-t-il d'une voix brusque.

— Non. Je n'irai nulle part avec vous. Je rentre chez moi.

Il secoua la tête, comme s'il était agacé par son attitude, puis alla s'agenouiller à côté d'Emilia.

— Laissez-la tranquille, lui intima-t-elle.

Mais en s'approchant, elle se rendit compte qu'il cherchait un pouls dans le cou de la jeune femme.

— Elle est vivante, dit-il platement.

Josie ressentit une vague de soulagement. Elle le rejoignit et se mit à genoux à côté de lui.

— Je vais m'occuper d'elle, mais on ne part pas avec vous.

Il gloussa.

— Je ne vais pas vous faire de mal. Je me moque complètement de vous, ou d'elle.

— Alors pourquoi êtes-vous ici ? Et où sommes-nous ?

— Au nord de Denton.

Il se pencha en avant et glissa les mains sous le corps d'Emilia. La soulevant sans effort, il la hissa sur l'une de ses épaules avant de se redresser et de commencer à marcher, en enjambant Jack. Josie ne prit pas le temps de vérifier s'il était vivant ou non. Elle n'avait aucune idée de ce qui se passait, et elle n'avait pas le temps d'aider l'homme qui venait d'essayer de les tuer, Emilia et elle.

— Vous n'avez pas répondu à ma question, reprit-elle en trottinant pour suivre les longues enjambées rapides de l'ermite. Que faisiez-vous ici ?

— Je cherche des provisions, dit-il d'un ton bourru.

— Vous devez être à des kilomètres de vos cavernes.

— Vous voulez rentrer chez vous ou pas ? cracha-t-il.

— Vous nous ramenez chez nous ?

— Taisez-vous et marchez.

Elle le suivit jusqu'à ce que les premières lueurs du jour se profilent à l'horizon. De temps en temps, Emilia gémissait, ce qui était rassurant – cela signifiait qu'elle était en vie. Josie n'avait aucun moyen de savoir sur quelle distance ils avaient marché mais, lorsqu'ils atteignirent une route, elle se sentait si faible qu'elle craignait de ne jamais pouvoir repartir si elle s'arrêtait. L'aube était rose et jaune, et une légère brume montait de l'asphalte tandis que l'ermite faisait halte sur le bas-côté. Josie ne voyait rien d'autre que des arbres dans les deux directions.

— Où sommes-nous ?

— Sur une route.

Il suivit l'accotement jusqu'à atteindre un grand chêne qui ombrageait ce côté de la chaussée.

— Asseyez-vous.

— Quoi ? lança Josie. Pourquoi ?

— Taisez-vous et asseyez-vous.

Trop fatiguée pour discuter, elle se laissa tomber par terre. Avec précaution, il déposa Emilia à terre, calant sa tête sur les genoux de Josie. Puis il se retourna et commença à s'éloigner.

— Attendez ! Où vous allez ?

Il ne se retourna pas pour la regarder, se contentant de répondre par-dessus son épaule.

— Quelqu'un finira par vous trouver.

— Vous ne pouvez pas nous laisser ici ! lui cria Josie. Emilia est blessée. Elle a besoin de soins médicaux.

— Taisez-vous et attendez, répéta-t-il avant de disparaître entre les arbres.

55

Le soleil était déjà haut dans le ciel quand Emilia ouvrit les yeux. La température semblait grimper de minute en minute. Même à l'ombre, elles étaient toutes les deux trempées de sueur. Le bas du corps de Josie était engourdi. Elle s'était endormie par intermittence, se réveillant dès qu'elle pensait entendre un véhicule, avant de se rendre compte que c'était juste son imagination. Elle ne savait même plus ce qui était réel et ce qui ne l'était pas. Elle écarta les cheveux du visage d'Emilia et la regarda dans les yeux.

— Où sommes-nous ?

Un éclat de rire incontrôlable jaillit du ventre de Josie, faisant rebondir la tête d'Emilia sur ses genoux.

— J-je ne sais p-pas, balbutia-t-elle.

Emilia se tourna vers la route.

— Comment sommes-nous arrivées ici ?

— Vous ne me croiriez pas.

— Dites-moi.

Josie lui résuma les événements de la nuit, puis expliqua qui était l'ermite et comment Josie l'avait connu. Pendant qu'elle parlait, Emilia vérifiait l'état de chacun de ses membres. Elle voulut s'asseoir, mais retomba immédiatement en fermant les yeux. Après quelques instants, elle réessaya, bougeant lentement avec l'aide de Josie.

— Je vois tout en double.

— Vous avez pris un sacré coup. Il faut que vous alliez à l'hôpital.

Emilia s'appuya contre Josie, sa tête dans le creux de son épaule.

— On attend, alors ?

— Oui. Quelqu'un va bien emprunter cette route à un moment ou un autre aujourd'hui. J'espère.

Elles restèrent assises en silence et Josie se mit à penser à Jack. Et s'il les cherchait ? S'il les trouvait ? Elles étaient bien trop faibles et meurtries pour l'affronter. L'ermite l'avait-il tué ou simplement blessé ? Charlotte était-elle partie à sa recherche ? Elle ne pourrait sûrement pas demander l'aide d'un autre membre du Sanctuaire. Josie savait que son équipe avait dû interroger tout le monde et, en constatant l'absence de Charlotte, s'était sûrement concentrée sur elle et ses proches. Les policiers devaient surveiller les résidents du Sanctuaire pour voir s'ils les mèneraient à l'endroit où se trouvait Josie.

— J'ai tellement soif, souffla Emilia.

— Moi aussi.

— Qu'est-ce qu'on fait si personne ne vient ?

— Quelqu'un va venir.

— Mais si ce n'est pas le cas ?

Pour la distraire, Josie demanda :

— Mon équipe est intervenue sur votre bivouac. C'est là qu'on a compris que vous aviez disparu. Vous vous souvenez de ce qui s'est passé quand vous campiez avec Tyler et Valerie ?

La tête d'Emilia s'affaissa contre l'épaule de Josie et elle renifla.

— Nous avons campé là pendant deux jours. On a exploré un peu les alentours et on a trouvé une brèche dans la clôture qui entoure cet endroit – le Sanctuaire ou je sais pas quoi. On a passé la journée à chercher le meilleur moyen d'entrer et de sortir de la propriété, puis on est revenus au camp pour manger. Peu après, Tyler et Valerie sont tombés malades. J'étais en train de boucler mon sac à dos pour aller chercher de l'aide quand j'ai vu Jack dans les bois. Au début, j'étais tellement heureuse de le voir. Tellement soulagée. J'ai tout laissé tomber et j'ai couru vers lui. Je pensais qu'il m'aiderait. Mais il était si... bizarre. Si immobile. Il se contentait de me regarder. Il m'a dit de venir avec lui, qu'on allait chercher de l'aide ensemble. Je l'ai suivi jusqu'au Sanctuaire. Il m'a emmenée dans une vieille cabane en ruine et m'a dit d'attendre là. Au début, j'ai obéi, mais c'était si effrayant. Il ne revenait pas, et j'avais peur que Val et Tyler ne reçoivent pas de secours à temps. Alors je suis sortie et j'ai marché, longtemps. C'est alors que j'ai vu la maison et tous ces gens qui travaillaient dans le jardin. J'ai commencé à me diriger vers eux, mais Jack est sorti de la maison.

— Il vous a dit pour Valerie et Tyler ? demanda Josie avec douceur.

Elle sentit le hochement de tête d'Emilia contre son épaule.

— Il m'a dit qu'ils n'avaient pas survécu. Qu'il pensait qu'ils avaient ingéré un truc toxique, probablement dans les bois. Mais j'étais avec eux tout le temps. Ils n'ont rien mangé de suspect.

— Il vous a dit qu'il vous ramènerait en ville, n'est-ce pas ? Pour que vous acceptiez de monter dans la voiture.

— Oui. On était déjà en route quand j'ai compris qu'il mentait. Il faut que vous compreniez : c'est mon mari. Je pensais... je pensais que l'homme que j'ai épousé referait surface. Val et Tyler étaient nos meilleurs amis. Je ne pouvais pas imaginer qu'il leur ferait du mal et qu'il s'en prendrait à moi aussi.

— Mais c'est ce qu'il a fait.

— J'ai paniqué dans la voiture, et il m'a dit qu'il n'avait pas eu l'intention de les tuer, juste de les rendre un peu malades pour pouvoir m'isoler. Il a dit qu'il voulait juste me parler. Il voulait que je le rejoigne. Il continuait à parler de tous ces trucs bizarres, comme devenir et accueillir ses ténèbres intérieures. Il a dit que, toute sa vie, il avait lutté contre les ténèbres en lui, mais qu'au Sanctuaire, il n'avait pas à se battre. Il pouvait être qui il voulait. Il n'avait plus à avoir honte. C'était juste bizarre. Son discours n'avait aucun sens. Je lui ai dit d'arrêter : d'arrêter de parler, d'arrêter la voiture et de me laisser sortir.

— Mais il a refusé.

Josie sentit le soubresaut de la tête d'Emilia contre son corps.

— J'ai essayé d'ouvrir la portière. J'étais prête à sauter de la voiture en marche. Alors, il m'a frappée. C'est la dernière chose que je me rappelle. Ensuite, je me suis réveillée dans la cave. Je ne sais même pas combien de temps j'y suis restée. Vous savez combien de temps ça fait ? Depuis que Val et Tyler sont morts ?

— Je suis désolée, je ne sais pas. J'ai perdu la notion du temps que j'ai passé dans cette maison.

Emilia tendit la main et serra celle de l'inspectrice.

— On est libres maintenant, et quelqu'un va bientôt nous trouver.

Le crépuscule tombait déjà lorsqu'un véhicule apparut enfin à l'horizon. Josie se leva en titubant, tirant Emilia à sa suite. La voiture s'arrêta brusquement alors que Josie et Emilia atteignaient la double ligne jaune au milieu de la chaussée. Une femme que Josie ne reconnut pas sortit du véhicule, plissant les yeux comme si elle n'était pas certaine de ce qu'elle voyait.

— Mais... vous êtes les femmes qui passent aux infos ? Celles qui sont recherchées ?

— Oui, confirma Josie. C'est nous.

56

Comme il l'avait dit, l'ermite les avait laissées au bord d'une route de campagne dans une bourgade au nord de Denton. Leur sauveuse appela le 911 depuis son téléphone portable et les conduisit au Denton Memorial. Noah, Gretchen, Mettner, Lamay et même le chef Chitwood faisaient le pied de grue devant l'entrée des urgences lorsque la femme se gara. Ils avaient tous l'air hagards et remplis d'espoir à la fois. Le bas du visage de Noah était recouvert d'une barbe inégale. Des cercles marquaient la peau sous ses yeux. Avant même que la voiture ne s'arrête, il ouvrit la portière arrière et tendit les bras vers Josie. Il la souleva et la serra contre lui, enfouissant son visage dans ses cheveux emmêlés. Elle sentait son corps trembler. Au creux de son oreille, il murmura :

— Je croyais t'avoir perdue.

Josie respira son odeur et ferma les yeux, se laissant fondre contre lui.

— Tu ne pourras pas te débarrasser de moi aussi facilement.

Une main se posa sur son épaule. Elle ouvrit les yeux et croisa le regard de Gretchen, en larmes.

— Ne me dis pas que tu pleures, Palmer.

Gretchen essuya ses joues et sourit.

— Je fais une allergie, répondit-elle d'une voix étranglée.

Mettner et Lamay s'approchèrent, et chacun d'eux tendit une main pour lui serrer doucement le bras. Ils encadrèrent Noah qui l'aidait à franchir les portes de l'hôpital. Josie se retourna et vit Chitwood et deux infirmières tirer Emilia de l'arrière de la voiture pour la placer dans un fauteuil roulant.

— Tu vas bien ? demanda Noah.

— Oui, le rassura Josie. Je vais bien maintenant. Je suis juste fatiguée et dans un sale état.

Emilia fut hospitalisée pour une déshydratation sévère et un petit hématome sous-dural. Josie put quitter l'hôpital quelques heures plus tard, après avoir été réhydratée par intraveineuse, avec un nouveau pansement à la main gauche et des antalgiques. Noah voulut la ramener directement chez eux, mais elle insista pour se rendre au commissariat et faire sa déposition immédiatement afin qu'ils puissent découvrir où Charlotte et Jack l'avaient cachée et ainsi les retrouver. Elle raconta son calvaire avec autant de détails que possible, laissant de côté ceux concernant Lila Jensen, se contentant de dire que Charlotte avait essayé de la convaincre de rejoindre sa secte pour éviter d'être accusée d'enlèvement.

Quand Gretchen entra dans la salle de conférences avec une liasse de papiers, il faisait presque jour.

— J'ai trouvé ! s'exclama-t-elle.

— Trouvé quoi ? demanda Noah.

— La propriété. Enfin, je pense. Le mari de Charlotte avait hérité plusieurs propriétés de sa mère. De son vivant, elle a transféré la plus grande propriété à son nom à lui. C'est le Sanctuaire. Mais les autres... expliqua-t-elle en étalant plusieurs documents sur la table. Elles sont restées à son nom à elle. Les biens lui ont été transmis après le décès de sa mère, mais il n'a jamais fait modifier les titres de propriété. Puis il a épousé Charlotte, et tout ce qu'il possédait lui a été légué à sa mort.

— Mais elle n'a pas pris la peine de mettre les propriétés à son nom, poursuivit Josie. À part le Sanctuaire.

— Exact. Ça aurait été d'une lourdeur administrative folle : elle aurait dû obtenir le certificat de décès de la mère de Mick Fadden afin de prouver qu'elle était décédée. Ensuite, il y aurait eu la question de son testament – en avait-elle un ou non ? Elle aurait dû prouver je ne sais comment que les biens avaient été transmis à son mari, puis à elle.

— Ça n'en valait pas la peine, fit Mettner.

— Pas faux, acquiesça Noah. Tant qu'elle payait les taxes foncières pour ces terres...

— Qui étaient en plus déjà entièrement remboursées, sans aucun crédit en cours, donc, ajouta Gretchen.

— Alors elle pouvait juste les garder, conclut Noah.

— On aurait dû y penser plus tôt, admit Mettner, visiblement abattu.

— Ne culpabilisez pas, Mett, le rasséréna Josie. Je n'y avais pas pensé non plus. On ne savait même pas que Charlotte était dangereuse avant qu'il ne soit trop tard.

— Elle était à la tête d'une secte, rétorqua Mettner. Je trouve que c'est un signal d'alarme assez fort, moi.

— Bon, lança Noah en scrutant les pages que Gretchen avait éparpillées devant eux. Voyons ce qu'on a.

Ils examinèrent les actes notariés, puis différentes cartes. Une seule des propriétés se trouvait près de Denton, vers le nord, là où Josie et Emilia avaient été trouvées. Les deux autres se trouvaient dans le comté de Lenore, loin au sud. Gretchen désigna la propriété sur une carte satellite qu'elle avait imprimée.

— Ça doit être celle-là.

Josie se pencha en avant et étudia la carte. Elle retrouva le petit sentier qu'Emilia et elle avaient emprunté. Ce qu'elle n'avait pas pu voir, surtout dans l'obscurité, c'était qu'à environ huit cents mètres de ce sentier, un autre chemin bifurquait vers la droite. Il menait à une allée de gravier qui débouchait sur une route. Malgré tout, l'endroit était extrêmement isolé.

— Chitwood veut qu'une équipe y aille aux premières lueurs du jour, expliqua Gretchen. S'ils sont encore là-bas, on les attrapera.

— Je viens, décida Noah.

Josie s'approcha de lui et lui attrapa l'avant-bras.

— S'il te plaît, n'y va pas. Reste avec moi.

Il la dévisagea. Elle lut l'indécision dans son regard mais, finalement, ce fut elle qui l'emporta. Il posa une main chaude sur la sienne.

— D'accord. Rentrons à la maison.

— Non, répondit-elle. Je veux rester jusqu'à être sûre qu'ils ont eu Charlotte et Jack.

— Le *Komorrah's* ouvre dans une demi-heure, annonça Gretchen. Je vais y faire un saut et chercher des renforts.

Mettner et Gretchen conduisirent une équipe de policiers en uniforme jusqu'à la propriété de Charlotte, au nord de Denton. Josie et Noah attendirent avec Dan Lamay à l'accueil du commissariat, écoutant les échanges radio. Jack était toujours en vie – il avait besoin de soins médicaux, mais il était en vie. Une fois Charlotte et son acolyte arrêtés et placés en garde à vue par la police de Denton, Josie se tourna vers Noah :

— Ramène-moi à la maison. Je vais dormir pendant des jours.

Josie dormit effectivement près de vingt-quatre heures d'affilée. Noah tenta bien de la réveiller à quelques reprises pour qu'elle mange, mais son épuisement était tel qu'elle ne réussissait à avaler que quelques bouchées de ce qu'il lui préparait avant de retomber dans un sommeil profond et sans rêves. Lorsqu'elle émergea enfin, il lui apporta des œufs, des pancakes et du bacon au lit et lui donna des nouvelles. Jack et Charlotte avaient été mis en examen pour tellement de chefs d'accusation différents que Noah ne se souvenait même pas de la liste complète. Charlotte refusait de coopérer et avait déjà fait appel à un avocat, mais Jack s'était mis à parler presque immédiatement, corroborant ce qu'Emilia avait raconté à Josie. Il avait utilisé la ciguë sauvage sur le couple Yates. Pour Josie, c'était du GHB, la drogue du viol, qui était généralement indétectable dans l'organisme peu de temps après avoir été administrée. Il s'en était procuré auprès d'un dealer sous le pont est de Denton, pendant une mission seconde main avec l'un des membres du Sanctuaire. Il avait observé Josie et son équipe lors de leurs allées et venues au Sanctuaire et avait fait une fixation sur elle. C'est lui qui avait eu l'idée et choisi de l'enlever, pas Charlotte.

Josie avait raconté à son équipe que Jack avait fait venir Maya Bestler au Sanctuaire pendant un certain temps mais, lorsqu'ils le questionnèrent à ce sujet, il se contenta de dire qu'il l'avait vue à l'époque où il travaillait à l'usine Lantz. Il l'avait trouvée attirante et avait voulu l'approcher mais, après le désastre avec Shana, il avait préféré renoncer. Josie savait qu'il mentait, mais ne pouvait pas le prouver. Personne n'avait eu la moindre nouvelle de Maya. Sandy et Gus Bestler avaient récupéré leur petit-fils et étaient retournés chez eux.

La meilleure nouvelle, c'était qu'Emilia allait bien. Sa sœur était déjà à Denton lorsqu'elle avait été retrouvée et elle ne l'avait pas quittée pendant son séjour à l'hôpital. Noah lui raconta qu'Emilia allait divorcer de Jack dès que possible.

Après ce petit déjeuner au lit, Josie se doucha et s'habilla et, enfin, elle se sentit redevenir elle-même. Tandis qu'elle descendait l'escalier, elle entendit des voix féminines monter du salon. Sur le canapé étaient assises sa grand-mère, Lisette Matson, et sa mère, Shannon Payne. Noah se tenait dans l'entrée. Josie serra les deux femmes dans ses bras, mais jeta un regard perplexe à Noah. Quelque chose clochait. Elle perçut une tension dans l'air.

— Qu'est-ce qui se passe ?

Noah enfonça ses mains dans les poches de son jean.

— On sait pour Muncy, Josie.

Elle allait demander comment, mais se souvint que Noah lui avait dit qu'ils avaient trouvé son téléphone dans les bois, non loin de l'endroit où Jack l'avait enlevée. Ils avaient forcément dû le fouiller pour savoir s'il contenait un quelconque indice susceptible de les aider à la retrouver.

Elle se laissa tomber dans le canapé entre Lisette et Shannon.

— Elle est morte ? demanda Josie.

— Non, répondit Shannon. Pas encore. Mais ils ont dit qu'elle était très malade. Elle ne va pas tarder à partir.

Lisette prit la main de Josie et la serra.

— Tu sais, c'est à toi qu'elle a fait le plus de mal, mais elle nous en a fait à nous tous, aussi.

Lisette et Shannon échangèrent un regard par-dessus la tête de Josie et, pour la première fois en leur présence, elle se sentit un peu comme une gamine dont la mère et la grand-mère avaient dû discuter sérieusement.

— Nous avons le droit de lui parler avant qu'elle ne décède, poursuivit Shannon. J'espère que tu le comprends.

— Vous n'avez pas besoin de ma permission pour la voir. Vous le savez.

— Nous ne te demandons pas la permission, Josie, rectifia Lisette. On veut que tu viennes avec nous.

— Je ne veux pas la voir.

— Josie, reprit Shannon, tu comprends que c'est ta dernière chance de lui dire tout ce que tu as à lui dire. On craint que tu ne finisses par en souffrir si tu ne la saisis pas.

— Je ne vais pas lui pardonner juste parce qu'elle est mourante. Les choses qu'elle a faites sont impardonnables.

— On ne te demande absolument pas de lui pardonner, déclara Lisette.

— Alors quoi ? lança Josie, une pointe d'agacement dans la voix.

Shannon haussa les épaules.

— Aucune idée. Mais ça te viendra peut-être quand tu la verras. Quoi que tu aies besoin ou envie de dire.

— Ou peut-être que tu n'auras pas besoin de dire quoi que ce soit, renchérit Lisette.

Josie regarda sa grand-mère, puis Shannon.

— Vous avez des choses à lui dire, vous ?

— Oui, répondirent-elles à l'unisson.

Josie soupira.

— Alors, allons-y.

Lila Jensen ne ressemblait plus du tout à la femme que Josie avait mise derrière les barreaux près de deux ans plus tôt. Dans son lit du service de soins palliatifs, elle n'était plus qu'un sac d'os ratatiné, ses joues pâles et creusées, ses cheveux gris et clairsemés. C'était comme si elle avait vieilli de mille ans depuis la dernière fois que Josie l'avait vue.

Lorsqu'elle respirait, un son proche de celui d'un hochet d'enfant s'échappait de sa poitrine et remontait dans sa gorge. La pièce sentait à la fois le renfermé et l'humidité, quelque chose de fétide et de doucereux. Josie comprit que c'était l'odeur de la mort imminente. C'était la fin. Cette femme allait définitivement disparaître de la vie de Josie, du monde, pour toujours.

Josie regarda Lisette entrer dans la chambre. Elle se tint au-dessus de Lila et parla d'une voix ferme, mais basse. Josie ne discerna pas ses paroles, mais sa grand-mère se tenait droite et semblait sûre d'elle tandis qu'elle prononçait son discours au-dessus de la silhouette flétrie de la mourante. Elle garda la tête haute en ressortant avec son déambulateur dans le couloir où Josie et Shannon l'attendaient.

Shannon entra à son tour. Elle posa le bout de ses doigts sur le bras de Lila. Puis elle se pencha et chuchota à son oreille, ce qui la fit sursauter et se tortiller. Shannon retira sa main et se dirigea vers la porte, lentement, avec précaution, comme si tout mouvement lui faisait mal.

— Qu'est-ce que tu lui as dit ? lança Josie.

Shannon esquissa un sourire triste.

— C'est entre elle et moi, ma puce.

Josie se tint longtemps dans l'embrasure de la porte, se demandant si elle devait entrer ou non. Elle n'était pas obligée de faire ça. Elle se moquait de ce que les autres pensaient être bon pour elle. Elle se fichait de ce que Charlotte avait essayé de lui dire à propos de la possibilité de tuer Lila, et de se laisser aller à ses pulsions les plus viles comme Lila l'avait fait toute sa vie. Rien de tout cela n'avait d'importance. Si Josie ne voulait pas accorder cette dernière faveur à Lila, elle n'y était pas obligée. Elle pouvait faire demi-tour, s'éloigner, et laisser Lila mourir sans jamais l'avoir vue ou entendue de nouveau. Mais avant même qu'elle ne s'en rende compte, ses pieds la menèrent à travers la pièce. Elle était plantée là, les yeux baissés vers le visage pitoyable de Lila.

— C'est moi. Je suis là, comme tu l'as demandé.

— JoJo, murmura Lila, ce qui craquela ses lèvres gercées.

Josie grimaça. Lila tendit la main, à tâtons. Elle cligna des yeux, essayant de voir plus nettement Josie.

— JoJo.

Celle-ci recula, mais la main trouva quand même son poignet, le serrant avec une force à laquelle Josie ne s'attendait pas de la part de cette femme qui n'était guère plus qu'une coquille vide mourante. Qu'est-ce que Josie était censée dire ? Lisette et Shannon avaient préparé leur discours. Elles avaient manifestement attendu cette opportunité avec impatience, mais Josie était perdue. Que devait-elle dire ? « Tu m'as volé ma vie » ? « Tu as anéanti mon enfance » ?

« Tu as tué l'homme que je croyais être mon père » ? « Je te déteste » ?

Mais Josie ne la détestait pas. C'était bien le problème. Ça avait toujours été le problème. Elle avait grandi en croyant que Lila était sa mère, en essayant de comprendre ce qui n'allait pas chez elle, ce qui était si horrible que sa propre mère ne parvenait pas à l'aimer. Toute sa vie, Josie s'était efforcée de comprendre pourquoi sa mère était si cruelle avec elle. Elle avait dû venir au monde défectueuse, imparfaite, indigne d'être aimée. Sinon, pourquoi une mère traiterait-elle son enfant avec une telle brutalité ? Tout ce que Josie avait toujours attendu de cette femme, c'était de l'amour.

Même si elle savait aujourd'hui que Lila n'était pas sa mère et qu'elle était incapable d'aimer, les blessures de son esprit subsistaient. Savoir que Lila n'était pas vraiment sa mère, qu'elle l'avait arrachée à un foyer stable et aimant était, à certains égards, encore pire. En plus du traumatisme des violences qu'elle avait subies et des profondes cicatrices laissées par Lila, elle éprouvait maintenant de l'amertume en pensant à tout ce qui avait été perdu.

Non, pas « perdu ». Volé. Par une femme qui ne se souciait de rien ni de personne d'autre qu'elle-même. Une femme tellement égoïste que, même sur son lit de mort, elle se permettait d'avoir des exigences envers la gamine qu'elle avait torturée pendant tant d'années.

Josie essaya de se dégager de l'emprise de Lila, mais en vain. Elle regarda vers l'entrée de la chambre où Lisette et Shannon se tenaient serrées l'une contre l'autre pour se réconforter, tournant le dos à Josie et à Lila. Personne d'autre n'était à proximité. Elle pourrait si facilement tendre sa main libre et serrer le cou frêle de Lila, l'étrangler, débarrasser le monde des ténèbres terrifiantes qu'elle maniait depuis si longtemps. Lui briser l'hyoïde comme Jack l'avait fait à ses victimes.

Mais alors elle serait comme Jack.

Peut-être qu'il y avait eu de la lumière en lui, comme l'avait affirmé Charlotte. Il devait y avoir du bon en lui pour qu'une femme aussi douce et gentille qu'Emilia se soit mariée avec lui. Mais le Sanctuaire avait anéanti tout ce qui lui restait de bonté, et éteint sa lumière intérieure.

Josie observa Lila, puis Shannon et Lisette. Les mains noueuses de sa grand-mère attirèrent le visage de sa mère vers le sien. Elles pressèrent leurs fronts l'un contre l'autre. Des larmes brillaient sur leurs joues. Elles échangèrent quelques mots à voix basse, puis se mirent à rire doucement. Ce n'était pas le genre de rire qui monte quand on trouve une situation drôle, mais plutôt le genre qui doit sortir juste pour briser une tension insupportable. Le genre de rire qui surgit lorsqu'on s'efforce de reprendre son souffle, écrasé sous le poids d'une charge lourde et affreuse, ne serait-ce que pour quelques précieuses secondes. Le genre de rire qui jaillit quand rien n'est drôle – même pas un peu – et parce que rien n'est drôle. C'était l'humanité s'extirpant de l'enfer, revendiquant un optimisme qui n'existait pas encore.

Josie sentit un désir ardent poindre en elle, l'aspirant comme la gravité terrestre. Loin de Lila, et vers les gens qui l'aimaient. Vers la lumière. Josie avait vu ce qui se passait quand on accueillait les ténèbres. Elle en avait été la victime pendant des années. Elle n'avait pas besoin de davantage de noirceur. Elle voulait rester dans la lumière, là où elle pouvait aider les gens. Josie se rendit compte que Charlotte se trompait. Son pouvoir ne tenait pas au fait de tuer Lila, mais plutôt de contribuer à mettre des gens comme elle derrière les barreaux, où ils ne pourraient plus jamais faire de mal à autrui. Elle pouvait s'accrocher à sa lumière et à sa puissance, et Lila ne pourrait jamais les lui ôter – ni dans la vie, ni dans la mort.

Elle tendit sa main libre et lissa les cheveux sur le front de Lila.

— Ma-maman, balbutia-t-elle d'une voix étouffée.

Un sourire se dessina sur le visage de Lila. Elle attira Josie plus près et lui dit :

— Tu es une bonne fille, JoJo.

Puis elle relâcha le bras de Josie et rendit son dernier soupir.

59

Une semaine plus tard, Josie retourna à son bureau au commissariat et le trouva encombré de papiers. Elle farfouillait dans tous ces documents lorsque le chef Chitwood passa devant elle.

— C'est toute la paperasse sur Bestler. Mettez tout ça en ordre pour qu'on puisse s'en débarrasser. C'est une affaire classée.

Elle voulut répondre qu'il aurait pu le faire lui-même, mais il avait déjà regagné son antre, claquant la porte derrière lui. Gretchen apparut à côté d'elle avec un café et un *Cheese Danish*[1].

— T'es la meilleure, dit Josie en souriant.

— Je vais t'aider.

Elles commencèrent à feuilleter les rapports et les photos, les cartes et les déclarations, et à tout trier.

— On a reçu les résultats de l'analyse de l'ADN du bébé Bestler ? demanda Josie.

---

1. *Cheese Danish* : viennoiserie danoise à base de pâte feuilletée et de fromage frais.

— Oui, mais il ne correspond pas à celui de Michael Donovan.

Josie leva les yeux vers Gretchen.

— L'ermite n'est pas le père ?

— Non.

— Ils ont trouvé qui c'était ? insista Josie.

— Non. Ils ont cherché dans la base de données. Aucune correspondance.

Josie secoua la tête. Ça n'avait plus d'importance. Ils n'avaient plus à résoudre le mystère de la paternité du bébé. Il n'y avait plus d'affaire. Le bébé était en sécurité et élevé par les parents de Maya. Bien sûr, Josie avait des soupçons mais, jusqu'à présent, elle n'avait pas pu prouver quoi que ce soit.

— C'est toi qui as les photos qui vont dans le dossier ? demanda Gretchen. Il faut ajouter celles-ci avec.

Josie parcourut les dossiers entre ses mains.

— Oui, juste là.

Elle saisit la pile de photos que Gretchen lui tendait – des clichés de Maya Bestler lors de son examen à l'hôpital, pris pour documenter ses blessures.

Josie les étudia, grimaçant devant les lacérations sur ses pieds. Elle se figea devant les photos des cicatrices aux poignets de Maya. Josie avait eu des marques similaires après quelques jours passés sous la garde de Jack et Charlotte, même si le médecin lui avait affirmé qu'elles allaient disparaître. Elle continua à passer les photos en revue jusqu'à tomber sur celle d'une ecchymose sur la hanche droite de Maya. La peau juste à côté, à la naissance du ventre, était distendue et lâche à cause de la grossesse. Josie s'apprêtait à remettre la photo dans la pile lorsqu'une petite ligne de tissu cicatriciel attira son attention.

— Gretchen.

— Oui ?

L'inspectrice s'approcha et chaussa ses lunettes de lecture pour scruter la photo par-dessus l'épaule de Josie. Celle-ci désigna les lignes de peau en relief épais qui se détachaient des crevasses des vergetures tout autour.

— Ça ressemble à quoi, selon toi ?

Gretchen étudia l'image pendant un long moment.

— Eh bien, la peau est vraiment abîmée, mais je pense que ça ressemble à un C et à un C à l'envers.

Josie bondit de sa chaise, le cœur battant la chamade.

— J'ai besoin de la liste des propriétés encore au nom de la belle-mère de Charlotte Fadden.

— Je m'en occupe, patronne, répondit Gretchen, rejoignant son propre bureau et fouillant dans ses papiers.

— Et appelle le labo, s'il te plaît. Vois s'ils ont pu analyser le morceau de corde que j'ai trouvé dans la cabane du Sanctuaire. Demande-leur aussi de refaire une recherche sur l'ADN du bébé Bestler. Cette fois, il devrait y avoir une correspondance dans la base de données.

60

— Je veux y aller seule, dit Josie.

— Absolument pas, protesta Noah.

L'équipe, composée de Josie, Noah, Mettner, Gretchen et des adjoints Moore et Nash de Lenore, se tenait à l'extrémité d'une longue allée pavée dans le sud du comté de Lenore. D'après les estimations de Josie, elle mesurait huit cents mètres de long, et la maison tout au bout, une petite ferme au bardage beige, était presque entièrement dissimulée derrière de grands bosquets d'arbustes à feuillage persistant. La propriété était bien entretenue et l'inspectrice savait, grâce aux registres, qu'elle s'étendait sur plus de deux hectares. La majeure partie du terrain s'étirait dans les bois derrière la maison.

— Elle est presque complètement sourde, tu te souviens ? dit Josie.

— Tu ne sais pas qui d'autre peut se trouver là-dedans, lui fit remarquer Noah.

— Je laisserai ma radio allumée.

— Non, dit Noah.

— On peut se poster plus près de la maison, proposa Moore.

— Juste devant, et tout autour de la maison, alors, insista Noah. Sinon, je ne te laisse pas y aller seule, Josie.

L'inspectrice leva les yeux au ciel.

— D'accord, mais restez hors de vue. Elle ne me dira rien si elle voit ce qui ressemble à un foutu commando SWAT l'attendre dehors.

Gretchen tendit un gilet pare-balles à Josie.

— Allez, c'est parti.

Ils s'approchèrent de la maison, se déplaçant en colonnes de part et d'autre de l'allée. Une fois les bosquets franchis, ils se déployèrent en éventail, courant au ras du sol jusqu'à atteindre les côtés de la bâtisse. Aucun véhicule en vue, malgré la présence d'un garage isolé aux portes fermées. Josie, arme au poing, se dirigea tranquillement vers la porte et frappa. Elle attendit quelques instants et toqua de nouveau. Elle saisit alors la poignée.

— Josie, siffla Noah. Tu ne peux pas entrer là-dedans comme ça.

— Je peux si j'estime que quelqu'un est en danger.

La poignée tourna entre ses doigts et la porte s'ouvrit.

— Il y a quelqu'un ? lança Josie.

Pas de réponse, mais elle entendit les pleurs d'une femme.

Josie fit signe à l'équipe d'entrer derrière elle, mais sans faire de bruit. Elle pénétra dans un salon sobrement meublé, aux murs blancs. Un canapé marron flanqué d'une lampe sur pied était repoussé contre un mur, une couverture polaire violette roulée en boule à l'une de ses extrémités. L'endroit semblait peu utilisé et impersonnel. Josie poursuivit son repérage. Vint ensuite une salle à manger avec une vieille table ovale en bois et six chaises assorties rangées en dessous. Là encore, rien n'indiquait que la pièce ait servi récemment.

Au-delà, la cuisine, décorée dans des tons jaunes joyeux et du carrelage gris. Maya Bestler se tenait devant l'îlot central. Elle portait un haut en coton noir ajusté et un short kaki. Ses cheveux étaient en bataille, son visage pâle et ses yeux écarquillés. Elle avait porté ses deux mains repliées en poings sous son menton. Elle leva les yeux lorsque Josie s'approcha d'elle. L'inspectrice n'aurait su dire si son visage reflétait le choc ou le soulagement.

— Maya, dit Josie en prenant soin de la regarder bien en face. Est-ce que vous êtes seule ici ?

Maya pivota et pencha la tête vers la zone située derrière l'îlot. Le rythme cardiaque de Josie s'accéléra. En longeant le comptoir, elle remarqua des bols et des ustensiles. Un des bols était renversé, son liquide trouble figé sur la surface lisse. Une cuillère gisait quelques centimètres à côté. Puis elle vit une paire de pieds sur le sol. Ses yeux remontèrent jusqu'au visage pâle de l'homme. Ses yeux exorbités surplombaient ses lèvres bleues. De l'écume et du vomi coulaient de sa bouche, dans son cou et se répandaient sur le sol.

Josie s'agenouilla et pressa deux doigts sur la gorge de l'ermite.

— Il est mort, déclara Maya.

Elle avait raison. Josie l'avait deviné à son regard vide et vitreux, mais la secouriste en elle se devait de vérifier s'il avait un pouls. En se redressant, elle aperçut Noah, Gretchen et le reste de l'équipe qui se pressaient dans l'embrasure de la porte, silencieux. Elle secoua légèrement la tête, leur demandant de rester en place quelques instants. Elle se remit debout et regarda Maya.

— Qu'est-ce que vous lui avez donné ?

La voix de Maya n'était qu'un couinement à peine audible.

— De la digitale.

Josie hocha la tête.

— C'était la première fois que vous lui donniez de la digitale, hein ? Il ne vous a jamais enlevée, si ?

Maya secoua la tête.

— Vous voulez me dire qui vous a enlevée ?

— Vous le savez déjà, non ? Sinon, vous ne seriez pas là.

— C'est vrai, confirma Josie. Dites-moi, Jack vous a-t-il emmenée de force ou êtes-vous partie avec lui de votre plein gré ?

Maya ne répondit pas.

Josie se rapprocha et tendit un doigt vers les cicatrices sur les poignets de Maya.

— Vous avez fait un pacte avec Jack, c'est ça ? Vous l'avez aidé.

— Oui, souffla-t-elle.

— Vous vous êtes rencontrés à l'événement caritatif de votre association, reprit Josie. Jack a fait une fixation sur vous.

— Il m'a parlé. Il a commencé à passer tous les jours sur mon lieu de travail pour déjeuner. Il y avait un lien entre nous.

— Puis il vous a parlé du Sanctuaire.

— Oui. Il voulait que je vienne avec lui, et je voulais y aller, mais je savais que Garrett me tuerait. Je le lui ai dit. Je lui ai avoué que j'avais essayé de quitter Garrett plusieurs fois, mais que je n'y arrivais pas. Il allait vraiment me tuer. Alors Jack a eu cette idée.

— Vous avez mis en scène votre enlèvement.

— Non, Jack l'a mis en scène. C'était son idée. Je ne m'attendais pas à ce qu'il mette son plan à exécution. Mais si. Ensuite, je me suis retrouvée au Sanctuaire. C'était merveilleux. Je m'attendais tout le temps à ce que la police arrive ou que Garrett me retrouve, mais il ne s'est rien passé. Je me suis sentie en paix pour la première fois de ma vie. Quand Charlotte m'a demandé de m'engager, c'était une évidence.

— Vous ne vous êtes pas inquiétée pour votre famille ? Ils croyaient que vous aviez été assassinée.

Une larme coula sur la joue de Maya.

— Je me sentais mal pour mon père. C'est sûr. Je pensais à lui tous les jours. Mais je ne me sentais pas du tout mal pour ma mère, cette garce. Je n'étais jamais assez bien pour elle, elle était probablement contente d'être débarrassée de moi.

Josie se dit que Maya avait mal cerné sa mère, mais elle ne prit pas la peine de la corriger.

— Si c'était si merveilleux, pourquoi partir ?

— À cause de Jack. En quelque sorte. Au Sanctuaire, on cherche à équilibrer son moi intérieur. La lumière contre les ténèbres. Les ténèbres contre la lumière. En fait, il faut trouver son côté obscur, je pense.

— Parce que vous êtes tous des victimes ? demanda Josie, incapable d'effacer la note de sarcasme dans sa voix.

— Mais c'est le cas, nous avons tous été des victimes, rétorqua Maya avec sérieux. Surtout moi, et, quand je suis arrivée là-bas et que j'ai commencé à aider Jack, j'ai compris que je n'étais encore une fois qu'une victime. Il voulait juste assouvir ses fantasmes sur moi. Et c'était normal parce que j'y avais consenti.

Elle leva les poignets pour appuyer ses paroles.

— Mais ce n'était pas bien, dit Josie.

— Je n'aimais pas ça, admit Maya. Ce n'était pas... Ce n'était pas ce pour quoi j'avais signé. J'ai accepté parce que j'étais un peu amoureuse de lui, mais il a changé. Il est devenu plus dur, plus froid, et moi ? Je n'ai jamais réussi à trouver ma propre obscurité. Tout tournait autour de lui, de ses pulsions et de son pouvoir.

— J'ai trouvé un morceau de corde taché de sang dans l'une des cabanes. Le test ADN a prouvé que c'était le vôtre.

— Oui, c'est là qu'il m'emmenait pour vivre ses... scénarios. Il a essayé de me donner ce collier qu'il avait fabriqué – une bande de cuir avec une noix dessus. Une noix noire. Il l'aimait parce qu'il y avait plus ou moins la forme d'un cœur à l'intérieur quand on la coupait en deux. Il disait aussi qu'il y avait quelque chose dans les racines de l'arbre dont elle provenait. Quelque chose que les racines dégageaient. Une substance toxique, comme lui, disait-il. Mais son amour pour moi équilibrait le tout. Des trucs bizarres comme ça.

Elle lâcha un petit rire nerveux.

— Il voulait que je le porte pendant que nous... faisions des choses. C'était un cadeau, répétait-il. Comme si m'attacher et avoir des rapports sexuels pendant qu'il m'étranglait à moitié était super romantique. Je ne pense pas que ce soit de l'amour pour lui. Je pense que c'était un désir pervers. Parce que je sais qu'il a fini par s'amuser avec une autre fille. Il a toujours dit qu'il ne l'aimait pas vraiment, mais ça ne l'empêchait pas de coucher avec elle. Bref, ça pouvait dégénérer avec lui, parfois.

— Je sais, répondit Josie. La fille dont vous parlez s'appelait Renee Kelly. Après votre départ, il l'a assassinée. La légiste a retiré un collier de noix noire de sa gorge.

Maya écarquilla les yeux et porta une main à son cœur.

— Oh mon Dieu.

— Quand les choses ont mal tourné avec Jack, pourquoi n'êtes-vous pas partie ?

— Parce que j'avais tout gâché, non ? Je ne pouvais pas revenir et dire à tout le monde que toute cette histoire d'enlèvement était fausse. Mais j'ai essayé de fuir plusieurs fois. Je partais assez loin, mais je finissais par me dégonfler.

— La brèche dans la clôture, reprit Josie. C'est vous qui l'avez faite ?

— Non. Un arbre est tombé là, mais je m'en suis servie pour entrer et sortir de la propriété sans que personne le sache. Enfin, jusqu'à ce que je rencontre Michael.

Elle jeta un coup d'œil derrière Josie, vers le corps de l'ermite qui gisait sur le carrelage.

Josie attira de nouveau son attention.

— Il ne vous a pas forcée à le suivre dans sa caverne, n'est-ce pas ?

— Non, dit doucement Maya. Je n'y suis même pas allée au

début. On a juste commencé à se voir de temps en temps dans les bois. Il était si... fascinant.

Josie pensa au peu de choses que Michael Donovan avait dites, même après les avoir sauvées, Emilia et elle. Il ne répondait à aucune question. Dans d'autres circonstances, son côté mystérieux aurait peut-être eu un certain attrait. Peut-être pas aux yeux de Josie mais, à ceux de Maya, prisonnière et en quête d'une échappatoire qui ne l'obligerait pas à retourner à la civilisation, probablement.

Josie n'arrivait pas à croire à ce qu'elle s'apprêtait à dire, mais elle reprit pourtant :

— Vous avez eu une liaison.

Maya acquiesça.

— Mais vous étiez déjà enceinte de Jack.

— Comment l'avez-vous su ?

Josie se pinça les lèvres, puis répondit :

— L'ADN. Jack n'était pas dans le système jusqu'à ce qu'il soit arrêté pour le meurtre des Yates et pour nous avoir enlevées, Emilia et moi. J'ai demandé au laboratoire de revérifier, et une correspondance familiale est apparue entre l'ADN de votre bébé et celui de Jack.

— Michael n'était pas content. Il a très vite compris que j'étais enceinte et, quand il a fait le calcul, c'était assez évident que ce n'était pas le sien.

— Mais vous lui aviez dit qu'il était le seul avec qui vous couchiez ?

— Eh bien, oui.

— Il est devenu violent avec vous, c'est ça ?

Un autre hochement de tête. D'autres larmes.

— J'ai arrêté de le voir après ça. Je suis retournée au Sanctuaire. J'ai dit à Jack qu'il ne pouvait plus me faire ce genre de choses parce que j'étais enceinte. Charlotte voulait que je prenne mes dispositions pour partir. Elle m'a dit que les enfants n'étaient pas admis sur la propriété.

— Et peu après, vous étiez sur le point d'accoucher, et Jack a tué deux personnes et enlevé Emilia.

— Oui.

— Et quand vous vous engagez, vous promettez d'être loyale envers le Sanctuaire et de tout faire pour le protéger.

— Exactement.

— Qui a eu l'idée de faire accuser Michael de votre enlèvement et de la disparition d'Emilia ?

— C'est Jack, répondit-elle.

Josie la suspecta de mentir.

— Vous êtes d'abord allée au campement, mais Michael avait déjà pris assez d'affaires pour avoir l'air coupable.

— Oui.

— Et quand vous êtes arrivée à la caverne, vous saviez que les affaires étaient là.

— Oui. Je suis allée vérifier. Il était parti poser des pièges ou chercher de la nourriture ou je ne sais quoi.

— Vous lui avez donc fait porter le chapeau et, une fois qu'il a été libéré, il est parti à votre recherche. Il a fouillé toutes les propriétés de Charlotte.

Maya ne répondit rien. Josie se rapprocha du corps de Michael et regarda Maya.

— Où est la marque ?

— Quoi ?

— Michael s'est engagé. Où est sa marque ? Sur sa nuque ? Sa hanche ?

Maya se mit à trembler des pieds à la tête.

— Comment le savez-vous ?

— Charlotte nous retenait, Emilia et moi, dans une de ses propriétés. Celle au nord de Denton. Quand Emilia et moi nous sommes échappées, nous sommes tombées sur lui. Il nous a aidées à fuir Jack. Je lui ai demandé ce qu'il faisait là, et il a refusé de me donner une réponse claire. Il était à des kilomètres de ses cavernes. Il vous cherchait et, s'il connaissait les autres propriétés de Charlotte, c'est parce qu'il était membre du Sanctuaire. Un membre de longue date. Après avoir purgé sa peine pour le meurtre de sa femme, il n'est pas parti dans les bois. Il a rejoint le Sanctuaire. Mais il était trop violent, trop instable. Charlotte l'a fait partir, n'est-ce pas ?

Maya acquiesça. Elle s'approcha du corps de Michael et le contourna avant de soulever sa chemise jusqu'à ce que Josie voie le symbole du Sanctuaire juste en dessous de sa cage thoracique, à gauche.

— Il m'a trouvée ici. Il voulait me donner une leçon parce que je l'avais piégé. C'était horrible au début. Il était très en colère.

Elle releva l'ourlet de son short, révélant des ecchymoses d'un noir profond à l'intérieur de ses cuisses.

— Il a fini par se calmer. Mais je savais que je ne pourrais pas me débarrasser de lui ou le distancer. On est toujours au milieu de nulle part, ici.

— La partie était finie, résuma Josie.

Maya contempla son ancien amant, son ancien bourreau.

— Oui, confirma-t-elle doucement.

Josie fit signe au reste de son équipe de s'approcher.

— Maya, l'adjoint Moore est ici. C'est son secteur.

Maya regarda, impassible, tout le monde entrer et l'adjoint Moore s'avancer vers elle. Il lui lut ses droits et, quand il sortit les menottes, elle tendit les poignets. Josie crut déceler un certain soulagement dans ce geste. Tant de cavale, tant de mensonges. Maintenant, c'était fini.

Avant que Moore ne l'emmène, Josie s'approcha d'elle, se pencha et lui dit :

— Avez-vous déjà réussi à entrer en contact avec ce côté sombre dont Jack et Charlotte parlaient tout le temps ?

Le regard de Maya se porta de nouveau sur Michael, derrière Josie.

— À votre avis ?

61

Josie poussa une petite table contre l'un des murs de la cuisine. Elle débrancha ensuite le minifour gril et le posa dessus. Soulagée de constater qu'il rentrait parfaitement, elle recula et le contempla, essayant de décider s'il ne serait pas mieux ailleurs dans la pièce. Non, décida-t-elle, il était très bien là. Elle entendit la porte d'entrée s'ouvrir puis se fermer. L'entendant s'activer dans l'entrée, elle attendit que Noah arrive dans la cuisine. Après quelque temps, elle l'appela.

— Une minute ! cria-t-il.

Une minute s'écoula, puis une autre.

— Noah, répéta Josie.

Il entra alors, le visage en feu. Il avait presque l'air d'un enfant surpris en train de faire une bêtise. Josie haussa un sourcil.

— Qu'est-ce qui se passe ?

— Il faut que je te montre quelque chose.

— Et moi, il faut que je te montre ça, répondit-elle en désignant la table sur laquelle se trouvait désormais le minifour. Tada ! Non seulement tu peux le garder, mais en plus il a son propre espace maintenant.

Noah éclata de rire. Il s'approcha, la prit dans ses bras et l'embrassa.

— Je t'aime.

— Je le sais.

Il plongea son regard dans le sien.

— Mais ?

Elle tenta de s'écarter, mais il ne la lâcha pas.

— J'ai bien vu comment tu regardais le bébé Bestler.

Il fronça les sourcils.

— Josie, de quoi tu parles ?

Elle repoussa de nouveau son étreinte et, cette fois, il la laissa s'éloigner. Les mots avaient du mal à sortir. Elle n'était pas très douée pour parler de ses sentiments. Elle décortiqua néanmoins chaque mot de sa psyché comme on arrache une croûte.

— Je veux te suffire.

— Quoi ?

— Oh, je t'en prie, ne me fais pas répéter ça.

Il s'avança et attrapa une de ses mains.

— Josie, tu me suffis.

— Comment le sais-tu ?

Il rit et posa la main de la jeune femme sur son cœur.

— Parce que je le sais, dit-il simplement.

— Mais tu as passé chaque seconde de ton temps libre à l'hôpital avec ce bébé. Et si tu en veux un ? Et si je n'en veux pas ? Et si on n'arrive pas à se mettre d'accord sur la question des enfants ? On ne peut pas juste accepter que l'autre ait un avis différent et voilà. Tu en veux ou tu n'en veux pas, et moi, je ne sais pas si j'en veux. Et si je n'en veux pas et que toi tu en veux ? On fait quoi à ce moment-là ?

Il lui tapota la main.

— Josie.

— C'est juste que... Comment on peut savoir si ça va marcher ? Tu étais hypnotisé par ce bébé. Chaque fois que je me retournais, tu avais disparu, et quand je demandais où tu étais parti, on me répondait que tu étais allé à l'hôpital pour voir le bébé Bestler.

— Josie.

— Je ne sais pas...

— Josie !

Elle le dévisagea, réduite au silence.

Il la prit par la main.

— J'ai quelque chose à te montrer.

Intriguée, elle le laissa la guider jusqu'au salon où une grande boîte marron sans couvercle trônait sur la table basse.

— Je n'étais pas avec le bébé Bestler. Je veux dire, pas tout le temps. Le plus souvent, quand je disais que j'allais voir le bébé, j'étais soit au téléphone avec Phyllis, soit physiquement avec elle.

Josie reprit brusquement sa main.

— Tu essaies de me dire que tu as une maîtresse ?

Il rit de nouveau.

— Non, la rassura-t-il en plongeant les mains dans la boîte. Phyllis bosse avec le refuge Northeast Boston Terrier Rescue.

Il sortit alors du carton une petite boule de poils noir et blanc aux yeux marron, les plus expressifs que Josie avait jamais vus. Le chien avait une jolie petite tête un peu aplatie, et des oreilles en parfaits triangles. Le regard de Noah passa de l'animal à Josie.

— Voici Trout.

Josie sourit.

— Trout ?

— Oui, un chien qui porte un nom de poisson[1], confirma-t-il en le posant par terre. Il a trois ans. Il a été placé en famille d'accueil parce que ses propriétaires ont eu des difficultés financières et ont dû déménager dans un endroit interdit aux chiens. Il est déjà propre.

---

1. *Trout* signifie « truite » en anglais.

Trout leva les yeux vers Josie et s'assit, la fixant comme s'il attendait qu'elle lui donne un ordre. Elle se laissa tomber sur le sol et lui gratta le menton.

— Salut, toi, murmura-t-elle.

Elle s'assit en tailleur et lui gratta entre les oreilles. Un peu hésitant, il se rapprocha d'elle. Puis il grimpa sur ses genoux, tourna sur lui-même et s'allongea en poussant un soupir de contentement. Josie caressa son dos tout doux. Noah s'installa en face d'elle. Il se pencha jusqu'à ce que leurs fronts se touchent. Elle regarda la minuscule boule de chaleur entre eux.

— Tu es chez toi, mon petit gars, dit-elle. Bienvenue à la maison.

ÉPILOGUE

Trout filait à travers les bois, son museau frémissant respirant la myriade d'odeurs alentour. Tous les quelques mètres, il s'arrêtait pour renifler le pied d'un arbre ou les feuilles d'une plante, mais il ne tenait jamais en place bien longtemps. Son petit derrière remuait sous le coup de l'excitation. Parfois, il s'arrêtait et se retournait vers Josie, les oreilles dressées, les yeux écarquillés et brillants.

— C'est bien, bon garçon, lui disait-elle, et il repartait en courant.

Elle lui avait mis un bandana rouge pour le repérer facilement dans la forêt. Mais il ne s'éloignait jamais trop d'elle. Ils ne formaient une équipe que depuis peu, mais Josie avait déjà compris que Trout était extrêmement intelligent et que son ancien propriétaire l'avait très bien éduqué. Elle utilisait une laisse lorsqu'ils étaient en ville mais, dans les bois, elle le laissait gambader en liberté.

Elle le rattrapa, haletante, alors qu'il reniflait une touffe de graminées, et déplaça l'urne de Lila de sa hanche gauche à sa hanche droite. Au-dessus de sa tête, les nuages coloraient le ciel d'un gris d'ardoise. L'air frais du matin avait cédé la place à des températures plus élevées, mais Josie était soulagée que l'humidité étouffante du mois d'août ait enfin disparu. Bientôt, l'automne pointerait le bout de son nez et les arbres verdoyants autour d'eux se métamorphoseraient en un paysage d'or, d'orange et de rouge.

Trout leva les yeux de la plante et fixa Josie, comme s'il attendait une instruction ou la permission de continuer à courir.

— On y est presque, lui dit-elle.

Il pencha la tête en écoutant ses paroles puis s'enfonça plus loin dans la forêt.

Josie entendit le murmure de l'eau avant même de voir le ruisseau. Ses bottes émirent un bruit de succion dans la boue lorsqu'elle s'approcha de la rive. Trout escalada un petit rocher voisin pour la regarder. Elle observa le courant.

— C'est ici, annonça-t-elle au chien.

Elle dévissa entièrement le couvercle de l'urne. Lentement, elle en versa le contenu dans les eaux de Cold Heart Creek. Trout leva le museau et huma l'air.

Une fois les cendres dispersées, Josie remit le couvercle et cala l'urne sous son bras. Trout s'approcha de sa jambe et poussa un gémissement bas et triste. Josie sourit, s'accroupit, et lui gratta le sommet de la tête. Il tendit le cou et lui lécha la joue.

— Je vais bien, Trout. Tout ira bien.

Elle se releva et rebroussa chemin. Le soleil perçait la canopée, inondant la forêt de lumière. Un grand papillon monarque orange voleta devant eux, zigzaguant entre les rayons clairs. Trout se mit à lui courir après et Josie le suivit.

UNE LETTRE DE LISA

Un immense merci d'avoir choisi de lire *Reste calme*. Quelle joie de vous raconter une nouvelle aventure de Josie Quinn ! Si vous l'avez aimée et que vous voulez être tenu au courant de toutes mes nouvelles parutions, il vous suffit de vous inscrire sur le lien suivant. Votre adresse mail ne sera jamais communiquée et vous pouvez vous désinscrire à tout moment.

france.bookouture.com/subscribe/

Si je dois bien sûr prendre des libertés créatives sur de nombreux points pour les besoins de l'intrigue et du rythme, sachez néanmoins que Northeast Boston Terrier Rescue et Search and Rescue Dogs of Pennsylvania sont de vraies associations qui accomplissent des missions vitales. J'espère que vous aurez envie d'en savoir plus sur elles et de les soutenir. A contrario, la State Route 9227 n'existe pas. À l'instar de Denton, ainsi que des comtés d'Alcott et de Lenore, je l'ai inventée.

J'adore recevoir des messages de mes lecteurs et lectrices. Vous pouvez me contacter sur les réseaux sociaux ci-dessous, ainsi que via mon site web et ma page Goodreads. De plus, si vous le souhaitez, je vous serais très reconnaissante de laisser un avis et peut-être ainsi de recommander *Reste calme*. Les critiques et le bouche à oreille aident beaucoup à faire connaître plus largement mes livres. Comme toujours, je vous remercie pour votre soutien : il compte beaucoup pour moi.

J'ai hâte d'avoir de vos nouvelles et j'espère vous retrouver prochainement !

Merci,

Lisa Regan

www.lisaregan.com

facebook.com/LisaReganCrimeAuthor

REMERCIEMENTS

Fabuleux lecteurs et fans dévoués, je ne saurais trop vous remercier ! Votre passion sans faille pour cette série est un cadeau précieux. Je n'arrive pas à croire que nous en sommes déjà au septième tome ! Merci beaucoup d'avoir fait ce voyage avec moi. Vous êtes vraiment les meilleurs lecteurs et lectrices du monde !

Merci, comme toujours, à mon mari, Fred, et à ma fille, Morgan, pour leur patience et leur soutien. Merci à mes premières lectrices : Dana Mason, Katie Mettner, Nancy S. Thompson, Maureen Downey, Torese Hummel, Ann Bresnan et Karen Powell. Merci à mes lecteurs d'Entrada. Merci à mes complices habituels pour leur soutien et leur amour : Donna House, William et Joyce Regan, Rusty et Julie House, Carrie Butler, Ava McKittrick, Melissia McKittrick, Andrew Brock, Christine et Kevin Brock, Laura Aiello, Helen Conlen, Jean et Dennis Regan, Debbie Tralies, Sean et Cassie House, Marilyn House, Tracy Dauphin, Dee Kay, Stacy Stanley, Jeanne Cassidy, Michael Infinito Jr., Jeff O'Handley, Fred et Debbie Bowman, Susan Sole, Claire Pacell, Tanya Veitch, Tanya Anderson, Rebecca Squires, la famille Funk, la famille Tralies, la famille Conlen, la famille Regan, la famille House, les McDowell, les Bottinger et les Kay. Merci à Jaime Kelly et Renee Crabill de s'être sacrifiées ! Merci aux adorables membres de Table 25 pour leur sagesse, leur soutien et leur bonne humeur. Merci à Cindy Doty. J'aimerais également remercier tous les merveilleux blogueurs et chroniqueurs qui ont lu les six premiers tomes des *Enquêtes de Josie Quinn* de continuer à suivre la série et de la recommander avec enthousiasme à leurs lecteurs !

Merci beaucoup au sergent Jason Jay pour la patience infinie dont il a fait preuve en répondant à toutes mes questions sur l'application de la loi, à toute heure du jour et de la nuit. Je vous suis incroyablement reconnaissante !

Merci à Vicki et Chuck Wooters, ainsi qu'à Rini et Quake, de Search and Rescue Dogs of Pennsylvania, pour leur incroyable pédagogie et pour nous avoir permis de venir les voir travailler avec vos extraordinaires chiens.

Merci à David Alford, Paul Bishop et Andy Parker, instructeurs à la Murdercon 2019 de la Writers' Police Academy, dont les cours m'ont aidée à rédiger des passages clés de ce roman. Apprendre à vos côtés a été une leçon d'humilité !

Merci à Oliver Rhodes, Noelle Holten, Kim Nash, Jennie et toute l'équipe de Bookouture d'avoir rendu ce fantastique voyage possible, en plus d'en faire le plus amusant de toute ma vie. Merci à Caolinn Douglas pour ses conseils avisés. Enfin et surtout, merci à l'incomparable Jessie Botterill pour son incroyable travail et sa contribution à ce livre. Je l'ai déjà dit, mais c'est toujours aussi vrai : je n'aurais pas pu ni voulu faire tout cela sans vous.